桐华
TONGHUA' S CLASSIC
经典

大漠谣

下

桐华 著

江苏凤凰文艺出版社
JIANGSU PHOENIX LITERATURE AND ART PUBLISHING, LTD

目录

目录

第一章

绑架

黑沉沉的天空沉默地笼罩着大地，空旷的古道上只有嘚嘚的马蹄声在回荡。

我坐在马车棚顶呆呆凝视着东边，那座雄宏的长安城已离我越来越远。

不知道多久后，东边泛出了朝霞，虽只是几抹，却绚烂无比，天地顿时因它们而生色。

慢慢地，半边天都密布了云霞，如火一般喷涌燃烧着。一轮滚圆的红日从火海中冉冉升起，不一会儿就把笼罩着整个天地的黑暗驱除一空。

天下只怕再没有比日出更灿烂壮美的景色。我被这场意外的美景所震撼，心中的郁悒消散许多，忍不住举起双臂，长啸一声，庆贺新一天的来临。

啸声刚出口，马车一个颠簸差点儿把我甩下车。

我回头看向车夫，车夫用力拉着缰绳，赔笑道："这绝对是我们车马行最好的马，刚才不知怎么了，竟然蹄子有些软，现在已经没事。"

我笑着摇摇头，示意他继续赶路，听到狼啸，恐怕没有几匹马不蹄软，幸亏我只是微杂了几丝气息，否则现在我该在地上啃泥了。

天已亮，路上旅人渐多。不想引人注目，只好放弃我在车顶的畅意，轻盈地翻身下了车棚顶子，坐到车夫身旁。

车夫倒是一个豪爽人，见我坐到他身旁，也没有局促不安。一面甩鞭，一面笑道：

“看姑娘的样子是会一些功夫的人。既然不喜欢马车的局促，怎么不单买一匹好马呢？”

我笑道：“没有机会学，至今仍然不会骑马。”

车夫指了指在高空飞着的小谦和小淘：“我看姑娘很有牲畜缘，若下功夫学，肯定能骑得好。”

我笑着没有说话。回了西域可没有机会骑马，如果什么时候能有匹马敢和狼为伍，我再学吧！

一路西行，原本应该山水含笑、草木青翠、生机盎然的春天，却显得有些荒凉，时见废弃残破的茅屋、野草蔓生的农田，我轻叹口气：“战争中苦的永远是平民。”

车夫的神情颇有所动，长嘘口气：“可不是嘛，前年和匈奴打了两次仗，死了十多万士兵，多少老妇没了儿子，多少女子没了夫君？大前年遭了旱灾，粮食本就歉收，再加上战争耗费，为了凑军费，朝廷下诏可以买官职和用钱为自己赎罪，可是平头百姓哪里来的那些钱？花了钱的人做官，想的能是什么，克扣的还不是平头百姓？打仗战死的是平民兵士，可得赏赐和封侯拜将的却永远是那些贵人子弟。今年又打，还不知道会是什么凄凉状况呢？匈奴不是不该打，可这仗打得……唉……”

一个车夫居然有这么一番感叹，我诧异地道：“大伯的见解令我受教。”

车夫笑道：“年纪老大，倒是没什么不好意思说的，不瞒姑娘，幼年时家境还算丰裕，也读过几年书，现在终年走南闯北，各种客人接触得多，自己沿途所见，加上从一些客人那里听来的，信口胡说而已。”

我问道：“我在长安城时曾听闻外面有人吃人的事情，可是真的？”

车夫猛甩了一鞭子：“怎么不是真的？建元三年时，一场大水后，人吃人的事情可不少。建元六年时，河南大旱，父子都相食，这还是兵戈少时的年景。这些年朝廷频频动兵，亏得天灾还不重，否则……唉！人吃人的事情，听人说只有高祖皇帝初得天下时发生过，文皇帝和景皇帝在位时可没有这些惨事。”

车夫语意未尽，可显然可以察觉出民间百姓在朝廷连年对匈奴用兵后，不堪重负下，盼的是像文帝、景帝时一样的休养生息，而非当今皇帝的兴兵强武。

我想了会儿道：“当年秦始皇修筑长城时征壮丁五十万，其时全国人口男女老少加起来方不过两千万，几乎家家都夫离子散，哀号声遍野。不过，如果没有长城这道防线挡住马背上可以一日间劫掠千里、所过处尸横遍野的匈奴，中原百姓受的罪则难以想象。民间对秦始皇修筑长城恨怨冲天，甚至编造了孟姜女哭倒长城的故事，可也有读书人认为修筑长城'祸在一时，功在百世'，当朝天子现在所做的事情也颇有些这个意思。"

车夫惊诧地看向我："姑娘这话说得也不一般呀！"他呵呵笑了几声后，又收敛了笑意，很认真地问我，"姑娘是有见识的人，那我也就直话直说。我想问一句，我们现在的人是人，后世的人也是人，为什么我们现在的人要为几十年后或者几百年后一个可能的恶果承受一生的痛苦？秦始皇修筑长城时，千家万户的锥心之痛岂是一句'祸在一时，功在百世'可以抹杀的？讲得真容易，如果把他的儿子征去筑长城，最后连尸骨都埋在长城下，他能这样说吗？如果是他的女儿痛失夫婿，他能这么说吗？如果是他从小就失去父亲，连祭奠的坟墓都没有，他还能这么说吗？"

我口中欲辩，脑内却无一言。沉默了半晌，最后说："大伯说得有理，说这些话的人只因为他们可以站在高处，舒适惬意地遥看他人的痛苦，所以自以为眼光长远，其实草木只一秋，人生只一世，谁都没有权力判定他人该被牺牲。不过陛下攻打匈奴，也是不得不为。大伯可知道匈奴单于调戏吕太后的事情？"

"略闻一二，市井传言高祖皇帝驾崩未久，匈奴单于就修书给吕太后，说什么你既然做了寡妇，我又正好是鳏夫，索性我俩凑一块儿过日子。"

我点了下头："树活皮，人活脸，就是民间百姓遭遇这样的侮辱只怕都会狠狠打上一架，何况堂堂一国的太后？可当时汉家积弱，朝中又无大将，太后居然只能忍下这口气，还送了个公主去和亲。从高祖登基到当今皇帝亲政前，百姓的一时苟安是十几位绮年玉貌的女子牺牲终身幸福换来的。她们又凭什么呢？陛下亲政前，汉朝年年要向匈奴馈赠大笔财物，那些是汉家百姓的辛劳，匈奴凭什么可以不劳而获？难道我们汉家男儿比匈奴弱，要任由他们欺负？世上有些事情是不得不为，即使明知要断头流血，代价惨重。"

车夫好半晌都没有说话，沉重地叹了口气："人老了，若年轻时听了姑娘这一番话，只怕立即想随了卫将军、霍将军攻打匈奴。民间对皇帝多有怨言，不过千秋功过自有后世评，得失的确非一时可定。"

我吐了吐舌头，笑道："大伯，别被我唬住了。其实这些对对错错，我自己都时而会这么想，时而又那么想，全没有定论。我今天说这些话，只因为大伯说了另一番话，我就忍不住辩解一下，如果大伯说的是我的话，我只怕要站到另一边去。"

车夫响亮地甩了甩鞭子，大笑起来："你这女娃看着老成，其实心性还未定。"

当时告诉车马行要最好的车夫、最好的马，没想到居然是意外之获。我熟悉的地方不过漠北、漠南、西域和长安，能听一个走过千山万水的人讲人情世故，这一路绝不会寂寞。

"去敦煌城，最近的路是先到陇西，再经休屠、张掖，过小月氏后到。"车夫一面打马一面解释。

我一听"陇西"二字立即决定不管它是不是最近，都绝不会走这条路："有没有不用经过陇西的路？"

"有，先到北地，绕过陇西到凉州，再赶往敦煌，这样一来要多走两三天。"

"大伯，我们就走这条路吧！我会多加钱的。"

车夫笑应："成，就走这条。"

到凉州时，天已全黑，随意找了家干净的客栈投宿，我对吃住要求都很低，唯独要客栈给我准备热水和大桶沐浴。

在长安城的日子过得太舒服，三天的路已经让我觉得自己满身尘垢，难以忍受。

换过两桶水后，才开始真正享受热气缭绕中的惬意。

长安城外多温泉，以后是没有温泉可以泡了，青园的那眼温泉……不许再想，不许再想，要把长安城的一切都忘掉。

感觉一阵冷风吹进来，隔着屏风只看到门开了一线："哑妹，叫你阿大不用再烧热水，那里还有一桶没有用呢！"

门又无声地关上，我拿起搁在一旁的白绢金珠，飞掷出去钩拿屏风一侧的热水桶，金珠掷出去后，却怎么也拽不回，我心里有些纳闷，挂在什么东西上了？可明明记得让哑妹把木桶搁在屏风角处，方便我提拿，怎么可能会钩住？判位没有错呀！

无奈偷不得懒，只能站起自己去拎了。我立在浴桶中，不甘心地又拽了拽白绢，水桶没有被我飞拎回来，整个屏风却是一声巨响，轰然倒在地上。

霍去病一身束身黑衣，身躯站得笔直，手中正握着我的金珠，脸色森冷地看着我。

太过震惊，我呆了一瞬，才猛然反应过来，"啊"的一声惨叫，立即缩回了浴桶中，刚才还觉得水有些冷，现在却是觉得身子火烫。

幸亏当时挑了最深的木桶，藏身水中倒是无春色外泄的可能。我缩在大桶中打量着他，他的神色自始至终没有变化，双眼一眨不眨地盯着我。那样的冰冷，即使隔着整个苍穹的距离仍旧能感受到它们的寒意。满心的羞恼全被他眼中的寒意吓跑。

他这次真生气了，不，应该说非常非常生气。敌人越是生气，自己越要冷静，特别是敌方处于绝对有利的情况，更不可以再轻易激怒对方，否则真不知该去往何处寻找尸骨。

我吞了口口水，强自镇静地赔笑道：“不要太打击我的自尊，此情此景下，你好歹有一些男人的正常反应呀！比如双眼放色光索性做了小人，或者明明想看得不得了却还要装君子，躲躲闪闪地偷着瞄。”

他神色不变，冷冷地盯了我一会儿，猛一扬手把金珠击向我的脑袋。我不敢赤手推挡，随手从一旁拽了件衣服，兜向金珠，在空中快速挥了好几个“之”字，才堪堪化解了霍去病的力道。如果力道和怒气成正比，那么这次他好像真的气得十分不轻。

接好金珠后，忽地发觉我随手拽起的衣服竟是自己的亵衣，现在是再装不了镇静，慌乱地把衣服直接塞进浴桶中，身子又往木桶里缩了缩。水已经很是冰冷，衣服就在旁边，我却无法穿，只能头搁在木桶边上，眼睛忽闪忽闪，可怜巴巴地看着霍去病。

他讥讽道：“你让我有正常男人的反应，你怎么就没有点儿正常女人被男人撞见洗澡后的反应？”

他以为我没有羞恼吗？我因为怕激怒他而强压下去的怒气霎时全涌了上来：“你确定你想让我反应正常？你不会事后再丢一把刀过来？”

“待在冷水里的滋味不太好受吧？”他的脸上浮出了一丝冷笑。

我望着他，突然扯着嗓子尖叫起来：“救命呀！救命呀……有淫贼……有淫贼……”

他满脸震惊，眼眸中终于不再只是冰冷。

“现在该你的正常反应了。”我伸出一个小指头，微点了点窗户，“正常情况下你该从那里跳出去。”

走廊上的脚步声、喧哗声渐渐逼近。

“淫贼在哪里？”

“呼救声好像是从最里面的屋子传过来的。”

“胡说，那里住的是一个四十岁的妇人。”

“这可难说，仁兄又不是采花贼，怎么知道采花贼的口味呢？”

“就是，有人好的是嫩口，还有人就爱老娘这样风韵正好的，谁告诉你老娘四十岁？我明明还差五个月四天零三个时辰才满四十，你今日把话给老娘说清楚……”

“你们别吵了，救人要紧，这一排屋子只有天字二号房现在一点儿动静也没有，那里好像住的是一个年轻姑娘，把门踹开看看。”

“仁兄此话有待商榷，把门踹开后，万一看到不该我等看的场面，我们和淫贼又有何区别？在下建议还是先敲门问清楚比较好。”

我满心苦恼中也听得露了几分苦笑，河西人和长安人真是太不一样，这帮人比较像狼群里可爱的狼。

霍去病脸上神色古怪，直直向我走过来，我一声惊叫未出口，人已经被拎出木桶，身子在浴巾里打了转后，结结实实地被卷在了被子中。

我又气又臊又怒，吼骂道：“你不要脸！”

屋外的争吵声立即消失，在屋子的门被踢开前，霍去病的确做了这种情况下的正常举动，从窗户里跳了出去，只是不知道把我也带着算不算正常？

霍去病刚出客栈，立即有一个军人迎上来。看穿着，官阶还很是不低。他目不斜视，对被霍去病扛在肩头、正在破口大骂的我视而不见，恭敬地说：“将军，马已经备好，是凉州城中最快的两匹马。”霍去病一言不发地疾走。

当我人依旧被卷在被子中，躺在他怀里，他开始策马疾驰时，我顾不上再骂他，急急问道：“你要去哪里？”

“赶回陇西，天亮时我们就应该能洗个澡，穿得舒舒服服地在陇西街头吃热汤。”

“你疯了？我不去陇西，我的包裹还在客栈，还有我的小谦和小淘，你放我下来。”我在被子里像条蚕一样，身子一拱一拱地想坐直了和他理论。

“你的包裹自然会有人送过来。我时间紧迫，没有工夫和你闹，你若不听话，我只能把你敲晕，你自己选，清醒还是昏厥？”

他的语气冷冰冰、硬邦邦，绝对不是开玩笑。我沉默了好久后，决定另找出路：“我这样子不舒服，我要把手伸出来。”

“我觉得很舒服。你的手还是捆在被子里老实一些，你舒服了，就该我不舒服了。”

“霍去病，你个臭不要脸的小淫贼。”

“……”

"你听到没有？我骂你是淫贼。你还是个……是个……二气子，臭鱼……"我搜肠刮肚地把长安街头听来的骂人的话全吼了出来。

"……"

当你对着一面墙壁又是谩骂又是挥拳，墙壁一无反应，最后累了的只能是自己。我无限疲惫地乖乖靠在了他怀里。

马速有点儿慢下来。"我要换马。"他的话音刚落，人已经带着我腾移到另一匹马上。

我发了会儿呆问："你来时也是这么换着跑的？"

"嗯。"

"那你累不累？新备的马都累了。"

"追击匈奴时，在马上两三日不合眼也是常事，追你比追匈奴还是轻松许多。"

"你怎么消息那么快？"

"别忘了，你现在还在汉朝的地域中，河西一带又多有驻军。陈叔派人飞驰送来你写的信，当日晚上就到了我手里，只是查你的行踪费了些时间，否则哪里需要用三天？"

"可恶！红姑竟然没有听我的吩咐。"

"她没骂你可恶，你还有脸骂她？领兵作战的将军突然扔下士兵跑掉是死罪……"

"我困了。"我无赖地把这个话题挡开。

"将就着眯一会儿，明天再让你好好补一觉。"他说着帮我调了调姿势，让我靠得更舒服些。

"这样子好难受，睡不着。"

"你还不够困，真正困时，一面策马一面都能睡着。"

"你这样睡着过？"

"嗯。"

"你现在不会睡着吧？"

"不会。"

"那就好，摔着你自个儿无所谓，可是不能害我。"

"安心睡吧！"他语气清淡，不温不火。

我鼻子里"哼哼"了两声。虽然颠簸得难受，可我居然还是时醒时迷糊地打了几个盹儿。夜色仍旧漆黑时，我们已到了陇西。

霍去病把我扔到地毯上后，冷着脸一句话未说地扬长而去。

唉！还在生气！

身子酸麻，也顾不上可怜自己，忙着琢磨怎么逃走。关键是如何从霍去病眼皮下逃走，只要我进了大漠，就如一粒沙子掉进沙海，任是谁，都休想找到我。

我在地上连翻带蹭，好不容易才从被子卷中抽出双手，解开了系在外面的绢带。拖着被子在屋中四处翻找了一圈，居然没有发现任何可以穿的衣服，难怪他把我往地上一扔就敢走人。

正在屋子里学兔子蹦蹦跳，霍去病掀帘而入，显是刚沐浴过，换了一身衣服，仍旧是黑衣，沉重的颜色却被他穿得飒爽不羁、英俊不凡。

这人是铁打的吗？凉州、陇西来回一趟，却毫无倦色。我瞪着他问："你给不给我衣服穿？"

他把手中的包裹扔到榻上，一言不发地转身出了屋子。

怎么是一套黑色的男儿衣袍？居然连束胸的白绫都准备好了，我恨恨地想，他倒是懂得不少。

虽然不情愿，可有的穿总比没的穿好，我无奈地叹了口气，开始穿衣服。

第一次穿男装，倒也穿得中规中矩。束好革带，我装模作样地走了几步，竟觉得自己也是飒爽英姿。

刚掀开帘子的霍去病嘲笑道："把头发梳好后再美吧！"我这才想起自己还披头散发。

我虽然会编很美丽的辫子，却从没有梳过男子的发髻，折腾了好一会儿仍旧没有梳好。一直坐在身后看着我梳头的霍去病嘴边又带出了嘲笑，我恼恨地用梳子敲向镜子中的他。不敢打真人，打个影子也算泄愤。

他忽地从我手中夺过梳子，我刚想质问他干吗夺了我的梳子，他已经握着我的头发，把我梳得一团蓬松的发髻解散，手势轻缓地替我把头发梳顺。

望着镜中的两人，画面竟觉得十分熟悉。很多年前也有一个疼爱我的男子替我仔细梳头，教我编辫子。我鼻子酸涩，眼中蓦然有了泪意，赶紧垂下眼帘，盯着地面，任由他替我把头发梳好绾起，拿碧玉冠束好。

“还有些时间，我带你去陇西街头逛一逛，吃点儿东西。”他淡淡说完，没有等我同意，已经站起向外行去。

“随军带的厨子不好吗？”

“给我做菜的厨子是长安城中数一数二的，可你喜欢的风味小吃却不是他所擅长的。”

我刚走了几步，猛然抓住他的胳膊：“李敢可在军中？”

霍去病盯了我一瞬：“不在。”

我心中一松，放开他的胳膊。

“你究竟对李敢做了什么亏心事？”

我一口回道：“没有，我能做什么亏心事？”

霍去病的视线在我脸上转了一圈，没有再多问。

我一面走着，一面暗自留心军营的地形。霍去病漫不经心地说：“你有这精神，不如想想待会儿吃什么。如果哪天早晨起身后，我找不到你，我就下令但凡我霍去病统领的军队，伙食都改为狼肉，鼓励西域各国国民用狼肉款待大汉军队。”

我怒道：“你敢！”

他淡然地说：“你试一下了。”

我恶狠狠地瞪着他，他毫不在乎地一笑，自顾向前行去。我一动不动地恨恨盯着他的背影，距离渐远，他一直没有回头，脚步却微不可见地一点点慢下来。

破晓时分，春风柔和，晨光轻暖，行走在其间的那袭黑影却与春光格格不入，带着萦绕不散的冷清。

我心下微软，快步跑着去追他，他听到脚步声，黑色依旧，头也未回，可身影却刹那融入了和暖的春光中。

我虽比霍去病矮了半头，走在街头却仍旧比一般人高挑，赞一声玉树临风翩翩公子绝不为过。大概是我的笑容灿烂，和霍去病的一脸冷漠对比鲜明，阿婆、阿姨、大姑娘、小姑娘们从我们身边过时视线都凝在我的身上，我笑着对上她们，年纪大的慈祥地还我一笑，年纪小的娇羞地移开视线。

一路行走，我玩得不亦乐乎，如果说长安城是民风开放，陇西就可以说是民风豪放。当一个卖花姑娘从篮子中掐了一枝桃花扔到我怀里时，来往行人都笑起来，更有男子调笑地哼唱：“三月里开个什么花？三月里开个桃杏花，桃杏开花红洼洼，小妹子嘴嘴赛桃花。”

我刚想掩嘴而笑，忽想起我如今是男子，忙端正身子，手持桃花向卖花女作了一揖。

一旁一直冷着脸的霍去病扔了足够买几树桃花的钱给卖花姑娘，姑娘却嗔了他一眼，把钱复丢回给他：“谁要你的钱？这是我送给这位俊哥哥的。”

霍去病大概是第一次碰到有人竟然薄嗔含怒地丢回他的钱，有些呆，街上的人轰然一声喝彩：“看兄台的衣饰，大概是长安城来的吧？太瞧不起我们陇西人了。”

起先唱歌的人，又戏谑地笑唱道：“四月里开个什么花？四月里开个马莲花，马莲开花遍地兰，小妹妹爱人不爱钱。”

众人都哄然大笑起来，卖花女含羞带怒地瞪向唱歌人，我笑向卖花女又行了一礼，拉着霍去病快步离开。

几家比较后，觉得这家小吃铺很是干净，遂带着霍去病走到摊子前。我对着四十多岁的妇人笑说：“麻烦姐姐给下两碗搓鱼子。”她愣了一瞬，左右前后看了一圈后才确定我叫的是她，立即笑得如盛开的桃花，人像年轻了十岁。

我将手中的桃花递给妇人：“祝姐姐今日的生意和桃花一样红艳。”

她笑着伸手接过，大大方方地掐了几朵花别在发髻上：“我年轻时最喜欢簪桃花，好久没有人送，也好久没有簪过了。”

我们吃完饭离开时，霍去病手中的钱仍然没有花出去，卖吃食的妇人的说法是：“我和小兄弟投缘，两碗搓鱼子大姐还请得起。”

霍去病从出了军营一路板着脸一句话没有说过，此时拿着钱袋忽地摇头笑起来：“从来不知道，你还有吃白食的本事。”

我得意扬扬地笑睨着他。

“你扮男子扮得很像，走路仪态都没有露女儿气，可以放心让你待在军中，做我的贴身护卫。”

“哼！你小心点儿，哪天把我惹火了，我随时会变成刺客。”我半真半假地说。

“陇西好玩吗？”

“好玩。”

“既然好玩，也算没有白来。不要再生气了，好不好？”

我有些无奈地说："腿长在我身上，要走终是要走的，你能把我扣押到什么时候呢？"

他沉默了半晌后："你绝望放弃时选择离开，我心死时也许也会选择放手。"

我刚想说话，他又加了句："可也许是绝不放手。"

我懊恼地跺跺脚，猛甩了下袖子，埋头走路，再不理会他。

一个满面风尘的胡人躲在街头一角卖匕首、佩刀，此处本就已经远离了繁华街道，很是冷清，他又不吆喝叫卖，只是沉默地守着摊子，更是少有人光顾。

我本来已经走过，视线瞟到他摊子上的玩意，又立即转身走回。他看我盯着刀看，沉默地把他认为好的刀一把把放在我面前，我拿起一柄形状精巧的匕首，抽出细看，和小时候把玩过的那柄刀一模一样："这柄刀你是从哪里得来的？"

胡人结结巴巴地用汉语解释着，大致意思是他从别人处买来的，而别人也是从别人处买来的。

我轻叹一声，不知道当年混乱中它被哪个侍卫顺手摸去，流传出王廷，这么多年又在多少个人手中流转过："这把刀我要了，多少钱？"

胡人指了指我手中的刀，又指了指摊子上的一把刀，生硬地说："这把刀不好，这把刀好。"

我侧头看向霍去病，他扔了一片金子给胡人，胡人满面不安，急急道："太多了。"

我道："这把刀远远超出这个价钱，金子你安心留下吧！"

一般人只看到此刀虽然样子精巧、装饰华美，但毕竟刀锋不利，似乎只是给女子佩带的样子货，却不知道这把刀的锻造工艺价值千金，当年可是匈奴帝国的太子传召了从西域到匈奴漠北、漠南的最好的工匠师傅，费了无数的心血，才打造了这把匕首。

我将刀柄上的一个内嵌机关拨开，想起昨天晚上受的气，抬头看向霍去病，嚷了句："看你以后还有没有机会再欺负我！"举着刀猛然刺向自己的心口。

一旁的胡人失声惊呼，霍去病的脸上瞬间一丝血色也无，仓皇地来拽我，却已是晚了一步，刀整个没入胸口，他只来得及接住我软倒的身子。

我眯着眼睛看他，本来还想假装着逗他一会儿，可他的手，甚至整个身子都在抖，抖得我的心竟然疼起来。

我忙站直身子，笑嘻嘻地把刀抽出，手握着刀尖用力一按，整个刀身回缩进刀柄："你傻了吗？又不是没有杀过人，刀入心口，怎么可能一点儿血不流？"

他愣愣看了我一瞬，猛然怒吼道："我的确是个傻子！"一挥袖子，大步流星地离去。

我赶着去追他："别生气，我刚才就是一时性起，逗你玩一下而已。"

霍去病一声不吭，只是快走。我随在他身侧亦步亦趋，不停地赔礼道歉，他却一眼都不看我。

如果不是关心则乱，以他出入沙场的经验，怎么可能没有看出我是玩笑？再想到他刚才瞬间惨白的脸，我心下内疚，轻声道："我知道你不是气我跟你胡闹，你气的是我拿自己的性命开玩笑，万一刀不如我所料呢？"我长叹一声，"这把刀是小时候一个极好的朋友送我的礼物，我拿它吓唬过我的阿爹，怎么可能不认识？刀柄处还有个机关可以装进血，刀锋回缩时，血挤压出来，和真的一模一样。刚才看到刀时，满脑子都是小时候的事情，当年胡作非为的性子又冒了出来。没想到这么多年后，在街头竟然买回了自己小时候玩过的东西。"

霍去病也许是因为第一次听我提起以前的事情，脸色和缓了许多："你有父亲？"

我把玩着手中的刀："难道我生出来就能这样？我当然有父亲教了。"

霍去病沉默了会儿，淡淡道："有的父亲，有和没有一样。"

他应该想起了他的生父霍仲孺。当年霍仲孺与卫少儿私通，生下了他，却不肯迎娶卫少儿，另娶了他人，霍去病因此也一直没有父亲，直到卫子夫做了皇后，刘彻做主把卫少儿嫁给了陈掌，做了陈夫人，霍去病才算有了名义上的父亲。想到此处，我忙岔开了话题，啰里啰唆地讲着不相干的事情，这把刀花费了多少时间锻造，刀上的哪块宝石是我最喜欢的，直到他面上的黯然淡去，我心中方才一松。

回了营地，他问我："要补一觉吗？"

我摇了摇头："现在不算困，不睡了。"

他带着我到了马厩，命一个十五岁左右的兵士牵了一匹马出来："李诚年纪虽小，可骑术精湛，尽快跟他学会骑马。"

我皱着眉头："不学。"

他也皱着眉头，沉默地看着我。

雷雷鼓声传来，他依旧沉默地看着我，我毫不避让地瞪着他。鼓声渐急，他忽地轻叹口气，一言未发地跨上一匹马就疾驰离去。

我莫名其妙地看向李诚：“他怎么跑掉了？”

李诚对我身在军营却连战鼓都听不懂十分诧异：“将军要点兵呀！估计过三四日大军就要出发去打匈奴。”

我皱皱鼻子，挥了挥袖子就要走，李诚急急拦住我：“将军命我教你骑马。”

“我不学。”说着绕开他继续走。李诚紧紧拽着我的胳膊：“你必须要学，你不学我就不能完成将军交给我的任务。”

我翻了个白眼：“完不成又如何？关我何事？”

李诚急得鼻尖已经有了汗珠：“完不成将军就会对我印象不好，我就不能尽快上阵去杀匈奴。”

我哼了一声，欲甩开他走人，没想到他手上力气不小，我四成劲力居然没有逼开他。

李诚满脸哀求和着急：“你怎么能不会骑马呢？匈奴个个都很凶残，你不会骑马，如果有什么意外会很危险，你会拖累大家的。”

我心中一颤，刚要砸到他后脖子的手立即停下，如果真出了事，第一个拖累的人肯定是霍去病。

我问李诚：“你年纪还小，不在家里侍奉爹娘，跑到军营里来干什么？”

李诚神色立变，眼中有些水汽，声音却是冷硬如刀锋：“去年秋天，匈奴进雁门关挑衅生事，爹娘和姐姐都已经被匈奴杀死了。”

我沉默了会儿，拍了拍他的肩膀：“小师傅，我们学骑马去。不过，记住不许对我不耐烦，不许嘲笑我，更不许骂我笨，否则拳头伺候。”

李诚一面揉眼睛，一面笑着用力点头。

从早晨练习到天色全黑，除了吃东西时稍微休息了会儿，我一直重复着翻身上马，摔下，再翻上，再摔下……

李诚刚开始还频频夸赞：“金大哥，你人长得斯文清秀，性子却够硬朗。”

渐渐地，李诚看我的眼神从赞赏变成崇敬，从崇敬变成震惊，从震惊变成畏惧，到后来是带着哭腔求我别再骑了。

我一瘸一拐地走进屋子，霍去病正在灯下研究羊皮地图，看到我的狼狈样子，眉头皱了皱，望向李诚。

李诚哭丧着脸，用看疯子的眼神瞅了我一眼，向霍去病细细汇报我的学马进度。霍去病听完后，嘴边缓缓带出一丝笑，吩咐李诚去命人准备沐浴用具。

李诚一出屋子，我立即挪到榻旁躺倒，全身骨头真是被摔散架了，刚才身子软得只想往地上滑。

霍去病坐到我身旁，碰了碰我脸上的瘀青："疼吗？"

我闭着眼睛，冷哼道："你摔个几十跤不就知道了！"

"转身趴着。"

"干吗？"

"刚开始学马，腰背都很容易酸，我帮你捶一捶。"

我想了想，翻身面朝下趴好："你轻点儿，我左肩膀摔得有些疼。"

他一面轻轻敲着我的背，一面道："学马要慢慢来，你这么着急干吗？看你这架势好像一天之内就要自如地策马飞奔。"

我哼哼道："谁早上和我说要尽快学会的？"

"我觉得你不会尽心才那么说。"

我哼了一声，没有答话。

他道："明日清晨大军出发。"

我吃惊地撑起身子，扭头看着他："明天早上就走？我才刚能快跑，还不会及时转弯和停下，而且一不小心就有可能被摔下去。不过……不过勉强也能成，回头我用带子把自个儿绑在马上，看它还能不能把我摔下去。"

霍去病笑道："发什么疯？第一次听到有人这么学骑马。刚学了一天，你就敢说自己能策马快跑？不过是仗着自己武功高超，反正摔不死，豁出去让马乱跑而已，若真让你随大队而行，非把整个队伍冲散了不可。你不用随我去，在营地里慢慢学。"

我疑惑地看了他一会儿，又趴回榻上："你不怕我逃跑了？"

他还未回答，屋外有兵士回禀道："将军，沐浴用具备好。"

他坐着未动，吩咐道："送进来。"

我看他自己都不在乎什么将军威仪，我也懒得在乎什么礼节，遂趴在榻上纹丝不动。送用具进来的兵士眼光刚扫到榻上又立即回避开，低着头把浴桶和热水抬进了里屋。

"去洗一下吧！军营里没有奴婢服侍，将就一下，不过你若乐意，鄙人倒是很乐意效劳。”霍去病拉我起身。

我冷哼一声，扭扭摆摆地晃进里屋，回身放下帘子，掩上了门。

“玉儿，你最近嘴巴有问题吗？”

我一面脱衣服，一面问：“有什么问题？”

“我看你现在不用嘴回话，动不动就鼻子哼哼几声，倒是挺像某种家畜。”

“哼！”我爬进了浴桶，懒得和他废话。

他在外面笑起来：“再哼哼，以后就叫你小猪。”

我舒服地在浴桶里闭上了眼睛，全身散掉的骨头开始慢慢往一起收拢。

“玉儿，你在军营里等我回来，这次我是以快制快，所以少则几日，多则十几日就会返回，不会让你等太久。”

我一声未吭，他等了一会儿又道：“据说狼肉不太好吃，我也不想逼自己吃难吃的东西。”

我大大地哼了一声：“你既然心里早已有主意，何必还假惺惺地征求我的意见？”

他刚叫了声“玉儿……”，门外有士兵求见：“将军，有人送来一个鸽子笼、两只鸽子和一个包裹。”

我立即睁开眼睛，这两个小东西终于到了。

“将军，客栈里的东西都在这里。末将失职，从昨日夜里，这两只鸽子就一直不肯吃食也不肯饮水，我们强喂时，它们啄得很凶，无法喂食。”

这两个小家伙，怎么这么倔强？我听到此处，再顾不上享受什么热水，急匆匆地胡乱擦洗着，赶着想去看它们。

霍去病道：“没事，它们待会儿见了主人就不会这么蔫了。”

“将军，还有一事，我们离开客栈时，有人正在打听落脚在天字二号房的姑娘去了哪里……”

声音猛然低了下去，我正在用帕子擦干身子，侧着脑袋听了听，只听见低沉的语声，说什么却不可分辨。

听到脚步声出了屋子，我忙跑出去：“小谦，小淘，小玉在这里呢！”

蜷缩着趴在笼子里的小谦和小淘闻声立即都站起来，我把笼子打开，放了两个小东西出来。笼子里的食物盒和水盒都是满满的，我倒了谷粒在掌心，小淘立即扑上去赶着啄，小谦却只是扭着脑袋看着我，似乎在研判我为什么会抛弃它们这么长时间。我讨好地把水盒拿到它面前：“先喝口水，这次不能怪我，要怪他。”我瞪了霍去病一眼。

不知道小谦究竟懂了几分，反正它不再用它的小红眼睛盯着我，抖了抖翅膀，不紧不慢地喝了几口水后，也凑到我掌旁开始啄谷粒。

霍去病走到我身旁蹲下，看着它们吃东西：“没想到这两只鸽子居然比很多人都硬气，宁可饿着也不吃别人喂的东西。”

我轻轻理了理小淘的羽毛，笑道：“那是当然，全天下只有我和九……”我磕巴了下，语声噎在喉咙里，深吸口气，强笑着，若无其事地继续道，“它们只认我，绝对不会吃别人的食物。”

我很希望自己能笑得自然，笑得似乎已经遗忘一切，可发觉自己完全做不到，既然笑比哭都难看，索性不再笑了，静静地看着小谦和小淘埋头啄谷粒。

霍去病猛然从地上站起，走到案前坐下，低头看向地图。

我发了半晌呆，忽地想起刚才的事情，侧身问道：“刚才我听到送包裹的人说有人打听我，怎么回事？”

霍去病在地图上点点画画，似乎没有听到我的话。我又问了一遍，他才头未抬地随口道：“你突然消失不见，你那个车夫可是费了不少工夫找你，不依不饶地闹到官府去寻你，压都压不住。你身边怎么尽是刺头货？连跟你只走了一段路的一个车夫都这么难打发？”

我心中几分感动：“你可别欺负人家，这个大伯人很不错。”

霍去病“嗯”了一声：“肯定是怀柔，不会武斗。”

我“扑哧”一下笑出来：“你和陛下是否整天琢磨的就是怀柔和武斗？以威震慑匈奴？以柔分化蚕食匈奴？”

小谦和小淘已经吃饱喝足，在我手边亲昵了会儿，踱着小方步进笼子休息。

我起身看着霍去病：“昨日没有休息，明日一早就要走，你还不睡觉吗？”

他扔了笔，站起伸了个懒腰：“是要好好睡一觉，否则要等到打完这一仗才有可能躺在榻上安心睡觉。”

我掩嘴打了个哈欠：“我睡哪里？”

他朝里屋轻抬了一下下巴：“你睡里面，我就睡外面。”

命人收拾好屋子，各自安歇。

躺在榻上时，我本还想琢磨一下从昨天晚上到现在的荒唐事情，将来有什么应对之策，可太过劳累，头一挨枕头，人就立即沉入梦乡。

正睡得酣甜，忽觉得有人在榻旁，心中一紧，立即惊醒过来，又瞬间明白是谁，翻了个身子，面朝外，眼睛未睁地问：“什么时辰？要走了吗？天还未亮呢！”

他低低的声音：“要走了。”黑暗中，他的脸离我越来越近，我能感觉到他温热的呼吸，我的心越跳越快，越发不敢睁眼睛，只是闭着眼睛装迷糊。

“有什么事情就吩咐李诚帮你办，学马时别再那么心急，尽量待在军营里，若实在烦了也可以去集市上找小姑娘玩，但是记得只能穿男装。”

我轻轻“嗯”了一声。他也未再说话，只静静地看着我。

半晌后，他轻抚了下我的头：“我走了。”人站起，向外大步行去，我不禁叫了一声“霍去病”，他回头看向我，我半撑着身子道：“一切要小心。”

黑暗中一个灿若朝阳的笑：“一定会！”

第二章

情愫

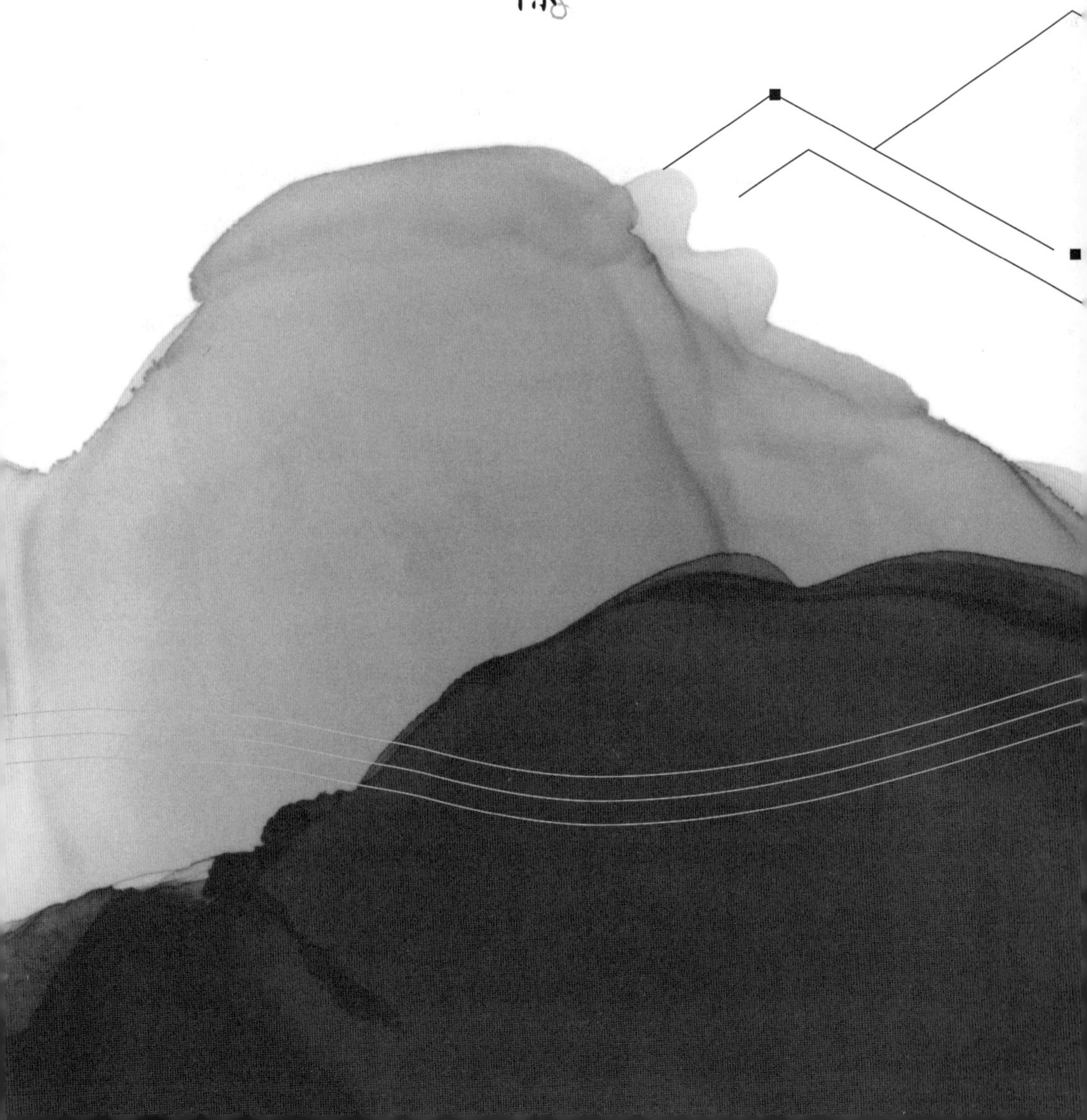

李诚一副没精打采的样子，嘴里不停地嘟囔着："怎么军队说走就走？我一觉醒来营地居然就空了。"

我看他实在无心教我骑马，遂自己一个人琢磨着练习，这次不那么心急，慢慢和马儿磨合着来，慢慢跑着，倒是一跤未摔。遛了一上午，李诚仍然一脸难过地坐在地上发呆。

我跳下马，走到他身旁逗他说话，可他却一直郁郁寡欢，问十句他才心不在焉地答一句。

"你非报仇不可吗？"

李诚重重点了下头："如果不亲手杀几个匈奴人告慰爹娘姐姐的在天之灵，我这辈子什么都不会干，我一定……"他的眼中又浮上泪意，"一定要报仇！"

我看着他默默出了会儿神，又是一个有杀父之仇的人："小师傅，如果你和我对打，一百招内不落败，我就帮你求将军下次打匈奴带上你。"

李诚抬头看向我："男子汉大丈夫，说话算话？"

我郑重地点了下头，李诚立即站起，拔出腰刀，看着我。

我随意地摆了个姿势，喝问道："难道匈奴人会等着你攻击他吗？"他大喝一声立即向我挥刀砍来。

我的武功如果和人对招练习，很有可能输，但如果是生死之搏，死的却更可能是对手。狼群里没有所谓强身健体的功夫，只有杀死猎物的技能。我所会的招式都是用来杀敌的，招招狠辣，务求用最节省体力的方法杀死对手，所以我从没有真正使用过自己的武功，这是第一次真正地攻击一个人。

李诚原本还有些束手束脚，几招过后，他握刀的胳膊就差点儿被我折断，而我连眼睛都未眨一下。他再不敢有所保留，被我逼迫得也是招招狠辣，五十一招时，我一个腾起避开他砍向我双腿的刀锋，双指顺势直取他的双眼，他一面后仰，一面尽力挥刀挡避，我脚踢他的手腕，刀脱手飞出。

我拍了拍手，轻盈地落回地上，看着半跪在地上的李诚道："我再加点儿劲力，你这只手已经废了，匈奴人肯定不会舍不得这点儿力气。"

李诚一言不发地捡起军刀，二话不说地挥刀砍来。我笑起来，孺子可教也！只有生死，没有礼让！

六天的时间，我除了练习骑马就是和李诚相搏。他非常倔强，我有一次打到他鼻子，他居然根本不理会鼻子鲜血直流、眼泪狂涌，定定地大睁着双眼连砍了七刀，最后一刀把我的整片袖子削去。不过，可惜的是他只支撑了八十七招，当我一面大叫了声"好"，一面又毫不留情地给了他鼻子一拳后，他晃了两晃，翻倒在地。

六天的时间，霍去病率领一万铁骑，一出陇西，就以迅雷不及掩耳之势快速推进，采取远距离、机动迂回的战术包抄敌人的侧翼和后方，连续地快速奔杀。靠着就地补充粮草、取食于敌的策略，孤军穿插于敌境，纵横几千里如入无人之境。

短短六天，霍去病率领的军队如沙漠中最狂暴的风，席卷了匈奴五国，大败休屠、浑邪王部，过焉支山向西北掩杀了近千里，杀折兰王，斩卢侯王，俘获浑邪王子、相国、都尉，共斩匈奴八万九千多人。经此一役，匈奴人最美丽的焉支山被划入大汉版图，大汉的疆域再次西扩。

匈奴人最引以为傲的骑兵快速突击性和机动性的优势，在霍去病的千里雷霆下荡然无存，霍去病第一次作为主帅领军出征，就给整个匈奴造成极大震慑。虽然此次战役拼斗惨烈，伤亡惨重，去时一万人，活着回来的只有三千人，可这是汉人的骑兵第一次以快打快，大获全胜，是农耕民族对游牧民族第一次马背上的胜利，虽然不知道是否后无来者，却的确是前无古人。

我坐在屋中，听着营地中遥遥传来的欢呼声，这次战功颇丰，皇帝肯定对全军上下都有大赏，但凡活着归来的肯定都喜笑颜开。

推门声刚响起，霍去病已经站在我面前。一身烟尘，满脸倦色，眉目间却全是飞扬的喜悦。我笑着站起："还以为你会先喝庆功酒呢！"

他一言未发，只是暖意融融地笑看着我。我避开他的眼睛，尽力淡然地说："只怕七天都没怎么下过马背，先洗个澡吧！"

我话音刚落，他人就直挺挺地倒在了榻上，我吓得赶紧去扶他，他握着我的手，含含糊糊地说："不行了，天塌下来我也要先睡一觉。"话说着，鼾声已经响起。

我抽了下手，没有抽脱，他反倒下意识地握得更紧。我轻叹口气，坐在了他身旁。黑袍的下端满是暗红色印记，袖口处也不少，四周浮动着一股怪异的味道。我凑到他身上闻了下，马汗味夹杂着血腥气直冲脑门，立即掩着鼻子躲开。

扯开毯子给他盖好，满心郁闷地瞅着他。从太阳正当头到天色全黑，他睡得和一头死猪一样，一动不动。

我狠着心试图把他的手掰开，他居然在梦中还知道反手打开我，我现在是真相信他所说的一边策马一边睡觉了。看他这个样子，就是一边睡觉一边杀敌也可以。

后来实在熬不住，看了看地上，铺的恰是厚厚的羊毛地毯，索性挨着榻边躺到地上，身上随意搭了点儿毯子边角，合目而睡。难闻的味道一直绕在鼻端，我头疼地想了会儿，摸索着拿了条香熏过的帕子盖在脸上，方觉得心静下来，安然睡去。

霍去病拿下我脸上帕子的瞬间，我已经醒来。一屋灿烂的阳光，和着头顶一张更灿烂的笑脸，我一时有些恍惚，定定地看着他。

"好久没有见我，是不是有些想念？"他一手仍旧握着我的手，一手拎着帕子，用帕子角抚着我的脸问。

我挥手打开帕子："你一回来我就要睡地，我有病才会想你！"

"这么大个榻，你干吗不睡上来？"他说着就要拉我上榻。

我一面推他一面道："做你的春秋大梦！"

两人推搡间，我的头倒在他的肩膀上，忙掩着鼻子嚷道："求求你了，霍大爷，别再玩了。臭死了，赶紧去洗澡，昨天晚上熏了我一晚上。"

他举起胳膊闻了闻："臭吗？我怎么没有闻到？你再仔细闻闻，肯定弄错了。"

说着强把胳膊凑到我鼻子前，我一面躲一面骂："你故意使坏。"

拉拉扯扯中，他大笑着从榻上翻了下来，我闪避不及，恰被他压在身下，气氛立变，两人瞬间沉默下来。他盯着我，呼吸渐渐变得沉重，我想移开目光，却只是瞪眼看着他，心越跳越快。他的脸慢慢俯下来，我的身子越绷越紧，他的唇刚要碰到我时，"金大哥，你今日不学骑马了吗？啊……"李诚惨叫一声，刚冲进屋子就又立即跳了出去，手忙脚乱地一面关门一面声音颤抖着说，"我什么都没有看到，我真的什么都没有看到……"

门被李诚推开的刹那，我的蛊惑立即解开，猛然把头扭开，脸颊似乎拂过霍去病的唇，又似乎没有。霍去病狠狠地砸了一拳地，恼恨未消，人又突然笑起来："玉儿，你躲不掉的。"

我心中说不清楚是什么滋味，一声不吭地推了推他，示意他让开，他立即双手一撑地站了起来，我却躺着没有动，怔怔盯着屋顶。

霍去病笑道："我去洗澡了，回头检查你的马学得如何，应该不会让我失望。"

他走了半晌，我才仿若游魂般地起身洗漱。冷水浇在脸上后，人清醒了几分，脸埋在帕子中，心绪紊乱。

"金大哥。"李诚在身后极其小心地叫道。

我回身看向他，有些没精打采地说："用过早饭，我们就去练习骑马。"

李诚一面吃饭，一面小心翼翼地打量着我："金大哥，你若心里难过，我们今日就不要练习了。"

我抬头看向他，忽地反应过来他脑子里琢磨些什么，口中的饼子差点儿喷出来，连连咳嗽了几声，一巴掌甩在他脑袋上："年纪小小，不想着如何把功夫练好，都在胡思乱想些什么？"

李诚委屈地揉着脑袋。一只眼睛大，一只眼睛小，鼻子乌青，嘴巴歪歪，一张猪头脸，居然还满面同情地看着我。

我怕噎着自己，再不敢吃东西，搁下手中的饼子先专心笑个够。琢磨着不能在李诚年纪小小时就给他心上投下阴影："刚才纯属误会，我和将军正在对打，将军可不像你武功那么差，我们自然是势均力敌，近身搏斗时不小心就扭打着摔倒在地上，你恰好撞进来，所以就误会了。"

小孩子还真是好哄，李诚听完，立即开心起来，几口吃完手中的饼子，大叫大嚷着今天要再和我好好打一架。

霍去病到时，我和李诚刚把马牵出。霍去病看看神清气爽的我，再看看脸肿如猪头的李诚，忍俊不禁地问："命他教你骑马，你有不满，也不用把他打成这样吧？"

我撇了撇嘴没有答话，李诚赶着回道："金大哥在教我功夫，不是打我。"

霍去病微有些诧异地看了我一眼："教功夫？如果师傅都是这么教徒弟，还有谁敢学武功？"

我拍了拍马背，翻身上马："我只会这种教法，让他自己在生死之间学会变通，没有什么招式，有的只是杀死对方的一击而已。"

霍去病笑了笑，也翻身上马，对李诚吩咐："今日不用你教她骑马，回去休息吧！"

李诚低低地应了声"是"，耷拉着脑袋，慢腾腾地往回走，我扬声说："回去找刚下战场的大哥们打几架，他们现在骨子里的血腥气还未散尽，只要你有本事逼出他们心中的狠厉，打完后，你肯定所获颇丰。"

李诚回过头，高兴地大叫了声"好"，一溜烟地跑走了。

霍去病和我并辔而行："你要带个狼崽子出来吗？小心被我手下的狼敲断腿。"

我嘻嘻笑着："我已经提醒了他呀！'所获颇丰'中似乎就包括断胳膊断腿、从小猪头变成大猪头的可能。"

霍去病好笑地摇头："我刚还纳闷你怎么这么好心，居然肯教他，如今倒觉得他命有点儿背，居然碰上了你。"

我瞪了霍去病一眼："他的父母都丧生在匈奴刀下，你知道吗？"

"不知道，军营中那么多士兵，我可没有工夫研究他们的出身来历，我只关心他们上了战场是否勇猛。这小子是因为我要找人教你骑马，赵破奴推荐的。"

"我答应李诚如果他能在我手下走过一百招，就请你让他上战场。"

"照你这样的教法，战场应该能上，这些回头再说，先看看你这几日学得如何。"霍去病话刚说完，双腿一夹马，已经从我身旁蹿了出去。

我也有心在他面前显摆一下这几日苦练的成果，忙策马去追。没想到他根本不是和我比速度，而是时而左转，时而右转，又或者猛然一个回身，反方向奔跑。我拼尽全力也未能赶上他，反倒几次突然的急速转弯，缰绳勒得太重，惹火了马，差点儿又把我摔下去。

和李诚打上半天都面色不变的我，几圈跑下来，却是满额头的汗，霍去病气定神闲，笑吟吟地看着我。

显摆未成，我有些沮丧地跳下马，一屁股坐在了地上。霍去病坐到我身旁："骑得很好，几天的时间能学到这个程度很让我意外。"

我带着疑问，侧头看向他，他笑道："不是哄你开心，说的全是真话。"

我嘴边不自禁地含上了笑。

"玉儿，明天我要率一部分军队返回长安。"

我嘴边的笑意立逝，低头俯在膝盖上，闷闷地盯着地面。

"你不用担心，我不会逼你随我回长安，不过，你也不许偷偷跑回大漠。反正你不是还要教李诚功夫吗？再把马术好好练习一下，我会尽快回来。"

我一句话未说，他也安静地坐着。

身旁的马儿突然长长嘶鸣了一声，打破了周围的宁静。

霍去病笑说："你应该已经领略到些许在马上任意驰骋的乐趣，我逼你学马不仅仅是希望你有一日能和我并辔纵横在天地间，还是觉得你肯定会喜欢这种像风一般的感觉，不想你错过人生中如此惬意的享受。"他一面说着，一面拉我起身，"来，今日教你几招本将军的驭马不传之秘。"

夜半时分，正睡得香甜，我突然感觉一个身子滑入了被中，心中大怒，立即用胳膊肘去击打他的小腹，霍去病紧紧环抱住我，用力摁住我挣扎的身体，低声央求道："玉儿，我没有别的意思，我一早就走，现在就在旁边躺一会儿，你别踢我，我就躺在榻沿上，保证不碰你。"

我想了一瞬，安静下来，他缩回了手，身子也移开，我往榻里躺了下，给他让出了些位置，他低低地说了声"谢谢"。

他将一个竹片塞到我手中，我摸了下问："什么东西？怎么像签条？"

"就是签，还是你自己求来的。"

我的心神几分恍惚，想起当年随手扔掉的那根签，也想起立在槐花树下一动不动的他。他竟然去乱草中找回了这根签。胸中充满了酸酸楚楚的感觉，伤痛中还奇异地杂着一丝窝心的暖，痛楚好像也变得淡了一些，一时间完全辨不清心中究竟是什么感觉，这些感觉又为何而来。

"签上的话是：迢迢银汉，追情盼双星。漠漠黄沙，埋心伤只影。"

我想了一瞬，不明白签上的意思究竟指什么。是说我盼双星，后来却伤只影吗？忽又觉得前一句话用在霍去病身上更适合，但不管怎么解，后一句却总透着不祥，不愿意再多想："签上永远都是这些模棱两可的话。"

"刚才做了个梦，梦见我从长安回来，却怎么也找不到你，我一个人骑着马不停地跑，可就是找不到你。玉儿，你答应我，不管发生什么事情，你一定不会跑掉，你会等我回来。"

夜色中，他的眼睛少了些白日的骄傲自信，多了些困惑不定，安静地凝视着我，没有逼迫，也没有哀求，清澄明透，流淌的只是丝丝缕缕的感情，撞得我心一疼，脑子还未想清，话已经脱口而出："我以后不会不告而别，即使要走，也会和你当面告别说清楚。"

他的唇边绽开一个笑："我会让你舍不得和我告别。"

这人给点儿颜色就能开染坊，我冷哼一声，翻身背朝向他："对了！你回了长安，千万别告诉别人我在哪里。"

霍去病沉默了一会儿问："任何人吗？"

我脑中闪过李妍、红姑等人："嗯。"

"好。"

我扭头对他道："天快要亮了，你赶紧再睡一会儿。"

他笑着轻点下头，闭上了眼睛。我也合上眼睛，脑中却难以平静。如果让李妍知道我居然和霍去病在一起，说不定她会立即动手铲除落玉坊。以为几封信一扔，就可以跳出长安城的是非纠缠，可人生原来真如霍去病所说，是一架纠缠不休的藤蔓，而不是我以为的一个转身就可以离开和忘记一切。

脑里各种思绪翻腾，不知什么时候才迷糊过去，早上清醒时，榻旁已空，不知道是他动作轻盈，还是我睡得沉，何时走的，我竟然毫无察觉。手轻摸了下他躺过的地方，人怔怔发着呆。

·——·——·——·——·

"一百！"满手是血的李诚大叫一声后，再无力气，刀掉到了地上，人也直接扑倒在地上。

我皱眉看着李诚："你不想在未上战场前就流血而死，就先去把伤口收拾干净。"

李诚龇牙咧嘴地笑着，强撑着站起，眼中泪花隐隐："一百招了，金大哥，你可要说话算话。"

我笑点了下头："知道了，找大夫包扎好伤口，今天晚上我请你到集市上吃顿好的，给你补补身体。"

我点了一份红枣枸杞炖鸡，李诚的脸有些苦："就吃这个？"

我诧异地说："这难道不比军营中的伙食好很多？军营中的伙食可是连油水都少见。"

"当然没法比，可这好虽好，却太清淡了，像是人家女的坐月子吃的。"李诚盯着白色的鸡肉，郁郁地说。

我笑递给他一个木勺："你最近没少流血，特意给你点来补血的，少废话，赶紧喝吧！"

两个男子用过饭后骑马离去，马从窗外奔过时，我无意扫了一眼，马后臀上的苍狼烙印栩栩如生，总觉得在哪里见过似的。

李诚看我紧着眉头发呆，用筷子敲了敲我的碗："金大哥，你在想什么？"

我忙笑着摇摇头。小二来上茶时，我随口问："刚才出去的两个大汉可是本地人？"

小二一面斟茶，一面道："不是，看上去像是富豪人家的家丁，好像家里人走失了，四处打听一个姑娘。唉！如今兵祸连连，人活不下去，只好做强盗，商旅都要雇好手才敢走河西和西域，一个姑娘家只怕凶多吉少了！"

李诚冷哼道："都是匈奴，打跑了匈奴，大家就可以安心过日子，就不用做强盗。"

小二似想说什么，微张了下嘴，却又闭上了嘴巴，赔着笑斟好茶，人退了下去。

军营中的生活极其简单平静，将近一个月，每天除了和李诚打架练马，逗逗小谦和小淘，就是四处转悠着打发时间。

正觉得无趣时，霍去病的信到了。

……我与公孙敖率军从北地郡出发，各自领兵进攻匈奴。李敢此次也随军出征……

我眉头皱了起来。

别皱眉头，他随父亲李广从右北平出军，我们各自率军征战，不到最后，碰面机会不大。接信后，请随送信人一同走，北地郡见。

送信来的陈安康等了半晌，见我仍然坐着发呆，轻咳一声："将军命我接你前往北地郡。"

我叹口气："将军肯定对你另有吩咐，不走恐怕不行，走就走吧！不过我要带李诚走，你可能办到？"

陈安康作了一揖："此事在下还有资格说话，命此地统领放人即可，到了将军那边，自然一切可便宜行事。"

我站起道："那就出发吧！"

陈安康如释重负地轻轻嘘了口气，我嘲笑道："不知道你们将军给你嘱咐了些什么，竟然搞得你如此紧张。"

他笑着说："不光将军的嘱咐，临来前家父整整唠叨了一晚上，让人重也不是，轻也不是，礼也不是，兵也不是，我是真怕你拒绝。"

我诧异地看着他："你父亲？"

陈安康笑道："家父就是将军的管家。"

我"啊"了一声，指着自己："那你知道我是女子？"他含笑点了下头，我心里对他生了几分亲切，抱怨道，"看看你家将军把我折磨的，这辈子只有我折磨别人，几曾被别人折磨过？"

陈安康低头笑道："不是冤家不聚头。"看我瞪着他，忙又补了句，"不是我说的，是家父说的。"

我把鸽子笼塞到他手里，没好气地说："提着。"又扔了个包裹给他，"拿着。"左右环顾一圈后，快步出了屋子。

我躺在马车里假寐，李诚兴奋地跳进跳出，又时不时地凑到陈安康身旁絮絮问着战场上的一切。

习惯了马上的颠簸，此时坐马车觉得分外轻松，还未觉得累，已经到了北地郡。

我刚跳下马车，眼前一花，霍去病已经把我揽在了怀里，低声道："一个月不见，整整担心了一个月，只怕哪天一醒来，就接到信说你人不见了，所幸你这人虽然经常不说真话，但还算守诺。"

此人真的是性之所至，由心为之，毫不顾忌他人如何看、如何想。我又敲又打地想推开他，他却揽着我的肩没有动。

陈安康低头专心研究着北地郡的泥土色泽，李诚满面惊恐，大睁双眼地看着我们。

我长叹口气，这回该编造什么谎言？有什么功夫是需要抱着练的？

第三章

鸽魂

大军休息两日后准备出发，霍去病与公孙敖商议好从左、右两侧进攻匈奴，相互呼应，李广将军所率的一万骑兵随后策应西征大军，确保万无一失。

青黑的天空，无一颗星星，只有一钩残月挂在天角。清冷的大地上，只有马蹄踩踏声。无数铠甲发着寒光。向前看是烟尘滚滚，向后看依旧是烟尘滚滚，我心中莫名地有些不安。

霍去病看了我一眼，伸手握住我的手："没事的，我不会让匈奴伤着你。"

我咬了下嘴唇："我有些担心李诚，我是否做错了？我并不真的明白战争的残酷，当他跨上马背时，生与死就是一线之间，很多时候并不是身手好就可以活着。"

霍去病手握缰绳，眼睛坚定地凝视着苍茫夜色中的尽头，神色清冷一如天边的冷月："如果杀匈奴是他这一生最想做的事情，即使死亡，只要做了想做的事情，就没有遗憾，难道他会愿意平平安安地活着？没有人可以保证自己能在战场上活下去。"

我撇了撇嘴："自相矛盾，刚才还保证不会让我有事。"

他侧头看向我，含了一丝笑："因为我是霍去病，所以你是例外。"

我不屑地皱了皱鼻子，摇头笑起来，刚才的紧张和压抑不知不觉间已经消散。

大军疾行一日一夜后，就地简单扎营休息。我虽然做好了会很辛苦的准备，可第一次在马上如此久的时间，觉得腿和腰都已经快要不是自己的。听到霍去病下令休息，身子立即直接扑向地面，平平躺在地上。霍去病坐在我身旁，笑问道："现在知道我的钱也赚得不容易了吧？以后也该省着点儿花。”

我刚欲说话，陈安康匆匆上前行礼，脸色凝重，霍去病沉声问：“还没有公孙敖的消息？”

陈安康抱拳回禀道：“派出的探子都说未寻到公孙将军，到现在公孙将军都未按照约定到达预定地点，也没有派人和我们联络。张骞和李广将军率领的军队也失去了消息，未按照计划跟上。”

霍去病沉默了一会儿，淡淡道：“再派人尽力打探，公孙敖的消息不许外传，下令今夜大军好好休息。”

我凝神想了会儿，虽然我兵法背得很顺溜，可还真是书面学问，做不得准，想出的唯一解决方法是：我们应该立即撤退，绝对不适合进攻。配合的军队不知道什么原因竟然失踪，而随后策应的军队现在更不知道被困在什么地方，这仗刚开始，我们已经全局皆乱，完全居于弱势。

霍去病踱了几圈后，回身对我说：“好好睡觉，不要胡思乱想。”

“你呢？”

“我也睡觉。”他说完后，竟然真就扯出毯子，裹着一躺，立即睡着。

情况转变太快，我有些反应不过来地发了会儿呆，难道他不该想想对策吗？转念一想，将军不急，我操的什么心？天塌下来先砸的自然是他，裹好毯子也呼呼大睡起来。

东边刚露了鱼肚白，大军已经整军待发，公孙敖和李广依旧没有任何消息，霍去病笑对我道：“以前是李广将军迷路，今次怕李广将军又迷路，特意求陛下让熟悉西域地形的张骞和他在一起，没想到现在居然是跟了舅舅多年的公孙敖迷路。”

我道：“那我们怎么办？”

霍去病看着东边正在缓缓升起的红日，伸手一指祁连山的方向：“我们去那里。”

我立即倒吸了口冷气，遥遥望着祁连山，心又慢慢平复，孤军深入，他又不是第一次干。第一次上战场就是领着八百骑绕到匈奴腹地，上一次更是领着一万骑兵转战六日，纵横了五个匈奴王国，虽然这次原本的计划并非要孤军作战，可结果却是又要孤军打这一仗了。

祁连山水草丰美，是匈奴放养牲畜的主要地段，也是匈奴引以为傲的山脉。这一仗肯定不好打，可如果打胜，阿爹应该会非常高兴，阿爹……

霍去病看我望着祁连山只是出神，有些歉然地说：“本以为这次战役会打得轻松一些，没想到又要急行军。”

我忙收回心神，不想他因我分神，故作轻松地笑道：“我可不会让你这个人把我们狼比下去。”

他笑点了下头，一扬马鞭冲向了队伍最前面，升起的阳光正照在他的背影上，铠甲飞溅着万道银光，仿若一个正在疾驰的太阳，雄姿伟岸，光芒灿烂。

霍去病手下本就是虎狼之师，被霍去病一激，彪悍气势立起，几万铁骑毫无畏惧地随在霍去病身后，驰骋在西北大地。

全速奔跑了半日后，我纳闷地侧头问陈安康：“我们怎么在跑回头路？”

陈安康挠着脑袋前后左右打量了一圈，又仰起头辨别了下太阳，不好意思地说：“看方向似乎是，不过这西北大地，前后都是一览无余，我看哪里都一样，没什么区别，也许将军是在迂回前进。”

我无奈地摇了摇头：“你去问一下将军，他究竟知道不知道自己在绕回头路，别刚嘲笑完打了半辈子仗的公孙将军迷路，他自己又迷失在大漠中。”

陈安康神色立变，点了一下头，加速向前追去。不大会儿工夫，霍去病策马到我身旁，与我并辔而行：“根据探子回禀，匈奴似乎已经探知我们的位置，我不能让他们猜测出我们去往何地，一定要甩开他们。否则匈奴预先设置埋伏，以逸待劳，全军覆没都有可能。”

我看着天上飞旋徘徊着的鹰，沉思着没有说话，他又道：“我从小就跟着舅父看匈奴地图，有目的地绕一两个圈子还不至于迷路。如今你在，我就更可以放心大胆地乱兜圈子，索性把匈奴兜晕了，正好打他们个措手不及。”

我策马到帮我带鸽子的人旁，吩咐他务必看好笼子，不能让小谦和小淘出来。小淘不满地直扑翅膀，我敲了它几下才让它安静下来。

从清晨全速奔跑到夜幕低垂，霍去病的脸色渐渐凝重起来，我们在戈壁中兜了一两个圈子，匈奴在完全没有可能追踪到我们行迹的情况下，却似乎依旧很清楚地知道我们大军身在何方，依旧有探子远远地跟在大军后面。

霍去病下令就地吃饭休息，他却握着饼子半天没有咬一口，我抿嘴笑问：“琢磨什么呢？”

“以我们的速度，又是没有章法地乱跑，匈奴怎么可能知道我们的举动？以前从没有碰到过这样的情形。原本是我们去打匈奴，现在却变成了匈奴在后面追击我们。”霍去病紧锁着眉头，满面困惑不解。

我指了指天上，他仰头看向天空，天空中两个微不可辨的黑影若隐若现，他愣了一瞬，反应过来，惊诧地看向我：“你的意思是这两只扁毛畜生是匈奴的探子？”

我笑着点点头：“这些家伙最讨厌了，以前我们捉了猎物，它们就在天上不停地转圈子，随时等着抢我们的食物，有的甚至就在旁边和狼兄他们抢，因为它们会飞，狼兄拿它们也无可奈何，赶走了，人家在空中打个圈又落下来继续抢。所以我和这帮家伙也算不打不熟悉。白日里我就觉得这两只茶隼不正常，不去四处寻觅食物，竟然时不时地飞过我们头顶。”

霍去病苦笑着摇头：“以前只是传闻说有鹞子能做主人耳目，没有想到传说竟然成真，我运气偏偏这么好，居然撞上了，不知道匈奴养了多少只。”

我道：“这些家伙的巢穴都建造在人迹罕至的悬崖峭壁，人很难捕捉到幼鸟。它们性格倨傲，又爱自由，如果不是从极小时驯养，只怕个个都是宁死也不会听从人的命令，所以匈奴能有两只已经很是难得。真要很容易养，怎么会只在传闻中有这样的事情？上次也不会毫不提防地让你八百人就冲进了匈奴腹地。”

霍去病笑拍了下膝盖，仰头看着天：“就两只？那好办。明天一只给它们一箭，晚上我们吃烤隼。”

弯弓射隼，想来不是什么难事，可对经过人特地训练过的茶隼，却的确不容易。从清晨起，霍去病和另一个弓箭好手就一直尝试射落两只隼，可是两只隼高高盘旋在天上，几乎一直在箭力之外。

等了大半日，竟然连射箭的机会都没有，我早已心浮气躁，气闷地专心策马，再不去看他们是否能射下茶隼。

霍去病却和他以往流露出的冲动很是不同，表露的是超凡的冷静和坚忍，此时的他像一只经验丰富的狼，为了猎物可以潜伏整日，甚至几日，不急不躁，沉静地观察着猎物，等待着对方的一个疏忽，给予致命一击。

突然，一阵欢呼声响起，我立即喜悦地抬头，一个黑点正在急速掉落，另外一只在天空哀鸣着追着黑点下冲，白羽箭堪堪擦过它的身体，它又立即腾起，在高空一圈圈盘旋，哀叫声不绝，却再没有降落。

和霍去病一起射隼的弓箭手满面羞愧地跪着向霍去病告罪：“卑职无能，求将军军法处置。”有兵士双手捧着茶隼尸体，呈给霍去病，霍去病却只是面色沉重地望着空中的那只孤隼，随意挥了挥手让他们下去。

我发愁地看着霍去病，这下可真是麻烦了。

隼本就是警惕性很高的飞禽，这两只隼经过特殊训练，警觉性比野生隼更高，没有野生隼的贪玩好奇，这只隼受此惊吓，绝对再不会给我们机会去射它。而且如此好的探子万金难换，匈奴肯定会被激怒，只怕我们短时间内就有一场大仗要打，而且是在敌知我们、我们不知敌的劣势下。

霍去病忽地侧头看向我，笑容灿烂，自信满满，一如此时戈壁上夏日的骄阳，照得大地没有半丝阴暗。我被他的神情感染，满腹愁绪中也不禁绽出一丝笑。

我都因为霍去病而自信忽增，愁绪略去，何况这些跟着霍去病征战过的英勇儿郎？两次征战，霍去病巨大的胜利，让这些英勇的儿郎对他十分信赖，似乎只要跟着霍去病，前方不管是什么都可以挥刀砍下，霍去病有这个信心，而且成功地把这个信心传递给了每一个士兵。

因为人马用水耗费巨大，大军急需补充水。霍去病问了我附近的水源后，决定去居延海。“居延”是匈奴语，弱水流沙的意思，地处匈奴腹地。

那只隼一直不离不弃地跟随着我们，霍去病除了偶尔抬头看它一眼，面上看不出任何担心忧虑。快近居延海时，陈安康和另一个青年男子赵破奴结伴而来，陈安康的目光从我脸上扫过，又迅即低下了头，我纳闷地看着他们。

霍去病淡淡道：“有事就说。”

赵破奴道：“匈奴此时肯定已经猜测到我们要去居延海，这一仗无可避免，打就打，我们不怕打这一仗，可是如果一直被匈奴抢得先机，却对我们极其不利，末将有一计可以射杀这只扁毛畜生。”说着他的目光转向我。

我明白过来，冷哼一声，扭头看向别处。霍去病沉着脸道：“你们下去吧！此事不许再提。”

赵破奴屈膝跪下：“将军，只是用鸽诱鹰，只要射箭及时，鸽子不会有事。即使有什么差池，牺牲两只鸽子却可以扭转我们的劣势。回长安后，末将愿意重金为金兄弟再寻购上好的鸽子。”

我恨瞪了赵破奴一眼，一甩袖子，举步就走，急匆匆地去拿我的鸽子笼，再不敢让别人帮忙带，要放在身边，我才能放心。

陈安康在我身旁骑了半天马，看我一点儿都不理会他，赔着笑说：“你别生气了，将军不是没同意我们的坏主意吗？”

我沉默地看着前方，他又赔笑说了几句，我一句话没有说，他只好尴尬地闭上了嘴。

“李诚在哪里？我有些不放心他，待会儿到湖边时，可以让他跟着我吗？”我板着脸问。

陈安康忙笑应好，叫兵士过来，吩咐去把李诚找来。

绿草萋萋，湖面清阔，天光云色尽在其中。风过处，芦苇宛如轻纱，白白渺渺，起起伏伏。间或几只野鸭从芦苇丛中飞出，落入湖中。浅水处还有一群仙鹤，白羽红嘴，轻舞漫嬉。

李诚目不转睛地盯着居延海，低低地赞叹：“好美啊！原来匈奴也有美丽的地方。”

我声音沉沉地道：“湖里还有很多鱼，小时候我和……”忽地轻叹口气，把没有说完的话吞了回去，只是看着湖面发呆。

当几千只水鸟惊叫着，突然从水上奋力振翅冲向高空时，霍去病第一个钩起了弓弦。

我不是没有经历过性命相搏的人，也有过不少次生死一线间的事情，可当我落入一场几万人的战争中，才知道自己以前经历过的都不过是孩子的游戏。

人喊马嘶，刀光剑影，湖光山色被一道道划过的寒光撕裂成一片片，支离破碎地重叠在一起。殷红的鲜血溅起，宛若鲜花怒放，花开却只一瞬，迅速凋零落下，恰像消逝的生命。一朵朵殷红的生命之花，缤纷不绝，凄迷艳丽地荡漾在碎裂的寒光中。

我看不清前面究竟发生着什么，只觉满眼都是血红色的残破光影，陈安康摇了我一下，笑着说："我第一次上战场吓得差点儿尿裤子，我看你比我强，只是脸煞白。"

我知道他是想转移我的惊惧，我看着他，却无法挤出一个字。

"李诚呢？"我惊叫道。

陈安康四处打量了一圈，无奈地说："这小子只怕跟着前锋冲进匈奴人的队伍中了。"

我恼恨地差点儿给自己一耳光，一夹马就要走，陈安康死死拽住缰绳："你不能到前方去，这是将军的命令，而且你现在去也于事无补，你根本不可能找到李诚，你没有和大军操练过，不懂配合，只会给周围士兵添乱，还是好好待在这里等战争结束。"

我紧紧握着缰绳，眼睛一眨不眨地看着前方的激战。陈安康轻声说："一上战场生死由天，昨日一起饮酒的伙伴，第二日就倒在你面前也是常事。"

我的心立即绷成了一条线，身子一动不敢动，平着声音问："那将军可……可一定安全？"

陈安康沉默了一瞬道："战场上没有一定的安全，不过将军从小就在军营中练习攻打匈奴，又是卫大将军言传身教，经验丰富，不会有事。"

匈奴的血，汉人的血，我分不清我的心究竟为什么在颤，神情木然地抬头看向蓝天，幸亏蓝天和白云依旧。

匈奴兵败而走，居延海恢复了宁静，芦苇依旧曼妙地在风中起舞，可弥漫的血腥气和一地的尸身却让仙鹤、野鸭再不敢回来，反倒秃鹫渐渐聚集在天上，一圈圈盘旋着，盯着满地美食。

我举目四望，霍去病策马急速奔来："还好吗？"

我强笑着点点头，目光依旧在人群中搜索着。陈安康笑指着右前方说："那不是李诚吗？"

李诚拖着刀，隔着老远向我挥手，我心中一松，也向他招了招手。李诚面上虽有血有泪，神情却很激昂，冲我大叫着："我为爹娘、姐姐报仇了，我报仇了，我打跑了匈奴……"

一个躺在地上的匈奴士兵突然强撑起身子，向李诚扔出一把匕首。

"小心！"我惊叫着飞奔而去，一面抛出白绢金珠想击落匕首，可是距离太远，我只能眼睁睁看着匕首飞进李诚胸口。一支箭从我身后飞出，将那个半死的匈奴士兵钉在地上。

李诚低头看向插入胸口的匕首，又抬头茫然地看向我，似乎还不明白发生了什么。

我伸手接住他坠落的身子，手用力捂着他的心口，可鲜血仍旧不停地冒出。陈安康大叫着："军医，军医……"

霍去病蹲下查看了下伤口，看着我微摇摇头："正中心脏。"

李诚看了看自己手上的血："我要死了吗？"

我想摇头，却无法摇头，只是紧紧地盯着军医。李诚笑握住我的手，我反手紧紧拽着他，似乎这样就可以拽住正在流逝的生命。

"金大哥，你别难过，我很高兴，我杀了匈奴，现在又可以去见爹娘和姐姐，我好想他们，好想……"

血仍在往外涌，手却渐渐冰冷，我抱着李诚一动不动，鲜血从我手上漫过，我的心也浸在冰冷的红色中，这全是我的错，是我的错……

陈安康轻声叫道："金……"

霍去病摆手让他噤声："你先去整队，一会儿准备出发。"陈安康行礼后快速退下。

霍去病一言不发地站在我的身侧，望着居延海，我轻柔地放下李诚，走到湖边开始洗手，霍去病默默看了我一会儿，回身吩咐兵士将李诚的尸身火化。

他走到我身侧，蹲在我身边也洗着手："等仗打完，我派人将他的骨灰安葬在父母家人身侧，他不会孤单。"

我抬头看了眼盘旋着的秃鹫，那只茶隼混在群鹰中已不可辨。

马蹄声急急，一路疾驰，我一直沉默不语，霍去病也一直静静地陪在身侧，我时而抬头看一眼高高飞在上方的小黑点，再专注地策马。

当我又一次抬头看向天空时，霍去病道："不是你的错，不要再责怪自己，战争中本就充满死亡，李诚决定参军的那一天就应该心中有备。"

我盯着碧蓝的天空："可如果不是我承诺让他上战场，也许他现在还活着。"

霍去病无奈地说："太钻牛角尖了，没有你，李诚也会想方设法尽快上战场。何况男子汉大丈夫有所为有所不为，在报仇和苟安之间，即使明知道是死亡，你让李诚再选择一次，他仍旧会选择报仇。”

我侧头看向霍去病：“如果不射落天上那只贼鸟，我们只怕不能顺利抵达祁连山。”

霍去病抬头看了眼天空：“慢慢等时机，它总不能一直警惕性这么高。”

我看着小谦和小淘：“原本兵分三路，互相策应，可如今李广将军和公孙敖将军都不知道究竟如何，我们又在匈奴腹地，靠的就是行踪不定的突袭，如果再等下去，也许我们都会死在祁连山脚下。”

我摸了摸鸽子笼，缓缓打开门，小谦和小淘被关得已久，都兴奋地跳到我手臂上，我低头看着它们，定声对霍去病吩咐：“准备好你的弓箭。”

我轻轻抚摩着它们的头，轻声说：“对不起，要你们去冒险干一件事情，不要靠近茶隼，只消逗引它飞低一些，你们一定要尽力飞得快一些。”

霍去病叫道：“玉儿！”示意我他已经一切准备好。

我扬手让小谦、小淘飞向天空，掏出挂在脖子上的竹哨，呜呜地吹起来，命令小谦和小淘逗引茶隼，将茶隼引向低空。

小谦在空中盘旋着犹豫不前，小淘却已经不管不顾地直冲茶隼而去，小谦无奈下也紧紧赶在小淘身后向上飞去。

茶隼很是精明，食物摆在眼前，却不为所动，依旧在高空飞翔，小淘和小谦隔着一段距离逗引了半天，茶隼却对它们不理不睬，小淘猛然直冲向茶隼飞去，我一惊，吹哨急召它回来，小淘却毫不理会我的命令，在茶隼眼前放肆地打了个圈子才准备飞开。

茶隼是鸟中最凶残的捕猎者，大概从没有遇见如此蔑视它威严的鸟，被小淘激怒，一声尖锐的鸣叫，双爪急速扑向小淘，我拼命地吹哨子召它们回来，小淘急速坠落，但是鸽子的速度完全无法和茶隼的速度相比，还未到射程内，小淘已经笼罩在茶隼的利爪下，眼见着身体就要被利爪贯穿。

为了救小淘，小谦没有听从我的哨声下坠，反倒斜斜从一旁冲到茶隼身侧，不顾茶隼充满力量的翅膀去啄茶隼的眼睛，茶隼翅膀开张间，小谦哀鸣一声被甩开，小淘终于从爪下逃生，茶隼疯狂地追向小谦，小谦的身子在空中颤抖着下坠，小淘完全不听我号令，奋不顾身地去攻击茶隼，茶隼正要爪压小谦，一支箭直贯它胸部，茶隼化成一道黑点，直落向大地。

小谦也在摇摇晃晃地坠落，我急急奔着去接小谦，小谦未落在我身上，几滴鲜血先滴在我伸出的手臂上，我心一抽，小谦落在我的手臂上却无法站稳，脑袋一歪就栽向地上，我赶忙捧住它，它双眼紧闭，一只翅膀连着半边胸骨全是血，我的手不停地抖着，小淘哀鸣着用头去拱小谦的头，小谦勉力睁开眼睛看向小淘，身子一抖眼睛又闭上。

军医伸手探了下小谦，朝霍去病摇摇头，我捧着小谦，心如刀割。小淘用嘴细心地替小谦理着羽毛，时而“咕咕”地鸣叫几声，我从没有见过如此耐心温柔的小淘，眼泪再也止不住，一滴滴落在小谦身上，嘴里断断续续地哽咽着：“对不……起，对……不起……”

小淘抬头看向我，头在我手边轻柔地蹭着，似乎安慰着我，又用嘴替小谦理了下羽毛，忽然一振翅膀向高空飞去，我疑惑地看向越飞越高的小淘，蓦然反应过来，忙拼命地吹哨子，回来，立即回来。

小淘却只是一个劲儿地向高处飞，我惊恐地大叫起来：“小淘，回来！回来！不许你丢下我！不许你丢下我！”语声未落，高空中一个小黑点快速栽向地面，眨眼间，小淘已经摔落在地，本就被鸽子与鹰的一场大战引得目不转睛的兵士被小淘的烈性震动，齐声惊呼，我却声音哽在喉咙里，叫不出声，眼睛瞪得大大，定定地看着远处小淘的尸身，身子缓缓软坐在地上。

霍去病捂住我的眼睛：“不要看了。”

我狠命地要拽开他的手，他强握着我的胳膊，我打向他：“都是你的错，都是你的错，你为什么要逼我跟着你……”

“都是我的错，是我的错，我一定会向匈奴人讨回这一切。”霍去病一面柔声说着，一面将军医递给他的一块湿帕强放在我鼻端，我只闻到一阵甜甜的花香，打他的力气渐小，脑袋一沉，靠在他肩头，昏睡过去。

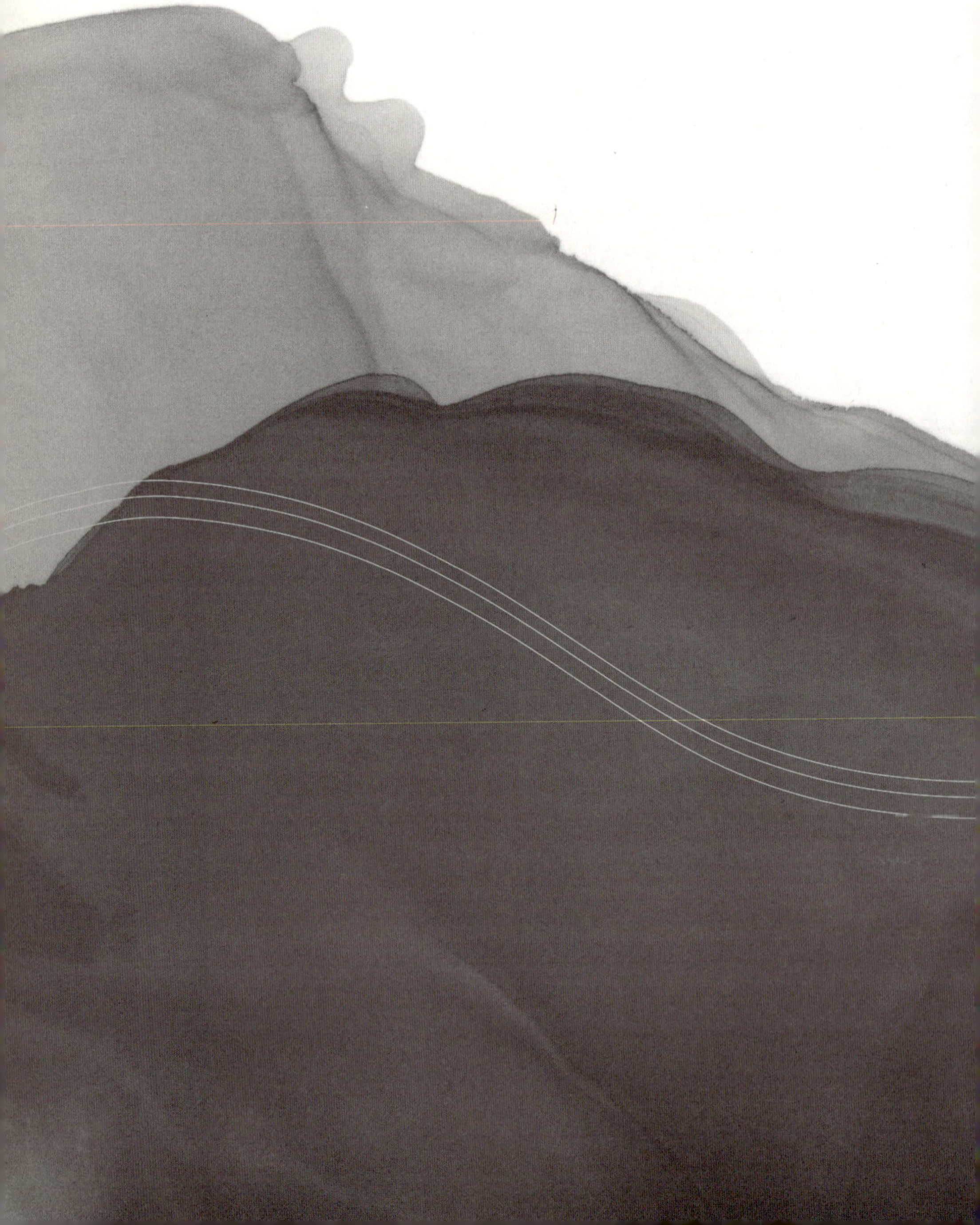

第四章

失身

再睁开眼睛时，发现自己躺在霍去病的怀中。

漆黑夜色，茫茫大漠，只听得马蹄隆隆。我望着天空中稀疏暗淡的两三点星子，心中一片空落落。顽皮的小淘，时常弄坏东西的小淘，总喜欢气我的小淘，温顺的小谦，处处照顾着小淘的小谦……

“醒了吗？”霍去病低头看着我。

我沉默了良久后问：“到哪里了？小月氏吗？”

他抬头望着远处：“你已经昏睡了一天一夜，小月氏已过，现在快到祁连山了，你熟悉祁连山吗？”

我轻轻“嗯”了一声，身子还有些软，我撑着马背坐起：“我想自己骑马。”

霍去病柔声说：“当时看你情绪激烈，所以下的迷药分量很重，人虽然清醒了，只怕还使不上力气，我再带你一程。”

我沉默了一会儿，轻点下头。

黑暗中矗立的山影看着越来越近，遥遥地传来几声狼啸，在马蹄声中隐隐可闻，我心中一动，紧握着霍去病的胳膊，扭头道：“快一点儿好吗？我听到……”我咬了下唇，吞下已在嘴边的话，转回头看向祁连山。

霍去病策马加速，一路越过众人，直向前奔，渐渐地把众人都甩在后面。我诧异地看向他，他低头一笑：“希望是你的那只狼。”

几只狼立在山坡一角俯视着我们，我心绪激荡，冲着祁连山一声长啸，霍去病的马儿猛然拱背撒蹄，想把我摔下马，此时山中遥遥传来呼啸，伴着我的啸声激荡在山间，马越发失控，霍去病无奈下索性弃了缰绳，带着我跃到地上。

我立即挣脱他，他也未拽我，任由我一面呼啸着一面急急奔向山坡上的几只狼。没有想到他们见到我，低低地呜呜了几声，居然一甩尾巴仓皇地逃走了。我满心感情，全然落空，气恼地叫起来："狼八十九，你干吗躲着我？不认识我了吗？"几只小狼从林子间探头看向我，我低低地招呼他们过来，他们刚想走近，忽听到母亲的呜叫，又齐齐躲了回去，我跺着脚直嘶叫："我才不会逼迫你们去烤火。"

霍去病在一旁摇头大笑："玉儿，我还以为你是狼群的公主，怎么也应该群狼迎接才是，怎么个个儿好像都不想见你的样子。"

我瞪了他一眼，侧耳倾听着越来越近的狼啸声，一声震动山林的长啸，一头银狼从林间飞跃而出，直直扑向我，我跳起去迎他，搂着他的脖子一起滚到了草地上，狼兄在我脸上、脖子间嗅来嗅去，我抱着他的脖子，鼻子发涩，眼中全是泪花。

我和狼兄闹腾了半晌方安静下来，狼兄冲着林子低叫一声，一头全身雪白的母狼领着一只通体银白的小狼缓缓走到我面前，我哈哈大笑着去抱小狼，扭回头对霍去病喜悦地说："我有小侄女了，这才是我们的小公主，是不是很美丽？"

霍去病笑着欲走近，雪狼警惕地盯着霍去病，警告地嘶鸣了一声，我朝霍去病得意地扮了一个鬼脸："人家不喜欢你，觉得你不像好人呢！"

霍去病无奈地停住脚步。

小公主脸儿小小，全身毛茸茸的，像一个雪团一样在我身上滚来滚去，狼兄甩着大尾巴逗它，小公主不停地扑腾，每每扑空，跌落回我怀中，龇牙咧嘴地直朝父亲吐舌头，我忍不住地笑了又笑，人与狼欢快的声音回荡在山中，霍去病站在一旁静静凝视着我们，几分自责，几分思量。

山脚下的马蹄声逐渐安静，大队应该都已经到达。霍去病望了一眼山脚下又看向我："玉儿。"

我侧头看向他，他一眨不眨地凝视了我一会儿说："我要回去了，你……你们久别重逢，你先和他们在一起吧！"

我不能相信地盯着他，他竟然愿意放我走？他暖暖一笑：“先别离开祁连山，好吗？”他眼中的不舍，全都化作了要我快乐的笑。

我沉默地点点头，他笑着看向狼兄：“玉儿就先拜托给你们了。”说完也不管狼兄是否听懂，竟然仿若对着长辈兄长，向狼兄深深作了一揖，一转身快步跑着冲下山去。

·——·——·——·——·

小公主随在我和狼兄身后笨拙地扑腾着水，我们的王妃雪狼趴在湖边的大石上温柔地看着我们在水中嬉戏。

我踢了狼兄一脚，你从哪里拐骗了这么美丽的一只狼，狼兄一声长啸举爪扫向我的脸，我立即击打向他的脖子，雪狼惊得从石块上立起，看了一会儿厮打在一起的我们后又安静地坐下。

可怜的小公主却被我们溅起的水花波及，呛着了水，挣扎着向下沉去，我顾不上和狼兄玩闹，忙一把揪起她，狼兄即将打到我的爪子立即停住，小公主毛茸茸的小脸上两只眼睛滴溜溜地圆，此时正可怜巴巴地看着我，四只小爪子在空中无力地挥舞，嘴里发出低低的哀鸣，我笑着亲了一下她的小鼻头，拎着她上了岸。

雪狼立即来替小公主舔舐身上的水珠，小公主在母亲身下惬意地舒展着身子，肚皮朝天，舞动着爪子去挠母亲的脸，欢快地呜呜叫着，我在一旁看得直笑。

狼兄上岸后，身子一拱，我立即警觉地几步跃开，他却追着我硬是在我身边抖动毛发，滴滴水珠飞溅到我的脸上，我无奈下又给了他一脚。

点起篝火烘烤着衣服，狼兄却不像以往一般陪伴在我的身侧。因为雪狼还不能适应火，所以他陪雪狼卧在远处，时不时会彼此亲昵地蹭蹭头，舔吻对方的皮毛。

我看着他们，蓦地明白从此后狼兄陪伴的再不是我，而是雪狼，我只能孤零零一人坐在火边。

心思慢慢飘远，已经两天，霍去病他们如何了？正在琢磨，林子中的狼呜叫了几声，我回应了几声后它们又各自离去。

很多很多人在打架了？我坐着默默出神，战场上的生死没有定数，即使他是霍去病。

我突然站起，把外衣披好，狼兄疑惑地看向我。我把烤架上的肉取下，放到狼兄身边。只有三成熟，不过狼兄应该无所谓。

“我要离开一会儿。”我摸着狼兄的头，呜呜叫着。狼兄不满地低叫了几声，我抱歉地拍了拍他的背就要走，狼兄跃起想随我一起去，我阻止他跟随我，不要你卷进我们人类的争斗。

狼兄暴躁地呼啸着，雪狼低低地呜叫了几声，狼兄立即安静下来，百炼钢也终化为绕指柔，向狼兄嘲笑地呜叫了一声，赶在他发怒前，匆匆向前掠去。回首处三只狼儿立在夜色下，影子交叠相映，温暖和谐。我脸上在笑，心中却是一酸，狼兄已经有自己的家人，我却只有一心不想回忆的回忆。

一路潜行，天明时分才接近大军交战处。

我隐在树上，举目望去。

激战一日一夜，战争已近尾声，尸横遍野，草木都已变为血红色，兵器碰撞声回响在清晨的阳光中，这一切让本该温暖的太阳都变得寒意森森。

我跳下树，穿行在一具具尸体间，这里面有多少个汉朝的李诚，多少个匈奴的李诚？这一具具尸体又会造就多少个李诚？他们会为了父兄的仇恨拿起武器披上铠甲冲入下一场征战中吗？

究竟有多少具尸身？四五万个生命就这么无声地躺在这里了吗？我早就做了进入人间地狱的准备，可心仍旧不受控制地发寒，我走了这么久，却还是走不出遍布尸体的战场，袍子的下摆早已被鲜血浸红，举目望去，却仍旧是尸体和鲜血。

看衣服应该是匈奴惨败，匈奴尸体的数目远远大于汉人。几个溃散的匈奴士兵看到我，立即惊慌地举起残破的兵刃，我一挥金珠，打落了他们手中的兵刃，从他们身边直直走过，一个少年掏出贴身的匕首，还欲扑上来，我冷冷地盯着他，用匈奴语道：“赶紧离开，有多快跑多快，你娘亲还在家等着你。”他们愣了一瞬，虽有犹疑，最后却选择了互相搀扶着急速离去。

夏日的太阳正照在祁连山麓，映得树碧绿亮眼。烂漫缤纷的山花中，霍去病黑袍银甲，手握长刀，巍然而立，居高临下地俯瞰着整个战场。

银色铠甲和长刀反射的点点银光让人不能直视，夹杂着血腥气的风吹着他的衣袍猎猎舞动，失去发冠束缚的乌发激烈地飞扬在风中。

低处是尸体鲜血的狰狞丑陋，高处是绿树红花的温暖明艳，对比鲜明，两种绝不相融的画面，却因为他的身姿气势，在他脚下奇妙地汇合统一，竟然有一种惊心动魄的慑人之美。

传说中的战神之姿，也不过如此吧！

他没有事情，我缓缓吐出一口气，转身欲走。

“金——玉——”愉悦的叫声回荡在山涧中，震破了汇聚在大地上的森寒。

我回首望去。他快速地飞掠在红花绿草间，乌黑的头发张扬在风中，缤纷的花瓣飘拂过他的身周，血腥弥漫中，有一种近乎妖异的美：“你是来找我的？不放心我吗？”

我打量着他：“你的头发怎么了？”

他满不在乎地一笑：“不小心中了一箭，发冠被射掉了。”

我看向正在清理战场的兵士：“匈奴大败了吗？”

霍去病笑点点头：“不是大败，是惨败，活捉了匈奴的酋涂王和五个小王，我们以少对多，他们几乎全军覆没，我军的损失却不过十之二三。”

赵破奴上前行礼，恭声道：“回禀将军，已清点过匈奴死亡人数，毙敌共三万零二百人。”霍去病点了下头，赵破奴笑着说，“匈奴肯定再无余力在祁连山周围汇集大军，今夜我们可以好好休息一下，将军可以欣赏一下匈奴人引以为傲的祁连山风光。”霍去病侧头看着我，挥手示意赵破奴下去，赵破奴瞟了我一眼后低头退下。

“你好像一点儿也不开心？”霍去病凝视着我的眼睛问。

“这场战争是陛下为了争夺河西的控制权而打，是为了开通通往西域诸国的路而打，和我有什么关系？也许顺带着报了李诚的仇，可这样的仇恨根本就报不清。”

霍去病微挑了下眉头：“难得碰到一个不讨厌匈奴的汉人。”

我挥去心上别的思绪，指了指他的头发：“先梳洗一下吧！我也要换一身衣服。”

他笑着来握我的手，我躲开他，边走边说：“你现在可不见得打得过我，还是乖一点儿。”

他随在我身后笑道：“我们比这更亲密的动作都有，如今握一下手还要介意？”

我气瞪向他，他忙摆了摆手，笑嘻嘻地说：“不愿意就算了，你现在的样子可比刚才有生气得多。”

我微怔一下，反应过来，又中了他这好心坏行的计。

扭转头默默走着，霍去病静静在一旁相陪，离战场渐远，风中的花草香渐重，我的心情和缓许多。

斑驳的林木阴影间，我和他的影子也影绰相叠，我心头掠过狼兄一家三口月夜下相重的影子。

·——·——·——·——·

山中篝火熊熊燃烧，众人笑语高扬，酒肉香弥漫在四周。

我和霍去病的篝火旁只有我们两人，偶尔几个将士过来敬一碗酒后又迅速退下。霍去病递给我酒囊，我刚要摇头，闻到气味，又立即问：“这是马奶酒吗？”

霍去病点了下头：“今日的战利品，味道和我们的酒没有办法比。”

我伸手接过，凑到嘴边小小含了一口，慢慢咽下，久别的滋味。

霍去病灌了几口，又递给我，我摇摇头。他一笑，收回酒囊，自顾而饮。赵破奴端着两碗酒向我们走来，霍去病笑骂：“你是想把我灌醉吗？刚敬过酒怎么又来了？”

赵破奴笑着把酒碗递向我：“这酒可不是敬将军，是敬金兄台的，先前的事情我对兄台多有失礼处。我从未见过敢和隼搏斗的鸽子，也从没有想到兄台的鸽子竟然刚烈至此，这样的鸽子我们根本赔不起，请兄台原谅我先前的言语冒犯。”他脸上虽然挂着笑，眼中却满是愧疚。

我半晌仍没有接碗，他的笑容有些僵：“兄台不肯原谅，我也明白。”说完把自己的一碗酒一口气灌下，向我微屈半膝行了个礼欲走，我伸手拿过他手中的碗，一扬头闭着眼睛全数喝下，侧着身子咳嗽起来。

霍去病笑对赵破奴说：“很给你面子！她酒量很差，酒品又不好，一喝醉就失控，所以一般都不愿意喝酒。”

赵破奴此时的笑才真正到了眼睛中，向我抱拳作礼：“多谢！”又向霍去病行了个礼，转身离去。

我坐了会儿，觉得脑袋有些沉，忙站起身：“趁酒劲儿还未上头我先回去了。”

霍去病立即站起，握着酒囊说：“一块儿走吧！”

霍去病的帐篷搭在背阴处，因为顾及我，特意命他人的帐篷离开一段距离。

我人未到帐篷，步子已经开始发软，霍去病欲扶我，我推开他的手，自己却是踉跄欲倒，他不顾我挣扎，强抱起我入了帐篷。

黑暗中，我的脑子似乎一派清明，过往的事情都一清二楚地慢慢浮现，可又似乎很是糊涂，完全不能控制自己的所思所想，越不想想起的事情，反倒越发清晰，心里难受无比。

霍去病摸索着点亮灯，凑到我身边看我，重重叹口气，拿帕子替我擦泪："还在为小谦、小淘、李诚难受吗？"

我拽着他的袖子只是掉眼泪："我阿爹走了，九爷他怎么都不肯要我，现在小淘小谦也走了，狼兄已经有自己的妻子和女儿，只剩我一个了。"

霍去病手僵了一瞬，一手拿起酒囊大喝了几口，一手抹去我眼角的泪："胡说！怎么只剩你一个了？我会陪着你。"

我的鼻子囔囔，随手扯起他的袖子擤了一把鼻子，望着他问："你为何要对我花费那么多心思？"

霍去病看着自己的袖子，无奈地摇摇头，拽开我的手，把帕子塞到我手中，脱下了外袍："你是真傻假傻？我虽然没有明说过，难道你一直不明白我想娶你吗？"

我探着手去拿酒囊，霍去病一把夺过："不许再喝。"说着自己却喝了好几口。

我伸手去抢，他握住我的手："回答我一个问题，我就给你喝，你可有一些喜欢我？"

霍去病眼睛一眨不眨地盯着我，我歪着脑袋，想了半晌："不知道。"

霍去病长叹口气："那你以前看我难过时可有不舍？今天有没有担心过我？"

我拼命点头："我到现在还不愿意见槐花，一见它心里就难过。我害怕你被匈奴伤着，匆匆赶了一夜的路。"

他带着几分苦涩笑起来："你心里有我的。"说着拿起酒囊只是灌酒，"月牙泉边你明明都走远了，为什么要回头？回头看到我时，你知不知道你的脸红了？你为什么脸会红？你若心里没有惦记着我，为何在歌舞坊内特意为我留了座位？你不开心时，我想着法子逗你笑，可但凡我不开心时，你不也是想着法子让我移开心思吗？当日我因为司马迁那些文人的评价不开心时，一向不与我拉扯的你，不惜扯着我的袖子说话，明是戏谑我，其实却只是为了让我一笑。前段日子，你本来因为我强留下了你，满脑子在转鬼主意，说到父亲一事时，察觉到我不开心，却立即一门心思地要把话题转开，啰里啰唆地只说闲话。玉儿，我只是错了一次，晚了一步，如果长安城内……”

我笑指着他的脸说：“你要醉了，你的脸好红，像猴子屁股。”

他笑着摇头：“你才是真醉了，不醉哪里能一会儿哭一会儿笑？”

我又是摇头又是摆手：“我没有醉，我的心里很清醒。”

我望着他手中的酒囊：“我想喝，我好久好久没有喝马奶酒了，小时候偷喝过一次，觉得真难喝。”

“现在不觉得难喝了？”

我哭丧着脸说：“现在也难喝，可那里面有阿爹的味道。”

他将酒囊递给我，我扶着他的手大喝了一口，他缩回手把余下的一饮而尽，随手一扬将酒囊扔掉。

“玉儿，不要回狼群，嫁给我吧！”霍去病侧躺在地毯上，醉眼蒙眬地盯着我。

我嘻嘻笑着没有说话。他又道：“孟九是不错，立如芝兰玉树，笑似朗月入怀，的确是俗世中少见的男儿，可我也不差，而且我一定会待你很好，你忘记他吧！”

我还未说话，他忽地大笑起来：“我是醉了，这些话不醉我是无论如何也说不出来，可我心里也很清楚。”

我皱着眉头，那个灯下温暖的身影，那个温文尔雅的身影，那个总是淡定从容的身影……

霍去病的脸蓦然出现在我眼前：“现在是我在你眼前，不许你想别人。”

我望着他，眼泪又涌出，霍去病替我擦泪，手指抚过我的脸颊，犹豫了下，搁在我的唇上，他的手指立即变得滚烫，身子也僵硬起来。我愣愣看着他，他忽地长嘘口气，猛然吻下来，我心中似明白似糊涂，身子变得又轻又软，像要飞起来，又像要坠下去，唯有他的唇，他的手，他的身体，火一般烧着，而我的心好冷，想要这份滚烫……

·——·——·——·——·

我在隐约的狼啸声中清醒过来，只觉头重身软，痛苦中睁开眼睛，看到我和霍去病的缠绵姿态，难以置信地又立即闭上。

满心震惊中，昨夜一幕幕时清晰、时模糊地从心中滑过。我一动不敢动地躺着，脑子木木，又一声狼啸隐隐传来。我闭着眼睛从霍去病怀中轻轻滑出，背着身子快速穿好衣服。

蜡烛还剩小半截，我无法面对这么通亮的屋子，吹熄蜡烛，在黑暗中默默立着，身后的霍去病翻了个身，我一惊下竟然几步蹿出了帐篷。

远处巡逻的士兵列队而来，我匆匆隐入山石间，循着时断时续的狼啸声而去。

半弯残月斜斜挂在天上，映着山涧中的一潭碧波。狼兄正立在湖边的石头上，半昂着头长啸，雪狼也伴着他时而呼啸一声，小公主看到我立即扑上来，到脚边时却只呜呜叫，迟疑着没有向前。

我咬着唇弯身抱起她："我的气味变了？"走到狼兄身旁坐下，狼兄在我身上嗅了几下，疑惑地呜叫了两声，看我没有理会，无聊地趴在了大石上。

我的气味变了？因为我已经不是少女，今日起我已经是个女人了。我连着捧了几把冰凉的泉水浇在脸上，想要借此浇醒自己，可清醒了又能如何？

默默地看着潭水，千头万绪竟然无从想起。

小公主在我怀里扭动着身子，我却没有如以往一般逗着她玩，她不耐烦地从我怀中跳出，去咬父亲的尾巴。

雪狼猛然一个转身，冲着林间一声充满警告攻击的嘶鸣，我诧异地回头，虽然什么都没有看见，可暗处肯定有让雪狼不安的东西。一向警惕性最高的狼兄却依旧神态怡然地逗着小公主，只向雪狼低低地呜叫了一声。我立即扭回头，全身僵硬地坐着。雪狼听到狼兄的呜呜，收了攻击之态，却依旧小心翼翼地护在小公主身前。

半晌后，才听到身后一个轻柔到带着担心的声音："玉……玉儿，我……我……"声音渐小，四周又陷入了寂静，两人一前一后，一坐一站，都一动不敢动。

小公主停止了戏耍，好奇地瞪着乌黑的眼睛看看我，又望望霍去病。

狼兄不耐烦地长啸一声，给我身上拍了一爪子，又冲着霍去病叫了一声，领着雪狼和小公主踱步离去。

霍去病走到我身后："对……对不起，我……我……"

他这般的人，竟然也会紧张得连话都说不完整。我抱着膝盖望着湖面："没什么对不起，如果有错也是一人一半，你又没有强迫我。"我的声音十分平稳，心却慌乱无比。

霍去病想坐下，犹豫了下，走开几步，隔着一段距离坐在石块上，也默默望着湖水，大半晌两人都无一句话。他随手捡起脚边的一块石头扔进湖中，恰好打中月影处，月华碎裂。他蓦地站起坐到我身侧，用力握着我的肩膀让我看向他，目光异常坚定："玉儿，嫁给我。"

我心中凌乱，不敢与他对视，眼光飘向湖对面，却发现狼兄和雪狼竟然并排蹲坐在前方，专注地看着我们，小公主也学着父母的样子，蹲坐在地上，歪着脑袋，瞪着乌溜溜的眼睛凝视着我们。

我满腹说不清厘不了的思绪，不禁也迸出几丝笑意，随手捡起一块石头，朝狼兄扔去："很好看吗？"

狼兄一动不动，眼睛一眨不眨，石头恰恰砸在他脚前，却把小公主吓了一跳，"呜嗷"一声蹿到了父亲的背上。

狼兄虽然不会说话，可他的眼睛中却带着担心，还有期望和鼓励，那是盼着我能快乐幸福的眼神，和阿爹临别时看着我的目光一模一样。

我凝视着狼兄的眼睛，微微而笑："好。"

霍去病一把握住我的胳膊："你说了好？是对我说的吗？"

我四处张望寻找，笑看着他问："难道这里还有别人吗？那我倒是要再考虑考虑。"

霍去病盯了我一会儿，猛然大叫一声，抱着我从石块上跃起，又跳又舞。狼兄对着天空愉悦地呼啸，小公主有样学样，奶声奶气地也呜呜叫着。

一时间，山涧中飘来荡去的都是快乐。我望着即将西落的月亮，此时这轮月儿也照着长安城的那个人吗？

低头看向霍去病，正对上他盈满快乐的双眼，我心中几分牵动，抿嘴一笑，伸手抱住他，头靠在他的肩上。

霍去病安静地拥着我，不一会儿他摇摇我："你再说一遍，你真的答应了吗？"

我的心中又是快乐又是心酸，仰头看着他说："金玉答应嫁给霍去病。"

他大声笑着："这是我这辈子听到的最好听的话，你再说一遍。"

我敲了他肩膀一下："不说了。"

他的额头抵着我的额头，嘴边满是笑，灿若星子的眼睛盯着我，轻声央求："再说一遍，就一遍。"

我嗔了他一眼，嘴里却顺着他的意思轻声说："我答应嫁给你。"

霍去病在我脸上亲了一下："好娘子。"

我神情怔怔，霍去病笑容略僵，疑惑地看着我。

"好娘子"三个字在心中萦绕，此时才真正明白自己的身份即将改变，我的脸渐渐烧起来，嘴角慢慢上扬，霍去病想来已经明白我在想什么，疑惑之色退去，满眼俱是温柔地凝视着我，一言不发，只是把我紧紧地搂在怀中。

东边的天色已经露白，山林中早起的鸟儿开始婉转鸣唱。

夜色将尽，新的一天就要开始，恰如我的生活。

第五章

初吻

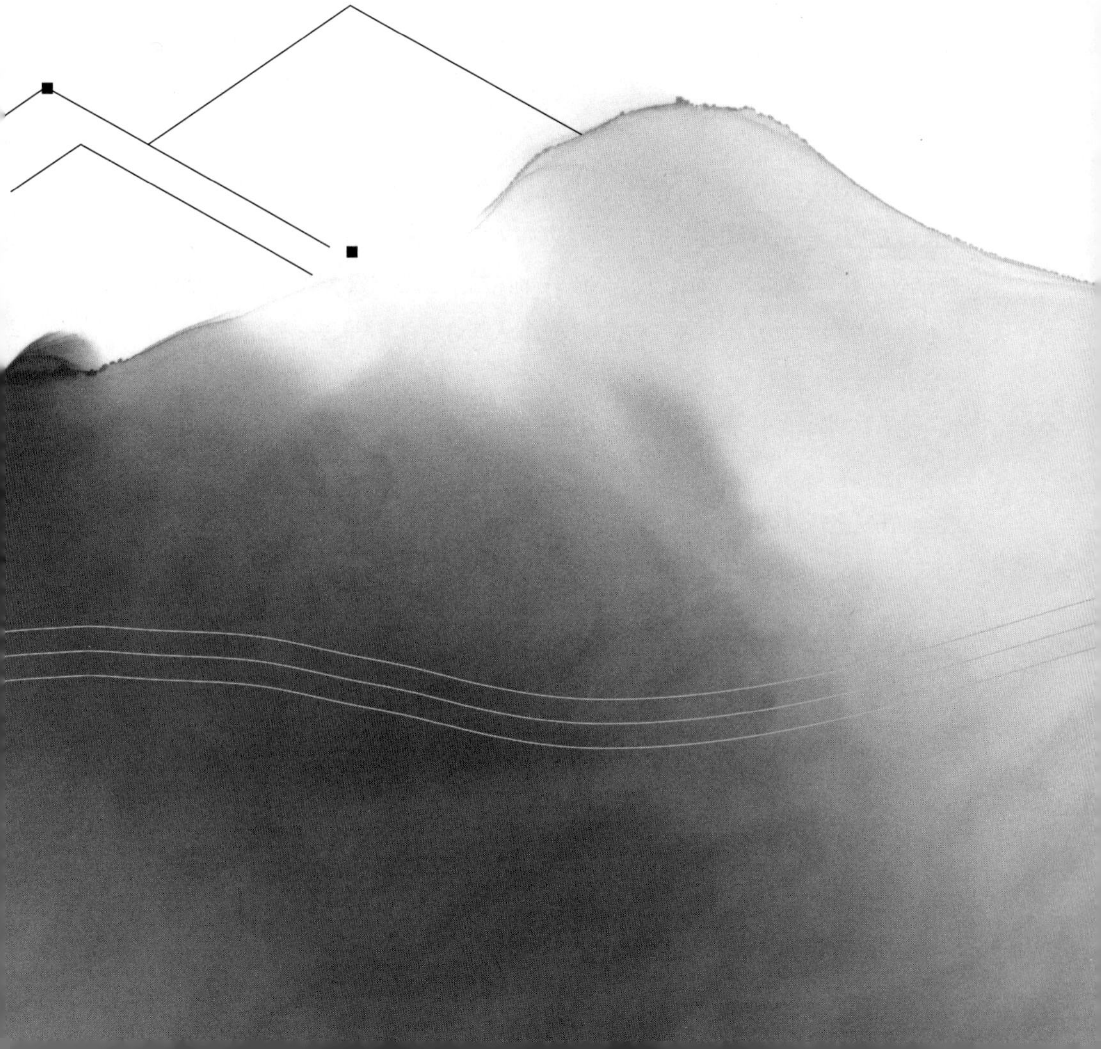

我和霍去病在前而行，狼兄和雪狼尾随在后，小公主时而跑到前面追一会儿蝴蝶，时而跑到我的脚边让我抱她一会儿，又或者学着父母的样子，矜持优雅地漫步。

经过两日多的相处，雪狼对霍去病的戒备少了很多，只要我在时，她不再阻止霍去病接触小公主。

“再沿这个方向走下去，就进入匈奴酋涂王统治的腹地，虽然他们已经吃了败仗，附近再无大队兵马，可难保不撞上残兵。”霍去病笑着提醒我。

我回道：“我知道，匈奴逐水草而居，而祁连山麓是匈奴水草最为丰美的地方，匈奴的军队虽然败走，可那些在这里放牧的牧人却肯定舍不得离去，就是碰不到残兵，也很有可能遇上牧人。”

他有些纳闷地问：“你说要带我去见一个人，难道是匈奴人？”

我侧头看向他：“如果是匈奴人呢？”

他满是豪气地笑着：“玉儿，笑一笑，一路行来，你面色越来越凝重。不要说是匈奴人，就是匈奴的单于我也陪着你去见。”

他看了眼我的衣裙：“不过应该不是匈奴人，给你寻的女子衣裙有汉人的、西域各国的，也有匈奴的，你却偏偏挑了一件龟兹的衣裙，匈奴的衣裙是第一件被你扔到一旁的，好像颇有些憎恶的样子。”

我轻叹一声：“本来应该穿汉家衣裙的，可龟兹的衣裙配有面纱。”看了眼他的打扮，“不过有你就够了。”

一个山坳又一个山坳，我们在茂密的林木间穿行，狼兄已经明白我想去什么地方，不耐烦跟在我们身后，急匆匆地飞蹿出去。

没有多久狼兄又悄无声息地飞跃回来，挨着我低低地呜叫了几声，我立即停住脚步，霍去病问道："怎么了？前面有人？"我点点头，犹豫了一瞬，依旧向前行去，人和狼都收敛了声息，尽量不发出任何声响地走着。

我和霍去病弯着身子在灌木间潜行了一段，当我刚看到坟墓前的身影时，猛然停住，霍去病忙也停下，从灌木丛间望去。

一座大坟墓，一座小坟墓，一个男子正静静坐在坟前饮酒，他身后不远处恭敬地立着两个随从。霍去病看清坟前坐着的人，带着几分诧异和担心看向我，我只定定地凝视着坟前坐着的伊稚斜。

蔓生的荒草间，时有几声隐隐的虫鸣，从树叶间隙筛落的点点阳光映照在坟墓荒草和伊稚斜身上，斑驳不清，越发显得萧索荒凉。

他对着坟墓，安静地饮酒，身影满是寥落，举杯间似乎饮下的都是伤心。

伊稚斜替坟墓清理荒草，用手一把把将乱草拔去。他身后的随从立即上前，半跪着说："单于，我们来做吧！"伊稚斜沉默地挥了下手，两个随从彼此对视一眼，都又退回原处。

我的手无意识地握住身边的灌木，越握越紧，等霍去病发现，急急地把我的手从带刺的灌木上掰开时，已是一手的血。

伊稚斜把两座坟墓都清扫得干干干净，他给大的坟墓前倒了杯酒，自己也满饮一杯："徐兄，今日你应该很高兴。祁连山的大半山脉已经被汉朝夺去，也许你以后就能长眠于汉朝的土地，大概不会介意陪我喝杯酒。你以前和我提过，动荡的游牧和稳定的农业相比，终究难有积累，短期内游牧民族也许可以凭借快速的骑兵、彪悍的武力降服农业国家，可如果游牧民族不及时扭转自己的游牧习态，在人口、文化和财富上不能稳定积累，长期下去仍旧会败给农业国，不可能统治农业国。我当时问你，那如果攻略后，以农业国家的习俗治理农业国家呢？你说如果游牧民族选择放弃游牧的习惯，转而融入农业国，虽然可以达到统治的目的，但几代过后，游牧民族本来的民族特性就会完全消失，同化在农业国家中，所以相较于更适合于人群繁衍生息的农业社会形态，游牧民族注定会成为弱势的族群，甚至消失的族群，只是看以哪种方式消失而已。我当时曾很不服气，认为我们匈奴祖祖辈辈都如此而过，只要有勇士，怎么可能轻易消失？可现在才真正懂得几分你所说的道理。如今一切都如你所预料，汉朝经过文、景两朝，国库充裕，人丁兴旺，匈奴相较汉朝，人力、财力都难以企及。”

伊稚斜又倒了杯酒给阿爹：“前有卫青，现在又出了个霍去病，匈奴却朝中无将。我们祖先一直骄傲的骑兵也大败给了霍去病，一个农业大国的将军居然比我们生于马背、长于马背的匈奴更快更狠，因为他，汉朝对匈奴终于从卫青时代的积极防御转变为主动进攻。”

他喝尽杯中的酒，长叹一声：“其实这些倒都罢了，我现在最苦恼的是汉朝的军队都直接归于皇帝，而我们的兵权却分散在各个部族，表面上各个部族都受单于支配，其实手中握有兵权的藩王们各有心机。现在不同于往日匈奴所向披靡、大家为争夺财物奋勇而战的时光，一个霍去病，让各个藩王打仗时都唯恐自己的兵力被消耗，都等着他人能打前锋，等来等去却等到自己灭亡，就这一点上我们已经输给汉朝。不过我不会放弃，也不能放弃……”

我不禁瞟了眼霍去病，原来他现在是匈奴人心中最可怕的敌人。

霍去病一直在细看我的神色，低声问：“你听得懂他说什么？”我点点头。

伊稚斜的手轻抚过小坟墓，眼睛半闭，似乎想着很多东西，很久后，手仍搁在坟墓上。

看到他的神色，我心中有些困惑，应该不是他雇人来杀我的，他并没有怀疑过我已经死了，可是……转而一想，这些并不重要，再懒得多想。

他静静坐了半晌后，最终一言不发地站起，带着人离去。

我又蹲了一会儿，估计他们已走远，才走出树丛，跪倒在墓前，对霍去病说：“这就是我要带你来见的人。”

霍去病的神情既惊又喜：“这是你……”

我点点头，对着坟墓磕头：“阿爹，我带了一个人来见你。”

霍去病立即也跪在墓前，磕了个头道：“伯父，在下霍去病，就要娶你的女儿了。”

我眼中本含着泪水，听到他说的话，又不禁破涕而笑：“哪有你这么毛躁的？我阿爹可不见得喜欢你。”

霍去病笑着挠了挠头，打量着墓碑上的字：“你父亲是匈奴人？”

我摇摇头：“汉人。”

霍去病看向一旁的小坟墓，轻声问：“这是你的兄弟吗？”

虽然伊稚斜刚擦拭过阿爹的墓碑，可我仍旧拿了帕子出来仔细擦着，霍去病忙从我手里抢过帕子：“我来擦吧！你爹爹看见你手上的伤痕要是责怪我，一生气，不肯把你嫁给我，那可就惨了。”

霍去病擦完阿爹的墓又要去擦小墓，我拦住他：“那个不用擦。”

他眼中含着几分疑惑，却没有多问，我沉默了会儿道：“那个是我的坟墓。”

霍去病愣了一瞬，又立即明白了一切：“难怪你在长安城时，那么害怕见那个人，你不想让他知道你还活着。”

我点点头。

狼兄围着坟墓打了几个圈，有些无聊地带着雪狼和小公主又跳进了丛林中。

霍去病凝视着坟墓说：“我看那个匈奴人气度不凡，一个汉人能让匈奴人那么尊敬，你阿爹很不一般。”

我盘膝坐于地上：“阿爹生前心心念念就是能回到长安，死后却不得不长眠于匈奴的土地上，如今你打下了祁连山，让阿爹能睡在汉朝的土地上，阿爹肯定会很喜欢你。”

霍去病有些喜不自胜，笑着又给阿爹磕了三个头：“多谢岳父赏识，我一定再把匈奴人赶远一些，让岳父所见所闻都是汉人。”

我又羞又恼：“哪有人像你这样，改口改得这么快？我阿爹虽性子还算洒脱，可骨子里还是很重礼法。”

霍去病微挑了下眉头：“你和你爹爹可不怎么像。”

我笑着点头：“嗯，阿爹老说我难脱野性，我一直就不耐烦守那些人自己造出来的破规矩，就是现在，看着我表面上好像人模人样，勉强也算循规蹈矩，其实……”

霍去病笑接道：“其实却是狼心狗肺。”

我不屑地哼了声，向他拱拱手：“多谢你称赞。我从小就觉得狼心狗肺该是夸赞人的词语，狼和狗都是很忠诚的动物，又都很机智，不明白人怎么会用这个词语来骂人。”

霍去病半撑着头大笑起来，我半带心酸半含笑：“当年我这么和阿爹说时，阿爹也是撑着头直笑。”

日头西斜，落日的余晖斜斜照在阿爹的墓上，一切都带上一层橙红的暖意。

霍去病一直陪在我身边，我愿意讲的事情，他会侧耳细听，我不愿意讲的事情他也不多问。有时悲伤的情绪刚上心头，他几句话一说，弄得人又气又笑，只能苦笑连连。

我眯着双眼看向夕阳：阿爹，你可以放心我了，这个人在身边，我还真连哭的时间都不太容易找到。

想到伊稚斜在墓前的萧索身影，侧头看向霍去病盛满宠溺的眼睛，心中颇多感慨，两人目光盈盈交会，他忽地打了个响亮的响指，一脸匪气地说：“你这么看着我，我会……”我闪避不及，他已在我脸上印了一吻，“……忍不住做登徒子。”

我气恼地去打他，他笑着叫道：“岳父大人，你看到玉儿有多凶了吧？”

在这一瞬，我突然发觉我真正放下了，放下了过去，放下了对伊稚斜的恨意。阿爹，女儿现在才真正明白你的叮嘱原来全是对我的爱。只有放下，向前走，才会幸福。

·——·——·——·——·

虽然匈奴大军吃了败仗，可普通老百姓的生活还要继续，牛羊依旧奔跑在蓝天下，集市也依旧热闹着。汉人、匈奴人和西域各国的人会聚在此，也依旧为生计而奔波。

一个匈奴盲者，坐在街角，拉着马头琴唱歌，歌声苍凉悲郁，围听的众人有面露凄伤的，也有听完脸带笑意的，还有的轻叹一声，给盲者扔下一两枚钱就匆匆离去。

霍去病丢了半片金叶子，出手豪阔，引得众人都看向我们，我忙拉着他离去，他低声问：“那个人在唱什么？”

我瞟了他一眼：“在唱你。”

他笑道：“唱我？蒙我听不懂匈奴话。”

我和着曲子，低声翻唱：

失我焉支山，使我嫁妇无颜色；

亡我祁连山，使我六畜不蕃息。

曲词简单，却情从心发，让整首歌弥漫着哀伤。

渐渐走远，盲者的歌声渐渐消失。一旁的酒铺中却有人一面饮酒，一面低低地哼着盲者的曲子。

我们进了一家汉人开的店铺，小二笑问："要酒吗？"

霍去病征询地看向我，我脸上滚烫，撇过头道："随你，我不喝。"

他也面色尴尬起来，向小二摆了下手："就上些吃的吧！"

"我们逛完这里，你还想去别处吗？"霍去病吃了几片牛肉后问。

我摇摇头："不去了，和小时候已经大不一样，不知道究竟是事情本身变了，还是我看事情的眼睛变了。"

他笑道："恐怕是心境变了，那我们用完饭就绕道赶回军中。"

一个已经有几分醉意的匈奴男子趴在案上，断断续续地哼唱："失我焉……焉支山，使……使我嫁妇无颜色；亡我祁连……连山，使我六畜不……不蕃息。"唱到悲伤处，语声哽咽，泪水混着酒水落在桌上。

霍去病轻叹口气："怎么走到哪里都听到这首歌？"

我故作了个惊讶的表情，低声取笑："呀！比那些文人的笔墨文章更生动，看来霍大将军的威名要随着歌声传遍漠北漠南了，不知道这首歌能否流传千年。千年后的人一听到此歌，就应该能遥想到霍大将军的风采，肯定让人无限神往，不知是何等的英姿呢！"说着向他眨眨眼睛。

霍去病嘴角带了抹笑，凑到我耳旁："我只要你神往就行。"

我取笑未成，反被取笑。被他口鼻间的气息一拂，耳朵火辣辣地烫着，忙借着低头吃菜，避开了他。

一旁的人耳朵倒是好，听到我说霍去病，笑着向我点点头，和同案而坐的人一碰酒杯，笑着说："今年真是我们汉人大长威风的一年，春天里，霍将军一万人就夺了匈奴人的焉支山，夏天又大败匈奴几万人的大军，夺了祁连山。"

与他对饮的人瞅了眼趴在案上的匈奴人，讥笑道："小时候跟着父亲来这边做生意，这帮蛮人时常趾高气扬，讥讽我们汉人怯懦，要么靠着给他们进献公主苟安，要么就守着城池，不敢和他们在马背上真打，现在不知道谁不敢和谁打了。"

没想到案上趴着的匈奴汉子长得虽然粗豪，却听得懂汉语，闻言撑着站起，指着说话的两人，用匈奴话怒叫道："是男人的，不要光说不练，我们这就到外面比试一场，你们赢了，我把脑袋割给你，让你带回汉朝去炫耀。"

匈奴人的这番话，虽只说自己输了如何，但匈奴人轻生死、重豪勇，这样的话出口，对方也肯定不会示弱，其实已经立下了生死相搏的誓言。那两人看着昂然立于他们面前的大汉，都有犹豫之色，头先向我点头而笑的人忽一咬牙，站起道："比就比。"

我正看得津津有味，霍去病忽地握住我的手，目光看着窗外。我怔了一瞬，立即搁下筷子，戴好面纱。

醉酒的匈奴人四处打量一圈，走出店门，拦住一行穿着匈奴服饰、恰好经过店门的人："草原上的兄弟，我叫黑石头，要和两个出言侮辱我们匈奴的人比斗，汉人都狡猾不守信用，你们可愿给做个见证？"

伊稚斜还未开口，目达朵冷哼一声："当然可以，一定要割了他们的脑袋。"

消息不胫而走，街上的匈奴人越聚越多，那两个汉人都露了惧色，求助地看向店老板。老板摇摇头，低叹道："我们虽打了一个胜仗，可这里自古以来一直是匈奴的地域，匈奴人的势力岂能一个胜仗就轻易清除？你们居然在人家的地头公然叫骂人家是蛮子，再散漫的匈奴人也被你们激得受不了，何况他们刚吃了败仗，早就窝了一肚子气。我们在此地做生意的汉人，平日都对匈奴忍让惯了，实在帮不上忙。"

霍去病低声问："他们刚才说什么？"

我道："他们恐怕是活不了了，真讨厌，要打就赶紧打，堵在这里惹人厌。"

霍去病笑起来："如果不是恰好拦住了你害怕见的人，你恐怕比谁都高兴看热闹。"

我嗔了他一眼："我心里的结已经解开，现在根本不害怕见他，如今只不过是懒得惹上麻烦，少一事总比多一事好。"

街上又一个匈奴汉子叫道："你们有两个人，我们也再出一个人，不欺负你，你在我们中间随便挑。"街上的匈奴人都齐齐慷慨应诺，毫不畏惧生死。

我撑着下巴看着那两个人，已经和黑石头约战的人倒是慢慢平静下来，可他的同伴却望着街上，身子不停地抖。他怒对同伴叫道："事已至此，大不了一死，不要丢汉人的脸。"他的同伴却仍然只是颤抖，迟迟都一步未动，惹得街上众人大笑。霍去病冷眼看着他们，我好笑地撇了下嘴。

“在下于顺，这位姓陈名礼，我们都是陇西成纪人，如果头颅此次真被匈奴人拿了去，还盼这位小哥念在同是汉人的情分上能给我们家中报个信。”于顺向霍去病深作一揖。

霍去病看向陈礼，淡淡道：“传闻陇西成纪出名将勇士，战国时，秦国有名将李信，赵国有名将李牧，汉初有名将广武君李左车，今有飞将军李广。成纪子弟在军中名声甚佳，今日倒是看到一个别样的成纪子弟。”

于顺满面愧色地看了眼陈礼，陈礼蓦然指着我，对着街上的众人大叫道：“她，她刚才也骂了匈奴，是她先说的，她夸赞霍去病，我不过随口跟了几句。”

虽然背对着众人，可也能感觉到数百道视线凝在我身上，大概看我是女子，一时不好泄愤，又都怒盯向霍去病。

目达朵“啊”的一声轻叫，忽地说道：“爷，我们走吧！这里人太杂，不好久留。”

她话音未落，伊稚斜却走进店中，含笑对霍去病道：“真是人生何处不相逢。”

霍去病坐着未动，没有回应伊稚斜的问候。

伊稚斜的侍卫上前，带着怒意说：“在长安城时看到你的身手就有些手痒，我叫铁牛木，有几把蛮力气，想和你比画比画。”霍去病仍旧端坐未动，对他们毫不理会，只看着我。

“哈哈……汉人就这样子，光是嘴上功夫。”外面的哄笑声越发大起来，有人讥笑道，“刚才说他人时，倒很像个勇士，原来也是烂泥。”

我暗叹一声，如果真躲不开，那就只能面对，笑对霍去病道：“不用顾忌我，随你心意做吧！”

霍去病点点头，站起身对着铁牛木朗声道：“和你比，胜之不武！让你们匈奴骑术和箭术最高的人来比，我若输了就把这项上人头给你们，你们若输了，从此后，这个集市再不许匈奴人对汉人有任何不敬。听闻匈奴人最重承诺，我肯定不用担心有诺不应的事情。”

铁牛木既然能做伊稚斜的贴身侍卫，肯定是匈奴人中出类拔萃的角色。可霍去病仍然认为他不够资格，他被气得脸色铁青，刚想说话，伊稚斜盯了他一眼，他的手紧紧握成拳头，愤怒地瞪着霍去病，却只能强抑着怒气。

几百人拥挤在街道上，原本七嘴八舌，纷纷扰扰，此时被霍去病气势所震，骤然一片安静。

过了一瞬，围聚在外的汉人哄然叫好，一改刚才缩肩弯背、恨不得躲到地缝中的样子，此时个个都挺直了腰杆，意气飞扬地看向匈奴人，真正有了大汉民族的样子。

一些听不懂汉语的匈奴人、西域人赶着问周围的人究竟怎么回事。待各自搞明白事情缘由，匈奴人都收起轻慢之色，带着几分敬佩看向霍去病。一改刚开始时抢着比试的景象，彼此迟疑地对视着，不知道究竟谁才能有资格应下这场比试。

黑石头叫道："这个姑娘虽赞了汉人的霍将军，可并没有辱及匈奴，霍将军的确厉害，和我们马背上真打。他虽是我们的敌人，可我也不得不承认他是条好汉。你们谁想和这位勇士比就比，可我依旧要和他们二人比试，让他们收回自己的话。"

霍去病向黑石头抱拳为礼："我若输了，他们二人自该给你赔罪道歉。"

陈礼急急道："他若输了，我们一定道歉。"

于顺看了眼霍去病，又打量了一眼我，向黑石头道："他若输了，我的人头就是我的赔罪礼。"

众人低呼一声，黑石头一收先前的狂傲之色，跷了跷大拇指，赞道："好汉子，我收回先头说的话，你们汉人并不都是光会说不会练的。"

匈奴人越聚越多，却再无一人对汉人轻视，都小声议论着该何人出战。铁牛木又怒又急，手上的青筋直跳，看了伊稚斜的神色，又只得静静站好。

伊稚斜最后见我时，我不过十二三岁，如今早已身量长足，身高体形都变化很大，现在又是戴着面纱，侧身对他，伊稚斜从我身上瞟过一眼后，就只静静打量着引人注目的霍去病。那一眼却让目达朵脸色瞬间煞白，她一面刻意地一眼不看我，一面又会忍不住地从我面上扫过，眼中神情复杂。

霍去病在众人的各种眼光下恍若不觉，气定神闲地坐下，啜了口茶，低笑着问我："若真把脑袋输了怎么办？"

我笑道："那也没办法，只能追着你到地下去了。"霍去病呆了一下，毫不避讳众人，伸手紧紧地握住我的手，我回握住他，两人相视而笑。

外面众人仍在争执究竟该让谁比试，伊稚斜忽地不紧不慢地说："足下可愿意与在下比试？”他的声音不高，却偏偏令所有的争执声都安静下来，上千道目光齐刷刷地看向他，原本各自拥护自己推崇者的人，虽面有犹疑之色，看着他的气势，却都难出反驳之语。

伊稚斜身边的侍卫立即全都跪了下来，纷纷劝诫，铁牛木恳求道：“他还不配您亲自出手，我们任何一人就够了，您若觉得我不行，就让真沓去比试，我不和他争。”

目达朵盯着我和霍去病交握的双手，神情一时喜一时忧。听到伊稚斜的话语，又是大惊，嘴微张，似乎想劝，却又闭上了嘴巴。

霍去病感觉到我的手骤然一紧，没有顾及回答伊稚斜，忙探询地看向我。

伊稚斜的箭术和骑术都是匈奴人中数一数二的，我虽想到他也许会对霍去病留意，但毕竟他现在是一国之君，最多也就是派身边身手最好的侍卫比试，没料到他竟然和霍去病一样，都是不按棋理走棋的人，此番真正要生死难料了。但握着我手的人是霍去病，即使生死难料，他又岂会退却？

我握着霍去病的手，粲然一笑。他神情释然，也笑起来，牵着我的手站起，对伊稚斜说：“我没有马匹和弓箭，要烦劳你帮一下这个忙。”

伊稚斜浅笑着颔了下首：“不过，如果你输了，我不想要你的人头，我只想请你帮我做事，与我并无主客之分，我以兄弟之礼待你，也仍旧会劝此地的匈奴人尊重汉人。”

伊稚斜身旁的侍卫和目达朵都齐齐惊呼了一声，街上的匈奴人更是个个不解地看看伊稚斜，再看看霍去病。

霍去病哈哈大笑起来：“承蒙你看得起在下，不过对不住，我是汉人，这天下我只做汉人想做的事。若输了，还是把脑袋给你吧！”

伊稚斜沉默了一瞬，浅笑着看向我和霍去病交握的手：“夫人是龟兹人吗？龟兹和匈奴习俗相近……”我打断他的话，微咬着舌头说：“只要他愿意做的，就是我愿意做的。”

伊稚斜眼中掠过几丝惊诧，直直盯着我的眼睛。

我浅笑着，坦然地回视着他。没有回避，没有害怕，没有恨怨，有的只是没有任何情绪的平静，像对一个陌生人无礼注视的客气回视。

一旁的目达朵紧张得身子打战。好一会儿后，伊稚斜眼中闪过失望，似乎还有些悲伤，微摇了下头，再未多言，转身当先而行，几个侍卫忙匆匆跟上。

我和霍去病牵着彼此的手，尾随在后。围聚在街上的人都自发地让开道路。几个侍卫偶尔回头看我们一眼，看向我时都带有同情悲悯之色，目达朵盯了我一眼又一眼，示意我离开，我装作没有看见，自顾走着。

霍去病低声问：“他的箭术很高超吗？这几个家伙怎么看我的目光和看死鱼一样？”

我笑着点点头：“很高超，非常高超。”

霍去病轻轻“哦”了一声，淡然地走着。

铁牛木牵了匹马过来，马上挂着弓箭，霍去病拿起弓箭试用了一番，牵着缰绳看向我，我笑着说：“我在这里等着你。”

他翻身上马，灿如朝阳地一笑：“好玉儿，多谢你！得妻若此，心满意足。”话一说完，背着长弓，策马而去，再未回头。

目达朵站在我身侧，眼睛望着前方，轻声说：“姐姐，原来长安街道上的那一夜我们早已相逢，单……的武功你很清楚，姐姐，你不怕吗？他也是个怪人，看得出他极喜欢姐姐，此去生死难料，可他竟然看都不再看你一眼。”

我笑而未语。怕，怎么不怕呢？可这世上，总有些事情，即使怕也要做。

天空中，一群大雁远远飞来，伊稚斜让正在设置靶子的人停下，笑着指了指天上：“不如我们就以天上的这群大雁定输赢，半炷香的时间，多者得胜。”霍去病笑着抱抱拳，点头同意。

香刚点燃，两人都策马追逐大雁而去，也近乎同时羽箭飞出，天空中几声哀鸣，两只大雁同时坠落，其余大雁受惊，霎时队伍大乱，各自拼命振翅，逃窜开去。

天上飞，地上追，伊稚斜和霍去病都是一箭快过一箭，两人一面要驾驭马儿快如闪电地奔跑，来回追击逃向四面八方的大雁，一面要快速发箭，赶在大雁逃出射程之前尽量多射落几只。

如此生动新鲜的比试方式的确比对着箭靶比试刺激有趣，上千个围观的人竟然一丝声音未发，都屏息静气地盯着远处策马驰骋的两人，偌大的草原只闻马蹄“嘚嘚”的声音和大雁的哀鸣。

关心则乱，论目力只怕在场的人难有比我好的，可我此时竟然完全不知道霍去病究竟射落了几只，侧头看向目达朵，她也是一脸沮丧，摇摇头："数不过来，我早就乱了，早知道只数单……的就好了。"

我本来还一直着急地看看伊稚斜，又看看霍去病，心里默念着，快点儿，再快点儿。此时忽地放松下来，既然心意已定，又何必仓皇？遂再不看伊稚斜一眼，只盯着霍去病，不去管是他跑得快，还是大雁飞得快，只静心欣赏他马上的身姿，挽弓的姿态，一点一滴仔细地刻进心中。

半炷香燃尽，守香的人大叫了一声"时间到"，还在挽弓的二人立即停下，策马跑回，伊稚斜的侍卫已去四处捡大雁，围观的众人都神色紧张地盯着四处捡雁的人，反倒霍去病和伊稚斜浑不在意。两人一面并辔骑马，一面笑谈，不知说到什么，二人同时放声大笑，说不尽的豪气洒脱，畅快淋漓。

跳下马后，伊稚斜笑对霍去病赞道："真是好箭法，好骑术！"

从不知道谦虚为何物的霍去病罕有地抱了抱拳，笑道："彼此，彼此。"

捡雁子的人低着头上前回禀："白羽箭射死二十二只，黑羽箭射死……二十三只。"

众人蓦然大叫，只是有人喜，有人却是伤。

我的心咯噔一下，迅即又恢复平稳，只眼光柔柔地看向霍去病。他听到报数，嘴边仍然不在意地含着丝笑，侧头望向我，满是歉然，我微笑着摇下头，他笑点下头。

伊稚斜郑重地向霍去病行了一个匈奴的弯身礼，极其诚恳地说："请再考虑一下我先前的提议。"他以单于的身份向霍去病行礼，跟随着他的众人都是满面惊讶与震撼。

霍去病笑道："我早已说过，我是汉人，只会做汉人想做的事情，愿赌服输，你不必再说。"

说完，再不理会众人，只向我大步走来，当着众人的面把我揽入怀中，半撩起我的面纱，低头吻向我，原本的喧闹声霎时沉寂。

寂静的草原上，连风都似乎停驻，我只听到他的心跳声和我的心跳声。一切都在我心中远去，苍茫天地间只剩下我和他，他和我。

短短一瞬，却又像绵长的一生。从与他初次相逢时的眼神相对到现在的一幕幕快速在脑海中滑过。

在这一刻，我才知道，在点点滴滴中，在无数个不经意中，他早已经固执地将自己刻到了我心上。

在即将失去他的一刻，我才知道我有多恐惧失去他，我的心会这么痛，痛得我整个人在他怀中簌簌抖着，但……苍天无情，现在我只能拼尽我的热情给他这个吻，让他知道我的心。

我们第一次真正亲吻，却也是最后一次亲吻，他尽全力抱着我，我也尽全力抱着他。可缠绵总有尽头，他缓缓离开了我的唇，温柔地替我把面纱理好："玉儿，拜托你一件事情，护送我的灵柩回长安，我不想栖身异乡。那里还有个人在找……"他眼中几分伤痛，思绪复杂，忽地把没有说完的话都吞了下去，只暖暖笑着，一字字道："答应我，一定要回长安。"

我知道他是怕我实践起先两人之间的玩笑话，追着他到地下，所以刻意嘱咐我做此事。

其实，我压根儿没有听进去他说什么，但为了让他安心，轻点了下头，心中却早定了主意。

他静静地凝视着我，眼中万种不舍，我的心正在一点点碎裂成粉末，而那每一颗粉末都化作了尖锐的刺，随着血液散入全身，全身上下都在痛，可面上仍要坚强地对着他微笑，我要他最后看见的是我的笑容，是我的美丽，我不要他因为我而瞻前顾后。

最终，他在我额头又印了一个吻，缓缓放开我，转身看向伊稚斜的侍卫，大笑道："借把快刀一用。"

匈奴人虽豪放，可众目睽睽下，我和他惊世骇俗的举动让众人都看直了眼。目达朵目瞪口呆地望着我，我向她笑笑，跃到她身前把她腰间的匕首取下，又立即退开："借用一下！回头还要拜托妹妹一件事情。"

目达朵猜到我的心意，面色大变，嘴唇颤了颤，想要劝我，却猛地一下撇过头看向伊稚斜，紧紧地咬着嘴唇，沉默着。

伊稚斜的侍卫呆呆站了好一会儿，铁牛木才迟疑着解刀，霍去病接过刀，反手挥向自己的脖子，我知道我该闭上眼睛，可我又绝对不能放弃这最后看他的时光，眼睛瞪得老大，一口气憋在胸口，那把刀挥向了他的脖子，也挥向了我的脖子，死亡的窒息没顶而来。

“等一下！”伊稚斜忽地叫道，他的视线在拾取大雁的两人面上扫过，俯身去细看堆在一旁的大雁，两人立即跪倒在地。

我心中一动，再顾不上其他，飞掠到伊稚斜身旁，翻看大雁的尸身。

所有白羽箭射中的大雁都是从双眼贯穿而过，黑羽箭是当胸而入，直刺心脏。唯独一只大雁被双眼贯穿，却是黑羽。我心中有疑惑，可是这根本不可能查清楚，除非伊稚斜自己……

伊稚斜神情淡然平静，唇边似乎还带着丝笑，接过目达朵递过的手帕，仔细地擦干净手，笑着看向跪在地上的二人。

一道寒光划过，快若闪电，其中一人的人头已经滴溜溜在地上打了好几圈滚，围观的人群才“啊”的一声惊呼，立即又陷入死一般的宁静，都惊惧地看着伊稚斜。

杀人对这些往来各国间的江湖汉子并不新鲜，可杀人前嘴角噙笑，姿态翩然，杀完人后也依旧笑得云淡风轻，姿态高贵出尘的却世间少有，仿佛他刚才只是挥手拈了一朵花而已。

一旁跪着的侍卫被溅得满头满脸的鲜血，却依旧直挺挺地跪着，纹丝不敢动。

伊稚斜淡淡目视着自己的佩刀，直到刀上的血落尽后，才缓缓地把刀插回腰间，不急不躁，语气温和平缓，好像好友聊天一般：“如实道来。”

侍卫磕了个头，颤着声音回道：“我们捡大雁时，因为……一时狗胆包天，趁着离众人都远，就偷偷将一支白羽箭拔下换成了黑羽箭。”

伊稚斜抿唇笑道：“你跟在我身旁也有些年头了，该知道我最讨厌什么。”

所有的侍卫都跪下，想要求情，却不敢开口，铁牛木恳求地看向目达朵，目达朵无奈地轻摇下头。

伊稚斜再不看跪着的侍卫一眼，转身对霍去病行了一礼，歉然道：“没想到我的属下竟然弄出这样的事情。”

霍去病肃容回了一礼：“兄台好气度！”

满面是血的侍卫对着伊稚斜的背影连磕了三个头，蓦然抽出长刀，用力插入胸口，长刀从后背直透而过，侍卫立即扑倒在地，围观的众人齐齐惊呼，伊稚斜目光淡淡一扫，众人又都立即闭上嘴巴，全都回避着伊稚斜的视线，不敢与他对视。

伊稚斜回头淡然地看了一眼地上的尸体：“厚待他们的家人。”

一场比试，竟然弄到如此地步，汉人虽面有喜色，却畏惧于伊稚斜，静悄悄地一句话不敢多说，甚至有人已偷偷溜掉。匈奴人都面色沮丧，沉默地拖着步子离开。西域各国的人早就在汉朝和匈奴两大帝国间挣扎求存惯了，更是不偏不倚，热闹已经看完，也都静静离去。

于顺拖着陈礼来给霍去病行礼道谢，霍去病冷着脸微点了下头，于顺本还想再说几句，但陈礼很怕伊稚斜，一刻不敢逗留，强拖着于顺急急离去。

事情大起大落，刚才一心一念都是绝不能让他因为挂虑我而行事顾忌，既然心意已定，不过先走一步，后走一步而已。此时心落下，想着稍迟一步，他就会在我眼前……呆呆望着他，只是出神。

霍去病也是只看着我，两人忽地相视而笑，同时举步，向对方行去，伸手握住彼此的手，一言不发，却心意相通，一转身，携手离去。

伊稚斜在身后叫道：“请留步，敢问两位姓名？”

霍去病朗声而笑：“萍水相逢，有缘再见，姓名不足挂齿。”

伊稚斜笑道：“我是真心想与你们结交，只说朋友之谊，不谈其他。很久没有见过如贤伉俪这般的人物，也很久没有如此尽兴过，想请你们喝碗酒，共醉一场。”

霍去病道：“我也很佩服兄台的胸襟气度，只是我们有事在身，要赶去迎接家中的镖队，实在不能久留。”

伊稚斜轻叹一声：“那只能希望有缘再相逢。”伊稚斜命侍卫牵来两匹马，一匹马上还挂着刚才用过的弓箭，殷勤之意尽表：“两位既然赶路，这两匹马还望不要推辞。”

马虽然是千金不易的好马，可霍去病也不是心系外物的人，洒脱一笑，随手接过：“却之不恭，多谢。”

我们策马离去，跑出好一段距离后，霍去病回头望了眼伊稚斜，叹道：“此人真是个人物！看他的举动，结果刚出来时，他应该就对手下人动了疑心，却为了逼我就范，假装不知，一直到最后一刻才揭破。此人心机深沉，疑心很重，手段狠辣无情，偏偏行事间又透着光明磊落，看不透！”

我心中震惊，脱口而出道：“可看你后来的举止，对他很是赞赏，似乎什么都没有察觉，活脱脱一副江湖豪杰的样子……”话没有说完，已经明白，霍去病和伊稚斜在那一刻后，才真是一番生死较量，之前两人不过是斗勇，之后却是比谋，如果霍去病行差一步，让伊稚斜生了忌惮，只怕伊稚斜送我们的就不是马了。

一人策马与我们快速擦肩而过，他的视线从霍去病脸上扫过，神色蓦然大变。

霍去病立即扬鞭狠抽了我的马一鞭子，再抽了自己的马，笑道："一波刚平，一波又起。玉儿，我们要逃命了。刚才的人是以前汉朝的将军赵信，如今是匈奴的将军。他既然认出了我，总不能让我生离了此地，只希望此处没有匈奴的军队，几十个人倒是不怕。"

我一面策马加速，一面苦笑起来："那个……只怕匈奴有军队在附近，人数虽然不见得多，但肯定都是精锐中的精锐。"

回身望去，赵信跳下马向伊稚斜行礼后，伊稚斜一行人立即翻身上了马，霍去病笑道："果然如我所料，此人必定在匈奴中身居高位。"

身后的追兵越聚越多。马蹄隆隆，踏得整个草原都在轻颤。

我咬了咬唇，说道："他……他的名字叫伊稚斜。"

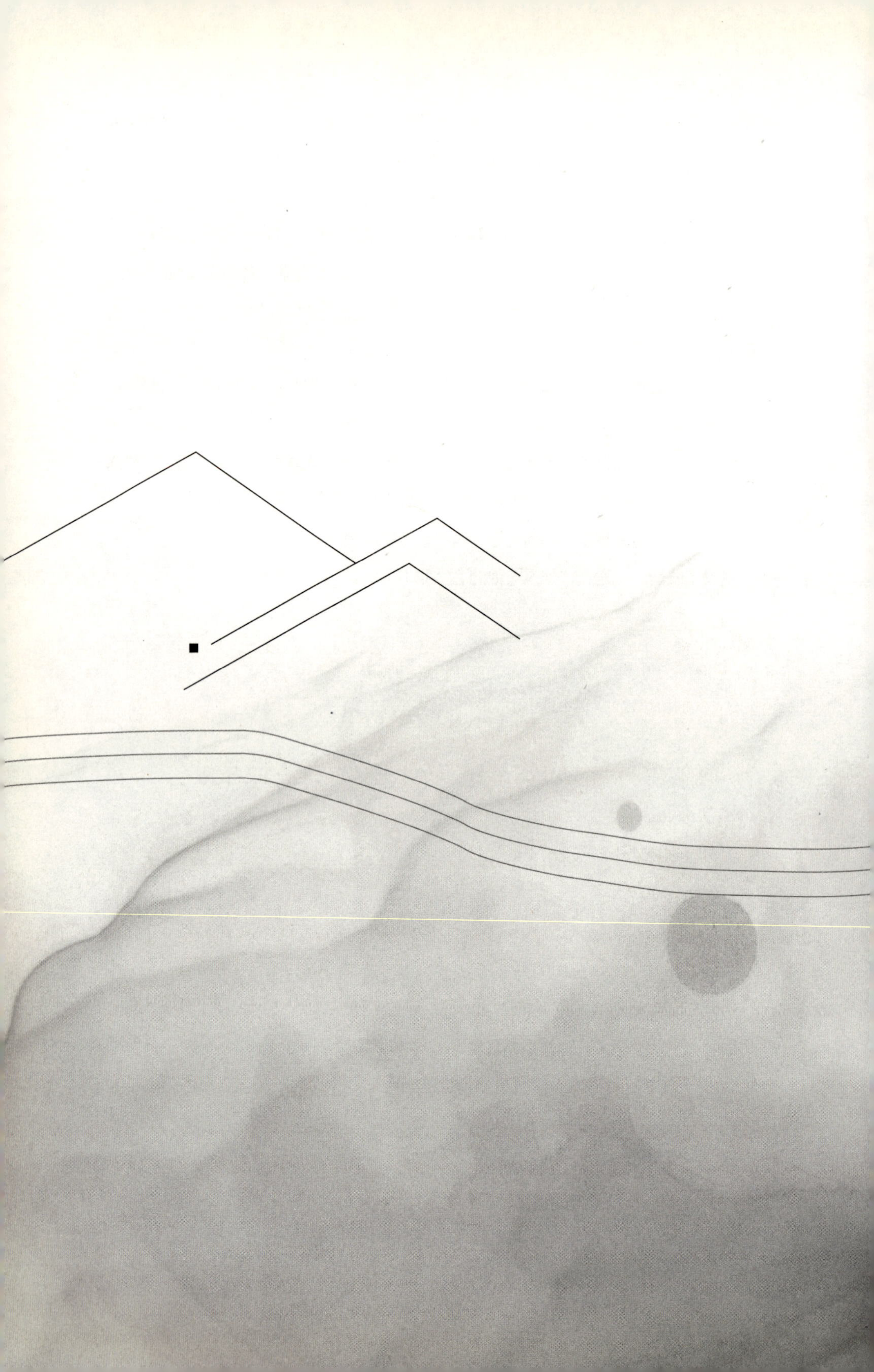

第六章

逃命

霍去病“啊”了一声：“匈奴的单于？”

我点点头，霍去病沉默了一瞬后，猛然大笑起来：“今日真是痛快，竟然赢了匈奴的单于，不过现在却只能落荒而逃了。”

我一面观察着四周的地形，一面策马疾驰：“此处都是一览无余的草原，不好躲避，只要我们进入祁连山脉，我就有办法甩脱他们，有狼的帮助，绵延近千里的祁连山脉没有人能比我更熟悉。”

霍去病笑着应好。

伊稚斜送我们的马的确是万中难选一的好马，几个时辰的疾驰，虽已经有了疲态，可仍旧尽力在全速奔跑。可后面的追兵因为有马匹可以替换，与我们的距离已经渐近。

如果他们不放箭，我们还有希望，可如果他们放箭……我心里正在琢磨，霍去病忽地伸手要将我拽到他的马上，想让我坐到他的身前，与他共乘一骥。

我挥手挡开他，怒道：“两人两匹马跑得快，还是两人一匹马跑得快？你以为我是谁？你还在靶场练习箭术的时候，我已经在这片大地上亡命奔逃了。我不需要你用背来替我挡箭，我要我们都活着。”

霍去病愣了一瞬，猛一点头：“好！不过你不能让他们伤着你。”

祁连山已经遥遥在望，我和霍去病都是精神一振，身后开始有箭飞过，射的却是我们的马，看来伊稚斜不到万不得已，不想杀死霍去病，而是想活捉他。

霍去病一手策马，一手挥鞭挡开羽箭，我也是轻舞绢带，替马儿划开近身的飞矢。他笑道：“玉儿，帮我挡一下箭。”他拿起挂在鞍旁的弓，一手握三箭，去如流星，奔在最前面的三个人的马儿声惨嘶，瘫倒在地。

我挥着绢带卷开飞至的箭，笑着赞道：“好箭法，难得的是射中的都是马的前额。”

霍去病得意地眨了下眼睛：“多谢夫人夸赞！”

我冷哼一声，猛然收回绢带，他立即手忙脚乱地挥鞭打箭。

看到他的狼狈样子，我刚板起的脸又不禁带了笑，笑容未落，一支箭竟直射向我的后心，我俯身避开，却不料一箭更比一箭急，箭箭都直射我要害，再不敢大意，绢带舞得密不透风，全力挡箭。

霍去病那边却依旧只是箭冲马去，他怒吼道：“你们要射冲我这里来！”

望见目达朵挽弓直对我的咽喉，我难以置信之下，手势一滞，一支箭穿过绢带缝隙，飞向前胸，霍去病顾不上替自己的马挡箭，甩鞭替我打开，马屁股上已经中了一箭，所幸伤势不算重，反倒刺激得马儿短时间内速度更快。

“玉儿！”他气叫道。

我茫然地看向他，看到他的神色，立即醒悟：“对不起，再不会了。”

目达朵依旧一箭箭射来，我一下下挡开。她的面色平静无波，箭法精准，我也冷静清醒，动作迅捷。只是，只是……我不明白，那个在我身后叫我姐姐的人儿哪里去了？这个草原上只有背叛吗？

目达朵对身旁的人吩咐了几声，她身旁的人犹豫了一瞬，最终还是听命，不再只射我的马，而是开始射我。

伊稚斜的身影出现在人群中：“朵儿，你在干什么？”

目达朵手一颤，不敢回头看伊稚斜，只叫道：“单于，我们活捉霍去病，可以威慑汉朝军队，激励匈奴士气，可这个女人没有用，这样做可以扰乱霍去病的心神，增加我们活捉他的机会。”

伊稚斜没有说话，赵信叫道：“单于珍惜人才，想劝降霍去病，可霍去病的性格绝对不会归顺我们，如果单于想活捉霍去病，王妃的话很有道理。”

伊稚斜看着霍去病，思量了一瞬，颔首同意。

霍去病看我面色几变，急问道："他们在说什么？"

我看看已经近在眼前的祁连山，强笑了笑："我要赌一把了，如果我猜对了，我们也许能争取到机会。"

霍去病点了一下头："但是不要干蠢事，我不会接受，要活一块儿活，要死一块儿死。"

"知道！"我一手舞着绢带，一手缓缓去解面纱，眼睛紧紧盯着目达朵，目达朵终于面色不再平静，脸上掠过惊恐之色，手势越发快，箭如流星般而来。看她的反应，我的猜测应该有很大可能正确。

面纱松开，飘扬在风中，我笑看向伊稚斜，他面色骤变，一声断喝："住手！"弓箭立止，几支来不及停的箭也失了准头，软绵绵地落在地上。

我一面笑向伊稚斜做了个鬼脸，吐吐舌头，一面暗暗拿箭刺向马儿的屁股。他一脸茫然，怔怔发呆。我的马儿已飞一般地急急蹿向祁连山，霍去病紧随身侧。

伊稚斜望向目达朵："朵儿，你看到了吗？那……那是玉谨吗？"

几百人的队伍追在我们身后，却再没有一个人射箭，目达朵叫道："不……不知道，不过应该不是。单于，玉谨已经死了，如果真是玉谨，她不会这样的。"

伊稚斜茫然地点点头："她应该恨我的，不会朝我笑的。"蓦地冲着我大叫道，"玉谨，是你吗？究竟是不是你？"

我嘻嘻笑着，侧回头娇声问："你猜呢？"

赵信在马上向伊稚斜弯身行了一礼，恭敬地说："臣不知道这位姑娘究竟是谁，但那不重要。单于，我们要捉的是霍去病。"

伊稚斜悚然一惊，面色立整，瞬即恢复清明。我恨恨地盯了赵信一眼，我们若真有什么事情，也一定要你陪葬。

伊稚斜望了眼祁连山，眼中寒意森森，下令道："杀死霍去病者赏赐万金。不要伤到那个女子。"

目达朵眼中的恨意刹那迸发，如烈火般燃烧着，看得我背脊一阵阵发凉。

"去病！"生死一线，再无时间多说，我和霍去病交换了个眼神，两人齐齐翻身贴在马腹，箭密集如雨一般地飞向霍去病。我已经尽全力用绢带替他挡开一些，可转瞬间他的马已经被射得如刺猬一般，凄声哀鸣着软倒向地。

马儿倒地的刹那，霍去病抓着我的白绢，借我的马力又向前冲了一段，一入山谷，他立即飞纵入树丛间，挽弓搭箭，又是三箭连发，三匹马滚倒在地。此时山势向上，路径渐窄，骤然跌倒的马立即让追在我身后的队伍混乱。

我又打了一下马，让它加速，自己却向侧方一跃，迅速掩入林中。眼睛瞟到伊稚斜挽弓搭箭，惊惧地转头看向霍去病，浓密的树荫中，伊稚斜完全看不见霍去病，却竟然只根据霍去病羽箭飞出的方向，就锁定了霍去病的位置，连珠三箭，各取三处要害，霍去病已经尽力闪避，却仍旧中了一箭。

我紧紧咬着嘴唇，一声不敢发出，只快速上前挽住霍去病，他笑着摇摇头，示意自己能走。我点下头，借助绢带在林间飞纵，霍去病紧随在我身后。我一面奔跑，一面低低地呼哨了两声，待到山林中响起其他的狼啸声时，我的心终于放下一半，回头细看向霍去病，他的衣袍上已经是一大片鲜红的血色。

林间的狼啸声越来越大，整座山都回荡着狼凄厉的长啸，霍去病随在我身后左拐右弯，跑到溪旁时，我停下看他的伤口，想替他把箭拔出，他道："等一下。"说着蹚过溪水，直到对岸，快速地跑了一段，又捂着伤口小心地沿着原路返回，跳进溪水中："现在可以拔箭了。"

我先用绢布紧紧地系住他的胳膊，一咬牙，飞快地拔出箭。鲜血溅出，落在溪水中，很快就随着水流，消失不见。霍去病谈笑如常，指点我如何包扎伤口，尽量止血又不影响行动。

我也算时常见鲜血的人，可看到他的血如此飞落，却觉得脑子发晕，手发软。不愿让他在这种状况下还安慰我，只能力求面色淡然，手势稳定，一句话不说地替他包扎好伤口。

为了隐去两人的气味，我们趟着溪水，逆流而上。

因为伊稚斜劲力很大，伤口较深，包扎后，血虽然流得慢了，却仍旧没有止住，霍去病面上虽然若无其事，可脸色越来越白。我看了看四周的地势："天已快黑，我们先找个地方休息一下吧！"

他点了下头。

一道黑影蓦然蹿出，我惊得立即挡在了霍去病身前，霍去病又一个闪身护住了我，两人都是一般心思，唯恐对方受到伤害。

待看清是狼兄，我轻呼一声，喜得扑了上去。

狼兄领着我们又行了一段路，到了一个不大不小的瀑布前，他回头轻叫一声，跳入瀑布中消失不见。

我牵着霍去病也跃进瀑布，没有想到一道水帘之后竟然别有洞天，虽然洞里很潮湿，可的确是藏身的好地方。一般人绝难想到瀑布后还有个如此隐秘的洞，水又隔断了气味，即使有猎狗也不怕。

我拣了块高处的地方，让霍去病坐下，仔细看了会儿他的胳膊，转身想走："这附近应该有止血的药草，我去寻一下。"

他立即拉住我："这点儿伤势我还撑得住，伊稚斜对我志在必得，虽然有狼替你吓唬和阻挡他们，可畜生毕竟斗不过训练有素的军人，我们现在还没有甩脱他们……"

我捂住了他的嘴："正因为我们还没有甩掉他们，所以才更要替你止血，再这么流下去，难道你想让我背着你逃命？做将军的人难道连轻重缓急都分不清吗？"他盯着我一句话不说，我笑道，"我带狼兄一块儿去，不会有事的。"

他把弓箭递给我："你会射箭吗？"

我本想拒绝，可为了让他放心一些，伸手接过："会用。"

清风明月，溪水潺潺，虫鸣阵阵。一个美丽祥和的夏日夜晚，似乎没有任何危险。

狼兄迅捷地在山石草木间游走，我跟在他身后也是蹦来跳去，随手摘着能吃的果子，最后还是狼兄的目力比我好，先发现了长在崖壁间的疗伤草。其实我也不知道这草究竟叫什么名字，因为狼儿受了伤总会寻它来替自己治伤，所以我就随口给它起名字叫疗伤草。

一边咬着果子，一边急匆匆地往回跑，人还未到瀑布前，狼兄一声低鸣，挡在我身前，几条大黑狗和狼兄对峙着。

伊稚斜和目达朵一前一后从树丛中缓缓走出。我们隔着黑狗和狼兄凝视着彼此，我的眼睛刻意地先望望后面，再望望四周，似乎是想确定他们究竟有多少人，其实只是确定他们有没有留意到瀑布。

伊稚斜望着我一声不吭，目达朵问道："霍去病呢？"

我把手中吃完的果子丢进树丛："为了扰乱你们的注意，我们分开走了。"

目达朵看向伊稚斜，伊稚斜盯着我的眼睛，目达朵的脸色渐渐苍白，伊稚斜声音轻软，似乎怕声音一大就会吓跑了我一般：“你是玉谨吗？”

隔着多年的时间，他似乎变化不大，依旧是匈奴中最英俊的男子，可我已经不是那个满心满眼盯着他看的女孩。我沉默了一会儿，摇摇头：“我不是。”

目达朵似乎松了口气，伊稚斜想上前，狼兄警告地一声嘶鸣，山谷中响起其他狼啸声，那几条狗虽然很惧怕，却顽强地吠叫着。

我恼恨下，气得踢了狼兄一脚，也叫了一声，山谷中的狼叫又迅速平息。原本隔着瀑布的声音，霍去病不见得知道外面发生的事情，可大笨狼，你这么一叫，霍去病肯定已经听见了。

伊稚斜一小步一小步，轻轻地向我走来，我的话是对着霍去病说的，却冲着伊稚斜大叫：“不许过来，你要过来，我就立即……立即……”我随手抽了支箭对着自己心口，“不要活了。”

伊稚斜忙退了几步，微带着喜悦说：“你是玉谨。”

我看了眼目达朵，问道：“伊稚斜，我是不是玉谨，很重要吗？我是玉谨，你又能如何？”

他有些茫然，喃喃道：“你还活着，你居然真的活着。”他盯着我看了一会儿，似乎在再次确认我是真的活着，“可你不恨我？”

我笑道：“我已经说了我不是玉谨，玉谨已经死了，现在的我和你没有关系，你想抓的是霍去病，如果你还是那个曾经豪气干云的左谷蠡王，就请不要为难我一个女子，放我走！”

伊稚斜说的是匈奴话，我却一直只用汉语回答他的话，让霍去病能明白，我正在设法脱身，不要轻举妄动。

伊稚斜微仰头，凝视着天空的半弯月，目达朵痴痴地看着他，眼中满是泪水，却咬着唇，硬是不让泪水掉下。

伊稚斜的袍袖衣角在微风中轻轻飘动，一起一伏间落下的都是萧索。他微笑着对月亮说：“玉谨，我宁可你一见我就要打要杀，宁可你满是恨意地看着我，至少证明我一直在你心中，你从没有忘记过我，可是……可是我怎么都没有想到，你看我竟然一如看一个陌生人。”

他低头看向我的眼睛："不管在什么场合，不管是匈奴帝国的君王单于，还是未来的君王太子，当其他人都只留意他们时，你的眼睛却只盯着我看，满是敬佩，满是信赖，你的年纪虽小，可眼睛里却好像什么都懂，我的难过、我的隐忍、我的焦虑，都落在你的眼睛里，你会为我喜，也会为我愁，现在什么都没有了吗？"

我下意识地摸了下自己的眼睛，看向目达朵："也许以前的玉谨的确如此看你，可现在只有另一个人这样看你了。她眼睛里的东西和当年的玉谨不一样，可她也是满心满眼只有一个你。"

伊稚斜侧头看向目达朵，目达朵再也没有忍住，泪水涟涟而下，低着头急急擦泪。伊稚斜怔了一瞬，脸上诸般神色复杂，掏出一条绢帕塞进目达朵手中。

伊稚斜忽地道："玉谨，既然你不恨我了，就跟我回去。"

我笑着用匈奴话道："除非我死，你若想带一具尸体回去，请便！"转而又用汉语道，"伊稚斜，我阿爹是汉人，他为了让我做一个纯粹的汉人，连匈奴的文字都没有教我，你该知道他一直想带我回汉朝的，我现在在汉朝过得很好，不要逼迫我，如果你真有些许内疚的话。"

伊稚斜问："霍去病就这么丢下你走了吗？你……你嫁给他了吗？算了，这不重要，匈奴人不在乎这些。"

我带着气，怒道："他是丢下我了，他中了你一箭，行动已经不便利，他不想牵累我，骗我说他走不动，要我去寻东西给他吃，结果我回转时，他已经不见了。"我咬着唇，眼中含着泪，面上却强笑着说，"不要让我找到他，否则我一定再刺他一箭。"

这番话半真半假，似乎也符合霍去病和我的性子，伊稚斜显然已经相信，他沉默了会儿，一步步向我走来，丝毫不理会狼兄的警告："玉谨，跟我回去。"

他的眼神坚定不移，我一时方寸大乱，仓皇下举箭对着他："不要过来，我绝对不会跟你回去。"

他笑着摇摇头，轻柔地问："玉谨，你要用我教你的箭术来射我吗？还记得你小时候，你坐在我的马前，我握着你的手教你射箭……"

他一面说着，一面步子丝毫不慢地向我走来，毫不理会我手中的箭，几条狗团团围住狼兄，我手抖着，用匈奴话叫道："站住，我不会跟你回去，不会……"听到狼兄的叫声，告诉我霍去病正在接近我们，我心中一急，脑中还没有想清楚，箭已飞射而出。

我惊恐地看着飞出去的箭，伊稚斜眼中全是悲伤和不能相信。

目达朵飞身扑出，一声娇呼，软软地倒在地上，羽箭钉在她的胸上，霎时胸前已经红了一片。我双手抖着，全身无力地跪倒在地，伊稚斜愣了一瞬，好似才真正明白发生了什么，几步上前抱起了目达朵。

我一步步挪到他们身旁："对不起，目达朵，我……"我的声音颤得说不下去，我们怎么会自相残杀呢？忽地伸手狠打向伊稚斜，以他的身手，居然没有避开我，任由我的拳头、巴掌落在他的身上，"都是你，你为什么总要做这样的事情？总是逼得我们不能好好活着？为什么不能放过我阿爹？为什么不能放过我？现在又因为你，目达朵和我姐妹反目……"

伊稚斜对我的话听而不闻，低着头只是查看目达朵的伤口。

目达朵喘了几口气，望着我道："姐姐，对不起，我不该恨你，其实不关你的事情，我还雇了西域人去长安城……"

我摇头再摇头："不是你的错，有错也全是伊稚斜的错。"

目达朵颗颗泪珠如断线珍珠，纷纷而落："不怪他，是我自己，他宠爱我只因为我的性子像你，他又对你满是愧疚，我却不甘心，都是我的错……"

伊稚斜轻轻捂住目达朵的嘴："不要说话了，玉谨没说错，是我错了。"口中打了几个呼哨，抱起目达朵就走，"朵儿，你不会死的，我一定能让你活下去，你不是一直想就我们两个人去碎叶湖玩吗？等你好了，我们立即去。"

伊稚斜转身间，视线看向我，仿佛有千言万语未出口。目达朵握着他的胳膊，咳嗽着："真……的吗？我的身子好冷，好冷……单于，你不要再逼姐姐……"

伊稚斜低头看向目达朵："真的，我立即带你去看大夫，你不会有事的……"

他抱着目达朵渐行渐远，隐入丛林前，他又回头看向我，却只闻目达朵猛然一阵咳嗽，血似乎流得更多，他再不敢迟疑，加快步子，转瞬间，人已消失在郁郁葱葱的树林中。

冷月凄风下，只有我怔怔地看着他们消失的地方。

霍去病从身后揽住我："只要救治及时，她肯定能活下去，她虽然血流得多，可那一箭并没有射中要害，况且你射箭时心中没有杀意，手势又不稳，她中箭不会太深。"

流血？我立即清醒，四处望了一眼，急急拽着他躲回洞中，把怀中的果子递给他，然后帮他上药。

霍去病道："把你的衣服撕一片下来，招一只狼系在它的身上，然后让它从你刚才站过的地方开始跑。伊稚斜顾及那个女子的情绪，暂时顾不上你，但他肯定会立即命人转回来追你。我们索性按兵不动，在这里再躲两三日，等他们把这一片全部搜查完后再走。"

我忙依照他的话去做。

疗伤草不负所望，看到他不再流血，我心中稍安，又想起了刚才的事情："目达朵真的不会有事吗？"

霍去病笑着揽住我："堂堂匈奴帝国的单于难道还救不回一个女子？肯定没事的。你是关心则乱，你仔细想想刚才的情形，不觉得那个女子的表现很有些意思吗？居然短短一瞬间就因势利导，活用了苦肉计，这样的人精哪里能那么容易死？"

我沉默了半晌后，往他怀里靠了靠："对不起，我们应该祭拜完我阿爹就走的，我不该一时性起，动了贪玩的心思，惹来这么多麻烦。"

霍去病轻抚着我的脸颊，笑道："对不起的是我才对，夫人要玩，我没有护好驾，反倒让夫人受惊。等我把匈奴赶出漠南，把漠南全部变成大汉的天下，你以后爱怎么玩，都不会有人惊扰。"

我猛地抓住他的手，用力咬下去，他龇牙咧嘴地呼痛，我悻悻地道："不许你再叫我夫人。"

他想了想道："那就叫娘子？"我作势要再咬，他忙道，"玉儿，叫玉儿。"我瞪了他一眼，脸靠在他的手上笑起来，笑声未断，眼泪却哗啦啦地流下来。

他一言未发，只轻柔地顺着我的头发。

我喃喃道："去病，你应该知道於单是谁吧？我阿爹是他的先生，我不是阿爹的亲生女儿，是被他从狼群中捡回去的，当时我还不乐意……我第一次见伊稚斜时，他……"

第一次讲述自己的过去，说到高兴时，依旧会傻傻地笑，说到伤心处，眼泪止也止不住地流。

自从初闻阿爹死讯，我大哭过一场后，一直再没有为过去掉过眼泪。总怕自己不够坚强，怕眼泪一落，好不容易凝聚的勇气就会全部消失，装作自己再不伤心地生活。

今日却不再怕，毫不顾忌地笑着、哭着，只因为知道有他在，一切的伤痛都是过去，不管发生什么，他都会在我身边。

絮絮的讲述声中，究竟什么时候睡过去的，也完全不知道。

第七章

蹴鞠

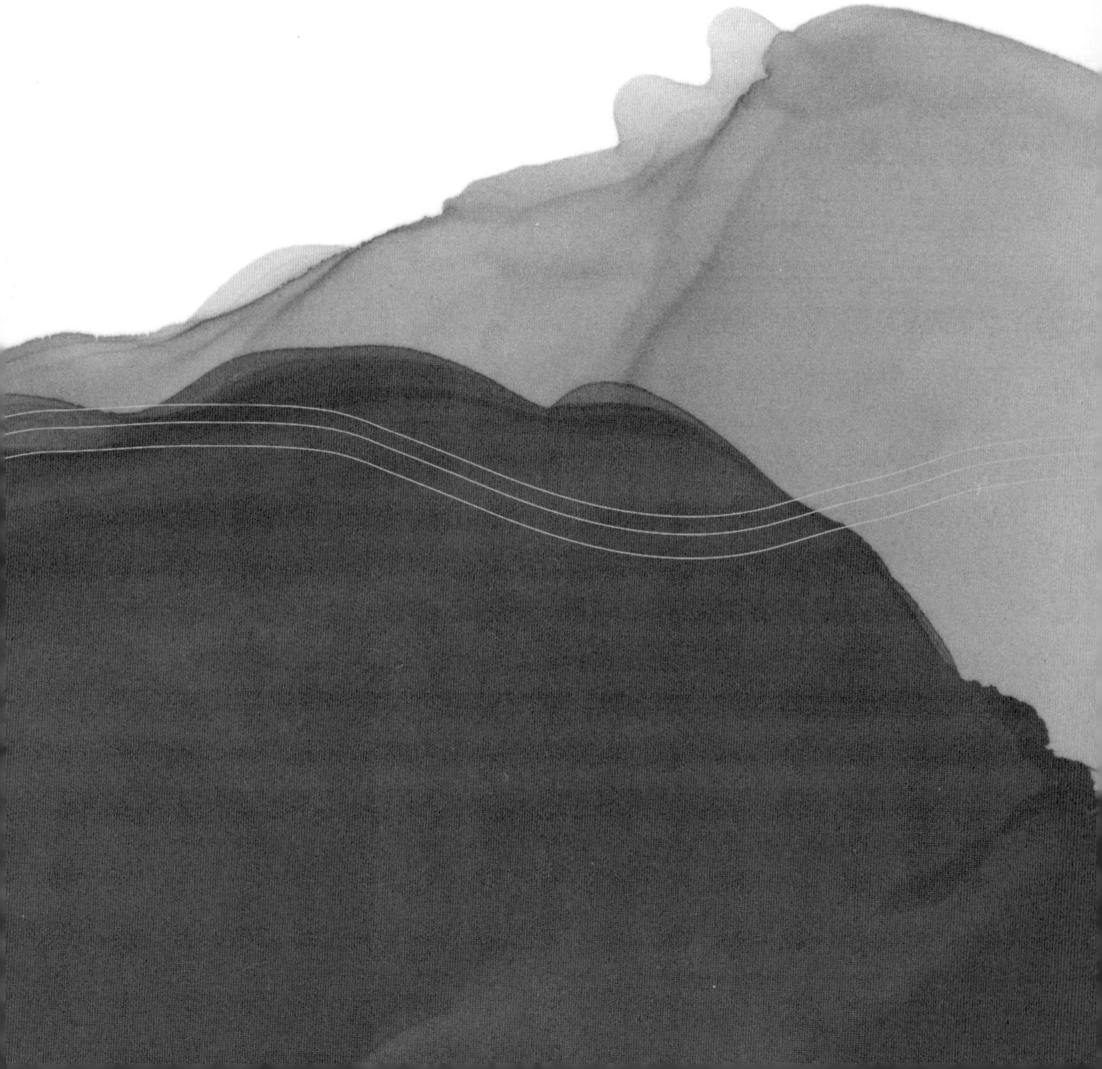

“在想什么？”霍去病柔声问。

我收回目光，放下马车帘，回头一笑：“有些舍不得狼兄。”

霍去病握住我的手道：“这次能从祁连山中活着出来，的确要多谢狼兄，可我看你是更不想回长安。”

我眉头蹙着没有说话。

霍去病沉默了好半晌，方道：“我也不想回长安。”

我思索了一会儿，才醒觉他话中的意思，半欣悦半心酸，笑着说：“只有你才把我当宝，没人和你抢。”

霍去病若有所思地淡淡笑着，未发一言，只是伸手把我揽进了他的怀中。

我头枕在他膝盖上，有些疲惫地闭上眼睛，霍去病微微挪动了下身子，让我躺得更舒服些：“累了就睡一会儿。”

我道：“坐马车肯定有些闷，你觉得无聊就骑马去吧！不用特意陪我。”

霍去病手指在我眉目间温柔地轻抚：“对着你哪里还会闷？安心睡觉。”

我嘴边含着丝笑，沉入睡乡。

正睡得迷糊，车外赵破奴低声叫道：“将军。”

霍去病随手挑起帘子问：“有消息了吗？”

我嗔了霍去病一眼，忙撑着身子起来，霍去病促狭一笑，手轻拍了下我的背，看向赵破奴和陈安康。

赵破奴和陈安康在车外并辔而行，看到车内刚刚分开的我们，陈安康嘴边含着丝笑移开目光，赵破奴却是一惊，低下头，强自若无其事地恭声回道：“已经有博望侯张骞和李广将军的消息。从右北平出发后，李将军率军四千先行，博望侯将一万骑随后。李将军出发未久，就遇到匈奴左贤王的四万大军，四千人陷入重围中。”

我轻吸口气，掩嘴看着赵破奴，匈奴以左为尊，左贤王的军队是除单于的军队外，匈奴最精锐所在。李敢肯定随在父亲身旁，他可安全？霍去病瞟了我一眼，神色淡然地听着。

“当时全军皆乱，甚至有人叫嚷着该投降，李敢却夷然不惧，求李将军命他出战，李敢只率了十几骑，策马奔突于匈奴大军中，斩杀两百多匈奴后安然而还，把匈奴的头颅丢到惊惧气泄者面前，慨然大笑着问众人‘胡虏有何难杀？我们虽已陷入重围，但只要坚持到博望侯大军赶至，与博望侯内外合击，弃刀而降的应该是匈奴’。众人面露愧色，军心立稳，齐齐拔刀大叫‘愿与匈奴死战’。”

霍去病轻拍了下掌，点头赞道：“好个李三哥！”

赵破奴和陈安康也是神色激昂，赵破奴道：“当时匈奴被激怒，箭如雨下，从天明直打到日落，我军死伤过半，箭矢都已用完，却在李将军率领下依然坚持，第二日又打了一日，又死伤一半，直到日暮时分，博望侯的军队赶至，匈奴方匆匆退去。”

霍去病冷哼一声：“张骞的这个行军速度可真是让人叹服。”赵破奴虽没有说话，可脸上也微有不屑之色，陈安康神色温和，倒是未有任何情绪。

霍去病道：“李广是因为遭遇重围未能按预定接应我，公孙敖呢？”

陈安康躬身回道：“公孙将军确如将军所料，是因为迷路在大漠中，所以未能与我军按计划配合。”

霍去病无所谓地笑着说：“笑话大了，舅父有得头疼了。”

赵破奴笑着说：“陛下此次攻打匈奴的主要意图就是控制河西地区，把匈奴的势力驱逐出河西，开通去往西域各国的道路。公孙敖和李广将军虽未真正参战，可我们已经顺利实现陛下的预定目标，以少胜多，不但把匈奴打了个落花流水，连匈奴人引以为傲的祁连山都归于大汉版图，龙颜肯定大悦，应该不会重责公孙将军。”

霍去病嘴角轻抿了丝笑意，没有说话，挥挥手让他们退下。

他静静坐着，不知道在想什么，半晌都一动未动。我摇了下他的胳膊：“在想什么呢？这次立下这么大的功劳，想皇上赏赐你什么吗？”

他笑着猛一翻身把我压在他身下：“我只要陛下赐婚，就要你。”

我又羞又急，握住他欲探向我衣服内的手：“你不是说，我们成婚前，不……”他笑着在我唇上吻着：“我说不那个，可没说不能亲、不能抱、不能摸。”

我推着他道：“车外有人呢！你别发疯。”

他长叹口气，侧身躺在我胳膊上，朝外面大吼道：“命大军快速前进，早点儿扎营休息。”

我笑骂：“以权谋私！”

他侧头直往我耳朵里轻轻呵气，我一笑他肯定更来劲，所以强忍着不笑，板着脸问：“你刚才在想什么？”

他没有回答我的话，手指轻捻着我的耳垂：“听人讲耳垂大的人有福气，你的福气看来很多，嫁给我肯定是大福气。”

我哼道：“胡扯！人家还说唇薄的薄情呢！如此说，我倒是真不敢嫁给你。”

他笑吟吟地睨着我：“现在还敢和我讲这种话？”说着轻含住我的耳垂，一点点地啃噬，舌头轻拢慢捻。

我只觉半边身子酥麻，半边身子轻颤，他的呼吸渐重，有些情不自禁，我忙颤着声音说：“我知道你刚才在想什么，你肯定在想陛下和卫大将军，还有你夹在他们两人之中，该如何处理好彼此关系。”

他停下动作，笑着在我脸上轻拧了下：“挺会围魏救赵的。”

我缓了半晌，急速跳着的心才平稳下来：“你不否认，那我就是猜对了。”

他轻叹口气，望着马车顶，撑着双手伸了个懒腰：“这些事情回长安再烦吧！先不想这些。”

我沉默一会儿，重重点头：“对，先不想这些，即使要愁，也等回长安城再愁。”

他一手半支起身子，一手轻抚着我的眉间，低头凝视着我：“我不管你心里究竟为什么犯愁、怕些什么，但你记住，以后我是你的夫君，天大的事情有我，不管是苦是乐，我们都一起担当，以后不是你一个人面对一切，而是我们一起面对一切。”

我们的视线凝聚在一起，我鼻子发酸，喉咙干涩，一句话也说不出，伸手握住他的手，两人的五指紧紧握住彼此。从此后，我不再是缥缈孤鸿，天地间不再只是自己的影子与自己相随，我有他。

·——·——·——·——·

夜晚的营帐篝火点点，时有放浪形骸者哭哭笑笑地在营帐间穿行，也有一言不合大打出手者。我看得惊讶万分，霍去病却是司空见惯，淡淡对我解释："一场战争后，活下来的人都不无侥幸，在我的军队中，只要活着就是荣华富贵，从生死之间刚出来，又在长安城瞬即富贵，大起大落，意志不是十分坚定的人总是需要发泄一下。"

我纳闷地说："可是我看兵法上讲，治军一定要军纪严明、军容整齐，打仗时方能气势如虹，这样子可有些大违书上的道理呢！我看过周亚夫将军的故事，他率领的军队可是纪律严明，韩信大将军也是治军严谨。"

霍去病轻咳两声，拳抵着下巴只是笑，我被他笑得有些羞恼，瞪了他一眼，急急而走，霍去病快步来握我的手，笑着说："好夫人，休要气恼，为夫这就给你细细道来。"

我甩开他的手："谁是你的夫人？你若再欺负嘲弄我，我就不要做你的夫人。"

霍去病强搂着我，笑俯在我耳边正要说话，我看到陈安康从远处匆匆而来，忙推开霍去病。

陈安康行礼后，奏道："将军，李广将军前来禀报军务。"

霍去病看向眉头已经皱成一团的我，含笑道："躲终究不是办法。"

我叹口气："你去忙你的正事，我自己再四处走走。"

霍去病明白我是想借此避开和李敢见面，不再勉强，只叮嘱了我几句，转身和陈安康离去。

避开篝火明亮的光线，藏身于阴暗处随意而走，一路行去，帐篷渐密，人越发多，粗言秽语的声浪不绝于耳。前面的帐篷虽也有酩酊大醉和骂天咒地的人，可和此处一比，却实在是文雅之处了。看来我已经闯入下等兵士的营地。

一堆篝火上正烤着一只兔子，十几道视线，饿虎一般盯着兔子，突然，一人按捺不住地伸手去拿，其余几人立即开始抢，我还未看清楚怎么回事，兔子已四分五裂。

各人急急往嘴里送，一个人大骂道："你们这帮孙子，还没熟就抢。"

另一人截道："有肉吃，你就笑吧！还计较这么多干吗？一个月没有闻见肉味了，现在就是块生肉我也能吃下去。"

众人都哈哈大笑起来，一人一面仔细地舔着骨头，一面道："你去做校尉大人的狗吧！我看校尉大人的狗每天都有一块肉吃。”

众人又高声而笑，一人“呸”的一声吐出口中的骨头，摸了摸肚子笑着说：“忍一忍，回了长安想吃什么都行，娘的！老子还要去落玉坊叫个娘们儿好好唱一曲，老子也当一回豪客大爷。”

一旁的人笑嚷：“去落玉坊有什么劲，只能看不能摸，不如去娼妓坊爽落。天香坊还敢借酒装疯占个小便宜，落玉坊你敢吗？听说落玉坊的坊主护短护得厉害，只要姑娘自己不愿意，任你是谁都休想，多少王侯公子打落玉坊姑娘的主意都落了空，恨得牙痒痒，偏偏人家背后有娘娘撑腰，只能干瞪眼。刚拿命换来的荣华富贵，我可不想为个娘们儿就没命享受。”

众人笑着点头，说起哪家娼妓坊的姑娘模样标致，摸着如何，话语不堪，不能再听，我忙悄悄离开。

原来落玉坊不知不觉间竟然已经得罪了很多人，我长叹口气。真要让那些王侯公子得到，也不过两三夜工夫就甩到脑后，可因为得不到，偏偏惦记不休，甚至生恨。

正低头默思，忽觉得有人盯着我看，抬头望去，李敢和公孙敖一行人正随在霍去病身后而行。李敢满面纳闷地仔细打量着我，见到我的正面，一惊后望向霍去病，霍去病看了他一眼，嘴边噙着丝浅笑，有些无可奈何地向我摇摇头。

公孙敖看李敢停了步子，也看向我，仔细看了几眼后，方约略认出我，脸带不信之色看向霍去病，看到霍去病的神情，不信立即化为惊讶。

我转过脸，匆匆转入帐篷后，该来的事情果然躲不过。

“睡下了吗？”霍去病摸黑进了帐篷，轻声问。

我回道：“没有。”

他从背后搂住我：“怎么一个人坐在黑暗中发呆？”

我沉默了一会儿，轻声说：“公孙敖将军看到我，似乎不大高兴的样子。”

霍去病道：“他这次出了这么大的漏子，按律当斩，回朝后，有众人求情，虽然不会死，但贬为平民肯定是无法避免的。当年若非他，舅父早死在馆陶公主手中，舅父一直对他心怀感激，一定会设法帮他再建军功，让他再次封侯，可他也肯定高兴不起来。再说，就算不高兴，关我们何事？我们自己高兴就行。”

我靠在他怀里，掰着指头笑说道：“我就一个人，可你呢？姨母是皇后，一个姨父是皇帝，另一个姨父是将军，舅父是大将军，你的继父也是朝中重臣，再加上你姨父、舅父的亲随们，我这十个指头根本不够算。”

霍去病胳膊上加了把力气，我嚷痛，他佯怒地说：“让你再胡思乱想！我的事情我自己做主，别人的话说得顺耳不妨听听，说得不顺耳我才懒得听。何况，你还有草原上的狼群，我还怕你一不顺心就跑回草原，哪里敢让人给你半丝气受？”

我转过身子，趴在他的肩头：“我觉得你对长安城里的权力之争也不是很喜欢，我们不如跑掉吧！塞北江南，大漠草原，愿意去哪里就去哪里，岂不是更好？”

他沉默了好一会儿，方缓缓说道：“看来长安城真的伤着了你，以前的你总是一往无前，似乎不管前方是什么，你都敢争，都敢面对，现在却只是想着躲避，连长安都不敢回。”

我心里愧疚，强笑着说：“大概只是心有些累，我……”

他捂住我嘴：“我没有别的意思，你也不用赶着解释。正如你所说，我不是孤零零的一个人。外祖母和母亲都是低贱出身，卫家的女子连嫁人都困难，母亲、姨母、舅父都是没有父亲的，我也是个私生子。若非姨母，我只怕还顶着私生子的名声在公主府做贱役，也说不定和舅父年幼时一样，实在活不下去时，跑到亲生父亲家牧马，被当家主母当小畜生一样使唤，吃得连家中的狗都不如。”

霍去病第一次谈及自己的身世，平常的倨傲在这一瞬都荡然无存，我心中疼惜，紧紧环住他的腰，他笑着摇摇头：“没有姨母，舅父再有本事只怕也不会有机会一展身手，而没有姨母和舅父，我再有雄心壮志，也不可能十八岁就领兵出征。这些事情，司马迁那帮人没有说错。玉儿，我自小的梦想虽然在接近但还未实现，再则，太子现在才八岁，年纪还小，根基不稳，虽有舅父，可舅父现在处境尴尬。我从小受惠于家族庇荫，不可能只受不报，等我做完我该做的一切，我一定陪你离开长安。而且陛下的脾性……”他轻叹口气，“其实古往今来，真正聪明的臣子只有一个范蠡，于国家危难时出世，收复残破的山河，尽展大丈夫的志气，心中的理想实现后，又逍遥于江河湖海间，创造了另一番传奇的人生，他的一生竟比别人两辈子都精彩。”

我道：“我明白了。等匈奴再无能力侵犯大汉、你从小的心愿实现时再说其他。”

霍去病笑着低头在我脸颊上亲了下：“你这是不是嫁鸡随鸡，嫁狗随狗？”

我笑哼道：“你若愿意把自己比作鸡、狗，随你！不过别拿我比，我可要好端端地做我冰雪姿、花月貌的美人。”

他大声笑起来，我忙去捂他的嘴：“公孙敖和李广将军他们的帐篷可就在附近。”

他却仍旧毫不在意地笑着，我瞪了他一眼，转身点了灯，开始铺被褥。霍去病笑看着我忙：“虽说各睡各的，可我有些想你，我们不做那个……就亲热一下。”

我红着脸啐道：“整日都不知道想些什么？”

霍去病嘻嘻笑着凑到我身旁，凑在脖间轻嗅，一手恰捂在我胸上，低声喃喃道：“食、色，性也，不想才不正常。若不是怕你有孕，我实在……嗯……”我身子软在他怀中，铺了一半的被褥被我们扯得凌乱不堪。他忽地停住，头埋在我脖间，僵着身子，只听到急促的喘气声，好一会儿后，粗重的呼吸才慢慢平稳，他抬起头，笑道：“一回长安立即成婚，否则迟早忍出病来。”

我依偎在他怀中，轻触着他的眉头，很是心疼。卫氏一门，从皇后到大将军都是私生子，他也是个私生子，众人不敢当着他们的面说什么，背后却议论不断。他虽然现在毫不在乎，可小时候只怕也一再疑惑过自己的父亲为什么没有娶母亲，为什么别人都有父亲，可他没有。所以如今再不愿自己的孩子将来被人议论，不愿意让孩子未成婚前就出生。

他握住我的手指，凑到唇边轻吻了下，迅速放开我站起，与我隔着一段距离，凝视着我道：“玉儿，你有时候真是魅惑人心，看到你这般的姿态，我真正明白为什么会有君王要美人不要江山了。”

我无意之举，却被他说得好像我刻意挑逗他一样，我啐了他一声，立即起身整理被褥，板着脸，再不理会他。

他默默看了会儿我，笑问道：“我看你晚上吃得少，今夜又睡得有些晚，半夜大概会饿，命厨子烤一些羊小腿肉送来？”

我停下手中的动作，摇摇头：“不用，倒是有件事情想和你说，我今夜听到普通军士说吃不饱呢！言辞间好似校尉高不识养的狗都比他们吃得好，陛下前几日不是刚送了十几车食物来犒劳你吗？如果军粮不足，反正已经快回长安，那些食物肯定吃不完，不如……”

霍去病笑着俯身帮我把褥子捋平：“起先我们说话时，你提到高祖皇帝手下的韩信、文帝景帝手下的周亚夫，夸他们军纪严明，这些都不错。韩信手下的士兵被韩信训练得只知韩信，不知皇帝，周亚夫手下的兵士也是如此，陛下的命令不肯执行，回文帝说军中只能以将军马首是瞻，把皇帝堵在兵营外。他们都是名贯一时的名将，可他们的下场是什么？舅父待人宽厚，律己甚严，在军中的风评也很好，很得军心，可皇上如今对他……”他停下手中动作，摇摇头未再多语。

我默默坐了会儿，叹道：“明白了，孙子讲得都对，却漏掉了很重要的一点，没有教那些将军打完胜仗后，功劳越来越高时，如何保住自己的脑袋。古往今来，打胜仗的将军不少，能安身而退的却没有几个。”

霍去病坐到我身旁，笑着点点头：“那些兵丁在军营里不敢直接张口唾骂，但暗地里肯定对我有怨气，陛下赏赐我十几车食物，如果我赏赐下去，倒是赢得众人爱兵如子的称赞，可我要他们这个称赞干吗？所谓民心这种东西，天下只能皇帝有，特别对我们这种手中握有重兵的人更是大忌。我如果拿了皇帝的赏赐去做人情，日后害的是自己。李广敢和兵丁共享陛下赏赐，也许是出于本性仁厚，可也因为他根本没打过几个胜仗，年纪老大还没有封侯，职位是我们当中最低的，陛下根本不会忌惮他。你不妨想想，陛下如果知道军中的兵丁对我交口称赞，再加上现在本来就对舅父有所忌惮，我还能有机会再领兵出征吗？”他轻叹口气，“所以呀！那十几车食物就是吃不完烂掉，也只能我自己吃。”

我转身拿玉石枕：“一路行来，你要求古怪，一会儿命军士给你建蹴鞠场，一会儿又要大家陪着你去打猎玩乐，‘奢靡浪费’四字用在你身上一点儿都不算过分，我心中还有些纳闷呢！不过想着几场生死大战，只要你开心，就是想摘星星也无所谓，不料内里却这么多东西。现在想来，就我那点儿自以为是的心思，在长安城横冲直撞，一半竟然都是运气。”

霍去病接过玉石枕摆好，微犹豫了下，还是决定直说：“你后来行事还算稳妥，但刚开始时，手段却过于明目张胆。你最大的运气就是一到长安就有石舫护着你。如果我没有猜错，石舫暗中肯定替你扫清了不少绊脚石，否则在李妍得势前，你歌舞坊的生意不可能那么顺利。长安城里哪个商家背后没有几个有势力的权贵？一个态度当时还不明确的公主根本不足以护住你。至于以后，既然你救过我，那即使你做的事情失了些许分寸，公主看在我的面子上，肯定也不会和你计较，我当日急急把一切原委告诉公主，态度明确地表示你和我关系不一般，也就是怕你行事过于心急，手段又太过直白而得罪人，让公主能护着你。否则你在长安城冒得那么快，在长安这种势力交错的地方根本不正常。”

我正背对着霍去病寻熏球，闻言手不自禁地紧握成拳，忙又赶紧松开，笑着回身将熏球挂好，神态轻松地说：“原来这样，我当年还真以为全是凭借自己的聪明呢！”

霍去病默默看着我，我心下忐忑，试探地看向他，他忽一摇头，笑着说:“歇息吧！”

黑暗中，我睁着双眼静静看着帐篷顶，熏球中的青烟在头顶丝丝缕缕地氤氲开。回到长安城，肯定会再见他，他仍旧喜欢坐在翠竹旁，看白鸽飞飞落落吗？

睡在帐篷另一头的霍去病低声问：“睡着了吗？”

我忙闭上眼睛，仓皇间竟然没有回答，等觉得自己反应奇怪，想回答时，却又觉得过了好一会儿才回答更是古怪，遂只能沉默地躺着。

一声低不可闻的轻叹，霍去病翻了个身，帐篷内又恢复了宁静。

·——·——·——·——·

我站在山坡高处，遥遥望着长安城的方向，明天就要到长安了。

身后的荒草窸窣作响，回头一望，李敢快步而来，笑着向我拱手一礼，我也抱拳回了一礼，有些诧异地问：“霍将军召集了众人在玩蹴鞠，你没有玩吗？”

李敢走到我身边站定，笑道：“怎么没有玩？被他踢得灰头土脸，再踢下去，我今年下半年该喝西北风了，随意找了个借口溜出来。都说‘情场得意，赌场失意’，他怎么脚风还这么顺？他那一队的人嘴都要笑歪了，赢得我们其他人快要连喝酒的钱都没有了。”

我沉默地看着远处没有答话，李敢问：“你想长安了？”

我随意点点头，李敢凝视着长安的方向，缓缓道：“我倒不想回去，宁愿在西北打一辈子的仗。”李敢抿着丝笑，似苦似甜，“明知道永不可能，却梦里梦外都是她的身影。不敢说出来，只能一个人在心里反复琢磨。时间流逝，一颦一笑、一嗔一怒只越发分明。那个‘李’字，像 粒种子掉进心里，见不到阳光，不能向外长去发芽开花，就只能向里去，然后牢牢地生了根。有时候我也困惑，难道是世人常说的因为得不到，所以才日日惦记吗？这次打仗时，穿行在几万人的匈奴中，在生死瞬间竟然有解脱感，所以……我居然爱上了打仗，以前是为家族荣誉和个人前程而战，可这次我是享受着那种生死间的全然忘我，其实是忘了她。”

我苦恼地问：“真的会一辈子都忘不掉一个人吗？努力忘也忘不掉吗？”

李敢皱了眉头思索:“我努力想忘记过她吗?我究竟是想忘记她，还是想记着她?”

我觉得我们两个各怀心思，自说自话，甩了甩头，把脑中纷杂的心思甩掉，笑着问道：“你出征前，李……她可曾对你说过什么?嗯……有没有提起过我?”

李敢眼神恍惚，唇边一个迷离的笑：“有一天我出宫时，恰好撞见她，行礼后，她随口说了句‘战场凶险，一切小心’，明知道她只是听我说要去打匈奴的客套话，可我就是很开心。”

我同情地看着他，李妍只怕是刻意制造了一场偶遇，或者给了他机会让他去制造一场偶遇：“没有提到我吗?”

李敢好像才回过神来，摇摇头：“没有提过你，怎么了?”

我微笑着说：“没什么。”也对，他们见面机会本就少，偶有相逢，没什么特殊情况没有必要谈我这个外人。

赵破奴的贴身随从匆匆跑来，一面行礼一面道：“李大人，霍将军、高大人和我家大人都找您呢!霍将军说了:‘你若怕输，就跟他一队，他保你把输的钱都赢回来。’”

李敢哼了两声，笑骂道：“让他几局，他倒真当我怕了他，走!当年我蹴鞠的名气可比我射箭的名气大。”

兵士嘻嘻笑着领路先行，李敢回头笑问：“你不去看看他蹴鞠吗?长安城出了名的身姿俊俏风流，和他平时沉默冷淡的模样截然不同。”

我犹豫了一瞬，摇摇头：“他们等着你呢!你先去吧!”

回帐篷时，经过蹴鞠场。虽然霍去病下过命令一般士兵不能离队观看，可依旧围了不少人，隔着老远就听见下注的声音、吵架的声音，一个个揎拳捋袖，全无半点儿仪态。

我笑起来，让孙子看到这样的带兵将军，搞得军营像赌场，不知道是否会气得从地下爬出来。

本想径直离去，可想着李敢所说的“长安城出了名的身姿俊俏风流”，又实在好奇，忍不住还是静静穿梭在人群中，想拣块僻静的地方看一看，究竟怎么个“俊俏风流”法。

刚拣了块位置，还没来得及仔细看场上，一个人走到我的身侧：“卫大将军治军严谨，若看到这一切不知道作何感慨。”

我叹口气，回避来回避去，还是撞到了一起：“公孙将军如果对霍将军不满，可以直接告诉他，在我这里说起不了作用。”

公孙敖笑得眼睛缩在一起：“世人常说‘家有贤妻，无灾无祸’，你虽只是去病身边没名没分的女人，可也该……”他还要继续唠叨，蹴鞠挟着呼呼的风声直击他的脑袋，他忙跃起，一脚踢回场中，再顾不上聒噪。

霍去病金冠束发，身着束身白衣，上用金线绣着一只出水四爪游龙。身形修长挺拔，气度俊逸轩昂，宛如天将，令人一望竟生出尘之感，只是面上的神情却让人一见又立即跌回尘世。他嘴边挂着一丝坏笑，吊儿郎当地看着公孙敖，叫道：“公孙将军，一时脚误，见谅！见谅！身法不错，下场来玩几局。”公孙敖连连摆手，却早有好事者来拽公孙敖下场。

霍去病跑到我身旁，等着公孙敖换衣服，低声笑说：“这局我和李敢合踢，保证让公孙敖输得去喝西北风，以后好好琢磨着怎么筹钱还账，再无工夫来烦我们。”

李敢跑来与霍去病一拍掌，握着拳摇了下。两人都笑得不怀好意，望着公孙敖的目光像狼看见一只肥美的兔子。我开始明白为何两个看着性格截然不同的人竟然要好，看他们这么默契的样子，这样的勾当只怕干了不少次。

李敢笑说：“好弟妹，幸亏你来了，否则去病这小子还不忍心让公孙将军下场。”

我脸腾地滚烫，啐道：“你胡说八道什么？”

李敢摊着双手，一脸无辜地看着霍去病问：“我说错了吗？”

霍去病笑吟吟地摇头：“没错，说得很对。”

我一甩袖子就要走，霍去病忙拉我，看台上的官兵眼光都瞟向我们，我立即站住，抽回衣袖，板着脸说：“玩你的蹴鞠去！别在这里拉拉扯扯。”霍去病忙退回去站好，李敢指着霍去病哈哈大笑，霍去病冷着脸瞪向他，李敢举双手认错，却依旧忍不住地笑，霍去病蓦然飞起一脚，踢向李敢，李敢好似早有防备，闪身避开，快跑着离开，笑声却依旧传来。

公孙敖换好衣服，比赛正式开始，霍去病回头向我笑了笑，神色一整，跑向场中。

第一次看蹴鞠，规则全不懂，何为好、何为坏，我也辨别不出来，输赢更不关心，只盯着霍去病。

他若风之子，身法轻盈灵动，变幻莫测，时而充满力量，矫健若游龙，时而以柔克刚，翩翩若惊鸿。如雪白衣过处，轻快敏捷如脱兔，洒脱飘逸如处子。宛若一柄绝世利剑，出时雷霆收震怒，罢时江海凝清光，吞吐间无人能挡。他姿态闲适，潇洒随意，白衣未染寸尘，对手却已血溅四方。

金色阳光下，他的身姿美得触目惊心。四周雷鸣般的喝彩声、助威声，一切都在我耳中消失，我的世界一片沉静。万籁俱寂中只有他风中飞翔的身姿。在这一瞬，我知道，终我一生，我永远不会忘记今日所见，即使发丝尽白、眼睛昏花，我依旧能细致描绘出他的每一个动作。

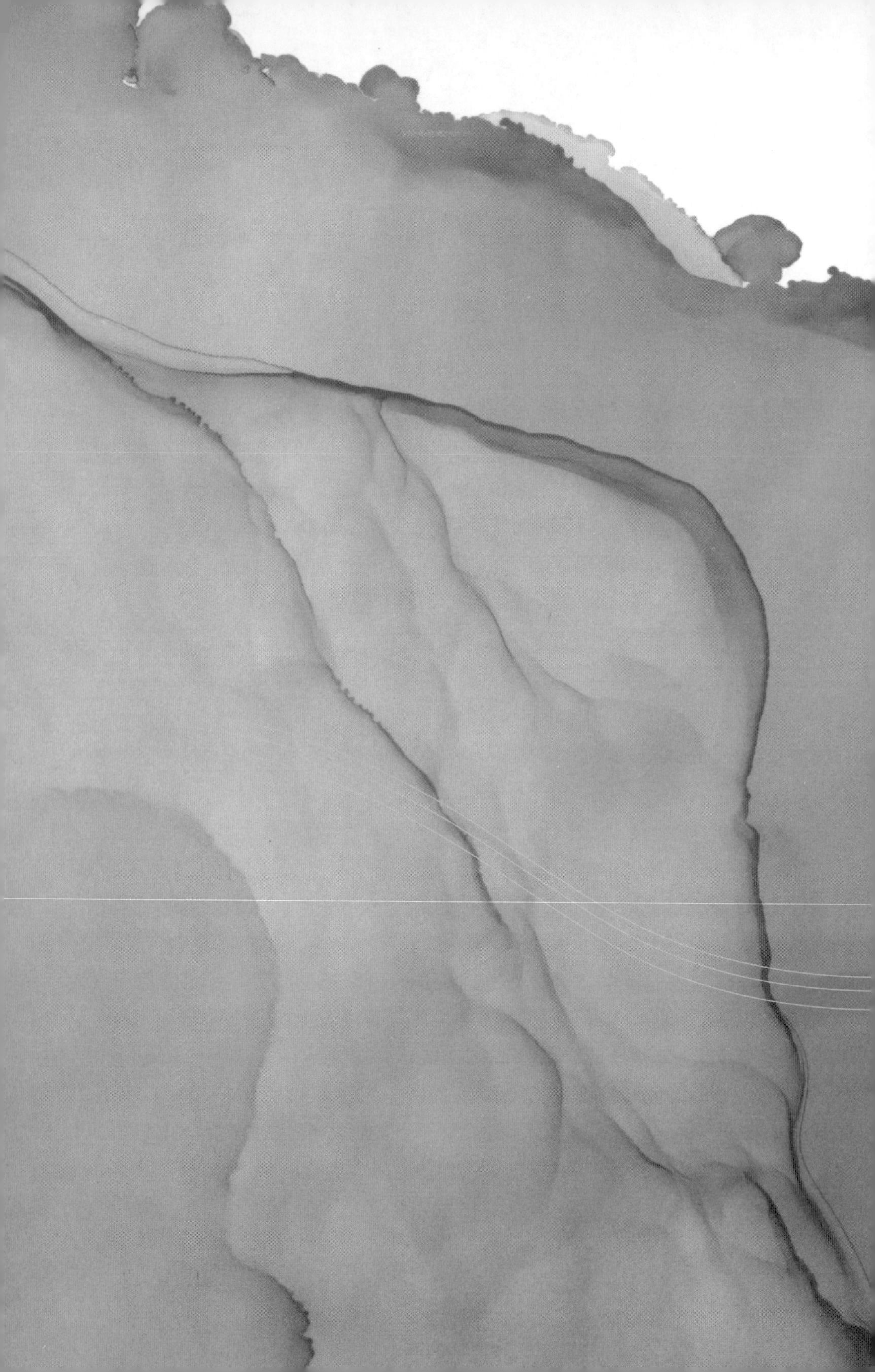

第八章

灿笑

快到长安城时，我说道："我不和你一块儿进城，我自己先走。"

霍去病想了一瞬："也好，进城时免不了一番纷扰，我还要先进宫见陛下。你是回落玉坊吗？"

我叹口气："不回落玉坊还能去哪里？肯定要被红姑骂死。"

霍去病笑得幸灾乐祸："本就是你的错，被骂骂也应该。不过你若还想耳根清净几日，不妨直接去我的宅子，陈叔自会安顿好你，以后我的家才是你的家，长安城里怎么可能只有一个落玉坊可去？"

我摇摇头："该是面对一切的时候了。不是你说的吗？躲不是办法，若让红姑知道我回了长安城却没有去见她，更添一重罪过。"

霍去病笑点点头："终于又看到有些勇气的金玉了。"

阔别半年，长安城的一切似乎没有任何变化。

来往的行人纷纷涌向城门通向宫廷的道路，等着看打得匈奴心惊胆战的霍去病和抓获的匈奴的王爷、王子。我逆着人流而行，出了一身汗，花了平常三倍的时间才到落玉坊。

侧门半开，守门的两个男子正躲在阴凉处纳凉。一壶绿豆水，胡天海地地聊着，好不自在。我要进门，两人忙跳起，赔笑道："小郎君，要看歌舞从正门进，自有姑娘服侍，这里是我们杂役出入的。"

我笑着侧头道："连我也认不出来了吗？"

两人仔细打量了我几眼，忙连连行礼："听园子里姑娘说坊主出外做生意，我们一时没想到竟然是坊主。"

园中柳荫浓密，湖水清澄，微风一吹，顿觉凉爽。心砚正在清扫院子，我在她身边站了好一会儿，她才惊觉，抬头看向我，愣了一瞬，大叫起来。我被她吓了一跳，赶紧捂住耳朵，等她叫完，才笑道："先别扫地了，帮我准备水，我洗个澡，这天真是热。"

心砚愣愣点头。

心砚的水未到，红姑已经冲进屋中，一手叉腰，一手跷着兰花指，遥遥戳着我的鼻尖就开骂："你个杀千刀、没良心的……"心砚捧了碗绿豆凉汤给我，两人都不敢多语，只用眼神交流，我向她眨一下眼睛，谢她想得周到。

一面听着红姑的骂声，一面慢慢喝着凉汤，"……你怎么那么心狠，就这么不言不语地丢下我们一园子弱女老妇，不管我们死活，全不顾我们往日情谊……这段日子，我是日日盼，夜夜想……"

我一碗汤喝完，红姑依旧骂着，我听了会儿，实在没忍住，"扑哧"笑出来，红姑眼眶立红："你还笑得出来？"

我忙连连摆手作揖："只是觉得你把我骂得像个负心汉。"

红姑侧头一想，觉得也是，有些禁不住地露了笑意，可笑还未全绽，眼泪却掉下来。我忙肃容站起："红姑，这次是我错。"

红姑立即用帕子抹去泪，说道："小玉，我不是怪你走，天下没有不散的筵席，这园子里的姑娘来来回回都已经几拨，你也终归要离去的。我还一直盼着你能嫁人生子，安稳过日子。可你实在不该一句话不说，扔下一封信就走，连当面道个别都没有，你是洒脱的人，可我不是。"

我上前，握住红姑的手："我行事全凭自己一时喜好，没有顾及你的感受，以后再不会了。你就看在我年纪小、还不懂事的分儿上原谅我一次。"

红姑狠瞪了我几眼，眼中终于含了笑意，睨着我问："听说霍大将军今日进城，你怎么也这么恰巧地今日回来？"

我仿如被长辈看破心事的女子，几丝羞几丝喜，低着头没有回话。

红姑细看着我的神色，一下明白过来，紧握着我的手，喜悦地问："你和霍将军……

你和他……真的？”

我笑着抽出手，转身去寻换洗衣服，依旧没有说话。红姑拊掌而笑：“好了！好了！我总算放下一桩心事。走得好！跑得好！这一趟离家出走真正物有所值。”

我隔着屏风沐浴，红姑在屏风外絮絮地和我说闲话：“……小玉，拜你出走所赐，我居然见到了石舫的舫主，没想到竟然是芝兰玉树般的一个人，说话举止都很温和，对着我这么个下人也极客气有礼……”

“咣当”一声，手中的水瓢掉到地上，红姑忙问：“怎么了？”

我缓缓捡起水瓢，舀了一瓢冷水兜头浇下：“没什么，不小心掉了水瓢。舫主找你所为何事？”

红姑哼道：“还不是为你，让我把你走前的事情细细告诉他，因为你的嘱咐，你留给我的第一封信已经烧了，所以没敢提，不过我当时气得要死，巴望着不管是谁，只要能把你揪出来让我狠狠骂一通就行，所以特意告诉舫主你给霍将军也留了信，我已经一早送到霍府。”

他还需要问别人我怎么离开长安城的吗？既然本就是无情，为何却总是做出几分有情的样子？又舀了一瓢冷水浇在身上，似乎想要彻底浇灭很多东西。

我说道：“红姑，叮嘱下见过我的人，我回来的事情先不要透露出去。”

红姑爽快地应道：“好！你好好休息几日吧！不过你休息好时，最好能进宫当面谢一下李夫人，你离开的这段时间，她虽没有直接出面，却让李乐师特意来奏过一次曲子，就她这一个举动，不知道为我挡了多少麻烦。李夫人倒是个长情的人，一般人总是急急地想甩掉不光彩的过去，可她却一直念着旧情，明知道你走了，却还是特意照拂着我。”

我怔怔发呆，以后……以后会如何呢？李妍，因为明白几分你的痛，知道你的艰辛，所以越发不想伤你，可我最终是不是一定要选择一个立场？

和红姑说了很多杂七杂八的闲话，时间过得飞快，不经意已是晚上，红姑陪着我用完晚饭，嘱咐我好好休息后匆匆离开，去忙白日未做的事情。

大概是这段时间一直和霍去病朝夕相处，突然一个人在屋子里，竟然觉得心里几分空落，脑子里胡思乱想不停，既然睡不着，遂悄悄出了园子去霍府。刚从院墙跃下，几条大黑狗已经扑到脚边，围着我转圈，嗅了几圈才确定我是熟识，又各自散去。

相较白日长安街上的热闹劲儿，霍府倒是仿若无事地宁静。霍去病的屋子一片漆黑，看来人还在宫中。

轻轻推门进去，屋子显然刚刚打扫过，熏炉的余烟依旧袅袅，白玉盘里的葡萄还带着水珠。推开窗户，晚风扑面，比白日凉快不少，我摆好垫子靠枕，半躺在窗边的榻上，一面吃葡萄，一面看着天空的一轮玉盘。

等到月儿已经移到中天，霍去病依旧未回，我心下纳闷，按理不可能在宫中逗留到此时，难道被别人叫去吃酒？可他的性子，一般人哪里请得动他？

有些撑不住困意，迷糊地睡了过去。正睡得香甜时，听到人语声，忙跳起藏好。伴着霍去病进来的婢女点着灯，一看屋子，吓得立即跪下请罪，头磕得咚咚响。霍去病看着吃了一半的葡萄，凌乱的靠榻，嘴角露了笑意，声音却依旧冷着："都下去吧！"

他等人都退下后，歪躺到榻上，笑道："人都走了，可以出来了。"

我从屏风后走出，他笑着招招手，让我坐到他的身旁，我问道："怎么这么晚？"

他只拿眼瞅着我，一言不发，眼里全是笑，我刚开始还能和他坦然对视，慢慢地却再也禁不住，只觉心越跳越快，忙别开头看向窗外。

他忽地拽了我一把，我不及防备，倒在他怀中："你干吗？"

撑着身子欲起，他搂着我不放："乖乖躺着，我给你讲件事情。我在宫中时因惦记着你，酒也未敢多喝。出宫后，没有回府，先到落玉坊转了一圈，看到你屋子里没有灯光，人也不在，心里当时……当时颇有些不痛快，后来我就自己跑到一个地方坐了很久，心中胡思乱想了很多，所以回来得很晚，却不料根本就是自己多心。"他轻抚着我的头发，声音低低的，"我太骄傲，天下的事情总觉得没有几件不能掌握，一直不愿意承认自己心中的患得患失。这件事情本可以不告诉你，但我觉得对你心中有愧，不该胡思乱想，所以不想瞒你。"

我心下别有一番滋味，他说长安城真正伤到了我，其实他又何尝没有受伤？他没有具体说究竟想了些什么，可我能坦然接受他的歉意吗？

在他的肩头轻嗅了几下，拍开他的手，似笑非笑地问："好香浓的脂粉气，不知道是哪家出品？你既然这么喜欢，我也索性换用这家的好了。"

霍去病一下坐直身子，急急道："只是当时宫中献舞的歌伎敬酒时挨了几下。"

我笑吟吟地问："是吗？你不是说到一个地方坐了很久吗？是天香坊还是其他歌舞坊？"

霍去病在我额头弹了下，哈哈笑着问："你是在嫉妒吗？"

我瞪了他一眼，撇过头。他强拖我入怀，我使劲地推开他："我就是嫉妒了又如何？反正你身上若有别人的脂粉香就不要出现在我眼前。"

他忙松开了我，眼睛里全是笑意："不如何，就是我喜欢而已。"

我哼了一声，啐道："你有病！"

他双手交握，放在脑后，躺得惬意无比："如果这是病，我宁愿天天病着。"

和他比脸皮厚，我实在比不过，索性不再搭理他。他笑吟吟地说："今日实在太晚，明日一早我带你去看一个地方。"

我站起身要走："那我回去了，明天你来叫我。"

他忙拖住我的手："要不了两个时辰，天就该亮了，何必来回跑？就在这里睡一觉，我在榻上凑合一下。"

我想了一瞬，点点头。

我一向觉得自己精神好，是个少眠的人，可和霍去病一比，实在算不得什么。天还黑着，他就摇醒了我，我有些身懒，赖着不肯起，嘟囔着央求："看什么都等太阳升起来再说，我好困，再让我睡一会儿。"

他在一旁一遍遍地叫我，我却只一个劲儿往被子里缩，蒙住头，顽强地抓紧被子和睡意，摒绝一切声音。

他静静地坐了会儿，忽地拉开门，大叫道："来人！伺候洗漱起身。"

我忙一个骨碌坐起，他嬉皮笑脸地说："你不怕我，倒是怕我家的婢女。"看我恶狠狠地瞪着他，忙笑着又掩好门，"觉什么时候都能睡，日出却每天只有一次。"

随着霍去病进了山。

一整座山都种着鸳鸯藤，薄薄的曦辉中，清香盈盈。碧玉般的绿流淌在山中，金银二色若隐若现地跳动在山岚雾霭中。在这个静谧清晨，一切美得像一个梦，仿佛一碰就会碎。

太阳跳上山头的一瞬，雾霭消散，色彩骤然明朗，碎金流动，银光轻舞，满山好似洒满金银，华丽炫目。

“值得你早起吧？”霍去病含笑问，我怔怔看着眼前的一切。霍去病牵起我的手，慢走在藤蔓下，得意地说：“就猜到你肯定看得目瞪口呆，昨天晚上我自己都看得很震惊，去年秋天开始种时还真想不到能如此美丽。”

我已经从刚开始的难以置信和满心感动中回过神来，看到他的样子，故意说道：“有什么稀罕？又不是你自己种的。”

他闻言却并未动气，依旧得意地说：“早知道你会如此说，特意留了一手。”指着北边的一小片说，“那边的全是我自己种的，赔给你应该绰绰有余。”

鸳鸯藤正在阳光下欢笑着，金银相映，灿烂无比，却全比不上他此时的笑容，温暖明亮，让人的心再无一丝荫翳。

我忽然双手拢在嘴边，对着山谷高叫道：“我很快乐，很快乐！”

霍去病呆了一瞬，眉眼间俱是笑意，也对着山谷大叫道：“我也很快乐！”

两人“很快乐，很快乐”的声音在山谷间一起一落，隐隐相和。他侧身大笑着抱起我在花丛间打着转，我也不禁大声笑起来。笑声在山涧回响，在漫山遍野的鸳鸯藤间荡漾。

·——·——·——·——·

博望侯张骞带兵不当，按照汉律当斩，开恩赎为庶人。合骑侯公孙敖未与骠骑将军会合，当斩，开恩赎为庶人。李广无赏无罚。加封骠骑将军霍去病食邑五千户，封其裨将有功者：鹰击司马赵破奴为从票侯，校尉高不识为宜冠侯，校尉仆多为辉渠侯。

经此一役，霍去病在朝中的地位已与卫青大将军相当，并有隐隐超过之势。

李广将军转战一生，一直盼着能封侯，却直到现在仍未得偿夙愿。而随霍去病出战的从将居然一战封侯，其余众人也是各有丰厚赏赐，长安城里对霍去病的议论越发沸沸扬扬，一面是以年轻武官居多的赞誉艳羡，少壮儿郎都盼着能跟随霍骠骑出战，封侯拜将，博取功名；另一面却是文官儒生和普通士兵的唾骂，议论霍去病不知道爱惜士兵，自己酒池肉林，奢靡取乐，皇帝赏赐给他的食物几大车地烂在车中，士兵却一边饿着肚子，一边还要为他搭建蹴鞠场地。

我正在看我离开时的收入开支账目，霍去病匆匆走进屋子，有些歉意地说："我过会儿就要离开长安城，婚事要往后稍拖一下。"

我皱着鼻子，哼了一声："你别说得我好像急不可待地想嫁你。刚回长安不过三天，怎么又要走？"

他笑道："你不急，可我急。此次事关重大，又事出意外，只好匆匆起程。匈奴的浑邪王和休屠王想投降我朝，因为两王的兵力加起来将近十万，陛下怕他们是诈降，但万一是真的，此次若接受了两王投降，匈奴在漠南的势力就会遭受重创，所以陛下举棋不定，我就主动请缨去迎接两王，看他们究竟是真投降还是假投降。"

"你说什么？为什么？"我满心疑惑地问。

霍去病道："据浑邪王和休屠王的说辞，是因为他们治辖的地区连吃败仗，单于想治他们的罪，所以两人商量后决定索性归顺我朝。"

霍去病看我默默思索，握住我的手道："我速去速回，我想娶你的意思已经和皇后娘娘说过，皇后虽很意外，但已答应了，原本想等一个合适的机会和陛下说，可还没来得及，只能等我回来了。"

我嗔了他一眼："我哪里在想这些？我小时候见过浑邪王和休屠王，而且和休屠王的太子日很要好……"霍去病忙凝神细听，"太子日自小就是一个极有主意的人，但休屠王为人怯懦，耳根子很软，此次投降汉朝如果是真的，那肯定不是他自己的主意，他没有这个胆子，你要小心他左右摇摆。浑邪王没太多心眼，性子很豪爽，但脾气比较暴躁，看着凶恶，实际却是个下不了狠手的人，若当面商谈，你不妨细察他的言谈举止，确定真假。"

霍去病举起我的手亲了下，笑道："多谢夫人军师。"

这一幕恰被进屋的赵破奴撞见，他立即低下头，只盯着自己的脚尖，沉声道："将军，我们都已经准备好。"

我欲抽手，霍去病却握着不放，牵着我向外行去。门外一众兵丁看了都急急避开目光。我的脸慢慢烫起来，霍去病却毫不在意，只顾低声叮嘱我别后事宜。

我在军中一直着男装，赵破奴此时显然还未认出已经换了女装的我，等行到府门口，霍去病检查马匹时，他匆匆瞟了我一眼，一脸震惊地失声叫道："金贤弟？"

我敛衽一礼，笑道："还未给侯爷道喜呢！"

霍去病侧身笑道："以后改口叫弟妹吧！"

赵破奴怔了好一会儿，低下头，讪讪道："末将不敢。"

我冷脸盯着霍去病，霍去病满不在乎地笑着说："我就要出征了，你也不给我个好脸色看吗？"

我望着他，一瞬后，才轻声说道："一切小心。"

他看出我眼中的担心，敛了嬉笑之色，郑重地点点头，上前大力抱了我一下后，策马离去。

身后一众护卫刚才一直不敢看我们，听到马蹄声，方反应过来，忙急急打马，随在霍去病身后呼啸而去。

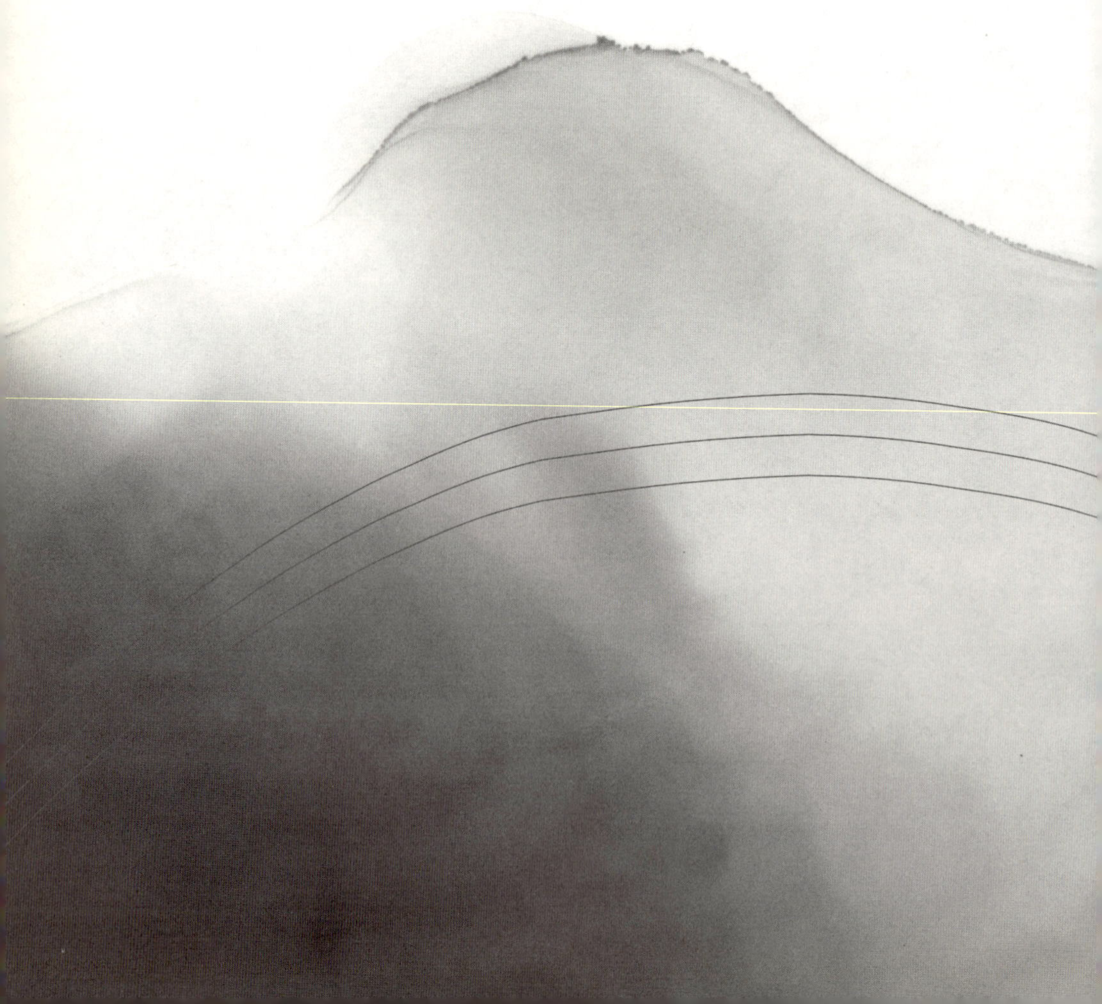

第九章

情乱

我已在下方跪了一个时辰，李妍仍旧一言未发。

我思量着，如此僵持，终究不是办法，磕了个头："娘娘，不知道召见民女究竟所为何事？"

李妍脸上的冷意忽地散去，竟然颇有哀凄之色："金玉，怎么会这样的？听人告知此事，我怎么都不敢相信。你中意的不是石舫的孟九吗？你答应过我的，可你现在居然和霍去病在一起，你真的要嫁他吗？"

"对不起，我……我……情之一事不由人。"我只能又重重磕了个头，"不过，无论如何，我都不会泄露你的身世，我只当从不知道此事。"

李妍冷笑道："可如果霍去病要阻止髆儿呢？"

我抬头凝视着李妍："我不想叫你娘娘，李妍，我希望我还是以朋友的身份再和你说一次话。请放弃谋夺太子之位。你过得这么辛苦，难道还忍心让自己的孩子也这么过一生吗？"

李妍紧盯着我："我只问你，如果霍去病有一日要伤害我们，你会帮他吗？"

我无奈地说："如果你不去伤害太子，霍去病不会伤害你。而我……我绝不会让你伤害霍去病。"

李妍侧着头轻声笑起来，笑颜明媚动人："金玉，你可以回去了。今后我们就各走各的路。但你可要记清楚你的誓言了，老天的记性是很好的。"

她有她想守护的人，我有我想守护的人，我们终于走到了这一步。我静静给她磕了个头，起身离开。

红姑吩咐厨房专拣往日我爱吃的做，可对着美味佳肴，我却食难下咽："红姑，娼妓坊的生意可都结束了？"

红姑回道："自你回来这才几天？哪里有那么快？脱手也要一段日子，不过我已经尽力了，好多都已经谈得差不多。"

我轻颔下首："以后约束好歌舞坊的姑娘，行事能忍时都尽量忍一下。歌舞坊的生意，我也打算寻了稳妥的商家，慢慢出售。"

红姑搁下筷子："小玉，究竟出了什么事情？我实在想不出你如今在长安城有什么要怕的。霍大将军岂能让人欺负你？不说卫氏在朝廷中的势力，就只是李夫人，也没有人敢招惹我们。"

我道："我和李夫人闹翻了，李妍的心智计谋，你也了解一二。即使有去病护着我，可如果行事真有点滴错处被李妍逮住，再煽风点火、小事化大地一闹，以陛下对李妍的宠爱，追究下来，我也许可以躲过，但你们却……如今的李妍早已不是未进宫前的李妍，她根本不会介意几条人命。"

我想着当日在军营偷听到的对落玉坊的议论："红姑，落玉坊表面看着风光，其实我们已经得罪了很多富豪贵胄，只是因为有一个宠冠后宫的娘娘，很多人的怨气都忍住了，如果李妍开始对付我们，只要善于引导这些怨恨，只怕园子里的姑娘都要遭罪，我现在恨不得立即解散歌舞坊，可坊里的姑娘都是孤苦无依靠的人，安排不妥当，让她们何以为生？"

红姑神色怔怔："怎么会这样？"

我摇摇头，苦笑道："人算不如天算，我怎么也没有料到会有今日。"

·——·——·——·——·

伊稚斜得到浑邪王和休屠王欲投降汉朝的消息，立即派人去游说浑邪王和休屠王。休屠王禁不得使者劝说，决定放弃投降汉朝，与浑邪王起了争执，两王反目。浑邪王在混乱中杀死了休屠王，引起休屠王部众哗变，再加上伊稚斜的使者有意煽动，引得浑邪王的兵士也纷纷临时倒戈，主降派和主战派的匈奴兵士彼此对峙，一场恶战一触即发。

消息传到仍在路上的汉朝军队，赵破奴等人建议应该隔着黄河，等匈奴自相残杀后再伺机歼灭对方，既不费己方兵力，又一举攻破匈奴二王的势力。霍去病却拒绝了这个最安全的提议，言道：“陛下一直厚待归降的胡人，广施恩泽，恩威并用，才能臣服各国。此次浑邪王真心归顺我朝，若我们见死不救，未免让日后有心归顺者齿冷。”言毕不理会众将苦劝，毅然带着一万士兵直渡黄河，冲入四万多人的匈奴阵营中。

霍去病以万夫难当之勇，在四万多人的匈奴军队中冲杀。

又一次以少胜多！又一次几近不可能的胜利！

霍去病在匈奴人心中变成了一个不可能失败的战神，很多匈奴人被杀得胆寒，后来甚至一听见“霍去病”三字就转身而逃。

霍去病救出浑邪王后，又以铁血手段命浑邪王立即下令斩杀最初主战的八千多士兵，飞溅的鲜血、掉落的人头，再加上浑邪王的命令，匈奴人终于全部放下了手中兵器。

霍去病派兵护送浑邪王及休屠王的家眷提前去长安，自己则等候刘彻的命令，妥善安置好四万多投降的匈奴兵士后才起程返回长安。

刘彻厚封了浑邪王和他的将领，让他们在长安城享有最好的一切。把归附的匈奴部众安置在陇西等五郡关塞附近，又沿祁连山至盐泽筑边防城寨，在原休屠王、浑邪王的驻地分设武威、张掖两郡，与酒泉、敦煌总称河西四郡。至此，匈奴人在黄河区域、漠南的势力全部被肃清，既进一步孤立了匈奴，又打开了通往西域的道路。

刘彻对霍去病此次的做法极为激赏，霍去病载功而返时，刘彻亲自出长安城迎接，又增封霍去病食邑一千七百户。霍去病共享食邑一万一千六百户，超过卫青大将军，贵极全朝。

已是秋天，可仍热气不减，我恹恹地侧卧在榻上，闭着眼睛，有一下没一下地扇着美人团扇。

一个人坐到我身旁，我依旧闭着眼睛没有理会，他俯身欲亲我，我扇子一挡，让他和扇上的美人温存了一下，来人半气恼、半无奈地看着我。我翻了个身，把玩着扇子问：“难道她比我长得美？”

霍去病含笑道：“美不美不知道，不过比你知情识趣倒是真的，多日未见，连投怀送抱都不会。”

我哼了一声，用扇子挡住脸，不理会他。

他凑到我耳边问："你怎么了？怎么整个人没精打采的？"

我幽幽地叹口气："我在学做闺中思妇、怨妇，你没看出来吗？"

"别赖在榻上，人越躺越懒，陪我出去逛一逛。"他笑着把扇子一把夺走，扔到一旁，拖我起身，"编造瞎话的本事越发高了。一回长安就听陈叔说落玉坊似乎在仓促地收缩生意，不知道你琢磨些什么，竟把过错栽到我头上。"

自从回到长安城，因为心中有顾忌，除了被李妍召进宫了一回，一直都是深居简出，此时虽也不太想上街，可看霍去病兴致勃勃，不愿扫他的兴致，遂打起精神陪他出了门。

两人坐在一品居雅座临窗的位置，一壶清酒，几碟小菜，轻声慢语，他笑讲起为何酒泉被命名为酒泉。

皇帝赐酒一坛，奈何当时人多，实在不够分，他就索性把酒倒入泉中，同饮圣上赏赐的美酒，泉因而被叫了酒泉，当地也因此得了个汉名，把本来的匈奴名丢到了一边。

我笑问："泉水真的因此有了酒香？"

霍去病抿了口酒，笑吟吟地说："陛下赏赐的酒岂能一般？众人都说品出了酒香，那肯定有酒香了。"

他伸手要替我擦嘴角的糕点屑，酒楼中还有其他人，我不好意思地扭头避开，自己用手指抹去，他没有碰到我的脸，却笑着顺势握住了我的手，我抽了两下，没有抽掉，只能嘟着嘴由他去。

霍去病轻笑着，眼神柔似水，神情忽地一变，虽仍笑着，可笑意却有些僵。我诧异地顺着他的目光，侧头望去，心仿若被什么东西大力地一揪，只觉一阵疼痛，脑子一片空白，人定在当地。

九爷脸色煞白，目光凝在我和霍去病交握的双手上，全是不能相信。我心下慌乱，下意识地就要抽手，霍去病紧紧地握着我，丝毫不松，宛如铁箍，竟要勒进肉中的感觉，我疼得心都在颤，可人却清醒过来，默默地任由霍去病握住，一动不动地坐着。

石风看看九爷，又看看我："玉姐姐，你……你什么时候回的长安？你可知道九爷……听人说你在长安，我们都不敢相信，你竟然和……"

九爷语声虽轻，却有力地截断了小风未说完的话："知道你平安无事就好。"脸上一个虚无缥缈的淡笑，看得人心中满是苦涩。

我强自若无其事地说："让你挂心了。"

霍去病笑道："孟兄何不坐过来，一起饮杯酒？"

九爷想拒绝，天照却飞快地说："好呀！"

石风一脸不满，带着怒气盯了我好几眼，示威地瞪向霍去病。九爷脸色依旧苍白，举止却已经恢复如常，浅笑着和霍去病互敬了一杯茶，温和儒雅地与霍去病说着无关紧要的话，只是视线一到我身旁就自动闪避开，一眼都不看我。

我一直低头静静地看着膝盖下的竹席面，霍去病自始至终握着我的手。我只觉胸间滚滚有如冰侵炭焚，对霍去病道："我们回去吧！"

霍去病盯了我一瞬，眼中又是痛又是怜，放开我的手，轻点了下头。

"金玉，真是巧呢！我正打算过两日去看你。"李广利和其他几个长安城中游手好闲的豪门浪荡子走进了雅座，和我打过招呼后，才看到霍去病。其他几个少年郎都立即收了嬉笑之色，纷纷给霍去病行礼，只李广利满不在乎，甚至带着一丝强作的傲慢，对霍去病拱了拱拳道："霍大将军好雅兴。"

霍去病一个正眼都未瞧他，仿若没有听见他的话。

我笑道："我正要回去，若有什么事情到园子来找我吧！"

李广利睨着我只是笑，笑得我莫名其妙："怎么了？"

他抿着唇，微带了些不好意思："没什么，过几日你就知道了。"

霍去病冷冷地看向李广利，李广利一个哆嗦，惶惶地移开视线，却又立即强鼓起勇气，毫不示弱地瞪回去，不料霍去病早已不再看他，只目光注视着我，示意我们走。李广利的一时之勇落空，神态愤愤，看向我时，忽又透出一丝得意。

李广利是个藏不住心事的人，他的神色如此古怪，顾及李妍，我不敢轻视，拿话激他："二哥平日行事豪爽利落，今日怎么如此小家子气了？说个话比大姑娘上花轿还扭捏。"

一旁的少年都想笑，却又忙忍住，李广利脸涨得通红，嚷道："不是我不想说，是妹妹事先叮嘱过不许说。"

我心下越发忐忑，笑道："娘娘叮嘱过你，你自然不能不听。既然你不敢说，我就不迫你了。"说完就要走。

"谁说我不敢了？"李广利走到我身侧，犹豫了一瞬，不敢看我，侧头看向别处，哼哼道，“妹妹说要求陛下做主给我赐婚，要把你……你嫁给我。”

一直淡然自若品着酒，好似全未留心过我们的九爷手一抖，酒杯摔裂在地，他侧头盯向李广利。

霍去病好像听见最荒谬的笑话，怔了一瞬，不屑地大笑起来。

李广利神情惶惶，畏惧地躲开九爷的视线，看到霍去病的反应，神情越发复杂。石风愣了会儿，大骂道：“你癞蛤蟆想吃天鹅肉！”

事情太过意外，我怔怔立在原地，脑子里急速地思量着对策，听到石风的骂声，才清醒几分，忙厉声斥责道：“小风，立即赔罪。”我从未对小风说过重话，这是第一次疾言厉色，小风委屈地瞪着我。

九爷淡笑一下，温和地说：“做错了事情才需要赔罪，小风既未做错事，何来赔罪一说？”

霍去病点点头，冷冷地说：“此话甚合我心。”

他们二人竟然口径一致，我再不敢多说，只好自己向李广利欠身行礼，李广利一脸羞恼，恨恨地盯向九爷和霍去病，一甩袖子，转身大步离去。我跺了下脚，对霍去病道：“李广利心肠不坏，若软言相求，他自己肯定就会不同意，现在不是逼得他非要做意气之争？”

霍去病神情不屑至极，冷哼一声：“软言相求？若不是你在，我非当场卸了他脑袋不可。”

我无奈地叹口气，霍去病拖着我向外行去：“我现在就去找陛下把话讲清楚。好一个李夫人……哼！”

匆忙间，始终都不敢回头，可我知道，身后的两道目光毫不避讳地盯在我身上。心下无措，不高的门槛，我也被绊了下，霍去病立即扶住我，回头迎上九爷的目光，一冷、一温，彼此都丝毫不避让地看着对方，四周似有细小的火花爆开。我忙挤出一丝笑握着霍去病的胳膊，出了一品居。

人刚进宫，还未见到皇帝，一个中年宫女就匆匆拦住了我们，向霍去病行礼。

满心憋着气、只想见皇帝的霍去病神色缓和，微侧身子避开，只受了半礼，对我道：“这是皇后娘娘身边的女官，我小时候唤云姨，现在她怎么都不肯让我如此叫她，以后你帮我叫吧！”

我忙敛衽行礼：“云姨。”

云姨侧身让了半礼，笑道：“玉儿吧？上次霍将军和皇后娘娘说了你半晌，我早就盼着能见一面。”

霍去病的神色又冷起来，云姨笑牵起我的手：“先去拜见皇后娘娘可好？娘娘也想见见你。”

我看了眼霍去病，看他没有反对的意思，遂点点头。

青石墙、毛竹篱，几丛秋菊开得正好，白白黄黄，铺得满庭幽香。东风过处，卷起无数落花残蕊乍浮乍沉，蹁跹来去。一抹斜阳恰映在庭院一角的赏花人身上，倒是人比菊花还淡。

我们都不禁慢了脚步，云姨轻声道：“娘娘。”

卫皇后未等我们行礼，转身指了指菊花旁的矮几竹席：“都坐吧！”

卫皇后坐到我们对面，仔细看了会儿我，轻叹一声：“跟着去病，委屈你了。”

霍去病道：“我可不会让她受委屈。”

卫皇后唇边一丝若有若无的笑：“你们不必担心，陛下没有答应替李广利赐婚。”

霍去病笑道：“待会儿就去谢陛下。我虽还没来得及和陛下说婚事，可陛下早知道我对金玉的心意，当年还打趣我，如果我自己得不到金玉，他帮我去抢人。”

卫皇后眼中几分怜惜：“陛下是要给你做主赐婚，可……可不是金玉。”

霍去病猛地站起来：“除了金玉，我谁都不要。”

卫皇后道：“陛下的意思是你可以娶金玉做妾，正室却绝对不可能。”

天边晚霞绯艳，对对燕子低旋徘徊，暗影投在微黄的席面上，疏落阑珊。我低着头茫然地数着席子上交错的竹篾个数，一个，两个，五个……我数到哪里了？从头再来，一个，三个，两个……

霍去病拉着我要走，卫皇后轻声说：“去病，这比战场更复杂，不是你挥着刀就可以杀开一条路的，你不怕一个不周就伤到金玉吗？”

霍去病立了一瞬，复又坐下：“陛下是什么意思？”

卫皇后道：“陛下为什么一意重用你？几次出战都把最好的兵士给了你，一有战功就大赏，短短两年时间，你的地位就直逼你舅父。”

霍去病沉默着没有说话。刘彻对卫青在军中近乎独揽兵权的地位很是忌惮，一直想分化卫青的兵权，可良将难寻，一般人怎么可能压过卫青？霍去病的出现恰好提供了这个契机，霍去病又正好和卫青性格不合，反倒与刘彻性格相投，所以刘彻刻意扶植霍去病在军中的势力，弹压卫青的门人，以此将兵权逐渐二分，也以此来让卫青和霍去病彼此越走越远。

卫皇后徐徐挥袖，拂去几案上琴旁的落花：“陛下想选一个公主嫁给你。”

当年的刘彻为了对抗窦氏和王氏外戚在朝中的势力，重用卫青，尽力扶植卫青的势力，但当窦氏和王氏纷纷倒台，而卫青在军中威望越来越高时，一切起了微妙的变化，究竟为何卫青娶了年长他许多的公主，真正的原因任人猜测。事隔多年，如今的霍去病又要娶一个公主。

一轮落日，半天红霞，几行离雁，三个人一径地沉默。

霍去病微仰头，凝视着天空的大雁：“正因为有舅父的前车之鉴，我已经尽力小心谨慎，可还……”他侧头向我暖暖一笑，“除了你，我谁都不会娶，管他公猪母猪。”

卫皇后微一蹙眉，却没有吭声。

霍去病向卫皇后微欠了下身子，牵起我向外行去，卫皇后只一声轻叹，未再多言，低眉信手拂过琴。

咿咿呀呀，呜呜咽咽，一时起，一时落，琴曲漂泊不定若风絮，吹得愁绪满庭。抬眼望去，残阳映处，几朵落花，兀自随风。

·——·——·——·——·

淡漠的月光，沉沉的暗夜，几道微绿的萤火，渺茫闪烁。枯叶片片坠落，一时无声，一时簌簌。

心就如这夜，暗沉沉的，些微荧光怎能照亮前方？我呆站良久，蓦然起身去追流萤，彩袖翩飞，风声流动，握住那点微弱萤火的刹那，却又立即松了劲，放它离去。

“玉儿……”

声音柔且轻，似怕惊破模糊的夜色，我心一震，身形立停，却不能回头。

他来干什么？我曾多少次苦苦盼望，有一日能在这个园子里听到他的声音。时间过去得太久，几经伤心，我早已经放弃，这个声音居然在身后猝不及防地响起。

“你来干什么？”

“玉儿，我……对不起。”九爷拄着拐杖，走到我身前，“我……想求你原谅我，你能再给我一次机会吗？”

我满心震惊，不能相信地瞪着他：“你说什么？我没有听懂。”

他的眉间满是忧伤，眼睛里却燃烧着一簇簇火焰，灼得我心疼：“我错在太自以为是，我从没有真正地把心里的事情说给你听过。我自认为自己做了对彼此最好的选择，可从没有问过你，我的选择正确吗？是你想要的吗？玉儿，我是喜欢你的，我心里一直有你。”

事情太过可笑，这曾经是我愿意用生命去交换的话语，如今听到，却只有满心悲愤，禁不住哈哈大笑起来：“九爷，你不要逗我了。我已经答应霍去病要嫁给他。”

他的手紧紧握住拐杖，面色苍白，语气却坚定有力：“不是还没有嫁吗？而且他如今兵权在握，他的家人、亲戚又错综复杂，他的婚事已经不仅仅是婚事，而是各方利益的较量和均衡，绝对不是他自己说了就能行的。玉儿，以前全是我的错，但这次我不想再错过。”

我怔怔发呆，事情怎么会这样？以前怎么求也求不到，如今怎么全变了？

九爷伸手替我拂头上的落叶，手指轻触了下我的脸颊，我猛地侧头避开，他的手指落空，僵了一瞬，缓缓收回。

我心中一震，几分清醒，退后一步，硬下心肠地说：“九爷，我已经……已经和去病……我已经是他的人了。”

他愣了一下，眼中情绪复杂，随即满不在乎地一笑：“你忘了我祖父的故事吗？祖母在嫁给祖父前曾是他人的小妾，你看我会在乎吗？”

我吃惊太过，摇头再摇头，喃喃自问：“这究竟是为什么？为什么以前……”

九爷向前走了两步，低头凝视着我：“玉儿，我最初的顾虑是因为我的身份。祖父创建石舫后，石舫收入的绝大部分都花费在了西域，一部分救助了百姓，一部分却是帮西域国家扩充军事。到我手中后，我虽有胡人血脉，可毕竟是地地道道的汉人，开始尽力疏远西域各国，但仍旧有千丝万缕的联系，这些事情如果泄露，人头落地都是轻的。我理智上明白应该疏远你，可心里却仍旧想看到你。甚至会控制不住地试探你，看你是否可能接受我。”

我咬着唇：“我没有通过你的试探吗？”

他摇摇头：“通过了，远远超出我的期望。可就是你太好了，好得让我自惭形秽，唯恐这辈子不能让你幸福，自以为是地又把自己划在了你的圈子之外。”

天下居然有这种解释？我冷笑起来，九爷急急地想握我的手，我用力挥开，他脸上闪过伤痛，低垂目光，看着地面，缓缓道：“玉儿，我身子有残疾，不仅仅是我的腿，我还……还不能有孩子，我不能给你一个正常的家。”他苦笑一下后，面上竟露了几分戏谑打趣，“不是不能行房，而是孩子会遗传我的病，也很难活。娘亲曾生过五个孩子，我是唯一活下来的，五个中有四个一出生就腿有残疾。父亲和母亲的早逝和这些打击有很大关系。后来我自己学医后，查过母亲那边的亲戚，她是外祖母唯一活下来的孩子，外祖母也因伤心过度早逝。我从小一直看着父亲和母亲的郁悒，看着母亲每次怀孕的开心、每次失去孩子后的痛不欲生，我不想这样的事情再重演。”

原来他只是为了这个一再拒绝我，他为什么自以为是地认为我一定会和正常的女人一样，非要孩子不可？难道没有孩子就不能幸福吗？他为什么不问问我的意思？

我心中百般滋味、千种酸楚，他居然还能自嘲地笑出来，我挥手去打他，拳头落在他的肩上、胸口：“你为什么……为什么不早说？我会在乎这些吗？我更在乎的是你呀！”

他一动不动地站着，任由我的拳头落在他的身上。我满心伤痛，只觉身上的力气一丝丝全被悲伤吞没，身子微微摇晃着，哪里再打得动他？他忙伸手搀住我，我的拳头软软松开，泪终究再不受控制地落下。

他急急替我拭泪：“玉儿，我以后再不会让你掉泪。自你走后，我一直在设法安置石舫的大小生意，等安置妥当后，我们买几匹马，离开长安，一定比老子的青驴跑得更快，也一定消失得更彻底。漠北、江南，你愿意去哪里都可以。以后肯定还会有很多风险，但我知道我们可以携手与命运抗争。”

我泪如雨下，怎么擦都擦不干。不一会儿，九爷的肩头已经湿了一片。傍晚从宫里出来后，我心中就如灌了铅般沉重，此时我不知道自己究竟在哭什么，只知道心如刀绞，好难过，好难过。

一只手猛地把我拽开，太过用力，我身子直直往后跌，惊呼声未出口，已经跌进一个熟悉的怀抱。霍去病身子僵硬，胳膊搂得我要喘不过气来，他一眼不看我，只对着九爷笑道："玉儿的眼泪以后我会替她擦，不劳烦阁下了。"

九爷与霍去病对视半晌，都看向我。我闭上眼睛，谁都不敢看，只眼泪纷纷，身子颤个不停。

霍去病说了声"失陪"，抱起我转身离开，脚步匆匆，身后九爷的声音："玉儿，这次换我来争取你的心。"

霍去病的脚步猛然一顿，又立即加快了步伐。

第十章

怒吻

年仅二十岁的霍去病，在长安城炙手可热，似乎跟着他，就意味着荣华富贵、锦绣前程、封侯拜将。

霍去病行事越发张狂，锋芒迫人，朝中诸人，羡的、厌的、恨的、妒的、巴结的、疏远的，却不论王侯贵臣，无一人敢当面直逆霍去病的锋芒。

与之相反，卫青处事更加低调谨慎。卫青在军中十几年，待兵将如手足，和官兵生死沙场中结下的袍泽之情，以及宽厚仁义的威信，依旧如大山一般，沉稳不可撼，皇帝对此也无可奈何。

我捧着一册竹简，似乎在看，其实心思全不在上面。

那日被霍去病撞见我在九爷肩头落泪，我以为他肯定会对我大发雷霆，却没有想到，两人进屋后，他只是抱着我坐在黑暗中，不言不动，仿佛化成石雕。

很久很久后，他轻轻把我放在榻上，躺到我的身侧。我实在害怕他的沉默，刚要开口，他却捂住了我的嘴："我什么都不想听，好好睡觉。"语气里竟透着丝丝紧张和害怕。

那日过后，他好像什么事情都没有发生过，待我像以前一样，只是每天晚上，如果他不能来我的园子，就必定要派人接了我去他的宅中。

因为他如今上朝后常被皇帝留下，他又总是会喝得醉醺醺地回来，所以我十之八九只能在他府中安歇。

"玉儿……"霍去病叫道。

他何时进的屋子，我完全没有察觉，心中一颤，忙搁下手中的竹简："什么事情？"

他坐到我身侧："今日宫中有宴，我……"

我问："又要醉成烂泥？"

他抱歉地看着我，我道："不可能每次都借着醉了，让陛下说不了话。"我递给他一轴帛书。

他打开看了一眼，面寒如冰："竟然宣你入宫。"

天空静爽凉滑，如一幅水洗过的蓝绸，淡淡浮着的几抹微云又添了几分生动。来参加宴席的女眷三五成伴，盈盈笑语和着金桂的香气，荡在风中。

我靠在树干上，半仰头望着天空，忽觉得有人视线一直凝在我身上，一低头，看见一个身材高挑、容貌英俊、锦衣玉带的男子正定定地看着我，眼中满是震惊和不能相信。我望着他，暖暖地笑着，他眼中的惊诧怀疑退去，喜悦涌出，还有泪光隐隐浮动。

一会儿后，他的神色恢复平静，不动声色地环顾了四周一圈，又看了我一眼，一言不发地转身离去。

不知李妍从何处走出，她笑看着我："金姑娘似乎走到哪里都有倾慕者，一个大汉朝的将军对你一往情深，如今圣眷正隆的新贵、光禄大夫也好似颇对你动心。金日到长安不久，却因为当日是霍将军去接受了匈奴人投降，听闻他和霍将军的关系很不错。"

我心中一惊，怎么偏偏落到了她眼中？一面笑着，一面拿眼瞅着远处的李敢："娘娘在宫里住久了吧？心好似渐渐变得只有院墙内的这些男女之事了。不要总是用己之心测他人之意。"

李妍瞟了眼李敢，笑意有些冷："金姑娘看着清减了不少。"

我淡淡回道："娘娘看着也略带憔悴之色呢！"

李妍想让李广利娶我，固然有对我的恨惧，但更重要的是她想借着我这件看似风花雪月的事情试探皇帝的心意，一次非正面的与卫氏的交锋。可惜，刘彻毕竟是刘彻，虽对她宠爱冠绝后宫，却仍旧没有遂了她的心意，没有捧李压霍，只从自己的利益出发，平衡牵制霍去病的权力。

李妍气笑一声："事已成定局，你若愿意以后日日给公主磕头行礼，仰她人鼻息，就做妾了。可金玉，何苦来哉？你的性格受得了吗？不如抽身而退。"

卫皇后走到我们身侧，浅笑着问："说什么呢？这么高兴？"

李妍忙行礼，卫皇后伸手扶起她："听闻你最近身子不大好，以后不必总是行这些大礼。闲暇时翻了翻医书，发现养生之道，最重要的一点就是不要思虑太多，该放手处就放手。"

李妍笑道："姐姐嘱咐的是，妹妹受教了，相较姐姐而言，妹妹倒真是小心眼了。"李妍瞅了我一眼，"妹妹还真是佩服姐姐的容人之量，竟似对以往之事毫不介怀。"

卫皇后淡淡笑着，侧头对云姨吩咐："金玉对宫中不熟，你照顾着她点儿。"说完牵着李妍的手离去，"几位妹妹都很好奇你最近新创的发髻式样，嚷着让我来说个情，教教她们。"

云姨温柔地替我顺了顺鬓边的碎发："你和去病都瘦了。"

我低叫了一声"云姨"，满心酸涩，一句话都说不出来。

"自从随着皇后娘娘进宫，这些年见了太多悲喜，年纪大了，心也冷了，很想劝你们不妨退一步，男人总免不了三妻四妾，只要他心中有你也就算难得，毕竟陛下又不是不让你嫁给去病，况且正妻是公主，让你做妾也不委屈你，换成其他女子大概早已经欢欢喜喜地接受了，本还有些恼你不懂事，在这么复杂的环境中还不知道进退，让大家都为难。"

我知道善解人意、顾全大局的女子应该退一步，可这已是我唯一所求。

云姨道："听去病言语间提起你时，感觉很是飞扬的一个人儿，可看到你如今的样子，忽觉得我们不该恼你。也许你们更像我们年少时的女儿梦，'愿得一心人，白头不相离'，可世间有几个女子能得偿心愿？就是当年传为美谈的一曲《凤求凰》，司马大人还不是终究有了新欢，负了卓文君？人终究要学会对现实低头。"

我说道："我永远学不会对现实低头。"

云姨叹道："去病的性子就不说了，没有想到你的性子也是这么刚硬！"

霍去病一入宫就一直被一众年轻武将众星捧月般地围着，我与他身份相隔如云泥，根本不可能同席，他看到云姨一直随在我身侧，神色方释然不少。

两人隔着灯火相视，满庭的欢声笑语，觥筹交错，金彩珠光，都在我们眼眸间淡去。这一瞬，我觉得我们离得很近，近得他心中的千言万语我都懂，可我们又离得很远，远得我再伸手也似乎握不住他的手。

刘彻笑对霍去病道：“朕早已命人为你建造一个长安城内最好的府邸，不日即将竣工，有了新家，却还独缺一个女主人……”

我低下头把玩着手中的酒杯，这早已经是预料中的一幕，不可能躲得开，也无数次暗暗给过自己警示，可不知为何手却依旧簌簌而抖，酒珠飞溅而出，落在崭新的裙裾上，点点滴滴，晕湿的痕，仿若离人的泪。也许明日我就该离开长安了，在这个天潢贵胄云集之处，在这个最大、最繁华的城池内，容纳了来自五湖四海的人，却容不下我的幸福……

也许确如李妍所说，我是属于草原大漠的，那里虽然没有生于富丽堂皇庭院的芍药，却长满了可以仰望广阔蓝天的芨芨草……

脑中想着草原大漠的千般好处，身上的血液却在变冷，冷得我怎么克制，整个人仍然打着战，杯中的酒，点点滴滴，滴滴点点，只是落个不停。

满席的艳羡嫉妒与不屑都凝在霍去病身上，可他却冷意澹澹下透着痛。刘彻笑看向席间坐着的众位公主，刚要开口，霍去病蓦地起身，上前几步，跪在刘彻面前，重重磕了个头，碎金裂玉的声音：“臣叩谢陛下隆恩，可臣早有心愿，匈奴未灭，何以家为？府邸不敢受！”

霍去病的一番话，竟然是一个终身不娶的誓言。刹那间，一席寂静，针落可闻。各人面上神色不一，不明白对一向奢侈的霍去病，一个府邸怎么就如此不能接受？他平常从刘彻那里接受的赏赐，比府邸贵重的多得是。对自小锦衣玉食的霍去病，打匈奴和一座府邸有什么相关？

我震惊地抬头看向霍去病，心中似有一丝喜，可更多的却是痛，慢慢地那丝喜也变成了哀伤和疼痛。手中握着的酒杯被捏碎，心太过痛，手上反倒一丝痛楚也无，只觉掌心温热，鲜血一滴滴落在裙上，所幸今日穿的是一件红衣，暗影中什么都看不出来。

李妍又是诧异又是震动，卫皇后眉头微蹙，唇边却是一个淡笑。唯独刘彻一如起先的平静，依旧笑看着霍去病：“古人云‘成家立业’，先有家，才好谈立业，你已经大败匈奴，功绩卓著，足以名传千世。至于说彻底歼灭匈奴，连朕也未曾如此想过，只打算将他们驱逐出漠南，让他们遁去漠北，再无能力侵犯我大汉一草一木。”

霍去病望着刘彻，身影一如这秋夜，凉意潋潋，暗影沉沉：“臣心意已定。”

刘彻盯着霍去病，眼神冷凝如刀锋，帝王气魄尽显，在他的眼光下，所有人都低下了头，霍去病却依旧望着刘彻，面色冷漠淡然。极度的安静中，四周的空气仿佛胶凝在一起，透着越来越重的压迫，半晌后，刘彻忽地大笑起来："罢了！如你所愿。朕把府邸给你留着，待你认为匈奴已灭时，朕再赐给你。"

我缓缓呼出一口气，刘彻退让了，霍去病赢了，可这算怎么一种胜利？胸口疼痛，眼睛酸胀，有泪，盈于睫。但怎么能让他们透过我，看破霍去病呢？抬头望向天空，天角一弯昏黄的如钩残月，几颗微光星子，眼泪又一点点渗回眼睛中，心却仿若飞鸿，轻飘飘地飞出，刹那已是关山万重外，飞向那个我们曾经并肩驰骋的草原，当日即使后有追兵利箭，我们也是畅快的……

似乎从极远处传来一声轻叹，云姨幽幽道："去病真的说到做到，不是你，谁都不会娶。"

晚宴散后，云姨直送我到宫门口。霍去病已经等在马车旁，隔着络绎不绝的人群和马车，两人凝视着彼此。

我心中滚滚，泪意阑珊，今夕何夕，竟恍若隔世。

云姨一言未发，静悄悄地转身离去。

我收起心中诸般情绪，跳着向他挥挥手，一个灿烂的笑容，快步向他跑去，也不管周围有没有人，直接扑到他怀中，抱着他的腰，悄声嚷道："宫里的菜不好吃，我没有吃饱。赶紧回家，再让厨子做点儿好吃的给我。"

霍去病紧紧地搂住我，也笑起来，原本神情凝如黑夜，刹那又变回了往日的那个朝阳男儿："我们这就回家。"

身侧经过的官员，怕惹事的都不敢多看，撇过头匆匆离去，一众平日敢于议事的文官都露了不屑之色，只有金日面上虽没什么表情，眼中却全是笑意和温暖。有人用似乎极低，却又偏偏让众人能听到的声音哼道："大庭广众下，成何体统？"

霍去病脸色一冷，看向说话的人，那人立即畏惧地缩了缩身子，继而又一副绝对不会怕你的样子。

我握着霍去病的手，笑着向他皱了皱鼻子，也用让大家隐约可闻的声音道："不知道哪里跑来的疯狗，四处乱吠。人不小心被狗咬了一口，总不能再去回咬畜生，姑且由得畜生去叫吧！我们也听个乐子。"说着还故意做了个倾听的表情。那人想开口，可一说话不就表明自己是逗我们乐的畜生吗？他悻悻地闭嘴瞪着我。

霍去病笑着轻点了下我的额头，牵着我上车离去。

我微挑了帘子，向外看了一眼，又赶紧放下帘子。霍去病问道："日已经认出你了？"

"他很谨慎，只看了我一会儿就走开了。"

霍去病揽我靠在他肩头："就冲他这份对你的爱护之心，我也该请他喝一杯酒。"

他忽地看到我裙上的血迹，脸色一变，立即将我一直拳在袖子中的另一只手拽了出来："你……这是……"他的声音都卡在了喉咙里。

我笑了笑，想要解释，却找不到合适的借口，其实有借口也瞒不过他，遂只是望着他笑，示意他不必介怀。霍去病默默看着我，眼中都是痛楚和自责，手指轻轻抚过我的笑容，一低头吻在了我的掌上，唇沿着伤口轻轻地，一遍遍地滑过。

去病，有你如此待我，我不委屈。

·——·——·——·——·

红姑说："玉儿，有位夫人要见你。"

红姑神色透着紧张，惹得我也不敢轻视："谁？"

红姑道："是……是陈夫人。"

我愣了一瞬，明白过来。这两日一直待在霍府，没有回过园子，今日刚进门，卫少儿就登门造访，看来她对我的行踪很清楚，也刻意不想让霍去病知道。

我走到镜子前，看了看自己，侧头对红姑说："请陈夫人来这里吧！外面人多口杂，不好说话。"

红姑却没有立即走，看了我一会儿，方道："小玉，宫里的事情我已经听说一二，霍将军为什么不肯接受陛下赐给他的府邸，还说什么'匈奴未灭，何以家为'？我们听了，虽然很是景仰他的志气，可匈奴哪里能那么快杀光？难道只要匈奴存在一日，他就不娶妻生子吗？卫青大将军已经有三个儿子，妻子都已经换过两位，还有一位是公主，可也没见卫青大将军就不能上沙场打匈奴了。"

我还没来得及回答她的话，就看见心砚满脸委屈地带着一个中年美妇走进院子。中年美妇微含着一丝笑，看向我："你就是金玉吧？红姑迟迟未出来，我怕你不肯见我，就自作主张了。”

我忙上前，恭敬地行了一礼：“怠慢您了，本就想请您到这边说话，比较清静。”红姑和心砚都向卫少儿行了一礼，静静退出。

卫少儿随意打量了我的屋子一圈，敛去了笑意：“我不想拐弯抹角，就直话直说了。若有什么让姑娘不舒服的地方，请多多包涵。”

我微微笑着点点头，一个人的分量足够重时，自然令他人说话时存了敬重和小心，在这长安城中，我不过一介孤女，不包涵也得包涵，不如做到面上大方。

“公孙敖曾对我说，你行事不知轻重，一个狐媚子而已，去病在军中行事不检点，你不但不劝，反倒笑看，我听了心中也很不舒服，虽然没有指望去病娶一个多么贤德的女子，可至少要知道行事谨慎，懂得进退，朝中对去病多有骂声，我一个做母亲的听了很难受。我问过皇后娘娘的意思，出我意料，娘娘竟然很是偏帮你，一再叮嘱我们不许为难你。能让妹妹看上的人，应该不尽是公孙敖所想的那样。所以今日我来，只是作为一个母亲，想心平气和地和你说几句。”卫少儿一面说话，一面察看着我的神情。

我欠身行了一礼：“夫人请讲，金玉洗耳恭听。”

她面上忽闪过几丝黯然：“去病的身世，你应该都知道。既然当年我做了，我也不怕提，我未嫁人就生下了他，他出生不久，他父亲就娶了别人，去病是半跟在他舅父身边长大的。其实去病心中一直很想要一个正常的家，可你如今让他……”她苦笑着摇摇头，“所谓‘不孝有三，无后为大’，这些已经不是孝顺不孝顺的事情，长安城中二十岁的男子有几个还膝下犹空？金玉，我今日来，只是作为去病的母亲，请你再仔细考虑一下。如果……”她盯着我道，“如果你能离开去病，我感激不尽。”

我沉默地盯着地面，如果是别人，我可以不管对方说什么都置之不理。可这个女子是去病的母亲，没有她就没有去病，是他的母亲在这里殷殷请求我离去，心一寸寸地抽痛，可面上更不敢丝毫泄露。

卫少儿等了半晌，看我依旧只是垂头立着：“金玉，我也年少轻狂过，不是不懂你们，可是人总是要学会向现实低头……”

门“咣当”一声被大力推开，霍去病大步冲进院子，视线在我和卫少儿脸上扫了一圈，俯身给母亲行礼：“母亲怎么在这里？”

卫少儿看向我，眼中几分厌恶："我从没有见过金玉，所以来看看她。"

霍去病道："母亲想要见玉儿，和儿子说一声就行，儿子自会带着玉儿去拜见母亲。"

卫少儿讪讪地，一时没有妥帖的言辞，我忙笑着反问："夫人正和我说长安城新近流行的发髻，难道你也想一块儿探讨一下？"

霍去病探究地看看我，又看看卫少儿，卫少儿点了下头："我们女子总有些私房话说，出来得久了，我要回去了。"

霍去病随在卫少儿身侧向外行去，侧头对我道："我先送母亲回去。"

虽已是冬天，阳光仍旧明丽，泼泼洒洒地落满庭院，可我看着他们的背影，心只阵阵发凉。

"玉儿，你怎么了？不舒服吗？脸色这么苍白？"红姑扶着我问。

我摇摇头："你派人通知的去病？"

红姑轻叹口气："陈夫人这么莫名其妙地出现在园子中，真有什么事情，你为了霍将军也肯定只能受着，我怕你吃亏，所以她一进园子，就立即派人去霍府了。"

我强笑道："陈夫人是一个手无缚鸡之力的女子，我能吃什么亏？以后再有这样的事情，千万不要再惊动去病了，我自己能应付。"卫少儿误以为是我拖延着不见她，暗中却通知了霍去病，对我的厌恶又深了几分。

红姑迟疑了一瞬，无奈地点点头。

红姑扶我进屋后，倒了杯热浆递给我："玉儿，你知道吗？石舫分家了。"

我顾不上喝热浆，立即问："怎么回事？"

红姑回道："石舫的药材生意交给了石风和石天照，玉石生意给了石雨，其余的生意分别给了石雷、石电。而且他们几个人也都改回了自己的本姓，前两日石电，如今叫章电，来说要买我们的歌舞坊，说他自己打算做歌舞坊生意。他年纪不过十五六，却行事老练，应对得体，开的价钱也很公允，所以我琢磨着，如果你仍旧打算把其余歌舞坊出售了，倒是可以考虑卖给他。"

我愣愣发呆，喃喃自语："怎么会这样，这么大的变故？"

红姑道："这段日子长安城内的商人估计人人嘴里都这么念叨，几日间，长安城内最有势力的石舫就分崩离析。你不知道，因为石舫，长安城内的玉石一夜之间价钱就翻了两倍，因为人人都怕陈雨经营不好。药材也是一直在涨，但陆风身边因为有石舫以前的三大掌柜之一石天照，在石天照的全力周旋下，才勉强压制住药材价格的升幅。如今看风、雨、雷、电四人行事的样子，的确是有怨，争起生意彼此都不客气，也再不照应对方。外面传闻是因为九爷身体不好，再难独力支撑石舫，而底下人又各怀鬼胎导致。玉儿，你看我们是否应该找个机会去看看九爷？”

我心内如火一般地煎熬，他竟然说到做到，真的要放下一切，放弃家族多年的经营。突然想到这个分配有遗漏，急问道：“那石大哥和石二哥呢？怎么没有他们的生意？”

红姑摇摇头：“不知道，听闻好像是争钱财分配时，他们内部出了矛盾，石谨言是个缺心眼的人，被其余几人算计了，负气下离开了长安城，石慎行和他如亲兄弟一般，伤心失望下也举家迁徙离开了长安。”

石大哥和石二哥都举家离开了长安城，看样子是不会再回来，他们能到哪里去？红姑问：“我们卖吗？”

我愣了一会儿，缓缓道：“就卖给章电吧！歌舞坊的姑娘跟着他，我比较放心一些。”

红姑点点头，颇有些留恋地环顾着四周，忽地道：“我从很小就住在这里了，我想把我们自己住的这个后园子留下，只把前面的园子卖给章电，砌两道围墙隔开就可以了。”

我想了想：“可以，前面的屋宇已经足够，价钱要低一些，章电应该也不会反对，我也在这里住习惯了，一日不离开长安倒也懒得再动。”

红姑笑接道：“难道嫁人了，你也还赖在这里？”话一出口，她立即惊觉，担心地叫道，“玉儿……”

我摇了下头：“没事，我不是那么敏感脆弱的人。”

红姑默默出了会儿神，叹道：“以前总盼着你拣一个高枝去栖，所以看出霍将军对你有意思，你对他却不冷不热，就一直盼着你有一天能动了心，可以嫁给霍将军，可现在……我突然觉得你跟着他是吃苦，这个高枝太窄、太高，风又冷又急，四周还有猛禽，你若能嫁一个平常点儿的人，两个人和和美美地过日子，其实比现在强。”

我握住红姑的手：“有你这样一个姐姐，时刻为我操心，我已经比园子里的大多数姑娘都幸福了。我没有那么娇弱，风大风冷对我算不了什么。”

红姑笑着拍拍我的手：“自你离去，石舫对落玉坊诸多照顾，此次的事情外面传得纷纷扰扰，你要去看看吗？帮我也给九爷问个好。”

我撇过头，轻声道："这事我会处理的，姐姐就放心吧！"

·——·——·——·——·

今年冬天的第一场雪，细细碎碎并不大，时断时续，却没完没了，连着下了四天，屋顶树梢都积了一层不厚不薄的雪。地上的雪部分消融，和着新下的雪，慢慢结成一层冰，常有路人一个不小心就跌倒在地。

"玉姐姐，你究竟去是不去？"以前的石风，如今的陆风瞪着我嚷道。

我轻声道："你怎么还这么毛躁？真不知道你怎么经营生意。"

陆风冷笑一声："我做生意时自然不是这个样子，因为你是我姐姐，我才如此，不过我看你现在一心想做霍夫人，估计也看不上我这个弟弟。反正我爷爷想见你，你若自己实在不想动，我也只能回去和爷爷说，让他亲自来见你了，只是不知道你肯不肯见他，你给个交代，我也好向爷爷说清楚，免得他白跑一趟。"

我望着窗外依旧簌簌而落的雪，沉默了半晌后，缓缓道："你先回去吧！我随后就去石府。"

想着老人图热闹，爱喜气，特意拣了件红色衣裙，让自己看着精神一些。马车轧在路上，冰块碎裂的咔嚓声，声声不绝地传入耳中。这条路我究竟走过多少次？有过欢欣愉悦，有过隐隐期待，也有过伤心绝望，却第一次如今天这般煎熬痛苦。

除了小风还住在石府，其他人都已经搬出，本就清静的石府，越发显得寂寥。四周都是白茫茫，一片萧索。

我撑着把红伞，穿着条红色衣裙，走在雪中，好笑地想到自己可是够扎眼，白茫茫天地间的一点红。

过了前厅，刚到湖边，眼前突然一亮，沿湖一边一大片苍翠，在白雪衬托下越发绿得活泼可喜。

石舫何时在湖边新种了植物？不禁多看了两眼，心头一痛，刹那间眼睛中浮了水汽，看不清前方。

似乎很久前，仿若前生的事情。一个人告诉我金银花的别名叫忍冬，因为它冬天也是翠绿，他不肯说出另一个名字，也没有答应陪我赏花。现在这湖边的鸳鸯藤，又是谁为谁种?

世界静寂到无声，雪花落在伞面的声音都清晰可闻，我在鸳鸯藤前默默站立着。当年心事，早已成空。泪一滴滴打落在鸳鸯藤的叶子上，叶子一起一伏间，水珠又在积雪上砸出一个个小洞。很久后，叶子再不颤动，我抬头对着前方勉力一笑，保持着自己的笑容，转身向桥边走去。

一个人戴着宽沿青箬笠，穿着燕子绿蓑衣，正坐在冰面上钓鱼。雪花飘飘扬扬，视线本就模糊，他又如此穿戴，面目身形都看不清楚，估摸着应该是天照，遂没有走桥，撑着红伞，直接从湖面上过去。冰面很是光滑，我走得小心翼翼，不长一段路，却走了好一会儿。

湖上凿了一个水桶口般大小的窟窿，钓竿放在架子上，垂钓人双手拢在蓑衣中，旁边还摆着一壶酒，很闲适惬意的样子，我叫道："石三哥，小雪漫漫，寒湖独钓，好雅兴呢！"

他闻声抬头向我看来，我的笑容立僵，站在当地，进也不是，退也不是。九爷却笑得暖意融融，了无心事的样子，轻声道："正在等鱼儿上钩，你慢慢走过来，不要吓跑它们。"

我呆呆立了一会儿，放轻脚步，走到他身旁，低声道："我要去看爷爷了。多谢你……你让小电接手歌舞坊。如果是你自己不想再经营石舫，随便怎么样都可以，可如果你……你是因为我，没有必要。"

他却好似没有听见我说什么，只指了指身边的一个小胡凳："坐！"

我站着没有动，九爷看了我一眼："你怎么还是穿得这么少？我也打算回去，一块儿走吧！"他慢慢收起钓竿，探手取已经半没在雪中的拐杖。他刚拿了拐杖站起，却不料拐杖在冰面上一个打滑，他就要摔倒在地，我忙伸手去扶他。

我一手还握着伞，一手仓皇间又没有使好力，脚下也是如抹了油般，滑溜溜地直晃荡，两人摇摇欲坠地勉强支撑着。九爷却全不关心自己，只一味盯着我，忽地一笑，竟扔了拐杖，握住我的胳膊，强拖我入怀，我被他一带，惊呼声未出口，两人已经摔倒在冰上。伞也脱手而去，沿着冰面滚开。

身子压着身子，脸对着脸，九爷第一次离我这么近，我身子一时滚烫，一时冰凉。雪花坠落在我的脸上，他伸手欲替我拂去雪花，我侧头要避开，他却毫不退让地触碰过我的脸颊。

我避无可避，带着哭腔问：“九爷，你究竟想怎么样？我们已经不可能，我……”

他的食指轻搭在我的唇上，笑着摇摇头，做了个噤声的表情：“玉儿，没有不可能。这次我绝对不会放手。霍去病对你好，我一定对你更好，霍去病根本不能娶你，而我可以，霍去病不能带你离开长安城，我却可以。他能给你的，我也能给你，他不能给你的，我还能给你，所以玉儿，你应该嫁给我……”他嘴边一抹笑，一抹痛，眼光却是坚定不移，“明年夏天，湖边的鸳鸯藤就会开花，这次我们一定可以一起赏花。”

他说完话，欲移开食指。刚拿起，却又放下，轻轻地在我唇上抚过，透着不舍和眷念，漆黑的眼睛变得有几分暧昧不明，缓缓低头吻向我。

我一面闪避，一面推他，手却颤得没什么力气，两人纠缠在雪地里。他的唇一时拂过我的脸颊，一时拂过我的额头，我们的身子骨碌碌地在冰面上打着滚。

忽听到身下的冰面轻声脆响，扫眼间，只看原先钓鱼时的窟窿正迅速裂开，我心下大惊，冰面已经再难支撑两人的重量，情急下只想到绝对不可以让九爷有事，别的什么都已忘记。猛地在他脖子间狠命一咬，嘴里丝丝腥甜，他哼了一声，胳膊上的力气不觉小了许多，我双手用力将他送了出去，自己却被反方向推开，沿着冰面滑向窟窿，窟窿旁的冰受到撞击，碎裂得更快，我的身子迅速落入冰冷的湖水中。

我尽力想上浮，可滑溜的冰块根本无处着力，彻骨的冰寒中，不一会儿胳膊和腿就已不听使唤。湖下又有暗流，我很快被带离冰窟窿附近，眼睛中只看到头顶的一层坚冰，再无逃离的生路。耳中似乎听到九爷悲伤至极的呼声。刚开始胸中还有胀痛的感觉，可气憋久了，渐渐地神志已不清楚，全身上下没有冷，也没有痛，只是一种轻飘飘的感觉，像要飞起来。

我渐渐发黑的眼前浮过霍去病的笑颜，心中默默道：对不起，对不起，也许公主是一个很好的女子。

忽地，手被紧紧拽住，一个人抱着我，唇凑到我唇上，缓缓地渡给我一口气。脑子清醒了几分，身上又痛起来，勉力睁开眼睛，九爷漆黑的眼睛在水中清辉奕奕，望着我全是暖意，脸孔却已经被冻得死一般的惨白，胳膊上缠着鱼钩线，他正用力扯着鱼线，逆流向窟窿口移去，鱼线一寸寸勒进他的胳膊，鲜血流出，我们的身旁浮起一团团绯红烟雾。

他的动作越来越慢，脸色苍白中透出青紫，而那个冰窟窿却依旧离我们遥远。我用眼神哀求他不要管我，自己凭借鱼线离开，可他注视着我的眼神坚定不变，传递着简简单单的几个字：要么同生，要么同死！

我又悲又怒，你怎么可以这样？我刚才所做的不全是白费了？心中悲伤绝望，再难支撑，神志沉入黑暗，彻底昏厥过去。

·——·——·——·——·

一天一地的雪，整个世界都是冷意飕飕，我却热得直流汗，口中也是干渴难忍，正急得无法可想，忽地清醒过来，才发觉身上捂着厚厚的被子，屋中炭火烧得极旺，人像置身蒸笼。

我想坐起，身子却十分僵硬，难以移动，费了全身力气，也不过只移动了下胳膊。正趴在榻侧打盹的霍去病立即惊醒，一脸狂喜："你终于醒了。"

本以为已经见不到他，再看见他的笑容，我心里又是难受又是高兴，哑着嗓子说："好热，好渴。"

他忙起身倒水给我，揽我靠在他怀中，喂我喝水："郎中说你冻得不轻，寒毒侵体，一定要好好捂几日。幸亏你体质好，一场高烧就缓过来了，若换成别的女子，不死也要掉半条命。"

他的声音也有些哑，我看着他憔悴的面容，眼睛酸涩："我病了几日？你一直守在这里吗？病总会好的，为什么自己不好好睡一觉？"

他轻抚着我的脸颊道："三日两夜，我哪里睡得着？今天早晨你烧退下去后，我才心里松了口气。"

我心中惦记着九爷，想问却不敢问，喃喃道："我……我是如何被救上来的？"

我的那点儿心思如何瞒得过霍去病？他沉默了一瞬，若无其事地道："孟九把鱼竿固定在树干上，靠着鱼线慢慢移到冰面有裂口的地方，石府的护卫也出现得及时，救了你们两人。孟九贴身穿了防寒的狐甲，入水也比你晚，就是胳膊上受了些伤，失血过多，这两日已经好多了。他就在隔壁，估计过一会儿肯定会来看你。"

我这才发觉这个房间竟是我以前在竹馆的房间："我……我们怎么在这里？"

霍去病淡淡笑着："孟九说你高烧下不适合马车颠簸移动。我请了宫中最好的太医来，也是这个说辞，所以就只能在这里先养病。玉儿，你怎么会失足掉进冰洞里？"

我不知道该如何回答，只能低声道："对不起，我以后一定会小心。"

他蓦地紧紧抱着我："玉儿，答应我，以后不可以再发生这样的事情，绝对不可以。"看到他憔悴的面容，听着他沙哑的声音，我胸中胀痛，只知道拼命点头。

门被轻轻地推开，小风推着九爷进来，抬头瞪了霍去病一眼后，静悄悄地转身出去。

九爷一只胳膊包裹得密密实实，斜斜吊在胸前。他面色苍白，直视着霍去病道："我要把一下脉。"

霍去病挪了挪身子，让开了地方，却依旧让我的头靠在他怀中。九爷盯着霍去病还欲说话，我忙看着他，语带央求："先替我看看几时能好，这样身子不能动，又这么热，实在难受。"

九爷面上一痛，轻点了下头，霍去病嘴边带了一丝笑意，把我的胳膊从被中拿出，九爷静静把了一会儿脉，又侧头细看我面色。

我忽觉得霍去病身子轻轻一颤，诧异地看向他，只见他眼睛直直盯着九爷的脖子，那上面一排细细的齿印依旧鲜明。他眼中带着质疑和不信看向我，我心突突直跳，根本不敢与他对视，仓皇地移开视线。

霍去病全身僵硬地坐着，他身上传来丝丝寒意，原本觉得热的我又觉得冷起来，九爷诧异地伸手欲探一下我的额头，霍去病的手快速一挥，打开了他的手，冷冷地问："我们什么时候可以离开？"

我恳求地看着九爷，九爷看我面色难看，眼中带了怜惜不忍，犹豫一瞬，淡淡道："寒气已经去得差不多，找一辆马车，多铺几层被褥，应该可以送玉儿回去了。"

霍去病刚把我抱上马车，就猛地一口咬在我脖子上，鲜血渗出。我紧紧咬着嘴唇，一声不发地忍受着脖子上的痛楚和心上的痛楚。他蓦地抬头看向我，染了我的血的唇像火一般燃烧着，眼中也是熊熊怒火。

他定定地盯着我，似乎在向我索求着一个否定、一个表白、一个承诺。我眼中泪意上涌，却一句话都说不出来。

他眼中有痛，有怒，有伤，一低头粗暴地吻上我的唇，用舌头撬开我的嘴，鲜血在两人唇舌间弥漫开，血气中丝丝腥甜。

第十一章

吵架

因为我在养病，霍去病为了多陪我，就很少回自己的宅邸，几乎日日都逗留在我这边。

我们两个人都小心翼翼地回避着一些东西，尽力多给彼此一点儿快乐，而把不快都藏了起来，似乎他唯一需要担心的事情就是我如何养好病，而病的原因我们都忘记了，至少都装作忘记了。

在榻上静卧了半个多月，新年到时，终于可以自如活动。看着镜子中的自己，感觉整个脸圆了一圈，我用手从下巴往上掬着自己的脸，果然肥嘟嘟：“本来为新年做的裙子要穿不了了。”

心砚在一旁掩着嘴偷笑：“怎么可能不胖？霍将军整天像喂……”我瞪了她一眼，手在脖子上横着划了一下。你们和红姑底下偷偷说，我不管，可若当着我的面敢说出那个字，我就杀无赦。

“这可不是奴婢说的，是红姑说的，霍将军如今不像将军，倒像养猪的，整天就说：‘玉儿今天吃什么了？’‘吃了多少？’‘应该再炖些补品。’”心砚吐吐舌头，一边拿腔拿调地说着，一边笑着跑出屋子，恰恰撞在正要进门的霍去病身上，她神色立变，骇得立即跪在地上，频频磕头。

我本站起身想收拾她，看见此，不禁鼓掌大笑：“恶人自有恶人磨，活该！”

霍去病淡淡扫了心砚一眼，没有理会她，只朝我笑道：“你猜猜我带谁来看你了？”

我侧头想了一瞬，心中狂喜：“日？”

霍去病轻颔下首，回身挑起帘子："贵客请进！有人见了我一点儿反应没有，一听是你，两只眼睛简直要发光。"

我瞪了霍去病一眼，对还跪在地上不敢起来的心砚吩咐："让厨房做些好吃的来，嗯……问红姑还有没有匈奴的马奶酒，也拿一些来。"

日披着一件白狐斗篷，缓步而进。我心潮澎湃，却找不到一句话可以说，只是望着他傻傻地笑，儿时的事情一幕幕从眼前滑过，热情冲动的於单，娇俏刁蛮的目达朵，还有少年老成的他。

日也是默默看了我半晌，方笑着点点头："你还活着，我很高兴。"

我也笑着点点头："能再见到你，我也很高兴。"千言万语到了嘴边原来也只有"很高兴"三个字。

霍去病斜斜靠在榻上："你们两个就打算这么站着说话吗？"

日笑着解下斗篷，随手搁在霍去病的黑貂斗篷旁，也坐到了榻上。

我帮着心砚摆置好酒菜后，霍去病拖我坐到他身侧，一手半搭在我腰上，因为日在，我有些不好意思，摇了下身子把他的手晃掉，日摇头而笑，对霍去病道："我第一次看见她脸红，看来霍将军可不止会打仗，竟然把这么刁蛮的姑娘都降服了。"

霍去病竟然难得地有些赧然，低头端起酒杯一饮而尽。我随手拿了一个大杯放在日面前，倒满酒："一见面就说我坏话，罚你喝这一大杯酒。"

日毫不推辞，端起酒，一口气灌下，盯着我说了句"对不起"。

我怔了一下，摇摇头："不用说这个，当年的事情，你根本出不上力。"

日笑着，笑容却有些惨淡，自己又给自己倒满了酒："你知道吗？目达朵已经嫁给了伊稚斜。"

我手中把玩着一个空酒杯："我见过他们，我还不小心射了目达朵一箭。"

日一惊，继而又露出了释然之色："难怪！原来如此！传闻说追杀霍将军时受的伤，没有想到是你伤的她。伊稚斜因为你……"日瞟了眼霍去病，"……和於单，这些年对我和目达朵都很眷顾，尤其是对目达朵，极其呵护。目达朵以前不懂，只是一心一意地跟着伊稚斜，懂了之后，我看她心里很痛苦。不过这次受伤后，伊稚斜对她倒和以前有些不一样，原来你们已经见过面了……"

目达朵既然没死，我们之间彼此再不相欠，小时的情分也就此一笔勾销，从此后我们再无半点儿关系，他们的事情我也不关心，我打断了日的话："伊稚斜为什么要杀你父王和浑邪王？"

日默默发了会儿呆："你既然见过他，有没有感觉到他和以前不一样？"

"他……他比以前少了几分容人之量，他以前行事也很狠辣，可现在却多了几分阴狠，疑心也很重，当时他身边的一个贴身护卫说了假话，我们都没有怀疑到，可他却见微知著，可见他根本没有真正相信过身边的人，而且绝不原谅。"

日点了下头："他拥兵自立为王后，最重要的一个变化就是不再相信人，总是担心他的手下会有第二个像他那样的人出现。怀疑得久了，连我们自己都开始觉得似乎背叛他是迟早的事情。"日长叹口气，"对做臣子的人而言，最痛苦的莫过于跟着一个猜忌心重的君主。伊稚斜雄才大略，其实我们都很服他，却因为他的疑心，个个王爷都活得胆战心惊，行事畏缩。"

霍去病笑道："猜忌、疑心是做皇帝的通病，只不过所谓的明君能把疑心控制在合理范围之内，用帝王术均衡牵制各方的势力，而有人却会有些失控。我倒觉得伊稚斜虽有些过了，但还好。汉人有句古话'名不正，言不顺'，伊稚斜吃亏就吃在这个'名不正，言不顺'上了。匈奴如今各个藩王和伊稚斜的尴尬关系，他们自己也要负一部分责任，如果当初是於单继位，他们都必须服从，而伊稚斜如此继位，他们肯定从心里一直对伊稚斜存了观望的态度。伊稚斜做得好了，那是应该，谁叫你抢了位置来？伊稚斜稍有纰漏，那免不了想想先王如何如何，如果太子继位又如何如何。这些心思，精明如伊稚斜肯定都能察觉，你让他如何没有气？"

"没有想到为单于辩解的不是我们匈奴人，竟然是大将军，单于若听到这些话，肯定会为有大将军这样的对手而大饮一杯，知己朋友固然难求，可旗鼓相当、惺惺相惜的敌人更是难遇。"日大喝了一口酒。

酒逢知己千杯少，霍去病和日虽然酒量很好，可也都有了几分醉意。日准备离去，我拿了他的白狐斗篷递给他。要出门时，虽然我说着不冷，可霍去病还是将他的黑貂斗篷强裹到了我身上。

日脚步有些不稳，摇晃着身子，拍了拍霍去病的肩："玉谨就交给你了。她吃了不少苦，你……你要好好待她。"

霍去病也是脚步虚浮，笑得嘴咧到耳朵边："没问题，你放心，我一定好好待她。"

我哼道："你们两个有没有把我看在眼内？竟然自说自话。"

两个人却全然不理会我，勾肩搭背，自顾笑谈，一副哥俩好的样子。

刚到门口，几匹马急急从门前驰过，一眼扫到马臀上打着的一个苍狼烙印，只觉眼熟，一时却想不起来在何处见过。

日"咦"了一声："怎么在长安也能看到苍狼印？"

我不禁好奇地问："你也见过？我也觉得眼熟。"

日舌头有些大，字语不清地说："这是西域的一个神秘帮派，已经有七八十年的历史，有传闻说其实就是西域历史上最厉害的一帮沙盗的化身，也有的说不是，因为有人亲眼见苍狼印的人杀过正在追杀汉朝商人的沙盗，还从沙盗手中救过西域匈奴的商人。众说纷纭，究竟何等来历没有几个人能说清楚，但苍狼印所过之处，西域不管富豪权贵还是平民百姓、江湖客都会避让，可见他们在西域的势力。"

我"啊"了一声，蓦地想起在何处见过这个印记。当日我请李诚去陇西城中吃鸡时，见过这个印记，小二还说他们正在找一个年轻姑娘。可当时我就是因为觉得眼熟，所以多看了两眼，之前我应该也见过……

冷风吹得酒气上涌，日跌跌撞撞地爬上马车，霍去病的身子也越发摇晃，我再顾不上胡思乱想，先扶住了霍去病。

目送日的马车离去，一侧身却看见李广利骑在马上遥遥看着这边，霍去病此时正揽着我的腰，头搭在我的肩上犯酒晕。

我无可奈何地轻叹一声，搀扶着霍去病转身回去，只希望李广利不会把这一幕告诉李妍，否则以李妍的心思细密，不知道会生出什么事情来。

在园子中走了一段路，心头忽然一震，苍狼印，沙盗？九爷说过他的祖父曾是沙盗首领。几幅画面快速掠过心头，我终于想起来我在何处第一次见过这个印记了。月牙泉边初相逢时，石谨言还指着这个印记斥责过我，难怪我下意识地总对这个印记很是留意。

那当时在陇西酒店听到他们寻找的年轻姑娘是……是我吗？九爷那个时候就已经

在寻我？如果他当时就能找到我，那一切又会怎么样？我们竟然曾经离得那么近，近得只是一个窗里，一个窗外，隔窗相望，可终究却擦肩而过。

“玉儿，好渴！”霍去病喃喃叫道。

我立即收回心神，扶着他加快了脚步：“马上就到了，你想喝什么？要煮杯新茶，还是用一些冰在地窖中的果子煮汁？”

·——·——·——·——·

心思百转，最后还是没有去石府给爷爷拜年，只派人送了礼物到石府。

霍去病长辈多，大清早就出门去拜年。我一个人坐着无聊，想着霍去病几日前无意看到红姑在绣香囊，随口逗我，说什么我们也算私订终身，让我给他绣一个香囊算信物。我没有在这些事情上花过工夫，但闲着也是闲着，就试试吧！想着他意外看到香囊的笑，心里也透出喜悦来。

找了各色丝线，又问红姑要花样子，红姑翻找了半晌，才给我送来一个花样子，是一对并蒂双舞的金银花，一金一白，线条简单，却风姿动人。

红姑看我盯着花样子怔怔发呆，笑道：“有心给你找个别的，可是都不好绣，就这个配色简单，样子简单，还好看，适合你这没什么绣功的。我可是费了不少心才挑到这个，你要不满意，我也没更好的，只能改天请人给你现绘。”

我摇了下头：“不用了，就这个吧！”

绷好竹圈子，穿好针线，红姑在一旁教了一会儿后，看我基本已经上手，留我一个人慢慢绣，自己去忙别的事情。

临窗而坐，低头绣一会儿，再仰头休息一阵。院外的梅花香随风而进，甚是好闻。偶有几声隐隐的爆竹响，刚开始还老被惊着，待心思慢慢沉入一针一线中，也不怎么听得见。

“看见小玉拿针线可真是稀罕事情。”天照的声音突然响在耳边，我立即抬头望去，看见九爷的一瞬，手中的针不知怎的就刺进了指头中，心立即一抽。

我微微笑着，不动声色地把针拔了出来：“九爷、石三哥新年好。”

九爷凝视着我手中的绣花绷子一言不发，天照看看九爷，又看看我：“你不请我们进去坐一下吗？就打算这么和我们隔窗说话？”

我这才反应过来，忙搁下手中的东西，笑道：“快请进。”

天照坐下，也没有等我招呼，自己就拿起案上的水壶倒了一杯水。九爷却推着轮椅到榻旁，拿起了我的绣花绷子，我要抢，却已来不及。

他看到花样子，猛地抬头盯向我：“你……你是给自己绣的吗？”

我沉默着没有回答，他脸上的血色渐渐退去，眼中诸般情绪，低头看着才绣了一点儿的金银花，嘴边浮了一丝惨淡的笑。

他忽地看见丝绸一角处的一抹血红，愣了一瞬，手指轻摸过那处血迹，脸色又慢慢恢复了几分，抬头盯向我，眼光炯炯：“指头还在流血吗？给我看一下。”一面说着，一面推着轮椅就要过来。我忙退后几步，把手藏在身后：“只留了那么几滴血，没什么大不了的。”

他笑着把绣花绷子放回榻上：“我正想要一个香囊，难得你愿意拿针线，有空时帮我绣一个。”

我装作没有听见他的话：“要吃茶吗？”

九爷道：“不用了，我们来看看你，稍坐一下就走，另外帮小风的爷爷传个话，多谢你的礼品，让你有时间去看看他。”

我轻轻“嗯”了一声，九爷笑着，似真似假地说：“如果你是因为我不肯去石府，我可以事先回避。”

送走九爷和天照，人却再没有精神绣花，趴在窗台上，脑中一片空白。

窗角处落了些许灰尘，不禁伸手抹了一下，灰尘立即就被擦干净。我苦叹着想，如果我的心也可以像这样，决定留下谁就留下谁，把另一个能彻底抹去，该多好！我可以尽力约束自己的行为，可心，原来根本不受自己的控制。它喜欢上一个人时，不会征询你的同意；而何时才能忘记，也不会告诉你。

天照匆匆走进院子，我诧异地看向他身后，他道：“九爷没有来，也不知道我过来。”

我缓缓站起身：“你要说什么？如果是想劝我的话，就不要讲了。”

天照道：“我没有想劝你什么，当年你如何对九爷我们都看在眼里，今日不管你怎么选择，我们都不会有怨言，只能说九爷没福。我来，只是想告诉你一件你应该知道的事情。你可知道，你离开长安城的当天，九爷就开始找你？”

我又是酸楚又是怅然：“以前不知道，前两天知道了，我见过苍狼印，九爷是派他们找我的吗？”

天照点了下头：“当时何止苍狼印在找你，西域的杀手组织、大漠里的沙盗，甚至楼兰、龟兹等国的王室都在帮忙寻找，可你却彻底失踪了。”

我苦笑起来，你们怎么都不可能想到我竟然被抓到大汉朝的军营当兵去了，我压根儿就没有回狼群，倒是跟着军队去了趟匈奴，那封留给霍去病的信误导了九爷。

天照道：“你出长安城后的一路行踪，我们都查到了，可查到凉州客栈，线索一下就断了，四处询问打听都没有任何消息。九爷为此特地上霍府求见霍府管家，九爷从没有求过任何人，就是当年石舫境况那么惨，九爷也没有去哀求过汉朝天子，一个还算他舅父的人。可他第一次求的人居然是霍府的一个管家。九爷问陈管家霍将军是否找过你，求陈管家如果霍将军找到你，务必告诉他一声你的行踪，或者如果你不愿意让他知道，也请务必转告你他愿意陪你赏花，不管多久他都会一直等你回来。”天照冷哼一声，“你可猜到霍府的管家如何回答的九爷？我不想再重复当日的羞辱了，那样的羞辱这辈子受了三次已是足够。”

当日在陇西军营，隔帘听到的话语今日终于明白了，也明白为何听着听着那个兵士的声音就突然小得我听不见，霍去病肯定是示意他噤声了。

“后来霍将军回长安后，九爷又去见了一次霍将军，霍将军对九爷倒很是客气，但问起你的行踪时，霍将军却只说不知道。九爷是朗月清风般的人，行事可对天地，即使如今的状况，也不愿背后中伤他人。他只觉得是他亏欠了你，这一切是老天对他当日没有对你坦诚相待、没有好好珍惜你的惩罚。可我却顾不了那么多，只想让你知道事情的全部，对你、对九爷都公平一些。霍将军是个奇男子，上了战场是铁骨将军，下了战场又是柔情男儿，是个铁骨柔肠的真英雄、真豪杰。不管你最后选择谁，我都会真心为你高兴。”

天照一番话说完，立即转身离去，只留下我怔怔立在风中。

·——·——·——·——·

过了晚饭时间很久，天早已黑透时，霍去病方脸带倦色地回来，看到心砚正在撤碟子，诧异地问：“怎么现在才吃完饭？”

我沉默着没有说话，心砚却俯下身子恭敬地行了个礼，嘴快地说：“根本就没有吃，奴婢怎么端上来的，依旧怎么端下去。”

我淡淡道：“心砚，东西收拾完就下去。”

心砚瞅了我一眼，噘起了嘴，手下动作却快了许多，不一会儿就收拾干净，退出了屋子。

霍去病笑着偎到我身侧：“怎么了？嫌我回来晚了吗？”他虽然笑着，可眉眼之间却带着郁悒。

我问：“你的长辈给你训话了？”

他道：“这些事情你不用操心，我自会处理妥当。你还没告诉我为什么不好好吃饭？”

看到他眉眼间的郁悒，几丝心疼，我吞下了一直徘徊在嘴边的话，摇了摇头：“没什么，下午吃了些油炸果子，又没怎么活动，不饿也就没有吃。”

他起身脱大氅，换衣服：“那等饿了再吃吧！”忽瞥到柜子中的针线箩筐，惊诧地问，“你怎么摆弄这个了？”拿着绣花绷子，细看了好一会儿，眉眼间满是笑，“是给我绣的吗？怎么……手刺破了吗？”

他几步走到我身旁，撩起我的衣袖就要看我的手，我用力把袖子拽回，撇过了头：“不是给你绣的，是给我自己绣的。”

他呆了一瞬，坐到我身旁，强把我的头扭过去对着他：“究竟怎么了？玉儿，如果有什么事情你可以和我吵，可以直接骂我，可不要这样不明不白地生气，夫妻之间难道不该坦诚以对吗？”

“谁是你的妻了？”一时嘴快，说完后看到他眼中掠过的伤痛，心中也是一痛，立即道，“我不是那个意思，我……对不起。”

他苦涩地笑着：“对不起的人应该是我，我不能娶你，可又不明不白地留着你。”

我道：“名分的事情我既在乎，又不在乎。我并不是为此事而难过，我只是想问你，你真的对我做到坦诚相待了吗？”

他挑眉一笑，自信满满：“当然！”

我一言不发地凝视着他，他眉头慢慢皱起来，凝神想了一会儿，脸色蓦地冷下去：“你去见过孟九了？”他冷哼一声，“如果你指的是凉州客栈的事情，我并不觉得我做错了什么，他既然不喜欢你，何必一直招惹你？你一再给他机会，他有什么事情非要等你离开后才想起来？”

我没有想到，他居然一丝愧疚也无，本来对他的一些心疼荡然无存，火气全冒了出来：“霍去病，你为了你的一己私心，又是欺压羞辱人，又是藏匿消息，竟然行事如此卑劣！”

他额头的青筋隐隐跳动，眼中全是痛，定定地看了会儿我，忽地大笑起来：“你为了他，你……”他一面摇头，一面笑，“我在你眼中算什么呢？是！我是有私心，我唯一的私心就是不想让他再伤害你，只想让你忘记过去的不愉快，不再和过去纠缠，我的私心就是要你能开心。”

他猛地一转身，大步向外行去，身影迅速融入漆黑夜色中消失不见。刹那间，屋中的烛火似乎都暗淡下来。

明明是他的错，怎么全变成我的错了？

我拿起绣花绷子砸向地上，脚刚要踏上那朵才开始绣的鸳鸯花，却又迟疑了，身子一软，坐倒在榻上，心如黄连一般苦。

藤缠蔓纠，我们究竟谁牵绊了谁？

第十二章

生病

几日过去，霍去病都未出现，红姑和心砚她们都不明白发生了何事。红姑试探地问了我几次，我却一个字都不肯说，气氛逐渐变得凝重起来，人人都话说得越来越少，说话的声音越来越低。彼此影响，到最后婢女们相见时，索性都用眼色对话，你抛我一个飞眼，我向你眨眨眼睛，你再回我一个意味深长的眼神，一来一回，意蕴丰富。我是看不懂她们在说什么，不知道她们是如何懂得对方的意思。

我指了指送饭的婢女心兰和心砚之间的“眉飞色舞”，问红姑：“你看得懂她们在说什么吗？”

红姑说：“这有什么看不懂的？心兰疑问地看着心砚，是问：‘今天你吃了吗？’心砚摇摇头：‘没吃。’心兰皱着眉头摇摇头：‘我也没吃，好饿！’心砚偷偷瞟了你一眼后，对心兰点点头：‘待会儿我们背着玉娘，偷偷一块儿吃吧！’两人交换了一个眼神表示同意。”

我一口甜浆全喷到了地上，一面咳嗽着，一面笑道：“红姑，看来你刚才进屋时，和心砚的几个眼神交换也是在问彼此吃了没有，相约着待会儿一块儿吃。”

红姑气定神闲地说：“我问的不是‘今天你吃了吗？’而是‘今天你喝了吗？’”

我拿了绢帕擦嘴：“你就胡说八道吧！”

红姑说：“不胡说八道如何能让你笑？这几日脸色那么难看，你难受，弄得我们一个个也难受。玉儿，何必和自己过不去？明明惦记着人家，心事重重的样子，为什么不去看一眼呢？”

我低着头没有吭声。

心砚挑起帘子，进来回道："玉娘，霍将军府上的管家想见你。"

红姑立即道："快请进来。"她站起身，向外行去，"和事佬来了，我也松口气了。再这么压抑下去，你们二位挺得住，我却挺不住了。"

陈叔一进来，二话不说，就要给我下跪，不好去搀扶他，我只能跳着闪避开："陈叔，你有话好好说。这个样子我可受不住。"

陈叔仍是跪了下来，面容灰暗，像是一夜未睡："玉姑娘，当时石舫的孟九爷上门问我关于姑娘的事情，一连跑了三趟，都是我把他挡了回去，也的确……的确给了对方脸色看。将军虽命人扣下了马车行的车夫，又封锁了凉州客栈的消息，但只吩咐我不许泄露你的行踪，却绝对没有让我为难孟九爷。将军为人心高气傲，又是个护短的人，根本不屑解释，也不愿辩白，老奴却不能眼看着你们二人因为我当日行事差池而逐渐生分。"

我一口气堵在心头，艰涩地问："陈叔，你为什么要这么做？我们如今这般的局面就是你希望去病得到的快乐吗？"

陈叔默默无言，一转身子朝我磕了三个头，我虽然尽力闪避，仍然受了他一个："你起来吧！事已至此，我还能如何？不管打罚都挽不回什么。你若想说话，就起来说，我没那习惯听一个跪着的人说话。"

陈叔仍然跪着没有动，半天都一句话没有，我纳闷地盯着他，他却避开了我的视线，似乎正在汇聚勇气，方可说出下面的话："将军昨日早上出去骑马，突然摔下了马，昏迷至今未醒。"

话里的内容太过诡异，我听到了，心却好像拒绝接受，明白不过来："什么？你说什么？"

陈叔稳着声音说："宫里的太医已经换了好几拨，却依旧束手无策。平日一个个都是一副扁鹊再生的样子，争起名头来互不相让，可真有了病，一个两个又都你推着我，我推着你。宫里已经乱哄哄一片，陛下气怒之下，只想把那帮废物都杀了才解恨。若杀了他们能叫醒将军，砍上一百个脑袋也没什么，只是现在还只能靠着他们救命。"

我终于听懂了几分他的话，刹那间仿若天塌了下来，震惊、慌乱、惧怕、后悔，诸般情绪翻滚在心间，顾不上理他，抬脚就向外冲去。陈叔赶在我身后，一连声地叫："玉姑娘，你慢一点儿，还有话没有说完。"

看到门口停的马车正好是霍府的，隔着老远，我已经脚下使力，纵跃上了马车："立即回府。”

远处陈叔大叫道：“等一下。”车夫迟疑着没有动，我抢过马鞭想要自己驱车，陈叔嚷着，“玉姑娘，我的话还没有说完，听闻石舫的孟九爷懂医术，我的意思是……”

我这才明白他先前为何不直接告诉我霍去病生病的事情，而是又跪又磕头地道歉，原来还有这么一层原因。

陈叔跑到马车前，一面喘着气，一面说：“请郎中不同别的，即使强请了来，人家若不肯尽心看，一切也是枉然。我知道以姑娘的性子，肯定讨厌我这样绕着弯子说话，可我也是真觉得羞愧，不把话说清楚，实在难开口。如果孟九爷能把将军看好，他就是要我的脑袋赔罪，我也绝不眨一下眼睛。”

我气道：“你太小看九爷了！”心里火烧一般地想见去病，却只能强压下去，把鞭子递回给车夫，“去石府。”

陈叔立即道：“那我先回去等着你们。”

·——·——·——·——·

九爷正在案前看书，抬头看到我时，手中的竹简失手摔到地上。他一脸不能相信的惊喜，黑宝石般的眸子神采奕奕：“玉儿，我等了很久，你终于肯主动再走进竹馆。”

我心中一酸，不敢与他对视：“我来是想请你去替去病看病，他昨天昏迷到现在，听说宫里的太医都没有办法。”

奕奕神采刹那黯淡隐去，眼瞳中只剩黑影幢幢，透着冷，透着失望，透着伤痛。他什么都没有多问，只说了一个“好”字，就推着轮椅，向外行去。

陈叔一直等在霍府门口，看到九爷时，老脸竟是百年难见地一红，低着头上前行礼，九爷温和客气地拱手回礼，陈叔的一张黑脸越发闹得跟煮熟的螃蟹似的。

两个仆人抬了个竹兜来，九爷询问地看着陈叔，陈叔讷讷道：“府中不方便轮椅行走，用这个速度能快一点儿。”

九爷哂然一笑：“让他们把竹兜子放好，我自己可以上去，轮椅派人帮忙带进去，一会儿还是要用的。”

陈叔低着头只知道应好，看到他现在的样子，想着不知道当日要如何怠慢，才能今日如此赔尽小心，一个大老爷们儿还一再愧得脸红，我心里有气，出言讥讽道：“不知道以前轮椅是如何在府中行走的？”

陈叔一言不发，低着头在前面快走。九爷侧了头看我，眼中藏着的冷意消退了几分，半晌后，低低地说道：“我还以为你心里只顾着他了，丝毫不顾及我的感受。”

刚进屋子，守在榻旁的卫少儿听到响动，立即冲了过来，见到九爷时，仿若溺水之人看到一根树枝，绝望中透着渴望。我却恰与她相反，连礼也顾不上给她行，就直直扑到了榻旁。

他静静躺在那里，薄唇紧抿，一对剑眉锁在一起，似有无限心事。从我认识他起，总觉得他像阳光一样，任何时候都是充满生气、神采飞扬的，第一次看见这样的他，安静到带着几分无助。

我用指头轻揉着他的眉间，鼻子酸涩，不知不觉间已经满脸是泪：“去病，去病……玉儿在这里呢！我错了，不该和你斗气。”

九爷搭在霍去病腕上的手抖了一下，他握了下拳头，想要再搭脉，却仍然不成，转头吩咐：“取一盆子冰水来，我净一下手。”

一旁侍立的婢女立即飞跑出去。九爷在仍漂浮着冰块的水中浸了会儿手，用帕子缓缓擦干，似乎是在借助这个冰冷缓慢的过程，平静着心。好一会儿后才又将手搭在了霍去病的腕上。

我和卫少儿都是眼睛一眨不眨地盯着九爷的神情，仿似透过他在努力叫醒霍去病。九爷微闭双眼，全副心神都凝注在手指尖，屋子中所有人都屏着呼吸，静得能听见盆子里冰块融化的声音。

时间越久，我心中的恐惧越强烈，为什么需要这么长时间？九爷的面色平静如水，一丝波纹没有，看不出水面下究竟有什么。九爷收起了手，我紧盯着他，声音里有哀求有恐惧：“他不会有事，是吗？”

九爷的眼睛漆黑幽暗，宛如古井，深处即使有惊涛骇浪，到了井口却风平浪静，什么都看不出来。他沉默了一瞬，重重点了下头：“他不会有事，我一定会设法让他醒来。”

我一直立在针尖上的心，方又缓缓搁回了原处。

九爷细细察看着霍去病的脸色，耳朵又贴在霍去病胸口静静听了好一会儿，手再次搭在霍去病的手腕上，一面问道："太医怎么说？"

陈叔扭头看向垂手立在一旁的几个人，其中一个须发皆白的老头上前说道："我们几人诊看后，都没有定论，心脉虽弱，却仍很有规律。本来可以用药石刺激一下，先尽力把将军唤醒后再作下一步调理。但将军的症状有些古怪，往常昏迷的人，只要撬开口，仍然能把汤药慢慢灌下去，可将军却拒不受药，药石难以送下，针灸又没有效果，所以我们翻遍了医书，也没有妥当的方法。"

九爷点了下头，侧头对卫少儿道："霍将军是心气郁结，本来没有什么，可这引发了他在战场上累积下的内气不调的隐症，偏偏霍将军不同于常人，他的意志十分刚强，霍将军在昏迷落马前一瞬，应该自保意识很强烈，所以导致现在拒绝外界未经过他同意强行灌入的药石。夫人，太医们的医术毋庸置疑，他们既然诸般方法都已经试过，我也不可能做得更好，不过……"

卫少儿太过焦急，声音变得尖锐刺耳："不过什么？"

"不过倒是有一个法子可以试一下，但这个方法我也只是闲时琢磨病例时的一个想法，还没有真正用过。"

卫少儿忙道："先生请讲！"

九爷道："人有五窍，口只是其中一个，鼻子、皮肤也和五脏相通，药效不能通过嘴巴进入五脏，不妨考虑一下其他方式。我的想法是把将军衣服全部褪去，置身密闭屋中，四周以药草气熏。"

卫少儿扭头看向太医们，太医们彼此交换了一个眼神，一人说道："听着的确不失为一个让药效进入血脉和五脏的好法子，但药气蒸熏，屋子势必会很热，从医理来说，对迷症的病人实在不好，有可能会加重病势，还要夫人拿主意，我等不敢做主。"

卫少儿恨恨地瞪过他们，看着昏迷的霍去病，半晌仍旧没有拿定主意。四周没有一个人敢出声，都唯恐万一有什么事，承担不起后果。卫少儿求助地看向夫君陈掌，可不是自己的骨肉，毕竟隔着一层，陈掌面上似乎很焦急，嘴中却只模棱两可地说了句"我听从夫人的意思"。

我起身向卫少儿行礼："求夫人同意，拖得越久越不好。"

卫少儿声音哽咽："可是如果……如果病越发重了呢？"

我道："九爷说了能救醒就一定能救醒。"

卫少儿仍然犹豫着拿不定主意，我心里越来越焦急，但我算霍去病的什么人呢？到了此刻才更加知道名分的重要性，明明是重若自己生命的人，我却连一句话都说不上，只能哀求地看着卫少儿。

九爷的眼中，痛苦下满是怜惜，他对一直沉默地坐在一旁的卫青行礼："不知道卫大将军的意思如何？"

惜言如金的卫青没有想到九爷居然把矛头指向了他，细细打量了九爷两眼："二姐，事情到此，别无他法，只能冒一点儿险了，就让孟先生下药吧！陛下对去病极其重视，孟先生绝不敢草率，一定是深思熟虑后才作的决定。"

卫少儿点了下头，终于同意。

不愧是连刘彻都无可奈何的卫大将军，一句话里绵中藏针，该作的决定作了，该撇清的责任也都撇清了，该警告的也警告了，竟然滴水不漏。

九爷仔细叮嘱着陈叔所要准备的事项，当小屋子的门缓缓阖上后，我一动不动地盯着屋子。

从天仍亮着等到天色全部黑透，小屋子里仍然没有任何动静。只有九爷隔很久一声的"冰块"，仆人们源源不断地把冰送进去。

卫少儿唇上血色全无，我走到她身侧，想握她的手，她犹豫了下后，任由我握住了她的手，两人的手都凉如寒冰，可我们握住彼此时，慢慢地都有了一些暖意。在这一瞬，在这么多人中，我们的痛苦焦虑有几分相通。

她越来越紧地拽着我的手，眼神越来越恍惚。她求救地看向我，我坚定地回视着她，去病会醒。她支撑不住地把头靠在我的肩膀上，我背脊挺得笔直，一眨不眨地盯着屋子。去病，你一定不可以有事，绝对不可以！

门被无声无息地打开，九爷面色惨白，嘴唇乌青，见我们都盯着他，手无力地扶着门框，缓缓点了下头。众人立即爆发一阵欢呼，卫少儿几步冲进屋子，蓦地叫道："怎么还没有醒？"

几个太医立即手忙脚乱，全都跑进去看霍去病，我立即回身看向九爷，却发现九爷已经晕倒在轮椅上。只有一个中年太医瞟了眼霍去病身边围聚的人，赶到九爷身旁细细查看。

我一半心在冰里，一半心在火里，痛楚、担心、愧疚揪得人似乎要四分五裂。我刚才只急匆匆地要去看霍去病，竟然没有留意到九爷已经晕倒，他晕倒前的一瞬究竟是何样的心思？

“恭喜夫人，的确已经醒了。孟先生为了调理霍将军的身子，用了些安息香，所以一时半会儿霍将军仍然醒不来，但这次只是睡觉，不是昏迷。”几个太医一脸喜色，卫少儿太过高兴，身子一软坐到了地上。

听到霍去病已经没有事情，我一半的心算放下，可另一半却更加痛起来，九爷垂在轮椅两侧的手白中透着青，我诧异地握起他的手，如握着冰块：“他怎么了？”

中年太医放下九爷的手：“他的身体本就比常人虚弱，屋子内湿气逼人，就是一个正常人待这么多个时辰都受不住，何况他还要不停用冰块替霍将军降体温，冰寒交加，能撑这么久真是一个奇迹。”

我用力搓着九爷的手，一面不停地对着手呵气，陈叔对太医行礼：“还请太医仔细替孟先生治疗，将军醒了必有重谢。”

太医一摆手道：“为了救他人连自己的命都不顾的医师我第一次见，不用管家吩咐，我也一定尽心。”

我对陈叔吩咐：“麻烦你准备马车，我们先送九爷回石府。”

陈叔看向仍然睡着的霍去病：“将军醒来时肯定很盼能见到你。”

仿若众星捧月，霍去病的榻前围满了人，从太医到婢女，还有各位亲戚，我说道：“我尽量快点儿回来，现在我在不在都一样。”

陈叔看着九爷苍白的面容、乌青的唇，面上带了不忍，微微一声叹息：“玉姑娘，您放心去吧！将军这边我们都会尽心照顾。”

上马车时，抬竹兜子的仆人想帮忙，我挥了下手，示意他们都让开，自己小心翼翼地抱起九爷，轻轻跃上了马车。那个中年太医跟着上来，赞道：“好功夫。一点儿都没有晃到病人的身体。”

我强挤了一丝笑：“过奖了，还没有请教先生贵姓。”

他道：“鄙姓张，其实我们已经见过面，当时霍将军请了我去石府替姑娘看过病。”

“原来早就麻烦过张太医。”

他摇了下头：“孟九爷的医术根本用不上我，能有一个机会听听孟九爷讲医术，我应该多谢姑娘。”

回到石府后，张太医亲自煎了药，帮我给九爷灌下，又细心地嘱咐过我和天照应该注意的事项后才离去。

我和九爷离开时，九爷还一切正常，回来时却人事不知，天照倒还罢了，石伯却明显不快起来，几次看着我想说话，都被天照硬是用眼神求了回去。

因为怕九爷想喝水或有其他要求，所以人一直守在榻侧。九爷睡得不太安稳，似乎梦里也在担心着什么，眉头时不时会皱一下，脸上也常有痛苦掠过。

我第一次这么近距离看他，第一次这么毫无顾忌地打量他，他也是第一次完全没有掩饰自己，没有用春风般的微笑去遮掩其他表情。

我俯在他枕旁，轻声地哼着一首牧歌：

在木棉树空地上坐上一阵，
把巴雅尔的心思猜又猜。
在柳树荫底下坐上一阵，
把巴雅尔的心思想又想。
西面的高粱头登过了，
把巴雅尔的背影望过了。
北面的高粱头登过了，
把巴雅尔的背影从侧面望过了。
东面的高粱头登过了，
把巴雅尔的背影从后面望过了。

种下榆树苗子就会长高，
女子大了媒人就会上门。
西面的高粱头登过了，
巴雅尔把我出嫁的背影望过了。

北面的高粱头登过了，

巴雅尔把我出嫁的背影从侧面望过了。

东面的高粱头登过了，

巴雅尔把我出嫁的背影从后面望过了。

……

九爷的眉头渐渐舒展开，人睡得安稳起来。我反复地哼唱着歌谣，眼中慢慢浮出了泪花。这是一首在匈奴牧民中广泛传唱的歌谣，讲述了贵族小姐伊珠和奴隶巴雅尔的爱情故事。小时候，曾看到於单的母亲阏氏听到这首歌时，怔怔发呆，眼中隐隐有泪。当年一直没有听懂，怎么先是伊珠在高粱地里望巴雅尔的背影，后来又变成了巴雅尔在高粱地里望她的背影呢？

感觉有手轻抚着我的脸颊，立即清醒过来。不知道何时迷糊了过去，头正好侧靠在榻上，此时九爷侧身而睡，恰与我脸脸相对，彼此呼吸可闻。

他的五个指头从我的额头慢慢滑下，眉毛、眼睛、鼻子、嘴唇、下颌，似乎在记忆着，留恋着，镌刻着；他的眼睛深邃幽暗，里面竟似天崩地裂，汇聚着五湖四海的不甘后悔、六合八荒的伤痛悲哀。

我被他的眼睛所惑，心神震荡。他总是淡定的、从容的，再多的悲伤到了脸上也只化作了一个微笑。他漆黑瞳孔中两个小小的自己，一脸的惊慌失措、恐惧害怕，却又倔强地紧抿着唇角。

他缓缓收回了手，忽地笑起来，又是那个暖如春风的微笑。云淡风轻，海天清阔，却再看不清眼睛深处的东西。他强撑着身子往榻里挪了挪，示意我躺到他身旁。我早已经习惯于听从他的要求，我的动作先于我的思考，在我想清楚前，人已经躺在了榻上。

两人中间隔着一掌的距离，默默地躺着。

好一会儿后，他笑看着我道：“把你先前唱的歌再给我唱一遍。”

我木木地点点头，清了清嗓子：

……在木棉树空地上坐上一阵，把巴雅尔的心思猜又猜……北面的高粱头登过了，把巴雅尔的背影从侧面望过了。东面的高粱头登过了，把巴雅尔的背影从后面望过了……种下榆树苗子就会长高，女子大了媒人就会上门。西面的高粱头登过了，巴雅尔把我出嫁的背影望过了……东面的高粱头登过了，巴雅尔把我出嫁的背影从后面望过了……

歌声完了很久，两人都还是一动不动地躺着。

他的声音轻到几乎没有："巴雅尔怎么能那么笨，他为什么从没有回过头去看伊珠呢？他为什么总是让伊珠去猜测他的心思？他为什么不把心事告诉伊珠呢？他比草原上最狡猾的狐狸还聪明，却不懂伊珠根本不会嫌弃他的出身，也不会害怕跟着他受苦。"

我以为他不懂匈奴语，才放心大胆地唱这首歌，却忘记了他的博学，也忘记了匈奴帝国强盛时，西域诸国都臣服于匈奴，匈奴话在西域各国很流行，惊慌下问了句傻话："你懂匈奴话？你知道牧歌传唱的巴雅尔和伊珠的故事？"

他半吟半唱："云朵追着月亮，巴雅尔伴着伊珠，草原上的一万只夜莺也唱不完他们的欢乐！"他的眼睛一眨不眨地凝视着我，"巴雅尔虽然辜负过伊珠，但歌谣唱到他们最终还是快乐幸福地在一起了，你相信歌声所唱的吗？"

我不去回答他的问题，自顾说道："我要走了。"

他转过了头不看我，轻声道："我真想永远不醒来，你就能留在这里陪我，可你会焦急和伤心。"

我刚才唱歌时忍着的泪水突然就涌了出来，忙跳下榻，背着身子，把眼泪抹去："你好好养身子，我有空时再来看你。"说完就想走，他却猛地抓住我的手，一字一字慢慢地问："玉儿，告诉我！你心里更在乎谁？不要考虑什么诺言，什么都不考虑的情形下，你会想谁更多一些？你愿意和谁在一起？"

我紧咬着下唇，想要抽手，他却不放，又把刚才的问题慢慢地重复了一遍，我嘴唇哆嗦着想说什么，却一个字说不出来，只身子不停地抖着。

他见我如此，眼中心疼怜惜加心痛不舍，各种感情夹杂一起，一下松开了手："你去吧！"

我不敢回头，飞一般地跑出了屋子。迎着冷风，奔跑在夜色中，心却依旧不能平复。我这样子如何见去病？他若没醒还好，若醒来，以他的精明岂看不透我的强颜欢笑？

第十三章

哀恸

心中实在难受，也顾不上其他，对着月亮一声长啸。刹那间，长安城内一片声势惊人的狗叫鸡鸣，原本漆黑的屋子，都一个个透出灯火来，人语声纷纷响起。

我忙静悄悄地快速离开作案现场，一面跑，一面不禁露了一丝笑。人总应该学会苦中作乐，生活本身没什么乐事的时候，更应该自己去刻意制造些快乐。

逮个黑灯瞎火的角落，又扯着嗓子号叫了一声。刚才的场面立即再现，我东边叫一嗓子，西边号一嗓子，把整个长安城闹了个人仰马翻，鸡犬不宁。

街上渐渐地变得亮如白昼，连官府的差役都被惊动，一个个全副武装出来逮狼，有人说两三只，有人说十只。

街边的乞丐成为众星捧月的人物，人群围聚在他们周围问他们可看到什么。乞丐平日里哪能如此受欢迎？个个满脸光辉、嘴里唾沫乱喷、比画着说看见了一群，越说越夸张，引得人群一声声惊呼。也许平静日子过久了，众人不是怕，反倒一个两个满脸兴奋刺激，翘首以待地盼着发生点儿什么新鲜事情。

我眼珠子转了几圈，想着闹都闹了，索性再闹大些，图个自个儿开心，也让大家都玩得尽兴一回。瞅到一个披着黑斗篷的人经过，看四周无人注意，悄悄跃到他身后，一个闷棍就敲晕了他。等扒下他的斗篷后，才发现居然是个官老爷。这……我头有些疼，这好像比我想的严重了。算了！敲都敲了，后悔也晚了。

披上斗篷，拿帕子把头包起来，人藏在屋顶一角处，“呜”的一声狼啸后，飞檐走壁，无所顾忌。屋顶上一溜人追在身后，下面的街道上扶老携幼，拖家带口，挤得密密麻麻，和看大戏一样。有官差被我踢下屋顶，人群中居然还有鼓掌叫好声。

好汉难敌群殴，官差越来越多，似乎全长安城的兵丁都来捉我了。原本打算戏耍他们一圈后就逃之夭夭。可没有想到，官差里颇有些功夫不弱的人，而且刚开始追捕我时有些各自为政，现在指挥权似乎都归于一个人手中后，调度有方，拦截得力，慢慢把我逼向了死角。

果然是天子脚下！心中暗赞一声，急急寻找出路，若真被抓住，那可有得玩了，只是恐怕我现在玩不起。

因为我不愿取人性命，下手都是点到即止，左冲右冲，却仍旧被困在圈子里。左右看了看地形，要么被抓，要么决定下杀手冲出，要么只能……

轻身翻入霍府，在后面追赶的兵丁显然知道这是谁的府邸，果然不敢追进来，都停住了步伐。我偷偷吐了下舌头，估计待会儿就会有品级高一些的官员敲门求见，陈叔的觉算是泡汤了。

悄悄溜进去病的屋子，偷偷瞅了一眼，竟然没有婢女守着，只他一个人睡在榻上。心中又是纳闷又是气，陈叔这个老糊涂，怎么如此不上心？

走到榻旁，俯身去探看他，没想到他猛地睁开眼睛，我被吓得失声惊呼，叫声刚出口，他已经把我拽进怀中，搂了个严严实实。我笑着敲他胸口："竟然敢吓唬我！难怪婢女一个都不见呢！"

他却没有笑，很认真地说："我一直在等你。如果你天亮时还不回来，我就打算直接去抢人了。"

我哼了一声："强盗！"

他笑在我额头亲了一下："强盗婆子，你怎么打扮成这个样子？"

我朝他做了个鬼脸，挣脱他的胳膊，把斗篷脱下来扔到地上，又解下头上包着的帕子："你惨了，说不定明天就会有人上奏陛下说你窝藏飞贼。我今天晚上可是把整个长安城的官差都给引出来了。"

他侧身躺着，一手撑着头笑问："你偷了什么东西？"

我不屑地皱了一下鼻子："就是好玩，胡闹了一场。"

他拍了拍榻，示意我躺过去。我钻进被窝，缩进他的怀中："我看你一点儿不像刚病过一场的人，怎么这么精神？你还有什么地方不舒服吗？"

他皱着眉头道：“别的都感觉正常，只有一个地方不舒服。”

我心中一紧：“哪里？天一亮就叫人去请太医，不行，现在就让陈叔去请。”说着就要跳下榻，他一手搂着我的肩，一手握住我的手，牵引着我缓缓滑过他的小腹，向下放去：“这里不舒服。”

手被摁在他的火烫欲望上，“你……”我登时又恼又羞，涨了个满面通红。

他笑着凑在我耳旁，轻声道：“你多久没有主动亲近过我了？原来病一场还有这样的好事，早知道早些生病了。难得你肯投怀送抱一次，我若没点儿反应，岂不是对不起你这个自称‘花月貌、冰雪姿’的美人？”

我啐道：“小淫贼！”

他一面吻着我的耳朵，一面含含糊糊地说：“玉儿，你愿意给我生个孩子吗？我如今暂且不能娶你，但我这辈子是赖定你了，反正早晚的事情，如果你不介意目前没有个名分，我就不忍了。”

我笑扭着身子闪避着他的吻，还没有答话，屋子外陈叔的声音响起：“将军！”

霍去病没有理会，依旧一面逗着我，一面低声问：“愿意不愿意？”

我大气都不敢喘，唯恐陈叔听见什么，可他却毫不在意，我越是紧张，他越是来劲，索性在我脸颊上响亮地亲了一下。

“将军！将……”

陈叔的声音卡了好一会儿，方又轻飘飘地唤了一声：“将军……”

霍去病无奈地叹口气，嘀咕了句：“怎么每到关键时刻，总有这些不应景的人出现呢？”扬声问，“什么事？”

陈叔道：“卫尉大人深夜求见，说有流匪逃入府中。求将军帮忙清查一下宅邸，我来问一声，拿个主意。”

霍去病道：“有什么好问的？这点儿事情你还拿不了主意？”

陈叔道：“府中的警戒不比皇宫差，没有任何人能不惊动上百条良犬就进入府中，而且听闻今日夜里长安城里有狼群闹腾，所以我琢磨着……琢磨着……”

我看他话说得实在辛苦，替他接道：“陈叔，是我半夜溜进来的。”

陈叔一下松了口气，话说得顺畅了不少：“我正是这么推测的，所以就把卫尉大人挡回去了。结果不一会儿，中尉大人又来求见，一脸愁苦地说有人贼胆包天到把太子少傅敲了一闷棍，少傅大怒，扬言不抓到贼人，一定会参奏他们一个玩忽职守，我又挡了回去。”

霍去病侧身躺着，神态无限慵懒，视线斜斜地睨着我，伸手弹了一记我的额头，只是笑：“得了！回头我亲自去一趟少傅府。说更严重的吧！现在又是谁来了？”

我起先还纳闷怎么黑夜里一个大官捂得严严实实、独自一人在长安城逛荡，原来如此。俯在霍去病耳边低声嘀咕，他又是好笑又是诧异地瞅着我，摇摇头表示不同意。

陈叔回道：“李敢大人奉了郎中令李将军的命令来拜见，说为了霍将军的安全，也为了长安城的律法，请我们协助他们逮住逃入霍府的刺客，现在正在厅上候着。”

霍去病脸沉了下来，冷着声问：“李敢说是刺客？”

陈叔低声道：“是！”

郎中令掌宫殿掖门户，他们指我是刺客，那不就是说我刺的是……陛下？我苦着脸说：“似乎闯大祸了。这么一座大山压下来，李妍想压死我吗？”

霍去病立即问道：“李妍？这话怎么讲？”

我掩住嘴，看着他，眼珠子骨碌碌乱转，半晌都没有一句话，他摇了下头：“不知道你在忌讳什么。”对陈叔吩咐道，“李三既然已经猜测到是玉儿，那也不用瞒他。直接告诉他，是我霍去病和我的女人深夜无聊，两人闹着玩了一场，不小心惊扰了他们，实在抱歉。我们现在正在榻上歇息，他若想逮人就直接过来，我候着。正好没有见过长安城的牢房长什么样子，难得他肯给个机会让我们见识见识。”

我揪着他的衣服，皱眉瞪眼：“不许这么说，绝对不行……”

屋外陈叔静默了一瞬，又赶忙应了声“是”，匆匆离去，可我怎么听着他的脚步声有些喝醉酒的感觉。

我头趴在枕上，捂着脸道：“霍去病，你是在整治李敢，还是在整治我？我怎么觉得你对我一腔怨气呢？”

“一半一半，不过此怨气非彼怨气，而是床笫间的怨气。”他笑着掰开我的手，在我鼻尖上印了一吻，“李敢心思缜密，何况这次他又是设局人，和他一招招过招，我不见得能想过他。索性无赖一下，把他暗处布置好的局全给打乱，看他怎么办。他若一时受激，行错一步，我们也正好反过来逗逗他。”

这个人打仗不讲兵法，行事也完全不按世情。我的脸皮又实在厚不过他，一转身子，侧身躺着睡觉，他笑问：“你这就睡了？”

我哼道："天已快亮，我可是在长安城的屋顶上折腾了一夜，你若不让我好好睡觉，我就回自己那边了。"

他从背后环抱住我，轻声说："睡吧！"

我抿着嘴一笑："天亮后，你真的要去少傅府吗？"

他笑道："你说我无赖，你的法子也是够下三烂。他是太子的师傅，不算外人，我还是亲自去一趟的好。"

这位太子少傅背着家里的悍妻，在外面讨了一个容貌秀美、擅琴懂诗的外室。此事他虽做得隐秘，可我当年通过歌舞坊、娼妓坊的生意仔细搜集过朝廷中各个官员失于检点的行为。听到陈叔说是太子少傅，立即明白他是从外室那边出来。所以给去病出主意，直接派人去问少傅一声，是他的怒气重要，还是夫人的怒气重要？少傅肯定立即偃旗息鼓，什么贼子不贼子，根本顾不上。可没有想到这件事情上，去病又做起君子来。

困意上来，我掩着嘴打了一个哈欠，他忙道："赶紧睡吧！"我"嗯"了一声，暂且抛开一切，安心地睡去。

·——·——·——·——·

醒来时已经是晚饭时分，去病却未在府中。陈叔说他去了宫中，打发人带话回来恐怕一时回不来，让我自己一个人吃晚饭。

我想着当时出门急匆匆的，没有给红姑说一声，所以决定先回一趟家。刚进门，红姑就迎了上来："石舫……"她拍了一下脑袋，"现在已经没有石舫了。石天照派人来请你去一趟石府。"我犹豫着没有动，红姑又道，"来的人说请你务必去一趟，好像是九爷的身体不太好。"

晚上走时他的身体还很是不妥当，我的心一下不安起来，急匆匆地说："那我先去一趟石府，你帮我留着晚饭，如果没有大碍，我会尽量赶回来。"

红姑笑应了。

刚到石府门口，就看到天照坐在马车上等我："让我好等！九爷人在城外的青园，我接你过去。"

我不等他话说完，就赶着问："究竟怎么了？他身体还没有好，怎么就到城外去了？"

天照轻叹一声："九爷的身子内寒气本就偏重，此次外因加内因病势十分重。他为了让你放心，特意强撑着做了个样子，你刚走不久，他人就陷入昏迷，张太医来后，命我们特意把九爷移到青园。"

我心内大恸，他可不可以少自以为是地为我考虑，多为自己考虑几分？若身子真有什么事情，他让我何以自处？又怎么可能心安理得地自己幸福？

长安城内还是一片天寒地冻，树木萧索。青园却因为受地热影响，已经春意融融。粉白的杏花，鹅黄的迎春，翠绿的柳叶，一派温柔旖旎。我和天照都无心赏春，快步跑向九爷的屋子。

九爷依旧昏睡未醒，额头滚烫，细密的汗珠不停渗出。我从婢女手中接过帕子："我来吧！"

帕子一遍遍换下，他的体温却依旧没有退下，嘴唇慢慢烧得干裂，我拿了软布蘸着水，一点点滴到他的唇上。

他烧得如此厉害，却依旧会时不时叫一声"玉儿"。他每叫一声，我就立即应道："我在。"他眉宇间的痛苦仿似消散了一些，有时唇边竟会有些笑意。

天照道："现在你明白我为什么非要接你过来了吧？你在这里和不在这里，对九爷的病情大不一样。"

赶来看九爷的小风一进门就把天照拽到一边说悄悄话，天照听完后叫我过去，小风又是摆手又是跳脚地阻止，天照却毫不理会："小玉，我们不想瞒你任何事情，霍将军已经派人去石府找了你好几次，大半夜的他又亲自去了石府。你要想走，我现在派人送你回去。"

守了整整一夜，此时已经快天明，我焦急忧虑中无限疲惫，掩着脸长叹口气，走到冰水盆子前，撩了些冰水浇在脸上，望着依旧昏迷不醒的九爷道："不用了，我在这里等九爷醒来。"

直到中午时分，九爷的烧才退去，我一直绷着的心总算略松了几分。

九爷缓缓睁开眼睛，看到我时，一下露了笑意："他们总算找到你了，你藏到哪里了？几乎要把西域的草原大漠翻遍了，都没有你的消息。玉儿，不要生我的气，都是我的错，我看到你竹箱子里的绢帕后，才知道自己错得有多厉害……”

我心中诧异，刚想说话，一侧的张太医向我摇摇头，示意我过去。我对九爷柔声说：“我去喝口水就回来。”

九爷盯着我，眼中满是疑虑，我微笑着说：“喝完水就回来，我哪里都不去。”

他的紧张退去，释然地点了下头。

人刚到屋外，我还没有开口，天照就立即问张太医：“怎么回事？不是烧退了吗？怎么九爷还在说胡话？”

张太医忙回道：“不要紧，高烧了一天一夜多，虽然烧退了，但人还没有完全清醒，而且现在精力弱，行事会只按喜好，而不管理智，所以会自动把不愉快的事情都忘记，只按照自己喜欢的样子去记忆，等好好睡一觉，休息好了自然就会好。不过现在千万不要刺激九爷，他的身心都是最软弱、最放松的状态，最容易受刺激，一个不小心只怕病上加病，你们顺着他的话说就行，哄着九爷平静入睡，一觉醒来，自然就好了。”

天照听完，一句话都没有说，只是向我深深作揖，我沉默地点了下头，转身走回屋内。

九爷的眼睛一直盯着帘子，见我掀帘而入，脸上的欢欣刹那绽放，那样未经掩饰的陶醉和喜悦，撞得我的心骤然一缩，疼得我呼吸都艰难。

我扶着九爷靠在软枕上，洗过手后，从婢女手中接过碗筷准备喂他吃饭。他示意我把窗户推开。

窗户外就是环绕而过的温泉，粼粼波光中，时有几点杏花的花瓣随着流水漂走，一座曲折的长廊架在温泉上，连接着温泉两侧，廊身半掩在温泉的白色雾气中，恍惚间我们像置身仙境。

“……听说有一次祖母在此屋内对窗弹琴，祖父有一笔生意必须要去谈，不得不离开，他一面走，一面频频回头看祖母，所以府中的人取笑地把这条长廊叫‘频频廊’，祖父得知后，不以为忤，反倒欢喜，索性不用原来的名字，就叫了‘频频’……”不知道何时，屋子内只剩下我和九爷，宁静中只有九爷的声音徐徐流淌。

他握住了我的手：“祖母身体不好，在我出生前就已经过世，我常常想着祖父和祖母牵手同行在这座长廊时的情景，觉得人生能像祖父一半，已经不是虚度。玉儿，我这些话有没有迟一步？你还肯让我陪你赏花吗？”

我的手抖得厉害，他越握越紧。我迟迟没有回应，他的双眼中慢慢荡起了旋涡，旋转澎湃着的都是悲伤，牵扯得人逃不开，痛到极处，心被绞得粉碎。我猛地点了下头："愿意，等你身体好了，我们可以去天山看雪莲。”

我的话像传说中的定海神器，一句话落，他眼中的惊涛骇浪刹那平息。他握着我的手欢快地大笑起来，笑声中他低若无声地喃喃自语：“老天，谢谢你，你没有待我不公，你给了我玉儿。”

我的眼中浮起了泪花，老天待你就是不公，亲人早逝，健康不全，虽有万贯家财，却是天下最可怕的枷锁，锁住了你渴望自由的心。

“玉儿，你哭了吗？我又让你伤心了……”

我挤了一个笑：“没有，我是高兴的。太医说你要保持平静的心情，要多多休息，你要睡一会儿吗？”

他伸手替我拭去眼角的泪，紧紧抱住了我，那么用力，似乎要把我永远禁锢在他的怀中：“玉儿，玉儿，玉儿……我们以后再不分开。自你走后，我就加快了动作，希望尽早从长安抽身而退，等我安排好一切，我们就去西域，买两匹快马，一定跑得很快，也消失得很彻底。”

“好。”我的眼泪一滴滴落在他的肩头。

他道：“我一直想做一个纯粹的医者，等把西域的一切安排妥当后，我们就在官道旁开一个小医馆，我替人看病，你帮我抓药，生意肯定不错。”

我说：“以你的医术，生意肯定会好得过头，我们会连喝茶的工夫都没有。”

“那不行，看病人虽然重要，可我还要陪你。我们挂一个牌子，每天只看二十人。”

“好，别的人如果非要看，我就帮你打跑他们。”

“我们可以在天山上搭一个木屋，就建在天池边上，夏天去避暑。”

一切就像真的，我的泪水一面纷纷而落，一面却恍惚地笑着：“冬天可以去吐鲁番的火焰山。”

“玉儿，喀纳斯湖的鱼味道很好，我烤给你吃，你还没有吃过我烤的鱼吧？配方是我从古籍中寻出来的，传说是黄帝的膳食食谱，不知道真假，但味道的确冠绝天下。”

“嗯，听牧民说喀纳斯湖的湖水还会随着季节和天气，时时变换颜色，有湛蓝、碧绿、黛绿、灰白，将近二十种颜色，我随着狼群去过两次，只看到过四五种颜色。”

“那我们索性在湖边住上一年，把二十种颜色都看全了。玉儿，你还想去哪里？”

……

九爷在我的肩头沉沉睡去，眉目舒展，唇边带着笑。

我轻轻将他放回枕上，起身关窗。窗外正是夕阳斜映，半天晚霞如血。回眸看到九爷幸福的笑意，我蓦地全身力气尽失，沿着墙瘫倒在地，望着九爷大哭起来，却不敢发出声音，用牙齿咬着自己的手，眼泪像决堤的洪水，奔腾着涌出，却流不完心内的悲伤，五脏都在抽痛，整个人痉挛颤抖地缩成一团。

求求你，老天，对他仁慈一回，让他明天醒来时，忘记今日的一切，全部忘记，全部忘记……

第十四章

情舞

我不知道我是怎么回到自己的园子的，整个人像被掏空了，累得只想倒下。进屋后却发现几案上原先供着的几个陶器都被扫在了地上，满地狼藉。我重叹了口气，匆匆转身去霍府。

陈叔看到我，立即叫住了我，对我道："将军昨天晚上从宫中匆匆赶回，特意到一品居买了几样你爱吃的点心，说还来得及和你一块儿吃晚饭。看你不在，我说打发个人去接，他说自己去接。去的时候兴冲冲地，一夜未归，我还以为他歇在你那边了。结果今日太阳升得老高时方回来，一口水不喝，一口东西不吃，一个人锁在屋子里，谁都不让进。你来之前，他刚出门，脸色极其难看，我听红姑说他从昨日起就没有吃过东西，昨天夜里在你屋中守了一夜。"

陈叔尽力把语气放和缓："玉姑娘，孟九爷的确是好男儿，我们也的确对不起他……"他的脸上又现了愧色，"可将军对你也是全心全意，为了你连陛下的赐婚都推拒了。除了皇后娘娘和卫青大将军外，和家里其他长辈的关系也搞得很僵，我对你有愧，不敢多说什么，只是……唉！"

去病的身体刚好不久，虽然看上去一点儿事情没有，但怎么禁得住如此折腾？我因为太过担心，语气不禁带了责备："你们怎么不劝劝他呢？"话刚问出口，就知道自己已经糊涂了，去病岂是听劝的人？忙对陈叔道歉，"我说错话了，你知道去病去哪里了吗？"

陈叔摇了摇头："将军没有让人跟，也许去夫人那边，也许去公主那边，也许去公孙将军家，也许找地方喝酒去了。”

我转身出门：“我去找他。”

从平阳公主的宅邸到公孙将军的宅邸，从公孙将军的宅邸到陈家，又找遍长安城有名的酒楼、歌舞坊，却全无踪影。

我从天香坊出来时，已是半夜。

站在天香坊前的灯笼下，茫然地看着四处黑沉沉的夜。去病，你究竟在哪里？

心中抱着一线希望，想着他也许已经回府，急匆匆赶向霍府，守门的苍头一见我就摇了摇头：“将军还没有回来。陈管家也派了人四处找，还没有找到。”

我一言不发地又走回夜色中。

电光石火间，忽然想到他也许在一个地方。

刚过十五未久，天上还是一轮圆月，清辉流转，映得满山翠绿的鸳鸯藤宛如碧玉雕成。

我沿着鸳鸯藤架奔跑在山间：“去病！去病！去病……”

一迭迭的声音回荡在山谷间，翻来覆去，却全都是我一个人的声音。

从山脚到山头，整座山只有风吹过鸳鸯藤的声音回应着我。霍去病，你究竟在哪里？霍去病，你要离开我了吗？

从前天起，人一直绷成一根线，根本没有休息过。悲伤下再也支撑不住，我精疲力竭地跪坐在了地上，捂着脸似笑似哭地发着自己都不明白的声音。

这段时间，我就像石磨子间的豆子，被上下两块石头碾逼得马上就要粉身碎骨。他们两块石头痛苦，可他们知道不知道我承受的痛苦？

一双手把我的手掰开，黑沉沉的眼睛只是盯着我，一句话也不说。

我还以为他根本不会出现了，瞅了他半晌，愣愣问了句：“你还要我吗？”

“我以为你不会再回来。”他眼中几抹痛几抹喜，一字一字道，“以前没有得到时我就说过绝不会放手，现在更不会。”

我一直悬着的心立即落回了原处，叹了口气，整个人缩到他怀里：“我好累，好累，好累！你不要生我的气，九爷为了替你治病，病得很严重，我就留在那边……”他忽地吻住了我，把我嘴里的话都挡了回去，热烈得近乎粗暴，半晌后两人方分开。

我太过疲惫，脑子不怎么管用，傻傻地问："你不想知道究竟发生了什么？"

他的眼睛不同于刚才的沉沉黑色，此时里面盛满了璀璨的星子。

他笑着凑到我唇边又吻了一下："我只要知道这件事情只有我能做就行。不管怎么说，你们认识在先，而且整件事情上我本就行事手段不够君子，今天的局面也有我自己的错，人非草木，孰能无情？有些事情不是说淡忘就能立即淡忘，我知道你已经尽力，我会给你时间。"

虽然陈叔来道歉过，可霍去病那天却是拂袖而去，之后也没看出他有半点儿歉意。因为他突然而来的病，我不想再纠缠于不愉快的过去，只能选择努力去忘记。

他第一次说出这样的话，不是逼迫而是愿意给我时间，愿意相信我。我心头暖意激荡，原本藏在心里的一些委屈气恼与不甘都烟消云散，伸手紧紧搂住他。

一切尽在不言中，我的动作就是给他的最好答案，他喜悦地轻叹了一声，也紧紧抱住了我。

两人身体相挨，肌肤相触，下腹突然感觉一个硬邦邦的东西抵着我，两人之间原本温情脉脉的气氛立即变了味道。他不好意思地挪动了下身子："我没有多想，是它自己不听话。"

难得见他如此，我俯在他的肩头只是笑。

他身子僵硬了一会儿，扭头吻我的耳朵和脖子："玉儿，我很想你，你肯不肯？"

我的脸埋在他的胸前，轻声笑着，没有说话，他笑起来："不说话就是不反对了？玉儿，如果有孩子了，怎么办？"

我利落地回道："有孩子就有孩子了呗！难道我们养不起？"

原本以为他会很开心，却不料他居然沉默下来，脸上一丝表情都没有，很冷静地问："即使你怀孕后我仍旧不能娶你，你明白这意味着什么吗？你知道人家会怎么说你吗？"

我点了下头，他猛地一下把我抱了起来，急急向山谷间掠去。刚开始我还不明白他什么意思，怎么不是回府的方向？

想到此人天下间能有什么事情是他做不出来的呢，我大惊失色："你想干什么？你不是想在这里那个……那个吧？"

他笑得天经地义："知我者玉儿也！那边有一处温泉，泡在里面绝不会冷。以地为席，以天为盖，又是在水中，只怕其中滋味妙不可言，比房中肯定多了不少意趣。况且已经忍了半年，既然我们都想通了，我就多一刻也不想等了。”

“可是……可是天快要亮了！”

他把我轻轻放在了温泉边的石头上，一面替我解衣衫，一面道：“那不是正好？黑夜和白昼交替时分，正是天地阴阳交汇的时刻，你还记得我给你找的那些书吗？书上说此时乃练房中秘术的最佳行房时刻……”他说着话，已经带着我滑入了温泉中，语声被水吞没。

他怕我冻着，下水下得匆忙，头上的玉冠依旧戴着。我伸手替他摘去，他的一头黑发立即张扬在水中，此情此景几分熟悉，我不禁抿了唇角轻笑。

他愣了下，反应过来，把我拉到他身前深深吻住了我。一个悠长的吻，长到我和他都是练武的人，可等我们浮出水面时，也都是大喘气。

他大笑着说：“差点儿都忘了当日的心愿，那天在水里就想亲你的，可你太凶了，我不过牵牵手，你就想废了我。玉儿，当日真让你一脚踢上，现在你是不是要懊悔死？”

我哼了一声，嘴硬地说：“我才不会懊悔。”

“那是我懊悔，悔恨自己当日看得着，却吃不着！不过今日我可就……”他笑着做了个饿虎扑食的样子，一下抱住了我，吻如雨点一般，落在我的脸上、脖子上、胸上……

·——·——·——·——·

太医复诊过去病的脉后，说一切正常，反倒张太医诊过脉后，隔了一日，开了一张单子来，没有用药，只是通过日常饮食调理。

张太医会迟一日才开药方的原因，我和陈叔都心知肚明，但都没有在去病面前提起。

去病看了眼单子上罗列的注意事项，鼻子里长出了口气，把单子扔回给我，摆明了一副不想遵守的样子：“这也不能吃，那也不能吃，我能吃的也不多了。”可看到我瞪着他，又立即换了表情，凑到我身旁，笑得嬉皮赖脸，“别气！别气！只要你天天让我吃你，我就一定……”

他话没有说完，已经逃出了屋子，堪堪避过一个紧追而至的玉瓶子。“哗啦”一声，瓶子砸碎在屋门口，在屋子外立着的两个婢女都被吓得立即跪了下来。他隔着窗子笑道："我上朝去了，会尽早回来的。"

我忙追到外面："等等，我有话问你。"

他没有回头，随意摆了摆手："知道你担心什么，我们两个又不是没有夜晚溜进过宫殿，当日还和陛下撞了正着。他们要奏就奏，要弹劾就弹劾，陛下不但不会理，反倒会更放心……"他说到后来语音渐含糊，人也去得远了。

我侧头想了一瞬，除非李敢有别的说法和证据，否则就那些的确还不足惧。

一回身看两个婢女轻舞和香蝶仍旧跪在屋子前："你们怎么还跪着？快点儿起来。"

两个婢女侧头看霍去病的确走远了，才拍拍胸口站起来，香蝶手快嘴也快，一面拿了扫帚来清扫地面，一面道："自小做奴婢做习惯了，一听见主人屋子里传来什么砸东西的声音，第一反应就是下跪，第二反应就是说一句'奴婢该死'，其实往往究竟发生了什么事情，我们根本不知道。"

我笑道："你们怎么都那么怕将军呢？我从没有看见他责罚下人奴婢。"

轻舞抿唇笑着，一句话不说，只低头用帕子擦地，还是香蝶想了一会儿后回道："是呀！的确没有真正责打过谁。不知道，反正我们就是怕。我听别的姐妹说人家府里的婢女都盼着能分到年轻的主子身边服侍，指望着万一能被收了，从此也就跃上了高枝，可我们府里却从没有这样过，我们都琢磨着若跟了将军，那可……"说到这里她方惊觉话说得太顺口，给说过了，一张脸羞得通红。

我掩着嘴笑："回头我要把这些话学给将军听。"

轻舞和香蝶都急起来，凑到我身边哀哀看着我，我清了清嗓子："不说也行，不过以后可要对我百依百顺。"

两个人苦着脸，轻舞道："好姑娘，我们还不够顺你？你问什么我们不是一五一十地全告诉你？而老夫人问我们的话，我们却能不说的就不说，非说不可的也只几句话带过。"

我轻叹口气，揽住二人的肩道："两位姐姐心肠好，怜惜我这个没有亲人的人，多谢两位姐姐。收拾完了，我们去一品居吃东西。"两人一听，都笑着点头，香蝶叹道："你呀！一时凶，一时柔，一时可怜，难怪连将军这样的人，见了你也无可奈何。"

我面上笑着，心中却真的叹了口气，她们二人是陈叔仔细挑选过才放在霍去病身边伺候的，对我的确不错。可这府中的其他人因为卫少儿和公孙贺等人，表面笑脸相迎，心里却都别有心思。

经过霍去病生病的事情，卫少儿看见我时不屑和敌意少了许多，只是神情依旧淡淡。我也不愿自讨没趣，能避开她就避开，估计她也不愿意见我，所以两人很少碰面。

我与霍去病的关系，说明白清楚也很是明白清楚，反正上至皇帝，下至军中的从将官兵都知道我是他的人，霍去病也从不避讳，当着赵破奴等往来密切的兄弟的面，待我如妻；可若说糊涂也很糊涂，上至皇帝下到府中的奴婢仆役都依旧把我看作未出阁的女子，似乎我不过是霍去病不小心带在身边出来玩一次的一个女子，睡一觉再睁眼时，我就会从他们眼中消失。

从冬到春，从春到夏，睡了一觉又一觉后，我却依旧出现在他们面前，大家也依旧固执地无视我。

·——·——·——·——·

宫中举行宴会，我很少参加。可这次是皇后娘娘的生辰，卫皇后亲自和去病说带玉儿一起来，她虽没有明说什么，却通过这么一个小小的行为，默认了我和去病的关系。这段日子以来，若不是她压着底下的妹妹妹夫们，我只怕日子更难过，心中对她感激，所以一改往日一进宫就没精打采的样子，仔细装扮了自己一番。

虽梳了汉人时兴的发式，却没有用汉人流行的簪子束发，用了一条紫水晶璎珞，交错挽在头发中，参差错落的紫水晶璎珞直悬而下，若隐若现在乌发中，宛如将夜晚的星光汇聚在了发中，最大的一颗紫宝石，拇指般大小，恰好垂在额头间。

衣裙虽也是如今长安城流行的样式，却又略有不同。在绸缎面料上覆了一层薄如蝉翼的冰鲛纱，精美的刺绣隐在冰鲛纱下，添了一重朦胧的美。再加上冰鲛纱特有的轻逸，行走间又多了几分灵动。

霍去病看到我的一瞬，眼睛一亮，笑赞道："我一直觉得你穿楼兰衣裙才最美，没有想到汉家衣裙也能穿得这么好看，看来以前都是你不上心。"

进宫后，皇后娘娘正端坐上位，接受百官恭贺。霍去病要拽我上前给皇后磕头祝寿，我坚决不肯："你自己去就行了。我人来了，皇后也就明白我的心意了，你我这样公然一同上前，却让皇后为难。”

霍去病脸色有些黯然：“我宁愿你蠢一些、笨一些，不要为别人考虑太多，也不会太委屈自己。”

我朝正在给皇后磕头的太子少傅和夫人努了努嘴，笑道：“像他们那样子就是幸福吗？看着倒是出双入对，人人称赞，我可不稀罕。”

霍去病放开我的手，独自上前去拜见皇后。

等寿筵开始，酒过一巡后，李妍才姗姗而来，面上犹带着两分倦色，盛装下越发显得人楚楚可怜。华衣过处，人人都不禁屏住了呼吸，唯恐气息一大，吹化了这个冰肌玉骨的美人。

原本热闹的晚宴竟然因为她的美丽突然陷入了死寂，只听见她的衣裙簌簌响动，腰间挂着的玉环时而相撞，一声声的清响荡在风中，平添了几分言语难述的韵味。

她盈盈走到皇后面前下跪请安，卫皇后笑着说：“免礼吧！你身子不好，用不着行大礼，心意到了就行。”

她却仍旧仔细地行了跪拜大礼后才起身。落座时，刘彻很是自然地伸手搀扶了她一把，还低低地嘱咐了李妍一句话，李妍蹙着眉头摇了下头，刘彻有些无可奈何地笑看着她，一转头看向皇后时，虽然也是笑着，眉宇间的宠溺怜惜却立即退去。

有心人看在眼里，不知道会怎么想？李妍已经从刚开始的一直隐忍退让，变成了锋芒微露，这是变相地在让大臣们看明白究竟谁在刘彻心中更重要。她刚一出场，已经让今晚本该是主角的皇后沦为了配角。

我的视线在宴席上扫了一圈，现在究竟多少人希望得到皇位的是刘髆？又有多少人只是希望卫氏垮台，好方便自己从中得利？卫皇后和李妍相比，优势是朝中的势力明确、雄厚，可劣势也恰恰在这里，支持卫氏的人很明显，想要扳倒他们也就目标明确，可支持李氏的人却都在暗处，他们可以在暗中弄鬼。

视线对上霍去病的目光，他的嘴唇微动，无声地说了三个字：“你最美。”我嗔了他一眼，不屑地微扬起下巴，表示假话，我才不相信，心里却满是甜滋滋的感觉。

一旁的李广利看到我和霍去病眉眼间的言语，重重哼了一声，起身对皇帝和皇后道：“西域各国进献来的舞女经过精心挑选，选出最好的十二人，特意排了一出西域歌舞为皇后娘娘祝寿。”

刘彻赞许地一笑，看向皇后，卫皇后微一颔首：“传她们献舞。”

虽然说是西域舞蹈，但为了更符合给皇后祝寿的场合，融入了更多的汉朝舞风，把胡人特有的激烈奔放都压盖了下去，代之以轻灵飘逸。领舞的女子身形高挑，婉转回旋中如翩翩蝴蝶，一起一落都好似没有重量。

我不禁点了下头，的确是一等一的舞女，没想到李妍也是看着那个女子点了头。我们两人今日夜里第一次视线相对，她眼若秋水，美丽清澈，似乎一眼就能看到她的心底，想起初相逢时她眼中的情绪流转，判若两人。

她忽地一笑，带了丝怜悯朝我摇摇头。

我本想回她一笑，问问她，我们究竟谁更可怜？念头一转，却又觉得无趣，何必彼此苦苦相逼？移开视线，不再看她。

众人鼓掌喝彩时，我才回过神来。刘彻很是满意，边鼓掌边笑道：“应该重赏！”

卫皇后刚要开口，李妍柔声道：“这些女子从西域千里迢迢来到汉朝，现在孤身一人，毫无依靠。再大的赏赐都比不过一个家。今日长安城中的年轻才俊会聚一堂，陛下不如就牵回红线，赏她们一个可以容身的家。”

歌舞生涯终究不是长计，趁着年轻觅一个去处，虽然肯定是做妾的命运，或者比这个更差，但如果能生下一男半子，在这个非她们家乡的地方，日后也总算有个依靠。其余的女子都露了喜色，领舞的女子却只是目光一闪，从席上快速扫了一眼。

刘彻看到女孩子们希冀企盼的眼神，竟露了一丝温柔，侧头凝视着卫皇后，抿着嘴笑起来，卫皇后似乎也想起了什么，脸一红，低下了头。李妍立即转开视线，半抬头看向天空。一直状似无意地留心着她的李敢，手中的杯子一颤，几滴酒洒出。

刘彻对西域舞女道：“听闻西域每年的赛马会也是女子向心爱男子表达情意的最佳机会，可以在互相追逐时用鞭子轻轻抽打对方，也可以用歌舞向对方传达心意。朕也效仿一下西域民风，准许你们自己去挑。”

曲子响起，这次才是真正的西域歌舞，一开始就满是热烈奔放。欺雪压霜的肌肤，软若棉柳的腰肢，勾魂夺魄的眼神，刹那间满座皆春。

李妍笑看向我，我心中一寒，蓦地猜测到她意欲何为。刘彻已经金口玉言颁了圣旨，如果待会儿有女子挑了霍去病，那……

上次霍去病虽然逆了刘彻的心意，可当时刘彻根本没有来得及开口说婚事。两人似乎只随口说了一下府邸的事情，就已经让霍去病发下了“匈奴未灭，何以家为”的誓言。今日刘彻当着众位臣子的面，当着西域来客的面许下诺言，如果霍去病再当众抗旨……我不敢再往下想，手紧紧拽着自己的衣裙，盯着场中的舞女。

霍去病也猜测到李妍可能的意图，起身想走，两个女子却已经舞到了他面前，挡住了他的去路。霍去病的神情反倒慢慢冷了下来，嘴角抿了丝笑，坐回席上，端起酒杯，淡然自若地品着，好像身边根本就没有两个女子轻歌曼舞。

我微松了口气，还好，还有时间。如果霍去病不打算两个都要，那么这两个女子先要用舞姿在彼此之间决出胜负。

李广利的神色却并不好看，反倒更是多了几分嫉恨。我想了一瞬才明白，估计这两位女子并非他们事先安排好的棋子，而是自己真的看上了霍去病。我苦笑地看着那两个舞女，不知道是该骄傲还是该犯愁。

领舞的女子容貌身形都是最出众的，席间一众年轻公子、中年色鬼都留心着她，此时她一步一生姿地随着舞曲也舞向了霍去病，全场气氛立即热烈起来。

一些完全不知底细的好事者喝起彩来，笑嚷道：“如此佳人也只有英雄方担得起。”真不知道他们是在拍霍去病的马屁，还是想找死。

靠着霍去病、卫青而坐的一众武将都是冷着脸静看，甚至有女子舞到自己面前也顾不上，而李广利等一众皇亲国戚、王孙贵胄却有意无意地煽风点火，席间气氛浓烈到极点，却是一重冰，一重热，也诡异到了极点。

另外两个女子看到领舞女子，面上一羞一恼，却都自知比不上，轻轻地旋转着飘开。领舞女子笑靥如花、美目流转，裙裾翻转间，若有若无地拂过霍去病的身子，霍去病却只是静静地品着酒。

等到她单腿跪在霍去病面前敬酒时，就是她已经择定时。以后如何暂且顾不上，先救了眼前再说。我再不敢迟疑，侧头看向日；他立即明白了我的心意，点了下头。

我脱去鞋子，将原本套在手腕间的一对铃铛系在了脚腕上。一面缓缓站起，一面脆声拍了三下掌，打乱了西域的舞曲，引得众人都看向我。霍去病一脸惊诧，我笑着向他眨了眨眼睛。

急促欢快的曲子从日的短笛中冲出，宛如骏马跳跃在草原，又如小鸟翱翔在蓝天。我随着音乐转向霍去病，在每一个音调间隔间，轻踏一下脚，用铃铛相和笛音，别有一番风味。

起先还舞步不顺，踏错了几步，惹得几个舞女掩嘴轻笑，我朝她们扮了个鬼脸。哼！如果让你们七八年没有跳过，你们要能跳成我这样，我任你们嘲笑。

舞步渐渐跳顺，往日在草原上纵情歌舞的感觉又回到了身体里，再加上我练过功夫，比一般舞女更多了一份轻盈和刚健，一曲匈奴女儿的示情舞，跳得虽不算好，却别有一番看头。

霍去病笑起来，端起酒杯一饮而尽，神情说不出地畅快淋漓，还隐隐带着几分得意与骄傲。

太过意外和吃惊，全场的人都不知道如何反应，只目瞪口呆地看着我，一地鸦雀无声中，脚腕上的铃铛声越发清脆悦耳，仿佛少女的笑，开在春风中，惹得你也禁不住心儿变得柔软。

那个舞女静静看了我一会儿，朝我一笑，舞步转换，竟然也是一支匈奴舞。我和她交错舞过霍去病面前，他一改先前淡淡品酒的样子，居然兴致盎然地看看我，又看看她，似乎还真在我们之间挑选着哪个更好。

此人竟然如草原上的芨芨草，见点儿阳光就灿烂。我心中有气，笑得却越发欢快，转向他时，借着展开的裙裾掩盖，飞起一脚踢向他，却没有料到他早有防备，手恰好握住我的脚。

笛音急急，我却定在了原地，保持着一个古怪的姿势和古怪的笑容，唯有手臂还随着音乐起伏。幸亏日从小给我配曲，看我不对，立即放缓了音乐，反倒让预料不到的舞女脚下一绊，连着跳错了几个步子，险些摔倒。引得众人都看向她，一时间倒是把我的古怪忽略了。

她刚立稳身子就一脸恼恨地瞪向吹笛的日，却出乎意料，看见的不是一个乐师，而是一个气宇轩昂的华服男子，乌发卷曲，目深鼻挺，显然也是胡人。日向她歉意地微欠了下身子，她愣了一瞬，脸一红撇过了头。

我脸上的笑容实在挂不住了，虽然舞蹈里的确有舞步不动，只靠上半身和手臂的舞姿，但如今……

霍去病看我盯着他的眼睛越来越冷，笑着在我脚上摸了一把，放开了我，若无其事地端起酒杯。

舞曲依旧，我和一旁胡女的舞姿却都有些乱，她的脸红着，我的脸烧着，两人还彼此撞了一下。我心头一惊，清醒过来，恶狠狠地瞪了霍去病一眼，这个时候你还有心思逗我？他却只是玩味地看着我的神情，嘴边抿着笑。

胡女的心思也转了回来，打起精神，原有的妖娆风情尽展。我郁闷地看了她几眼，想着要不要待会儿使点儿坏招，暗中把她弄伤，否则这场比舞我肯定赢不过她，可众目睽睽下，特别是还有李妍、李敢这样的有心人，若被抓住了呢？

日的笛音顿了一顿，忽地变了一支曲子，是一支草原上流传颇广的情歌，表达男子对偶然见过一面的女子的思慕之情。

我脚上的铃铛声刹那乱了起来，那个胡女也是身子一颤，似惊似喜地看向日。席上听得懂此歌的人都一脸震惊困惑，不明白今天晚上究竟怎么了。大家似乎都突然之间发了情，或者说发了疯？

我疑问地看向日，日却没有搭理我，只看着胡女。胡女看看日，看看霍去病，又看了我一眼，忽地下定了决心，脚步几个轻旋就已经转到了日的几案前，轻轻弯下身子，单膝跪在了日面前，表示已经认他为主。

状况变化太快，李广利一脸气愤，猛地站了起来，李妍赶在他张口前，笑拍了下掌道：“恭喜二位。”李广利和李妍的眼神一触，身子僵硬地又坐了回去。

这个聪明的胡女在最后一瞬改变了主意，压下重注，挣脱自己的棋子命运。她赌她的眼光，赌她的运气，而日不会让她失望，只要有他一日，必照顾她一日。

我向霍去病弯身行了个礼，转身回自己的座位。众人都愣愣看着我，李妍笑问道：“金玉，你莫名其妙地上了场，又一言不解释地下去，把这里当什么了？”

我和卫皇后视线一错而过间，彼此已经交换了心思。反正卫、李已经不能共容，既然李妍你步步紧逼，那我也无须再步步示弱。我面向李妍跪下，一字一顿地道：“这里当然是陛下特意为皇后寿辰举行的宴会。”

李妍被我一句话憋得眼睛里面直冒火，却再说不出半个字。再得宠的小老婆依旧是小老婆，见了大老婆依然要守规矩，更何况是主掌后宫的皇后？今日还轮不到你不停地说话。

刘彻一直冷眼旁观着一切，此时听到我的话，瞟了眼一言不发的卫皇后，又从霍去病面上掠过，笑着说："金玉的舞跳得不错，应该赏。"

卫皇后温柔地笑着："臣妾遵旨。"

一场掩盖在旖旎香艳下的风暴暂时化开，可我和日这次曲舞相合是否会卷起另一场更大的风暴？卫、李两家的争斗已明显化，刘彻今晚明显偏袒着李氏，这显然又是一场帝王的权力平衡术，就如当年他借助了王氏对抗窦氏，之后又扶植卫氏彻底击垮窦王两族的外戚，而这次，轮到了权势过大的卫氏。

马车行了一路，霍去病盯着我笑了一路。

进了屋子后，一面宽衣一面依旧笑个不停，我被他笑得恼火起来："你不想想如何应付李妍，反倒在这里莫名其妙地笑个没完没了，不知道下次她又会使什么手段。"

他长嘘口气，躺到榻上，双手交握枕在脑后，一脸心满意足："我盼着她使手段，最好能常常像今晚这样。"

我哼道："是呀！当着满朝文武的面，几个女子为你争风吃醋好是有面子，好是风光！"

他嘴边带笑，微眯着双眼，似乎仍在回味："的确是回味无穷。如果不是她们，我还不知道你这么紧张我，也绝对想象不到你居然会向我跳舞求爱。"

我半仰头翻了个白眼，哈哈长笑两声："我是好紧张你呀！"他那个惫懒样子实在惹人生气，我扑上去掐住他的脖子，"你下次再在大庭广众下乱摸，我一定紧张死你！"

他一手来胳肢我，一手把我拽进怀中："你的意思是只要不在大庭广众下，我就可以为所欲为？可以乱摸？那我不客气了。"

端了洗漱用具进来的轻舞和香蝶恰看到我们这纠缠在一起、暴力香艳的一幕，冒失的香蝶一下就把手中的帕子并妆盒全掉到了地上，轻舞倒还沉得住气，弯腰一礼，低下头拉着香蝶快速退出了屋子。

完了，彻底完了！这下是里子面子全丢光了，我在她们面前的形象尽毁。我恨恨地瞪着霍去病，他却只是一挥手打落了纱帐。

…………

谁是兔子谁是老虎，究竟谁吃定了谁，我终于明白了！

第十五章 出征

也许因为已是深秋，天气转冷，我突然变得很馋，也很能吃。有时候想着什么东西好吃，半夜里能想得睡不着觉。霍去病特意命厨房晚间也安排手艺好的厨子值夜，方便我半夜想吃东西时随时能吃。

虽然他说了我一个人吃东西无趣时可以叫醒他，可他白天要去军营带兵操练，还要上朝，我不愿他太过辛苦，所以尽量悄无声息地溜出去，吃完后再摸回来。他早已经习惯我在他身旁翻来翻去，走时手脚放轻，他只要睡着了，很少能觉察出来，可回去时，因为已是秋末，刚入被窝的身子带着寒意，虽然我尽量避开他的身体，他仍能察觉出来，迷迷糊糊地把我揽进怀里搂着，用自己的体温暖着我的身体。他一举一动做得全没有经过思索，只是下意识的动作，反倒越发让我觉得满心地暖。

霍去病自说过会给我时间后，再不像以前一样，做一些观察试探我内心的言语和举动，即使我偶尔走神发呆，他也绝不像以前那样，或生气或试探，反倒会静静走开，给我一个空间自己去处理。

以前难过时，想过老天似乎从没有眷顾过我。一出生就被父母所弃，那倒罢了，反正没有得到过也谈不上为失去难过。可是它又让我遇见了阿爹，让我被捧在掌心间呵宠，却在我真正变成人，依恋、享受着阿爹的爱时，把它一夜之间夺了去。一起玩到大的朋友死了，自己最尊敬仰慕的人逼死了自己的阿爹，残忍不过如此。

漠漠黄沙中的流浪不苦，苦的是在繁华长安城中的一颗少女心。如果说月牙泉边的初遇还只是老天的一个无心举动，那长安城的再相逢却变得像有意戏弄。当年曾无数次质问老天，如果没有缘分为什么让我们遇见，既然遇见又为什么让我心事成空？老天似乎真的以刁难折磨我为乐。

可现在，躺在霍去病怀中，看着他的睡颜，我想老天能把他给我，就是眷顾我的，虽然我们之间还是有这样那样的困难，甚至他不能娶我。

我握住了他的手，他虽然睡着，可下意识地就反握住了我的手。我轻拿起他的手吻了一下，只要我们的双手还握着彼此，那不管什么我们都可以闯过去的，不管是大漠，还是长安，不管是战场，还是皇宫，甚至生与死。

霍去病上朝回来，我仍旧赖在被窝里睡着。

他拍了下额头，长叹道："以前听军营里的老兵们讲女人，说嫁人后的女人和嫁人前的女人完全是两个人，我还只是不信，如今看到你算真相信了。这太阳已经又要转到西边了，你居然还没有起来。不饿吗？"

我蜷在被子里没有动："头先吃过一些东西，身子就是犯懒，一点儿都不想动。"

他把手探进我的脖子，我被他一冰，赶忙躲开，他又要用手冰我，我忙赶着坐起，他替我拿衣服："起来吧！一品居新出一款菜式，听赵破奴说味道很是不错，我们去尝尝。"

我吞了口口水，一下来了精神，他哭笑不得地看着我："你现在脑子里除了吃还有什么？"

我侧着脑袋想了一瞬，含情脉脉地看着他："只还有一样。"

他还没有说话，先露了笑意，声音变得很轻、很柔："是什么？"

我一本正经地说："喝！昨天夜里的那个菌子汤真是好喝呀！"

他笑到一半的笑容突然卡住，伸手在我额头敲了一记，没好气地说："快点儿去洗漱！"

刚进一品居就看见了九爷。一身水蓝的袍子，素净得仿佛高山初雪。他一面听着天照说话，一面温和地笑着，却连笑容都带着郁郁愁思。

他看见我的一瞬，眼中一痛，同时间，我的心也是一阵痛。脚步不自禁地就停了下来，进也不是，退也不是，我有些担心地看向霍去病，他脸色虽不好看，却对我暖暖一笑："你若不想吃了，我们可以回去。"

他暖暖的笑让原本疼得有些抽着的心慢慢舒展开。逃避不是办法，我不可能永远一见九爷就带着去病落荒而逃，这样对去病不公平。我朝去病一笑："要吃。"他握着我的手紧了一下，眼睛亮起来。

天照站起向霍去病行了个礼，九爷浅浅笑着请我们入座，天照问："小玉，想吃什么？"

我笑道："去病说带我来吃新菜式，叫什么名字？"扭头看向霍去病，他皱了一下眉头："忘记问名字了，算了！让他们把最近推出的所有新菜式都做一份来。"

我撇撇嘴："你以为我是猪呀！吃得完吗？"

去病做了个诧异的表情："就看你这段日子的表现，你以为我还能把你当什么？你当然吃得完，怎么会吃不完？"

我皱着鼻子，哼了一声，扭过头不理会他。

撞上九爷黑沉晦涩的双眼时，才明白刚才和霍去病惯常相处的样子落在他眼里是十分亲昵的，而这种不经意间的亲昵像把锋利的剑，只是剑芒微闪就已经深深伤着了他。

我迅速垂下了眼帘，低头端起几案上的水杯，举杯慢品，借着宽大的袖子，遮去了脸上的表情。此时我脸上的表情只怕也如利刃，一不小心只会多一人受伤，至少这样可以让一个人快乐，总比三人都伤着好。

一个盖着盖子的雕花银盆端上来，小二殷勤地介绍道："'天上龙肉，地下驴肉'，甘香咸醇，秋天进补的佳品。"他刚把盖子打开，我闻到味道，没觉得诱人，反倒胃里一阵翻腾，急急扑到窗口呕起来。

小二惊得赶紧又是端茶又是递帕，霍去病轻顺着我的背，眼中全是担心："哪里不舒服？"

我喝了几口茶，感觉稍好些："不知道，就是突然觉得恶心想吐。"

一旁坐着的九爷脸色苍白，眉眼间隐隐透着绝望，对小二吩咐："把气味重的荤腥都先撤下去，重新煮茶来，加少量陈皮在茶中。"

霍去病扶我坐回席上："好些了吗？想吃些什么？还是回去看太医？"

九爷定定地凝视了会儿我，忽地说："我帮你把一下脉。"

我征询地看向去病，他笑道：“我一时忘了这里就有一位医术高超的医师。”

九爷的手轻搭上我的手腕，那指尖竟比寒冰更冷。他虽然极力克制，可我仍旧能感觉到他的指头在微微颤抖。

一个脉把了半晌，霍去病实在按捺不住，焦虑地问：“怎么了？”

九爷缓缓收回手，笑着，可那是怎么样的惨淡笑容：“恭喜霍将军，你要做父亲了。”

霍去病愣愣发了一会儿呆后，一把抓住了九爷的胳膊，狂喜到不敢置信：“你说什么？”

九爷撇过了头，看向窗外，嘴唇轻颤了下，想要回答霍去病的问题，声音却卡在喉咙里出不来。

天照推开霍去病，冷着声道：“九爷说霍将军要做父亲了。”又轻声对九爷说：“九爷，我们回去吧！”

九爷望着窗外轻颔了下首，一向注重礼节的他，仓皇到连“告辞”都未说一声，就头也未回地离开。

霍去病一脸狂喜地望着我傻笑，我愣愣地坐着发呆。虽然事出突然，却毕竟是迟早的事情，如果换一个场合，换一个时间，我大概也会喜得说不出话来，可今日……我握着自己的腕子，那里依旧一片冰凉。

霍去病蓦地打横抱起我，大步向外走去，我“啊”地叫了出来：“你做什么？”

一品居刹那间陷入一片寂静，人人目瞪口呆地盯着我们。我臊得脸埋在他胸前，只恨不得人能立即消失不见。霍去病却是毫不在乎，或者在他眼中这些人根本就不存在。他抱着我上了马车，对恭候在外的侍从吩咐：“立即去宫中请最好的太医来。”

我抓着他的胳膊：“不要！这是我们之间的事情，我喜欢清清静静的。一请太医，事情肯定就闹大了，又不是只宫里有好医师。”

他捶了下自己的腿，叫住了侍从：“我高兴得什么事情都忘记思量了，不过……”他笑握住我的手，“我现在真想大喊大叫几声，我就要有儿子了。”

他的喜悦感染了我，我靠在他的肩头微笑着，忽地反应过来，掐了他一下：“你什么意思？如果是女儿，你就不高兴了？”

他忙连连摇头：“高兴，都高兴，如果是个男孩子，我可以教他骑马，教他打猎，若是女孩子也高兴，有个小玉儿，我怎么会不喜欢呢？男孩女孩我都要，多生几个，以后我们可以组织个蹴鞠队玩蹴鞠，父子齐上阵，保证踢得对方落花流水，让他们连裤子都输掉。”

我听得目瞪口呆：“你以为是母猪下崽？”

他一脸得意忘形：“不敢请耳，固所愿也。”

我又想掐他，可想着这个人皮糙肉厚，作用不大。战场上出出入入，刀枪箭雨都不会眨一下眼睛的人，我手上的这点儿力道不过是给他挠了痒痒，索性别浪费自己的力气了。皱着眉头闭上了眼睛，他蓦地声音绷得紧紧：“玉儿，你哪里不舒服？”我不理会他，靠在他的肩头不吭声，他一下子急起来，对外面嚷道，“快点儿回府！”刚说完，又补道，“不许颠着！”

外面车夫的鞭子一声闷响，估计刚想抽马，又急急撤回力道，落在了别处，恭敬地问：“将军的意思是快点儿还是慢点儿？快了的话肯定会有些颠簸的。”

我没有忍住，抿着嘴笑起来，霍去病反应过来，在我手上轻打了下：“你现在专靠这些歪门邪道的本事来整治我。”

“谁让我打不过你呢？以后我也只能靠歪门邪道了。”我掩着嘴直笑，“现在还有一个人质在我这里，看你还敢欺负我？”

·——·——·——·——·

我不知道人家怀孕后究竟什么样子，反正我除了不能闻到气味过重的荤腥，一切正常得不能再正常，刚开始还身子常犯懒，现在却完全和以前一模一样。吃得好，睡得好，如果不是霍去病时常用严厉的目光盯着我，警告我时刻记住现在不是只对自己负责就好，我也许就可以再加一句，玩得好。

刚走到秋千架旁，霍去病在身后叫道：“玉儿。”我只能转身走开。

好不容易一个阳光温暖的冬日，睁开眼睛的刹那，叫道：“我们该去城外骑马。”霍去病眼睛都未睁地说：“别忘了自己现在的身份。”身份？不就是肚子里面多了一个小人儿吗？有什么大惊小怪？何况现在根本就看不出来。

根据红姑的说法，女人要学会睁一只眼闭一只眼，因为如果一个女人时刻盯着一个男人，最后的结果绝对不是把男人真钉在了自己身旁，往往是男人为了躲避无处不在的目光，另筑小窝。

可如果一个男人时刻盯着一个女人呢？红姑被我问得愣了好一会儿才说，女人应该偷着笑，这样他就没有时间看别的女人了。我很是郁闷，不公平，太不公平。

晚上，我把红姑告诉我的话，互换了一下男女说给霍去病听："男人要学会睁一只眼闭一只眼，不要老是盯着一个女人。如果一直盯着她，结果绝对不是……"充分暗示他，他应该审视一下自己最近的行为。

他正在几案前看匈奴的地图，听完后，头未抬地淡淡说："没有人会不要命，我也不会给你机会。"

我气哼了一声，左看右看，前看后看，屋子内走到屋子外，屋子外走到屋子内，还是找不到可以在他允许范围内玩的东西，他叹口气，撑着头看向我："真这么无聊吗？"

我瘪着嘴点点头："身边的婢女都被陈叔训过话，现在一个两个都看着我，什么都不肯陪我干，以前可以和轻舞或者心砚她们一起踢毽子，打秋千，点新娘，捉迷藏，摸瞎子，还可以和你出去骑马打猎爬山，现在什么都不能做，看书也不能多看，说什么孕中看书伤眼睛，针线也不能动，你说我能做什么？"

他纳闷地说："好像的确是什么都不能做了，那别人是怎么过来的？"

"你请的老妪说，待产就是女人最重要和最应该做的事情，还需要做什么？当然是多吃多睡，多休息，专心把肚子养得大起来，然后生孩子。"我双手在肚子上比画着一个凸起的大球形状。

他听得笑起来，招手让我过去，揽着我坐到他腿上："我不知道你这么无聊，以后我会多抽时间陪你的，嗯……"他想了一瞬，"这样吧！你读过不少兵书，我倒是很少看兵书，我们就在这沙盘上论论兵，各自占据一方地盘，然后彼此进攻。"

我心中本来的郁气一下全消散开，笑拍着手："只这样还不够刺激，我们再下赌注。"

他下巴在我额头上蹭着："都依你。你把你的生意卖掉后究竟有多少身家？全输光了可不要哭。"

我笑着说："别以为匈奴人把你视为不败的战神，你就一定能赢我。一则，匈奴人可没有我了解你；二则，我们以匈奴人的地域为图作战，我对地形和气候的了解利用，你绝对望尘莫及；三则，别忘了赵括的例子，纸上谈兵和实际作战毕竟是两回事情，否则也不会一代名将赵奢居然说不过绣花枕头的儿子。"

他神情一下严肃起来："最后一个因由倒罢了，赵奢当年虽被赵括说得大败，可依旧明白自己的儿子根本打不赢他。不管结果如何，我心中自会明白到底谁胜谁负。前两个因由却的确有道理。"他把我的双手拢在他的手心里，在我耳侧低低地道，"这世上只有你，我从没有打算提防过，甚至一开始就盼着你能走进我心中。说来也奇怪，从小出入宫廷，我其实是一个戒心很重的人，可就是知道你值得我用心去换，而我的直觉没有错。"

我鼻子一下酸起来，侧头在他脸上印了一吻，倚在他肩头沉默了一会儿，方笑问："你这好像也算是攻心之策，居然还未开战，就开始软化敌人的斗志，想让我待会儿手软吗？"

他大笑起来："你这算不算是预留退路？过会儿即使输了，也可以说一句不愿下杀手而已，博个仁义的名声，为下次再战留下资本。"

两只狐狸都笑得一脸无害，赤诚坦荡的样子。我随手抽了一张白绢，提笔写下赌注，去病看了一眼，笑着在一旁写了一个两倍的赌注。

·——·——·——·——·

匈奴主力虽远逃漠北，但仍未放弃对汉朝边境的掠夺。秋末时，匈奴骑兵万余人突入定襄、右北平地区，杀掠汉朝边民一千多人。

刘彻经过郑重考虑，最终决定派大军远征漠北，彻底消灭匈奴军队。

霍去病越发忙碌，但不管再忙，他总尽可能多抽时间陪我，如果是能在府邸中谈论的事情，他也尽可能在府中办，他手下的一干从将成了霍府的常客。

我身形还未显，府中除了贴身服侍的三四个可靠的老妪、婢女，其他人都不知道我已有身孕。年关将近，去病因为别有喜事，所以吩咐下去一定要好好庆祝，人人都给了重赏，整个府里喜气洋洋，奴婢仆役们兴冲冲地忙着布置装饰府邸，出出进进，煞是热闹。

我和霍去病沙盘论战的游戏也很是有趣，我当时只记得说自己了解他，却忘了他又何尝不了解我，我并没有占到什么优势，十盘里七八盘都输给了他，若是真到了战场上，再加上他的气势，肯定是通盘皆输。

后来我心中一动，不把自己想成自己，而是把自己想作伊稚斜，细心揣摩每一支兵力伊稚斜会如何分配、如何使用，又利用自己对地势和天气的熟悉，想方设法牵制消耗霍去病的兵力，反倒让霍去病频频点头赞许。

两人在一个小小的沙盘上纵横千里，几乎打遍了整个匈奴帝国。汉朝绘制的地图多有偏差，每一次论战完后，我都把有偏差的地方仔细告诉霍去病，他也极其好学，常常反复求证，一遍遍询问当地的气候、风土人情，直到烂熟于胸方作罢。

外面的那帮文人只看到去病一连串的胜利，可他底下做的这些功夫又有几个人知道？从李广到公孙敖，别的将军一领兵就迷路，可去病常常孤军深入，一个人带着兵就可以在匈奴人的地盘上纵横自如，攻其不备。一个生长于长安城的汉人要对西域和匈奴各国的地形都熟悉，又要花费多少心血和努力？

霍去病陪着我看下人挂灯笼，我笑着指了指灯笼上的字：“你好像已经把府邸输给我了吧？那个‘霍’字是不是该改成‘金’字呀？”

他笑着从后面抱住我，下巴搭在我的脖子上蹭着，心不在焉地说：“可以呀！索性把府门前的牌匾也都换了，改成金府。你的钱也输得差不多了，剩下的钱可够养活一府的人？”

一旁的下人都低头的专心低头，抬头的专心抬头，目光坚定地盯着某一点，仿佛只顾着干活，任何事情都没有看到。

我如今的脸皮早被霍去病训练得厚了不少，尤其在这府中，更是已经习惯他的搂搂抱抱。这个人想做的事情，绝不会因为别人在与不在而稍生顾忌。我拽开他的手，抿着唇笑：“以后霍府的人一出府就能立即被认出来。”

他漫不经心地问：“为何？”

我扭身对着他，学着几个下人的样子，把眼珠子对到一起，直直盯着某一点：“一个两个都成了对眼，这还不是明显的标记？”

他扫了一眼一旁干活的下人，又看看我，拧着我的鼻子，在我眼睛上亲了一下，忍俊不禁：“你别也学成对眼了。”

陈安康和赵破奴谈笑而来，恰撞见这一幕。陈安康估计早听闻过不少我和霍去病的事情，承受能力明显高于一旁的赵破奴，虽笑得有些假，可面色依旧正常。赵破奴却是低头盯着自己的鞋尖，我看到他的样子，本来的几分不好意思荡然无存，只低低地说了句“又来一个对眼”，再忍不住笑，草草回了他们一礼，一面笑着一面急急走开，身后霍去病也是压着声音直笑，一连咳嗽了好几声才道：“他们已经都在书房等着了，我们过去吧！”

·——·——·——·——·

元狩四年，夏初。一个刚入夏就已经开始暴热的夏天。

大汉的整个朝堂都弥漫着直捣匈奴巢穴的气势。所有武将，不管年纪大小，不管官阶高低，人人都奋勇争先，希望有幸参加汉朝历史上迄今为止一次最大、最远的战争，为整个大汉帝国的辉煌，在青史上留下自己的姓名。

刘彻经过仔细斟酌，决定发兵三十万，远出塞外彻底瓦解匈奴单于和左贤王的兵力。任命卫青和霍去病为统帅，各自领五万兵马，分两路深入匈奴腹地。

为了力保胜利，让全军上下团结一致，卫青麾下都是跟随他多次出战的中老年将领，霍去病麾下也都是他亲点的年轻将领。李敢原本请求随父亲跟着卫青出征，但刘彻没有同意，李敢因此就要错过这次战役。

霍去病听说后，向刘彻请求派李敢做他的副将，也就是如果战争中他有任何意外，李敢将代替他指挥部队。霍去病如此举动不要说大出李敢他们的意料，就是早已经习惯他行事任性随心的我都很是吃惊。

“去病，你不怕李敢不听从你的指挥吗？或者他暗中玩什么花招？”战场上本就凶险，想着李敢跟在他身边，我心中更是没底。

“疑人不用，用人不疑。李敢是个打仗的料，不用实在可惜！我们在长安城内的暗斗是一回事情，可上了战场，面对匈奴那是另外一回事情，李敢是个大丈夫，家国天下，轻重缓急，他心中不会分不清楚。玉儿，你不用担心，我霍去病几时看错过人？”

霍去病说得自信满满，我思量了一瞬，也觉得有道理，遂选择盲目相信霍去病的看人眼光，心中却多了一重骄傲。他夸赞李敢是大丈夫，他自己却是大丈夫中的大丈夫，敢放心大胆重用敌人，也不计较李敢是否会因此升官得势后将来再来对付他，如果他的心胸不是比李敢更宽广，他怎么能理解李敢的心思？又怎么能容下李敢？

经过繁忙的准备，一切完备，就等出征。此次战役，汉朝集合了卫青、霍去病、公孙贺、李广、赵破奴、路博德等众多杰出的将领，可以说大汉朝的璀璨将星会聚一堂。

被赞誉为大汉两司马之一的司马相如也随军而行，这颗文星将用他的笔写下汉朝的将星们如何闪耀在匈奴的天空。

“明天一早就要走，赶紧休息吧！”我劝道。

霍去病趴在我的腹部听着：“他又动了。”

我笑道：“是越来越不老实了，夜里常常被他踢醒，难道他不需要睡觉吗？”

他低声道：“乖儿子，别欺负你娘亲，不然爹不疼你了。等你出来了，你想怎么动都成。”

我笑着推开他，转身吹灭了灯：“睡觉了！”

他搂着我，半晌都没有动静，我正以为他已经睡着时，他的声音忽地响起：“玉儿，对不住你，要你一个人在长安城。此次路途遥远，再快只怕也要三四个月。”

我握住他的手：“放心吧！我的性子你还不知道吗？难道还担心别人欺负我不成？何况府里有陈叔，宫里有皇后娘娘，你专心打你的匈奴吧！伊稚斜不是那么容易对付的。”

他的手摸了下我的腹部：“已经快四个月，可怎么你的身形依旧变化不大呢？”

我笑道：“那还不好？医师也说我是不怎么明显的，不过恐怕马上就要大起来了。”我的头钻到他怀中，郁郁地说，“惨了，你回来时，肯定是我最丑的时候。我要躲起来不见你，等孩子生下来我们再见。”

他哈哈大笑起来：“我看你在梳妆打扮上花费的工夫有限，还以为你不在乎。不怕，大漠中太阳毒，又极干，到时候我肯定晒得和黑泥鳅一样，你若不嫌弃我，我就不嫌弃你。”他轻叹一声，亲了我一下，“幸亏只有四个月，我还有充足的时间回来看他出生，否则肯定急死我。”

“回来也看不到他出生，不让男人在一旁的。都说女人生孩子污秽，怕染了晦气，所以男子都只在外面等着。”

他不屑地哼了一声：“心爱的女人替自己生孩子，哪里来的晦气？满屋子喜气才对。回头我一定守在榻边陪着你。”

我胸口暖洋洋的，可又酸涩涩的。怎么可能舍得他走？怎么可能不想他陪着我？又怎么可能不担心？可是爱不应该是束缚，相遇前，我们彼此都是孤独飞翔着的鸟，两个人在一起后，不是让对方慢下速度，或者落下来陪你，而是应该仿若传说中的比翼鸟，牵引着让彼此飞得更高，陪伴着对方，让心愿和梦想都实现。所以要让他安心地离开，让他知道我可以照顾好自己和我们未出生的孩子。

待眼中的水汽稍干，我语声轻快地笑说：“你以为我会放过你？都说生孩子很疼，尤其是头胎，我一定要你看着，疼得厉害时说不定会咬你几口，要疼一起疼。”

他“嗯”了一声：“要疼一起疼，要喜一起喜。”

想着他明天一早就要走，遂装着困了，掩着嘴打了哈欠，他立即道：“我们睡吧！”

我闭上了眼睛，听着他的呼吸慢慢变得平稳悠长。

睁开眼睛，痴痴凝视着他轮廓分明的侧脸。去病，你一定要毫发无损地回来，一定要！

第十六章

中毒

早上送别霍去病后，我就搬回了红姑处，没有他的霍府，我住不下去，毕竟妻不妻、客不客，住在那里面，我究竟算什么人呢？

一府的人，眼多口杂，我懒得应付暗处的各种眼光。陈叔对我的心思倒是很体谅，一句话未多说，只吩咐一直在霍府伺候的几个仆妇婢女并厨子加侍卫也一并跟来，浩浩荡荡的一群人，红姑看得讶然而笑。

在园子里转悠了一圈，我惬意地伸了个懒腰："还是在自己家里舒服。"

红姑轻叹一声："霍府呢？"

我笑道："去病在就是家，不在就不是。"

红姑替我拨开几枝探到面前的树枝："你遇见霍将军也不知道究竟算幸还是不幸。"

展了一个大笑脸凑到红姑眼前，指着自己的脸让她看："看看！看见了没有？这是什么？以后不许再说这样的话。"

红姑忙笑道："看见了，看见了。"她瞟了眼我的肚子，"不知道这孩子将来会像谁？不过不管像谁都是个小魔头，只要别把你们两个的厉害都继承了就好，否则还给不给别人活路？"

以前在霍府时，婢女们都不识字，如今有红姑相伴，比婢女们陪伴有趣得多。读卷书，弹段琴，下盘棋，或讲一些长安城内的风俗趣事，日子过得很是安逸。言语间有时提起往日的事情，我没什么感觉，红姑倒很是感慨落玉坊当年的辉煌。说起方茹，红姑轻叹："我看她不是薄情的人，可现在见了我却总是能回避就回避，有时候迎面而过，她也当作没有看见我。”

我笑道：“嫁鸡随鸡，嫁狗随狗，嫁个扁担抱着走。李延年本就对我心中怨愤，以前和李妍关系好时还罢了，现在关系不好，方茹总不能违背整个夫家的人，和我们交好。”

红姑赶着掩我的嘴：“我的小姑奶奶，你说话注意些，现在怎么还叫人家名字？”

我冷哼一声：“我叫不叫李妍的名字不会影响她对我的态度。”

以前因为心存怜悯，对她总是一再忍让，但她步步紧逼，昔日的几分情全淡了。可是碍于那个毒誓，我虽握着她的命脉，却拿她无可奈何。她的命再重要，如何抵得过去病和九爷万一？

只是我虽然恪守诺言，她对我却总不能放心，最初还只是想逼我离开霍去病，离开长安，到了现在，估计她对我也没什么感情了，如果能早一日置我于死地，她早一日舒心。去病现在不在长安，我又有身孕，对她只能是躲为上策。

·——·——·——·——·

人生永远是这样，越是想躲的事情越是躲不过。怕的就是李妍，李妍就找到门上来了。

李妍下旨召我进宫贺她的生辰。李妍再得宠，却仍是嫔妃，不比皇后，不可能接受百官朝贺，只是宫中女眷之间的一个小宴，可越是小宴我越不放心。

红姑道：“宴无好宴，不如进宫求皇后娘娘帮忙挡掉。”

我苦笑着摇摇头，陈叔叹了口气：“虽然不知道皇后娘娘是否知道玉姑娘已有身孕，可皇后娘娘一直很照顾玉姑娘，如今将军不在长安，皇后娘娘肯定也不放心让玉姑娘一个人进宫，若能挡肯定早已经挡了，定是陛下点了头，皇后娘娘不好再说什么。”

我看了看自己的身形：“如今身形已显，肯定瞒不过了，而且说不准本就是李妍得了什么风声，特意召我进去看一看的。医师说怀孕头三个月最是危险，很容易小产，如今能瞒他们这么久，过了这几个月的清静日子，我也心满意足了。”

陈叔忽地跪在地上向我磕头：“玉姑娘，老奴求您务必照顾好自己，若真有什么事情，为了孩子也先忍一忍，不管多大的怨气，一切等将军回来再给您出。”

我哭笑不得，侧开身子道：“我是孩子的娘，我比你更紧张，用不着你叮嘱我。

我在你心里行事很任性冒失吗？”

陈叔讪讪无语，我轻哼一声，只为着我没有识进退知大体地去说服霍去病娶公主，我在他们眼中就成了一个行事完全不知道轻重的人。

红姑握住我的手，笑对陈叔说：“玉儿虽然有时行事极其任性，却不是一个完全不知道轻重缓急的人。”

我无奈地看着红姑，她这是在夸奖我，宽慰陈叔吗？只怕让陈叔听着越发没底。我现在算是犯案累累，想得一声赞恐怕很难。

·——·——·——·——·

正是盛夏，一路行来，酷热难耐。还未到宴席处，阵阵凉风扑面而来，只闻水声淅沥，精神立即清爽。

李妍甚是会享受，命人架了水车，将和冰块浸在一起的池水引向高处，从预先搭建好的竹子缝隙处落下，淅淅沥沥仿若下雨。宴席就设在雨幕之中，冰雨不仅将夏天的热驱走，也平添了几分情趣，一众女子有隔着水帘赏花的，有和女伴嬉水的，有拿了棋盘挨着水帘下棋的，还有的把葡萄瓜果放在水帘下冰着，时不时取用，的确是舒服自在。

待字闺中的女孩看到我的身形，又看到我梳着和她们相仿的发式，而非出嫁后的妇人发式，不禁露了好奇，偷偷地瞄了一眼又一眼，不少夫人露了鄙夷之色，急急把自己家的女儿拽到一旁，不许她们再看我，似乎多看我一眼，那些女孩子也会未婚先孕。

有些风度好的，或碍着自家夫君不敢对我无礼的，对我点头一笑，或匆匆打个招呼就各自避开。

我像是瘟疫，走到哪里，哪里的人就迅速散开消失。

我随手从水中捞了一串葡萄出来吃，李妍看到刚才的一幕应该挺开心。不过可真是对不住她，看到我这副样子，她恐怕又开心不起来了。我这个人是在荒漠戈壁中长大的，不够娇嫩矜贵，这些伤不着我。

正吃得开心，忽看见一个熟悉的人孤零零地立在角落里。李妍对这个临时背叛了她的西域舞女肯定也是深恶痛绝，却特意请了她来，李妍想干什么？

我一面吃着葡萄一面朝她走去，她看见我，脸上几许不好意思，我将葡萄递给她："你穿汉人的衣裙很好看。"

她向我欠身行礼："没想到你有身子了，日若知道了，肯定会很开心。这段时间我常听日讲你们的事情，很想能见你一面，只是我们不大方便去看你，听日说霍将军把你护得很周全，就是霍府的一般下人都难见到你。"

我笑瞅着她，很是感慨："你叫他日，他让你这样叫他的？那我不是该叫你声弟妹了？"

她双颊晕红，神态却落落大方："你叫我维姬就可以了。"

"好！你叫我玉儿、小玉都可以。"

瞥到她拇指上戴着的玉戒，我心下一惊，立即握住她的手细看了两眼，这个指环是日的祖父留给他的，从小一直没有离身，却特意让维姬带它来赴宴，他是把这个流落异乡的孤女托付给我了。我放开了她的手："他不放心你。"

她低低地道："是今日出门前日从自己手上脱下，让我戴上的，我本来还猜不透原因，现在……"这个一直透着几分冷漠疏离的女子眼眶红了起来。

我用手捶了下腰，维姬忙问："你要坐一下吗？"说着四处帮我寻位置，好一些的地方都已经被人占据，剩下的几个边角旮旯里的位置，却没有两个人一起的。维姬笑着指了指一个看着稍好一些的位置："我们去那边坐一下吧！我不想坐，站着说话就成。"

我向她做了个鬼脸，拉着她径直走向风景最好的位置，正在那里谈笑聊天的女子立即沉默下来，诧异地看向我们，等我走到她们身旁站定，几个女子忽地站起来，一脸厌恶鄙视地匆匆离开。

我笑着对维姬做了个草原上牧人比马胜利时的手势，轻叫一声，整理好裙子，施施然地坐下。维姬坐到我身旁，掩着嘴直笑。

那几位夫人这才明白我所为何物，四处一打量后，都恨恨地瞪着我，却又不愿太过失态，只得故作大方地对我越发鄙夷，用似乎很低、却偏偏能让我听到的声音说着话："听闻她以前是歌舞坊的坊主呢！专做男人生意的，难怪行事如此没有廉耻。"

我扭头对正扇着扇子的江夫人笑了笑："这位夫人听闻得不够多呀！难道不知道李夫人正是从我的歌舞坊出去的吗？"

她的脸霎时雪白，长安城中的歌舞坊有史以来做过的最成功的男人生意就是出了个倾国倾城的娘娘，这个江夫人居然贪图一时嘴快，忘了这件事情。

我的目光冷冷地从其余几个女子的脸上扫过，她们虽然不甘愿却终究低下了头。

维姬低声道："她们怕你！你怎么做到的？"

我笑着摇摇头："她们怕的是去病，也许……还有李夫人。去病的脾气你应该听闻过一二了，这几个人虽然是文官的夫人，她们的夫君并不归去病统辖，可陛下重武轻文，她们毕竟不敢拿夫君的前程性命做赌注和我斗气，而我……"我冷哼一声，"今日势必是一场鸿门宴，反正服软也不可能有退路，那我也不用再客气，索性把这些小鬼吓走了再说。"

正说着，李妍和卫皇后携手而来，身后随着刘彻新近册封的尹婕妤。李妍和卫皇后两人的目光都落在了我的腹部，又都假装没有看见，各自移开目光接受众人的叩拜，反倒尹婕妤向我友善地一笑，轻声说了句："恭喜你。"

李妍恭敬地事事都先请示卫皇后，想看什么歌舞，或行什么酒令取乐，卫皇后笑着推却了："今日你是寿星，凡事自然是你做主，本宫也只是陪客。"

李妍和尹婕妤以及其他几位娘娘商量后，最后以抽花签为令，服侍李妍的女官做了令主。席间各位夫人使出浑身解数，力求逗李妍一笑，倒也是满堂欢乐。

席上气氛正浓烈时，有宫人来传旨，抬着一个檀木架，上覆着织锦绣凤大红缎。一座晶莹剔透、宝光流转的九层玉塔立在其上。如此大的整块玉石本就稀世难得，再加上雕刻工艺，真正世间罕见的宝物。

刘彻的这份寿礼一看就是花费了不少心思，众人都看得目瞪口呆，望向李妍的目光又多了几分敬畏。李妍笑吟吟地命宫人将玉塔摆置于宴席正中间，方便众人欣赏。

走路还走得不太稳的刘髆摇摇晃晃地捧着一个大寿桃上前给母亲贺寿，像个小大人一样，很是规矩地磕头行礼说吉祥话，本来还像模像样，结果说到一半突然忘词了，一面吞着口水，吮着自己大拇指，一面求助地扭头看向后面的太子刘据，刘据低低地提醒他，他却越急越不会说，望了一圈四周笑盯着他的目光，撇撇嘴，索性扑进了哥哥怀里，藏好自己的脑袋不让我们看。

好一对可爱的兄弟！一直淡然看着一切的我也不禁笑了出来。卫皇后笑着摇头，李妍面上虽笑着，眼睛里却透着冷，她身旁的侍女立即上前把刘髆从刘据身旁强抱走。我心中暗叹一声，天家哪里来的兄弟呢？即使他们想天真烂漫，他们的母亲也不会允许。

签筒落到了起先和我们起过冲突的江夫人手中，她抽了一根签递给令主，令主笑读道："芍药签，抽此签者可命席上任何一人做一事。"读完立即将签放回了签筒中。

卫皇后静静地笑看着江夫人，江夫人似乎颇为踌躇地想了好一会儿，视线从我们面上扫过，落在维姬的脸上："我至今难忘上次夫人在席上的示情舞姿，想请夫人为我们再跳一次。"

维姬的身份今非昔比，虽然出身低贱，可毕竟现在已经是堂堂光禄大夫的如夫人。满堂的歌舞伎，江夫人不点，却偏偏点了维姬，嘲讽我们当日堂上争霍去病的一幕，也借此羞辱维姬。

我嘴边噙了丝笑盯着令主，那个宫女与我对视了一会儿，眼中终是露了一丝畏惧撇过了头。她们对我毕竟还有几分顾忌，可对维姬……维姬的脸涨得通红，又慢慢恢复正常，她在案下握了下我的手，姗姗立起献舞。

卫皇后听到江夫人点的是维姬，神色释然，漫不经心地转过头和刘据说着话。李妍向我一笑，端起杯酒慢品。我心头忽然掠过一句话，最了解你的是你的敌人。

维姬的舞姿曼妙动人，奈何满席的人或惊诧、或嘲弄、或鄙视、或不敢惹事低着头只顾着吃东西，根本没有人真正在看，反倒被乳母抱在怀中的刘髆看得极是专注，精彩处拍着小手咯咯笑，挣扎着要下地，乳母无奈只得放了他下地，让他立在一旁观看。

维姬随着舞曲旋转着身子，我看到两三颗滚圆的珠子不知道从哪里滚出，"小心"二字还未出口，维姬已经踩到珠子上，身子向后摔倒，她的手下意识地去扶东西，匆忙中拽住了托着玉塔的红绸，身子摔倒在地上的瞬间，那座晶莹剔透的稀世珍宝也被砸成了数截。

原本立在一旁看舞的刘髆看到维姬要摔倒，摇摇晃晃地想去扶她，幸亏一旁坐着的女子手快，拽回了刘髆，可即使这样，溅起的玉片从刘髆胳膊上划过，不大一会儿，已流了一手的鲜血。吓得宫女乳母全乱了套，扯着嗓子喊"太医"。

李妍低头查看刘髆的伤势，待擦干净血后，发现只是割了两条口子，她眼中的惊惧淡去，面上却越发显得仓皇，眼中珠泪盈盈，厉声喝骂着乳母宫女。

我憋着的一口气现在才缓缓吐出，幸亏、幸亏没有大事，可即使这样……打碎皇帝赏赐给娘娘的玉塔已是重罪，此时又伤了皇子，更是罪加一等，无论如何都难逃一死。我心中咯噔一下，扭头看向维姬，一堂慌乱中，她反倒只是静静跪在地上，虽然脸孔煞白，神色却十分平静坦然。她脱下拇指上的玉指环，迅速塞到我手中，低低地道："维姬无福，麻烦你转告日，沦落异乡，能遇见他已是此生之幸，不必再挂念我。"

李妍看了一眼维姬，抱着刘髆，望着地上的玉塔碎片对卫皇后道："一切听凭皇后娘娘处置。"

维姬背叛了李妍，李妍肯定想让她死。今日的事情明面上全都是维姬的错，而且两件都是重罪，卫皇后犯不着为了维护一个与己无关的西域舞女而与李妍起冲突。

卫皇后看都没有看维姬一眼，淡淡道："一切按照宫中规矩办，误伤了皇子先受杖刑一百，虽然是后宫的事情，但玉塔之事本宫觉得还是应该由陛下处置。"

李妍点点头。

杖刑一百！光这个罪名，维姬已经是非死不可，还需要什么后面的？李妍哄着刘髆，眼睛却是挑衅地盯着我。立在卫皇后身后的云姨朝我摇头，卫皇后看向我时，带着劝诫的眼光扫向我的腹部。

我手中紧紧拽着日的指环，拽得手都疼。为了孩子我应该忍、应该忍……日给维姬这个指环时，他绝对想不到我已有身孕，我还需要照顾一个脆弱的小人儿，事后他应该会体谅我的处境。而且今日偏偏如此倒霉，连李妍自己都肯定没有想到她的陷阱能发展得如此完美，会把皇子牵扯进来，伤得虽轻，罪名却是天大。

维姬被宫人向外拖去，她闭上了眼睛，一脸平静。

我一面不停地找着各种理由让自己忍，可一面又在不停地问自己，如果我今日让维姬死去，我以后能活得心安吗？如果我为了自己可以随时牺牲掉别人的生命，我和越变越阴狠的李妍又有什么区别？我当年恨伊稚斜背叛朋友，难道我这不是另外一种背叛？

我蓦地叫道："等一下！"

卫皇后满是无奈地瞪了我一眼，装作没有听到，李妍却是得意地笑了，微朝我点点头：金玉，你没有让我失望，欢迎进入陷阱。

我跪倒在卫皇后和李妍面前：“维姬虽然有错，却不是罪魁祸首。”我摊开手掌，一颗碧玉珠子躺在掌心。

当时一团混乱中，我只抢着捡到一颗珠子，这个物证实在太单薄，单薄到似乎只是把我拖下了泥塘，却不能让任何人浮起：“当时维姬跳舞时，民女看到有几颗这样的珠子滚到她的脚下，她因此而摔倒。”

李妍瞟了眼珠子没有说话，她的宫女道：“皇子和公主们常拿着这种玉珠子弹着玩，难道你的意思是说……”她猛地掩住嘴，跪下磕头，“奴婢万死。”

李妍扇了她一耳光，喝骂道：“贱婢，什么话都敢乱说！”李妍看向周围的人，“除了金玉，还有谁看见这种珠子滚到维姬脚下了？”

所有人都拼命摇头。

李妍一言不发地看向卫皇后，此时已经不是杀一个维姬就可以了事了，一个碧玉珠子把流言导向了在场的皇子和公主，谁有可能会心怀嫉恨想打碎父皇赏赐给李夫人的玉塔？还伤了幼弟？

卫皇后的唇边带了丝冷笑：“彻查到底，先把维姬带下去关着。”李妍的眼睛一眨不眨地看着卫皇后，卫皇后保持着唇边的那丝笑，继续道，“把金玉也带下去看管好。”

·——·——·——·——·

“咣当”一声，狱卒锁上了牢门。

维姬眼中泪花滚滚：“小玉，你何必把自己卷进来呢？”

我拿起她的手，把玉指环给她戴上：“既然是日亲手交给你的，即使要还给日，也该你亲手还给他。”

维姬刚才赴死时面容平静，此时反倒眼泪簌簌直落，我替她把眼泪擦去，四处打量了下牢房：“比我想象得好一点儿。”

维姬立即站起，把地上铺着的稻草往一起拢，堆了厚厚一高垛，要我坐上去：“牢里终年不见阳光，地气太阴毒。”

我摸着自己的腹部，心中暗道：对不起，你爹爹走了未久，我就把你照顾到牢狱里来了。我一直把李妍看作卫氏的敌人，并没有真正把她当作我的敌人，可今天起，我们之间再没有任何情分。她竟然一个陷阱套一个陷阱，这个陷阱的尽头到底指向何方？李妍想靠此来伤害刘据和卫皇后，出手未免太轻了，她究竟想做什么？我此时一点儿都看不清楚。

两天过去，没有任何动静。估摸着陈叔和红姑她们早已乱套，也肯定想过办法来看我，却一直没有出现，事情看来很严重。

我们的饭菜已经好过其他犯人很多，但和我日常食用一比，和猪食也差不多，我并不是挑嘴的人，什么都能吃，可这个未出世的孩子却被我们养得有些娇贵，自怀孕后一直贪吃的我变得吃不下东西。

维姬把她的饭菜中看着好一些的全都拣给我，只给我吃两份饭菜中最好的一部分，我也不和她客气，但即使这样，我仍旧没有胃口。强迫自己多吃几口，一转眼又立即吐出来，维姬急得眼泪汪汪。

我满腹担心和无奈，却不愿维姬太过自责，强笑着自嘲："不知道像谁，我和去病都不是挑食的人，却养了这么挑嘴的一个孩子，以后要好好教导他一番。"

整座牢房只有栅栏前的一小块地方在正中午时有几缕阳光通过一方窄窄的石窗斜斜晒进来，光柱中，万千微尘飞舞，看久了人变得几分恍惚，不知道微尘是我，我是微尘，或大千世界本一微尘？

一双薄靴，一袭合身熨帖的月白袍，阳光自他身后洒下，为他周身染上一层淡薄如金的光晕，令他看上去仿似几欲随风化去的虚幻，可那个暖若朝阳的笑却真实得直触心底。在这个幽暗阴冷又肮脏的牢房中，他的出现让一切都变得明媚温暖。我难以置信地闭上了眼睛，再睁开，他依旧站在阳光中。

九爷细细打量着我，仿若隔别三世，眼中藏着担心恐惧。他向我伸手，虽一言未发，我却就是知道他想要替我把脉，他要立即确定我一切安好才能放心，默默地把手腕递给他。一会儿后，他面色稍霁，我想收回手，他却一转手握住了我，力气大得我手腕生生疼起来。

他仍旧笑着，眉梢眼角却带着几分憔悴，看来竟比我这个待在牢狱中的人更受煎熬。我心中滋味莫辨，说不清楚是幸福还是痛苦，半晌后方挤出一句："我没有受什么苦。”

他缓缓放开我的手：“陈夫人不许任何人通知霍将军，你要我设法通知他吗？”

我摇摇头：“战场上容不得分心，此次战役是对匈奴单于的决战，这是他自小的梦想，如果他不能尽全力打这场仗，会成为他生命中永远的遗憾。何况我不过是在牢中住几日，没什么大碍。对了，你怎么能在这里？”

他淡淡一笑：“陛下毕竟也是我的舅父，这个人情又不算大。”

他说得很是轻巧，可其中的艰险却是不想也知，只是不知道他为此究竟做了什么牺牲，又对刘彻承诺了什么。以他的性格，什么苦楚都是独自一肩挑，我即使问也问不出什么来，索性装作相信了他的话，让他一片苦心不要白费。

“玉儿，究竟怎么回事，细细和我讲一遍，我才好想对策。”

我静静想了一会儿，把事情娓娓道来，我和匈奴的关系，和日的情谊，以及李妍已经猜测到我和日关系匪浅，所以利用维姬不露痕迹地把我收进了网中。

九爷听完后，蹙着眉头：“你还有事情没有告诉我，朝中的人都知道霍将军和卫将军虽然是亲戚，可关系十分紧张，甚至在陛下的有意偏袒下，霍将军手下的人在军中常挤对打压卫将军的门生。如果李夫人只是为了太子位置和卫氏有矛盾，她不应该开罪霍将军，反而应该利用霍将军和卫将军的矛盾，尽量拉拢霍将军，她怎么会一再对付你？这次虽然牵涉到皇子公主，但她显然更想要你……”九爷十分不愿意把我和那个不吉利的字眼连在一起，话说了一半未再继续。

我笑向他作了一揖：“真是什么都不能瞒过你。”语气轻快，希望能缓和一下凝重的气氛，却没有成功，九爷依旧皱眉看着我。

我只能老实地招供：“我和李妍的确还有些私怨，但我发过毒誓，不能说，其实她对我恨意如此强烈，也实在出乎我的意料。”

九爷颔了下首，没有继续追问，想了一瞬道：“最关键的就是珠子是谁滚出来的，或者说关键是要找一个掉落珠子的人。江夫人虽然是事情的起端，但她不过是个糊涂人，估计什么都不知道，反倒是那个行令的宫女值得一问。”

“我也是如此想的，当时看到她迅速把签扔回签筒中，我就有些怀疑那个令根本就是她自说自话，不过李妍能让她做这样的事情，肯定绝对相信她，她又在李妍的庇护下，很难问出什么。”

九爷嘴角缓缓勾起一抹笑，不同于往日的笑意，而是透着寒意：“何必问她，只消让李夫人选择牺牲她就够了。”

我想了一瞬，明白是明白，却不知道九爷要怎么做才能让李妍作如此的退让和妥协。外面隐隐传来几声铁器相撞的声音，九爷眼中满是不舍：“我要走了，你再忍耐两三天。”

自九爷进来后，维姬就躲到了角落里，但一直时不时地看一眼九爷。此时听到九爷要走，她忽地上前对着九爷磕了三个头，九爷诧异地看了她一眼，却顾不上多问，只是极客气地回了她一礼：“拜托夫人照顾一下玉儿。”维姬匆匆避开九爷的礼，带着惶恐重重点了下头。

九爷的离开带走了牢房中唯一的阳光，不过他已经在我的心上留下了阳光。

维姬有些怔怔愣愣，我看着她问：“你认识九爷？”

她点点头，又摇摇头：“我见过他。没有几个人见过他，可我们都想象着他肯定是一个心像天那么大的人，所以我们西域人都尊敬地称呼他‘释难天’。西域比中原干旱，很多药草都不生长，汉人总喜欢用高价把药草卖给我们，可释难天不仅把药草店开得遍及西域，价格和汉朝一样，而且每到疫病流行，或我们无故被卷进匈奴和汉朝的战争时，他的药草都是免费提供给无家可归的人。我还没有被挑中做舞伎时，见过他在街头给一个病重的小乞丐治病，那天他也穿了一身白衣，素雅干净得像神山托木尔峰顶上的雪，而那个小乞丐的身上流着乌黑发臭的脓血，可他把那个孩子抱在怀里，一举一动都小心翼翼，唯恐弄疼那个孩子，仿佛抱着的是一块珍宝。后来在龟兹的王宫里，我再次看到了他，当时小王子刚试用完一把威力很强的弩弓，兴奋地上前想要拥抱他，那是多少人梦寐以求的尊贵礼节，他却丝毫没有动容，虽然他微笑着，可我能感觉到他心中的冷淡和拒绝。我无意中听到他们的两三句对话，又想起当年所见，才猜测到他就是传闻中的释难天。天下除了他，还有谁的心能如此？他虽然身有残疾，可他的音容会让你觉得他比所有人更高贵。我每次见他时，他都笑着，可我总觉得他似乎背负着很多东西，他的微笑下藏着很多疲惫，所以我一直想，最大的尊敬大概就是不要打扰他。他在王宫中住了三天，我只是在远处看了他三天，我每日都会向神祈求，祝福他有一日能像普通人一般。没有想到，今天竟然又见到他了，而且又是一个最想不到的地方。”维姬微弯着唇角，似乎在笑，可又带着伤心，“能见到这样的释难天真好，他会怒、会生气，也会因为放心而真心地笑，他不是那个寂寞孤独的神，可他……却在……伤心。”

我默默地扭过头，不知道视线落在了何处，看到了什么，只想避开维姬带着质问和她自己都未必明白的请求。释难天，他释着别人的难，可他的难该由谁释呢？

自九爷来过后，我和维姬的生活改善不少，每日的饭菜可口了许多，甚至晚饭后，还会送一大罐牛乳给我们。

因为我依旧很挑嘴，不喜欢吃的一口也不能吃，一吃就吐，所以维姬总把我能吃的、爱吃的都拣给我，两人如此分配，我这两日也基本能吃饱。

黑暗中，维姬轻声说：“明天我们就能出去了。”

我“嗯”了一声。维姬对九爷极度信赖，她根本不理会整件事情的微妙复杂，她只相信着九爷说过让我再忍耐两三天。

半夜时分，我一头冷汗地从睡眠中疼醒，想喊维姬却发不出一点儿声音，全身一时寒一时热，只是不停地打哆嗦，一丝力气也提不上。

幸亏维姬睡得浅，我打着战的身子惊动了她。她一看到我的样子，吓得眼泪立即掉出来，冲着外面大喊着叫人。

我看到她的反应心里蓦地冷了半截，维姬是一个行事冷静沉着的人，她竟然失态至此，我现在的样子恐怕已是半只脚在鬼门关外徘徊。

维姬叫了半晌都没有人理会，她匆匆把外衣脱下来罩在我的身上，我身子疼得像要碎裂成一段段，只恨不得立即灰飞烟灭，方能躲开这如地狱酷刑一般的疼痛，意识渐渐坠向黑暗。

不行，我不能睡去！睡着了也许再没有痛苦，可有人会伤心，我答应过去病会照顾好自己和……孩子！心中一震，拼着最后的一点儿清醒，用力咬在了自己的舌头上，口中血腥弥漫，人却清醒不少。

疼痛来得莫名其妙，不像是病，倒更像是毒。说不出来话，只能用眼睛示意维姬，维姬倒真是冰雪聪明，看到我看陶罐立即把罐子捧来，扶着我把牛乳灌下去。口中的血混着牛乳咽入肚子，胃里翻江倒海般恶心，我还是逼着自己不停地喝，因为每喝一口，也许我活下去的机会就多一分。

维姬抱着我只是哭："小玉，要死也该我先死，是我背叛了娘娘，打碎了玉塔，为什么我没事情……"她蓦地明白过来，脸上全是害怕和悔恨，"我们交换了饭菜，你一个人中了两个人的毒。"

我已是满口的血，却再咬破舌头也维持不了自己的清醒，在维姬的泪水和哭求声中，意识渐渐沉入了漆黑的世界。

第十七章

毒计

人仿似睡在云上，轻飘飘地说不出地舒服，很想就这么一直睡下去，可灵台中的一点清明却告诉自己一定要醒来，无论如何也要醒来。自己像分成了两个人，一个躺在白云间睡觉，一个在半空俯视着正在睡觉的自己，她拼尽全力对着下方呼喊："醒来，快点儿醒来。"睡着的自己却一无反应，她越来越累，累得随时都会从半空摔下，跌成碎末，神志也在渐渐涣散，可依旧拼命坚持着，一遍又一遍地呼喊："金玉，你要醒来，你一定要醒来，你能做到的，只要用力睁开双眼，用力再用力，你就能醒来，你能做到……"

我能做到，我一定能做到，有人等着我呢！眼皮像山一般沉重，可我最终还是艰难地睁开了双眼。

九爷一脸狂喜，眼中竟隐隐有泪，猛地抱住了我："玉儿，我知道你一定能醒来。"

维姬一面笑着一面抹泪："幸亏九爷不肯等到天明接你出去，案子一定，即使半夜也求了陛下放人，否则我就是百死也赎不回自己的罪过。"

日静静看着我微笑，眼中也是一层水意，一旁的小风指着我道："你们女人真是麻烦，只会惹人担心！"话没说完，他语声哽咽，蓦地扭过了头。

看来我真的是在鬼门关前逛了一圈，以至于连九爷的医术也不敢确保我性命无忧，让众人担足了心。

我的手轻轻摸过腹部，知道他一切安全，才彻底放心。

九爷的眼中血丝密布，整个人说不出的憔悴，一向仪容优雅的他，衣服竟然皱巴巴地团在身上，看来一直没有换过。

我有心想说一声“谢谢”，可知道根本没有这个必要，这两个字太轻太轻，而内心深处的感觉，我却不愿让他知道，很多东西只能让它永远沉淀在心底最深处，说出来反倒徒增彼此的痛苦。

我声音嘶哑地问：“事情都过去了吗？”

九爷只眼睛一眨不眨地凝视着我，根本就没有听见我说的话。我不敢看他，视线投向日，石风嘴快地道：“你昏睡了将近四天四夜，天大的事情也有结果了。”

日平静地说：“玉石珠子是宴席上的发令女官搞的鬼，她是陛下新近册封的尹婕妤的人，尹婕妤本想借此机会一箭双雕，让卫皇后和李夫人反目相斗，她好渔翁得利。事情被查出来后，女官畏罪自尽，尹婕妤被撤去封号，贬入冷宫。”

李妍虽然没有伤到卫皇后，却把另一个可能的敌人打垮了。尹婕妤，那个笑容健康明亮的女子，与李妍的楚楚动人截然不同的风致，刚得了刘彻的宠爱不过半载，就在两大势力的打压下稀里糊涂地进了冷宫。

心中一震，金玉呀金玉！你还有空闲感慨别人稀里糊涂？难道你就是聪明人吗？如果没有九爷，你只怕早就稀里糊涂地见冥王了。不能再低估李妍，也不能再对她心软怜悯，否则只能害了自己，让仇者笑，亲者痛。

“我是中毒了吗？”

九爷没有回答我，还是沉默着。

我一扭头才发现，我们说话的工夫，他竟然就半靠在榻上睡着了。维姬瞅着我道：“将近四天四夜，九爷一直守在你的榻前没有合过眼，我们怎么劝都没用。”

我凝视着九爷憔悴疲惫的面容，心中的滋味难辨。

小风犯愁地看着九爷，我忙道：“不要惊动九爷，就让他在这里睡吧！把我挪到外面的榻上。”

维姬和小风替九爷垫枕头、脱鞋袜，又在榻脚搁了一盆冰块消暑。维姬刚要转身离开，九爷睡得迷迷糊糊中，拽住了她的裙裾，喃喃叫道：“玉儿，不要离开我，不要……”屋子中的三人都看向了我，又都立即移开了视线。

维姬想把裙子拽出，九爷却一直没有松手，眉头紧皱在一起：“这次不放手，不会放手……”

小风想上前帮忙，维姬摇头阻止了他：“让九爷拽着吧！至少他在梦里可以舒心一些。”

日轻叹一声，递了剪刀给维姬，维姬把裙子剪开，九爷握着手中的一幅裙裾，眉头慢慢展开。我的头俯在枕上，心中全是疼痛。

日几分了然，坐到我的榻侧，拍了拍我的肩膀：“你刚才不是问起中毒的事情吗？”

我深吸了口气，把心神拽回。事情走到今天这一步，我和李妍之间已经无法善了，而且我还把已经从长安抽身而退的九爷再次卷进长安这个大泥塘，并且是大泥塘中最大的旋涡——皇子夺嫡，不管为了谁，我都必须打起精神。

日看我肃容倾听，赞许地轻点了下头：“这几日九爷一直忙着救你，很多事情都顾不上理会，我们问过九爷是何人下的毒，九爷没有回答，但我揣测应该是李夫人。陛下肯定已经知道你中毒的事情，宫里的太医和稀世难寻的药材源源不断地送过来，虽然没有明说为了何人何事，大家都只是装糊涂罢了！看陛下的举动，他心里只怕也很担心，而且……”日微顿了下，“十分忧虑。”

如果真有什么事情，一尸两命，刘彻这边再封锁消息，九爷却肯定会让霍去病知道，以霍去病的脾气，现在又重兵在握，刘彻还真应该担心忧虑。想到此处，身子陡然一震，李妍她并非为私怨，她的最终目的原来还是大汉的天下。虽然霍去病和卫青不和，但毕竟同根连气，一损俱损，此次若真如了李妍的意，大汉朝堂内必定大乱，刘彻即使最后能拨乱反正，也会元气大伤，无暇再顾及西域。

维姬急急拧了帕子来替我擦汗：“这些事情以后再说吧！现在先养好身体。”

我道：“捡回一条命来，我自己更紧张自己。说说话不碍事，把事情说清楚，我心中有了计较也好安心休息。否则老是担心着下一次会有什么暗箭，更是休息不好。”

日道：“关键是你和李夫人一向交好，很多人到现在都以为你们亲如姐妹。而霍将军和卫氏在政治上并不是很亲昵，甚至和卫大将军在军中势力相抗，李夫人就算想替儿子争取太子之位，也没有置你于死地、激怒霍将军的缘由和动机。再加上李夫人现在正受宠，没有如山铁证，陛下根本不会相信，反倒会怀疑是卫氏因为惧怕李氏分了他们在朝堂中的权力而弄鬼陷害，所以中毒的事情即使追究肯定也追究不出名堂来。”

我叹道：“李妍既然敢做，肯定已经安排好退路和顶罪的人，甚至一个不小心还不知道又把哪个无辜的人做了牺牲品。这些已经发生过的事情，我懒得去理会。倒是砸碎玉塔伤了皇子的事情，九爷怎么令李妍退步的？”

日摇摇头表示不清楚：“我只知道九爷和陛下密谈过一次。具体谈了什么，只有九爷和陛下知道。谈完后，陛下竟然下旨由九爷负责审查此事。也许是李夫人想到一个卫皇后她已经很难撼动，再加上势力未明的九爷，与其做无用的纠缠，不如牺牲一个卒子，把另一个正变得越来越危险的敌人先击垮。”

我哼了一声：“她哪里是放弃纠缠？根本就是还有后招，而且一招更比一招毒辣，假装放手麻痹一下众人，一面给我下毒，一面还让卫皇后帮她惩治了尹婕妤，陛下以后偶尔想起尹婕妤的好处，心中有怨，也全是冲着卫皇后了。”

日和维姬都露了后怕的神色，维姬喃喃道：“从一开始就是一环套一环，好缜密可怕的心机。”

我对日道：“真是对不住你，本来你在汉朝可以过得平稳安静，我却把你拖进了这场宫廷纷争。”

日握住维姬的手笑道：“危难识人心，一辈子能交几个托付生死的朋友，痛快淋漓地活一场，什么都值得。若非你，我在汉朝不会结识霍将军和九爷这般的人物、天照和小风这样的义气之交，这种事情，你多拖几回，我也甘愿。”

维姬也展颜而笑：“我也甘愿。以前听故事说什么一诺托生死，总觉得不可信，可认识你和日后，我相信了。根本不需要诺，一个指环就够了。”

小风嘟囔道：“我可不甘愿，小爷我只想好好做生意赚钱，你的破事以后最好别烦我。”

维姬皱了皱鼻子，一脸纳闷，歪着脑袋娇俏地问：“那起先是谁放着生意不做在这边待了几天几夜，还嚷嚷着要去刺杀李夫人为玉姐姐报仇？又是谁看到小玉醒来竟然背着身子抹眼泪？”

小风跳着脚往屋子外面冲，一面嚷道：“我那是因为九爷，还有我爷爷。”

我们三人望着小风的背影，相对而笑。我的心中暖意融融，原本因为李妍而生的一些阴霾全部消散。有友若此，复何憾哉？

·——·——·——·——·

九爷要我住在石府，天照、日和红姑也恳求我留在石府，陈叔本来颇有些微词，但当九爷问道："你能确保霍府所有的人都可靠吗？"陈叔神情复杂，发了会儿怔后，长叹一声，向九爷行了一个大礼道："都是老奴失职，等将军回来，他一定亲自上门重谢九爷帮他照顾玉姑娘。"

九爷搭在轮椅上的手蓦地紧了下，又缓缓松开，微微笑着回了陈叔半礼。天照气哼一声："小玉一进长安城就在石府住过，我们本就是故交，不用霍将军谢。"

陈叔的目的已经达到，对天照的冷言冷语只装作没有听见，向我细细叮嘱了几句后转身离去。

日又是好笑又是苦笑，望着我摇头，维姬却是带了几分愤愤不平，我只能报以苦笑。不管九爷还是去病，一个女子若能遇见其中一人，得其倾心，绝对是一生中天大的福分，可两个天大的福分加在一起，却绝对不是一加一等于二，幸福翻倍，而是一不小心三个人就都会被压垮。

再次住在竹馆，翠竹依旧青青，白鸽也依旧翩翩飞翔，可人面已经全非。我把我的感慨全藏到了心里，九爷也尽力掩藏了一切心绪，面上只有淡若春风的微笑。

偶尔间，我不经意地一侧头或者一回眸间，恰恰撞上他凝视着我的眼睛。幽暗无边的漆黑双瞳中波涛翻卷，几多心酸和痛苦在一怔后又立即化作了微笑，我的心会紧紧地一抽，装作什么都没有看见地移开视线，可内里已是百孔千疮。

饮食严格遵照九爷的吩咐，何时休息，何时做适量活动，月余后身体已经完全康复过来。我一再追问着九爷和刘彻谈了什么，又究竟许诺了刘彻什么才令刘彻让他负责调查玉塔事件，可九爷总是笑而不答。

自"生病"后，刘彻常命太医来探望，还时时赐药，皇后处也有宫人来探望，最最可笑的是李妍也打发了宫人来殷勤垂询，还写信传授她怀孕时养胎的诸般方法，字里行间全是担心，估计刘彻看到还真要感动于李妍不忘旧情，我们姐妹情深呢！

小风每次见到李妍的人就一副火上头，想抽刀子的样子，却总被九爷的眼光逼得乖乖坐回原处。

人一走，小风就在我面前跳着脚骂，什么做生意也玩阴的，可没见过这么阴的，什么你们真是好涵养，居然还能微笑着应对。天照劝了两次，没有劝住，只能由小风去。

九爷有一次听到后，盯着小风看了半晌，看得小风胳膊上的鸡皮疙瘩冒了一片，小风摸着胳膊上的鸡皮疙瘩，沉默了下来。难得看到这只螃蟹服软，我用绢扇掩着脸偷笑。

九爷对小风淡淡道："以后李夫人派来的人就由你接待，若有任何差池，长安你就不用待了，你也就是去西域给大哥和二哥打个下手的料。"

小风低着头，一个人在原地默默站了两个多时辰。我和天照说的话，他全充耳不闻。

一夜之后，小风的神色中多了一些别的东西。天照对九爷道："长安城的一切以后可以放心交给小风了。"

"他的心比小雷、小电他们都大，如果想在长安城做一方霸主，这些和官家虚与委蛇的功夫必不可少。"话是如此说，九爷的脸上却没有赞许，反倒几分忧虑。九爷这是担心小风过犹不及，走得太过，但小风此时钻进了牛角尖，九爷一时也想不到合适的方法点醒他。

我既然病好了，于情于理，都应该去宫中谢恩。刚把意思和九爷说出，九爷立即道："不行。"

我蹙着眉，学着他刚说过小风的口气慢慢道："这些和官家虚与委蛇的功夫必不可少。"语气神态都学了个惟妙惟肖，九爷气笑地凝视着我，眼中神色复杂。

估计很少有机会看到九爷被人堵得说不出话来。天照正在喝茶，一声笑未出喉，被茶水呛得连连咳嗽。原本神情淡然立在一旁的小风看了我一眼，又看向表情古怪的九爷，脸上露出了往日熟悉的笑容，吭哧吭哧地笑出了声。

九爷瞟了眼小风，唇边露了笑意："行事可以虚虚假假，心却一定要真。长安城中多少富豪到最后除了钱其余什么都不知道，他们不是在赚钱利用钱，而是迷失在钱中。凡事过犹不及，如何在纷扰红尘中保住自己的一颗赤子心全靠自己。"

小风怔了一会儿，向我嘻嘻笑着行礼，以示多谢，大声道："我懂了。"

天照此时才明白我为何故意学九爷的语气说话去揶揄九爷，看看我，又看看九爷，带着遗憾轻声一叹。

"九爷，我知道你不放心。可这些事情总是要由我自己面对，按规矩我必须进宫当面叩谢各位娘娘的关心。毕竟……毕竟我已经不是一个人，和他们已经有了千丝万缕的关系。”

九爷沉默地看着窗外，天照和小风都静静退出了屋子。

半晌后，他的声音轻飘飘地在空荡的屋子响起：“不要吃用宫里的任何东西，不管是李夫人或者皇后处，能早走就早走，真有什么事情立即找陛下，现在整个皇宫里反倒是陛下最可信。因为陛下答应过我……因为霍将军，陛下一定会护着你。”

我心中很多困惑，此时却不好多问，只立即答应。

·——·——·——·——·

入宫后先去叩谢皇帝。我去时，刘彻正在书房内批阅奏章，没有召我进去，只命我立在门口，随口问了我几句话后，就挥手让我下去。

别的都正常，问我病养得如何，只一句话问得有些突兀，他问我：“孩子还有几个月出世？”我琢磨了一会儿，却想不出什么特别的道理，也许只是看去病能否赶回来迎接孩子出世。

按理本应先去拜见皇后，不过为了自己的安全，还是决定先去见李妍，这样即使李妍有什么花招也会有个忌惮。

李妍笑靥如花，注视着我的腹部道：“这个孩子的命可真是多劫难，一开始就这么不顺，只怕日后磨难更多，说不定……”

我哈哈笑了两声，把她后面难听的话挡回去：“怎么会呢？我和去病从未做过亏心事。娘娘这么相信命，倒是该好好担心一下自己，思虑忧愁过多折寿，听闻娘娘最近也病了一场，估计是谋虑太多。”

李妍捏着绢扇的手指节太过用力，渐渐发白。

“民女特意来谢过娘娘的‘殷勤爱护’，现在还要去皇后娘娘处谢恩，先行告退。”

我起身要走，她冷笑道：“你真以为皇后是一心护你的吗？如果卫皇后心思真那么单纯，怎么可能专宠后宫那么多年？让陈皇后在冷宫中含恨而终。卫少儿和她比，简直愚蠢。卫皇后和卫青是卫家最聪明的两个人，卫氏宗亲中其余诸人都反对霍去病娶你，却独独他们两个既不明确反对，可也不表示支持，卫皇后反而对你不计前嫌，常常施以小恩小惠，金玉，你不会聪明了一世，反倒此处糊涂了吧？”她慢悠悠地，一字一顿地说，“你难道真一心认为你的病是因我而起？”

我心中念头几转，却只是对李妍欠身一笑，脚步未停地向外行去。她蓦地问道：“为什么？金玉，为什么？”

我被她问得莫名其妙，停住脚步回身问：“什么为什么？”

她的笑意退去，脸上几分凄凉，几分困惑：“我也许该叫你玉谨，你为什么放过匈奴的单于？你不是和我一样有杀父之仇吗？”

“你果然已经查出了我的身份，大概让你失望了，竟然没什么利用价值。我不但不是匈奴人，还有个汉人阿爹，就算我是在匈奴长大的，也和伊稚斜有杀父之仇，不可能帮他对付大汉。”

“金玉，我只想知道为什么。我入宫前，你曾经劝我放弃仇恨，过自己的人生，我当时只觉得你根本不明白我的痛苦，才会说出如此轻松的劝诫，可现在才知道，你懂的，你懂我的仇恨和痛苦。”李妍的语声转哀。

一改往日的优雅从容，此时的李妍像一个迷路的孩子，眼中满是深深的无助，我心中暗自叹息，想了一瞬，认真地回道：“因为我有一个深爱我的阿爹，也遇见了阿爹企盼我得到的幸福。其实我的性子也是一根线，爱恨走极端，为了一己之心其余全不顾。如果没有阿爹临去前一再叮咛和逼我许诺，也许我早就回匈奴伺机去报仇，根本不会来长安，不会遇见九爷，也不会遇见去病，说不定……”我摇头苦笑，“说不定我也会在万般无奈下对伊稚斜虚与委蛇，甚至嫁给他，唯一不同的是我会等他戒心消退时借机杀他，而你是想让自己的儿子登上帝位，掌控整个汉家天下。”

李妍眼中泪意盈盈：“你的阿爹要你放弃过去，走自己的路，我的娘亲却绝不允许我忘记仇恨，临去时也依旧双眼死死地盯着我，直到我承诺会去报仇时她才闭上眼睛。”

我微提着裙裾离去，李妍的声音在身后幽幽不绝：“为什么？为什么……不公平，老天不公平……你和我本应该是同样的命运，可如今你可以来去自由，拥有一心一意对你的霍去病和孟西漠，还有真心相护你的朋友。金玉，为什么你比我幸运？我恨你，我恨你……”

临出屋前，回头看向李妍。翠玉珠帘晶莹流转，雕凤熏炉吐着龙檀香。李妍坐在凤榻上，繁复的裙裾一层层铺开在羊绒地毯上，显得人十分娇小，绯红的织锦华衣，越发衬得脸色苍白，眉眼间全是凄伤。

隔着长长的甬道看去，那密密的珠帘竟然十分像牢房的栅栏。屋外阳光明媚，可照不进这深深庭院。

我心中惊悸，仿似看到另一个可能的自己，忙扭回头匆匆逃出了屋子。人生的路越往下走，才越明白阿爹的睿智，也才越知道自己有多幸运。在一个岔路口，如果选择了不同的路，就会变成另一种完全不同的人生。

李妍，其实你也拥有很多：你有真心疼宠你的兄长；有什么都不计较，只希望你过得平安喜乐的李敢；现在还有一个聪明可爱的孩子；就是皇帝对你也是爱宠非同一般，真心呵护。只是你把这一切都看作了棋子，你为了一个目的已经彻底迷失了自己。即使最后遂了心愿，你又会开心吗？

皇后宫中总是花香不断，上次来是金菊铺满庭院，此次却是一天一地的紫薇花：一天正在盛放的紫色花朵，一地已经飘零的紫色落花。

偌大一个院子不见一人，静悄悄地无一点儿声音，只闻头顶的紫薇花簌簌而落，时有时无。被这种幽静到极致的氛围所慑，我不禁放轻脚步，沿着紫薇花瓣铺就的路缓缓而行。

屋廊下，卫皇后正侧躺在湘妃竹榻上看落花随风而舞。廊柱一角的水漏声清晰可闻，滴答，滴答，越发显得庭院幽静。

我站了好一会儿，她方发现我，也没有起身，只向我笑着指了指榻侧，示意我坐。

我静静地行了个礼，跪坐在榻下的席子上："花开得真美。"

卫皇后淡然一笑："时间太多，不知道该干什么，只好全花在侍弄花草上了。"

我默默地坐着，半晌后，卫皇后问："病全好了吗？"

既然大家都认为我只是偶感风寒地得了一场病，那我也只能陪着装这个糊涂："好了，这段日子让娘娘挂心了。"说着想要起身磕头，卫皇后伸手挽住了我："这里就你我二人，说话就是说话，别弄这些繁文缛节出来，你累我也累。"

庭院幽深，紫薇花树茂密蔽日，外面的太阳再亮丽，都和这个庭院毫无关系。坐久了，我身上泛着一层凉意，却并不觉得舒服。

水漏依旧滴答滴答，心头莫名地冒出几句诗非诗、赋非赋的话：

更深漏长，独坐黄昏，紫薇花开，谁人是伴？终不过落花人影两相对。

“……也算得了一次教训，以后行事要谨慎，该忍的时候就要忍。”

心思恍惚，只听到皇后娘娘的后半句话，一时嘴快：“总有些事情忍无可忍。”

难道冷眼看自己的朋友死在面前？忍着让去病娶了她人？

卫皇后看着满地落花，漫不经心地缓缓道：“忍无可忍，从头再忍！人生没什么忍不了的。”

凉意从心头泛起，觉得有些冷。虽然这个宫廷美轮美奂，我心中却满是厌恶和疲倦，只想离去。起身向卫皇后行礼告退，她轻点了下头：“照顾好自己，有什么事情都可以来找本宫。”

快步走出院落，重新站在阳光下，不禁深深吸了几口气。在里面坐着，因为光线暗淡，只当已经黄昏，原来外面的阳光还如此明亮。其实这里和李妍那里，景致风情虽然不同，但有一点一模一样：阳光都照不进去。

卫皇后的心思，不是想不明白，只是很多时候人糊涂一点儿方能更快乐，事情想得太明白太透彻，反倒没了滋味。况且我心里自始至终只把我认作是霍去病的人，和卫氏可没什么关系。

去病愿意帮卫氏，我全力赞同，去病不愿意帮卫氏，我也全力赞同，于我而言，只是去病是否高兴和乐意做的事情，但于卫皇后而言，却是一定要争取的支持。她对我的几分好，肯定都是做给去病看的。卫少儿虽然是去病的母亲，却还没有卫皇后了解去病。他的性子认定的人和事，岂能是别人几句不赞同就能拉回来的？

刘彻想让去病和他的关系更加亲近，甚至取代卫氏在去病心中的位置，所以想许嫁公主，卫皇后却肯定不乐意见到这种事情的发生，恰好去病自己不愿意，她乐得顺了去病的心意，既是一个极大的顺水人情，说不定还可以让去病失宠于刘彻，一举扭转刘彻借去病打压卫青的局面。

我当日何尝没有纳闷过，以卫皇后在卫氏的地位，她若真有心护我，下面的弟、妹怎么可能反对？只是不愿意深想，宁愿做个快乐的糊涂人，反正我在乎的只是去病。可现在为了孩子，却不得不想，一举一动都务必要小心谨慎。

去病虽然和卫青不算和睦，频频拆卫青将军的台，甚至公然和卫青将军对着干，但去病如此做的原因却一大半是让刘彻安心。在太子这个底线上，他无论如何，一定会帮着卫氏，但卫皇后不会相信霍去病，就如她不会相信刘彻一样。其实在那个阳光照不进去的宫廷里待久了的人，最后除了自己还会相信谁呢？

我若真因李妍出了什么事，对卫皇后而言，只要时机掌握得好，事情处理好，不但不是坏事，甚至是天大的好事。去病不会放过李妍，那卫皇后自然可以坐看去病如何铲除她现在最大的敌人。

李妍和卫皇后要的结果一样，只是因为个人的目的不同，所以事情发生的时机选择不同，事情过后的处理不同而已。

在那个宫廷里，现在真心希望我和孩子平平安安的人居然只有皇帝。

难怪进宫前九爷一再叮嘱我有事去找皇帝，反而对卫皇后只字不提，他其实早就看明白一切，只是顾及我和去病的关系，不忍心伤我。

我趴在马车窗口长长一声叹气，去病在外面打着一场艰苦卓绝的仗，我这边也是凶险万分，不过，我不会让自己有事的，我一定会保护好孩子和自己。

马车还未到石府，就看到九爷的身影，他竟一直等在府门口，我忙向他招了下手。一下马车的第一句话就是："我没有喝水也没有吃东西。"他点了下头，探手把我的脉，一会儿后神情才真正释然："奔波了一天，吃过晚饭就休息吧！"

我心中别有滋味，脸上却只淡淡点了下头。

·——·——·——·——·

多久孩子出世？多久孩子出世？多久……

不公平，不公平，不公平……

我恨你，我恨你，我恨你……

忍无可忍，从头再忍。忍无可忍，从头再忍……

刘彻的面容，卫皇后的面容，李妍的面容，交错着在眼前飞过，一个分裂成两个，两个分裂成四个，四面八方全是他们，笑意盈盈的，眼中带恨的，冷若冰霜的……蓦然间都向我飞扑而来，我护着肚子，拼命躲闪，却无处可逃，眼看着他们就要抓到我的肚子……

我"啊"的一声惨叫，从榻上坐起。

窗外月色很好，映得榻前一片银光。已经明白只是一场噩梦，身子却还在微微发抖，九爷拄着拐杖匆匆而进："玉儿？"

我抱着头道："没什么，只是做了一个噩梦。"

他坐到我的榻旁："不管什么噩梦都不会成真。"

他的声音如同春风，驱除了我身上的寒意，我的心慢慢平静下来："毒药是不是也可能是皇后所下？"

九爷唇边一抹苦笑："是不是皇后亲口吩咐，不得而知。卫氏如今连着无数人的命运，从平阳公主到一般门客，都与卫氏的荣辱休戚相关。李妍和皇后一方的势力都有可能下毒，如果是皇后这边所下，他们就会准备好证据指向李夫人，事情一旦成功，则是逼迫陛下对霍将军作一个交代，那以陛下的性格，十之八九会牺牲李妍，美人是难求，可名将更难寻，而且一个女人在皇帝心中，无论如何也比不上千秋功业、万里江山。可陛下虽然牺牲了李夫人，却会因此对霍将军心生怨恨。这也算是一箭双雕的计策了。如果是李夫人下的毒，证据也许会指向卫氏，也许会指向别人，就看她想要的是什么。她的目的你应该最清楚，甚至她的目的应该更能说服你和吸引你的注意，否则以你的聪明，不会一直怀疑是她，而忽略了皇后。"

我一脸苦涩的笑："难怪你一定要把我留在石府。我刚才做了个梦，梦见他们都想要我的孩子。迄今为止，战场上传来的消息一直是捷报，我虽然也担心，可我更相信去病一定能大胜而回，此番如果再胜，去病在军中的地位就要盖过卫将军。陛下虽然极其器重去病，可疑心病是皇家通病，随着去病的权力地位越高，陛下的疑心也会渐增。"

九爷道："霍将军表面上行事张狂随性，实际上却城府暗藏。这些事情霍将军应该早有计较，陛下也还算明君，应该能把疑心掌控在合理范围之内，我相信霍将军不会替自己招惹到杀身之祸。"

"这个我懂，以前去病就和我提过一些，他在军中行事张狂，不得兵丁的心，也就是出于这些考虑，现在看来成效很好，陛下显然对他比对卫将军更信赖。我目前计较的不是这些，而是我觉得陛下想要这个孩子，他想把孩子带进宫中抚养。"说到后来，我心中酸楚，虽然极力克制，眼中依旧有了泪花。天下哪个母亲舍得让孩子离开，虽然看上去臣子的孩子能得皇帝抚养，的确宠爱万千，尊贵无比，可内里却不过是一介人质。

九爷眼中又是怜惜又是痛楚："你为什么会这么想？"

我摇摇头："不知道，我就是觉得会这样，即使陛下没有这么想过，李妍也一定会提醒他如此，她对我恨怨已深，只要能让我不快乐，即使对她无利，她也会做，何况此事对她还大大有利。”

“啊！对了！”我忽地叫道，“李妍已经查出我幼时在匈奴中的身份，我在想当日日吹笛伴奏，我跳匈奴舞的事情陛下也看在眼里，那陛下应该也清楚了我和匈奴的关系。”

九爷的脸色变得惨淡，眼中全是痛楚，匆匆扭头看向别处。我这才醒悟他如果知道当时的一幕，对他而言，是何样滋味，我咬着唇想说什么却不知道该说什么。

他浅笑着转回头时，面色已是如常：“往好里想，你阿爹是汉人，你和伊稚斜有仇，陛下不该对你有任何疑心。可往坏里想，无论如何你毕竟在匈奴长大，你就真没有一丝帮匈奴的意思？”

我叹道：“的确如此。毕竟去病的地位特殊，如果我利用去病做什么，或者去病一时糊涂听信了我什么，这些都是陛下不得不防的。李妍再巧言点拨一下，陛下把孩子带进宫抚养的可能性就很大。”

九爷默默想了一会儿：“不要着急，只要你不愿意，没有人可以抢走你的孩子。还有三个月的时间，我们总会有对策，现在先好好休息。”

我还想说话，九爷摇了摇头，示意我噤声，扶我躺下休息：“你不累也该让孩子休息了。”

他替我拉好纱被，又拿了绢扇帮我轻打着扇子。

我一直睁着眼睛，瞪着帐顶。他没有问我，却完全知道我的心意，温和地说：“不会再做噩梦了，我在这里帮你把噩梦都挡开，赶紧闭上眼睛睡觉。”

他虽是一句玩笑话，语气却和缓坚定，让人没有半丝怀疑。我看到他的似水目光，心蓦地狂跳起来，不敢再多看一眼，匆匆闭上了眼睛。

随着扇子的起落，习习凉风，轻送而来。我想着刚才光顾着担心孩子，言语间竟然丝毫没有顾虑他的感受，心中一阵酸一阵涩一阵痛，千百个“对不起”堵在心头。

“玉儿，不要多想，没有对不起，还有机会照顾你，能分担你的忧虑，我心甘情愿……”他的声音越来越低，后面的话几不可闻。

我身子一动不动，装睡是唯一的选择。

第十八章

险计

元狩四年的漠北战役，大将军卫青领兵五万从定襄出兵，霍去病领兵五万从代郡出兵，随军战马十四万匹，步兵辎重队几十万人。

霍去病不理会个人恩怨，任用李敢做大校，担任副将，又毫不避讳地大胆重用匈奴降将复陆支、伊即靬等人，旗下会聚了一批能征善战、勇敢无畏的从将。这支虎狼之师在大沙漠地带纵横驰骋，行军两千多里，与匈奴三大主力之一的左贤王相遇。

虽然是在匈奴的腹地打匈奴，但霍去病对匈奴的地形气候十分熟悉，冒险抛开辎重队，深入敌人后方，采用取食于敌、就地补给的策略，他率领的马上军队比匈奴的骑兵更灵活、更迅捷、更勇猛，将左贤王部打得大败，捕获单于近臣章渠，诛杀匈奴小王比车耆，斩杀匈奴左大将，夺取了左贤王部的军旗和战鼓，匈奴军心大乱。随后，霍去病又快速翻越离侯山，渡过弓闾河，捕获匈奴屯头王和韩王等三人，以及将军、相国、当户、都尉等八十三人。共斩杀匈奴七万余人，匈奴左贤王部几乎全军覆灭。

卫青率部北进一千多里，穿过大漠，遭遇匈奴单于所率主力精骑。卫青将军下令军中以武刚车环列为营应战，又命人将匈奴在赵信城积攒的粮食物资全部焚毁，失去补给的单于大军失去作战力，汉军乘乱斩杀匈奴近两万人。

卫青一则因为刘彻的叮嘱，一连串的前例让刘彻迷信地认为李广打仗运气不好；二则因为想让公孙敖立下更多战功，所以虽然李广一再请求做前锋，但卫青仍旧只让李广作了策应。

李广在沙漠中再次迷路，未能与匈奴交战，又错失了一次封侯机会，白发将军悲愤交加下，在卫青面前挥剑自刎。

虽然汉朝的胜利中蒙着一点李广自尽的阴影，但毕竟是汉朝开国以来，对匈奴史无前例，也许再无来者的巨大胜利。

至此，继元朔五年卫青将军灭杀匈奴右贤王部众后，汉朝、匈奴之间历经整整五年的交战，匈奴三大主力单于部、左贤王部、右贤王部全部被汉朝击垮，漠南从此无匈奴王庭。

霍、卫两军胜利会师于瀚海。为庆战功，霍去病决定在狼居胥山立祭天高坛，在姑衍山开祭地广场，准备祭拜天地。

捷报传回长安，我虽不能亲见去病，可也能想象到他那副表面上冷静淡定，骨子里却志得意满的样子。现在肯定骑着马耀武扬威地审视着已经臣服在他脚下的匈奴大地。

从小就听着舅父和匈奴人作战的故事长大，他从舅父教他第一次骑马、第一次挽弓起，就梦想着有朝一日站在匈奴的土地上俯瞰整个匈奴大地，而今，他的梦想实现了！

霍去病人还未回到长安，他在祭拜天地时作的歌赋就已经传唱回长安。

四夷既护，诸夏康兮。
国家安宁，乐未央兮。
载戢干戈，弓矢藏兮。
麒麟来臻，凤凰翔兮。
与天相保，永无疆兮。
亲亲百年，各延长兮。

小风学着街上的人唱完后，我心中满是疑惑，戢干戈？藏弓矢？

天照嘴角噙笑：“此歌前三句实写，后三句虚写。‘载戢干戈’出自《诗经·周颂·时迈》，把兵器都收藏装载起来，喻战事平息，从此后不再动用武力，此句还有歌颂天子英明贤德的意思，很应现在的景。但‘弓矢藏兮’没有写好，‘载戢干戈’的下面一句原本是‘载櫜弓矢’，霍将军的上句既然已经原文引用了《时迈》，下一句也应该照旧化用，这样才更暗示出原文接着的四海停战，赞颂周武王功绩的意思，也和下面三句相合。不过作为武将能写成这样，已经很好了。”

九爷扫了眼天照，天照立即敛去了笑意，我边思索边道：“‘藏’字的确没有用好，一字变动，味道大异，不但割裂了全文原本借《时迈》表达四海无战事的喜悦和没有直接说出的称颂天子的意思，而且一个‘藏’字倒是更像从范蠡的警世明言‘飞鸟尽，良弓藏’中化用。”

九爷的脸色一变，眼中疑惑，但看到我的神色，明白了他所想到的有可能是真的，露了一个恍惚的笑，笑容下却藏着绝望：“霍将军赞赏范大夫？”

我轻轻点了下头，心中透出几分欢欣，可又立即担心起来：“陛下能看出这个‘藏’字的变动吗？”

“全文就这一字而已，何况‘櫜’和‘藏’在此处本就一个意思，你是因为知道霍将军赞赏过范蠡，所以能想到，整个大汉朝有几人如你一般了解霍将军？一般人应该都会把霍将军当成一个武夫，作文章时用词不当而已。”

一旁的天照听到此处才明白我和九爷说的意思，脸刹那涨红，有点儿结巴地问：“霍将军又不是司马相如，为何好端端地突然作这么一首歌赋传唱回长安？”

我道：“去病应该是借此歌谣试探陛下的心意。周武王是帝王中罕见的以武力威慑四海，却得到百姓爱戴的天子，去病明是赞誉周武王，实际却借了周武王表明自己的心意。”

九爷垂目看着地面：“当今陛下对打仗用兵情有独钟，匈奴打完了，只怕还想打西域。可霍将军连现在没落的匈奴帝国都已经不屑一顾，又怎么会对欺负这些没什么还手之力的小国感兴趣？他想要的是如强盛时的匈奴那样的势均力敌的对手。”

天照愣了好一会儿，才说道：“表面上看霍将军行事张狂随性，似乎只知道一往无前，可就看此歌，从作歌到传唱回长安，霍将军的心思细致处不比一向行事沉稳的卫大将军差。”

去病最大的聪明就是让所有人都以为他除了战争外其余都不够聪明，我心中几分得意，刚露了一丝笑，对上九爷的眼神，笑容立僵，嘴里竟有苦苦的味道。

九爷扭过了头，推着轮椅向外行去：“我们不打扰你了，你早些休息吧！”

·——·——·——·——·

再过十几日，去病就能回来，自他出征后，我一直悬着的心缓缓搁回了一半，可另一半却因为卫少儿和卫君孺的到来提得更高。

这两姐妹一反以往的冷淡，对我竟露了几丝热情。原来刘彻想接我进宫待产，臣子的儿子一出生就拥有能同皇子比肩的圣眷和尊贵，她们是来道贺的。

天大的尊荣和圣宠？！我看到她们的笑颜，直想拎起扫帚把她们都打出去，她们究竟懂不懂这无比的尊荣和圣宠之后的东西？是根本不懂，或根本不在乎？毕竟富贵险中求，卫子夫这个皇后又何尝不是做得饱受风刀霜剑？

已近夏末，墙角处的一丛荼花仍旧累累串串、坠满枝头，一团一团的红开得轰轰烈烈、热热闹闹。但荼开过花事了，这已是夏日最后的一朵花，烈火喷油的绚烂中透出秋的肃杀。人生不也是如此？水满时则代表快要溢出，月亮最圆时则代表快要月缺，权势最鼎盛时也预示着盛无可盛，必将转衰。

刘彻此举是否也算是对去病歌赋的一个回应？等去病回来，我已入宫，难道要他公然反抗皇帝已传的旨意，强接我回府？权势越是鼎盛时，越不可行错一步，否则埋下祸端，粉身碎骨只是转瞬间的事情。

随手掐下一朵荼花插在鬓边，心中主意已经拿定。

书房内，九爷正在翻医书。我径直进去，坐在他对面："九爷，我想求你一件事情，求你务必答应我。"

九爷握着竹册的手一紧，迅速地说："我不答应。"

我一眨不眨地盯着他："我这段日子几乎翻遍了医家典籍，却很少有文章提及用药物催生孩子早产的记载，其中风险可想而知，不到万不得已，我怎么可能出此下策，用自己和孩子的生命冒险？"

九爷眼中全是痛楚，缓缓道："还有别的方法，我们可以立即离开长安，远离这里的纷扰争斗。"

我定定地看着他，没有回应他的话："如果你不答应，我会设法去找别的医师。"

我知道我在逼他，可在这一刻我别无选择，我不可能跟着他离开长安城，那样置去病于何地？

他的脸色越来越难看，惨白中透出的全是绝望。我的心也痛到痉挛。我们已真正错过，我已经选择了去病，不管发生什么事情，不管遇到什么磨难风险，我都不会离开，不会留去病独自一人去面对长安城的风雨。

我沉默地起身向外行去。他的声音在身后微弱地响起：“我答应你。”

我知道他会答应，因为他绝对不会放心把我的性命交给别人。我身子没有回转，脚步平稳地向外走着，声音没有一丝异样，甚至冷淡平静：“多谢！”眼中的泪却悄无声息，迅即疯狂地坠落。眼泪虽因他而掉，却绝不要他知道，宁愿他看到的只是一个冷漠的背影。

一场夏末的雷雨刚过，地面犹滑，我送宫里派来探看我的太医时，一失足，竟然从亭子台阶上摔落。落在外人眼里，我是肚子着地，实际上，落地的一瞬间，我已经用一只手和膝盖化解了全部冲力，只是为了效果逼真，刻意把另一只胳膊想象成全然不懂武功的人所有，任由其重重滑过青石地面，刹那间半边衣袖全是血迹。

手中捏着的荼花被揉碎，原本浸在花上的药香飘入鼻中，立即引发了早已喝下、蓄势待发的药。不一会儿，我已经痛得全身缩在一起，一身的汗混着血渗透了衣服。太医慌乱地大叫着人，九爷仓皇地从地上搂起我，我的血在他的白袍上漫开，仿若灿烂的红花怒放。他的脸上却无一丝血色，深不见底的漆黑双瞳中凝聚着海一般深的恐惧。

九爷明知道一切都是预先设计好的，却表现得真实无比，这下再精明的人也看不出任何破绽。可看到他额头冒出的汗珠，心中反应过来，他哪里是演戏？这根本就是他真实的反应，从我喝下那碗催产的药时，我的生命就悬在了一线之间。

我强撑着想向他一笑，表示自己无事，却发觉根本无法控制自己的身体，整个人疼得不停哆嗦，上下牙齿咯咯打响，唇不经意间已经被咬出血。九爷的眉头紧紧皱在一起，把手掌伸到我嘴边，让我去咬他，不许我再伤害自己。我想避开，不想伤害他，打战的牙齿却已咬在他的手上。

他额头的汗珠顺着鼻翼、脸颊滑下，看上去仿佛泪滴，一滴滴落在我的脸上。我的血，他的血，我的汗，他的汗，混杂在一起，我的嘴里又是腥甜的味道，又是咸涩的味道。力气从身体中抽离，神志开始混乱，身体的疼痛似乎在离我远去，心的疼痛却越发清楚。感情失去了理智的束缚，全表露在眼中，而眼中的泪也失去了控制，在他眼前纷纷而落，陷入昏迷前，只听到一句话反反复复，是哄，是求，是宠溺，是悲伤，是喜悦，是绝望：“玉儿，不要哭，不要哭，不要哭……”

人刚清醒几分，身体撕裂的痛楚刹那充斥全心，一向自制的我，也忍受不住地哼出了声。不知道昏迷了多久，只觉得屋子中一切都很昏暗。一道帘子从我胸前拉过，两个稳婆在帘子内忙碌，九爷坐在帘子外陪我。他看着虽然疲惫，神情却异样地镇定，紧紧握住我的手，一字一字道：“你肯定不会有事，肯定不会。”可惜他微微颤抖的手，出卖了他的心情，他在恐惧。我用力展露一个微笑，虚弱却坚定地点点头。

一个时辰又一个时辰过去，只有漫无边际的疼痛，孩子却仍旧不肯出现。宝宝，你怎么还不肯出来？娘亲的力气快要用完了。

随着我的一声痛呼，帘子内的稳婆大叫道：“孩子出来了，出来了，是个男孩，虽然早产了两个月，小得可怜，可真精神，一看就不是普通孩子。”

九爷神情一松：“玉儿，做得好。”

一个妇人抱着孩子出来，喜冲冲地让我看，我听到他的哭声，只觉心中大恸，胸闷至极，差点儿昏厥过去。宝宝，你是在哭刚一出生，就要和娘亲不得相见吗？

九爷急急掐着我的人中，方把我唤醒。九爷和门口的天照交换了一个眼色，探询地看向我，我忍着心中万般不舍，微点了下头。

天照进来抱起孩子：“奶妈已经候了多时，宫里来的人也一直等着看孩子，我这就带孩子过去。”说着就向外行去。

我口中呜咽了几声，自己都不明白自己想说什么，天照立即停住了脚步，我定定地盯着天照胳膊间的小东西，半晌后，猛然闭上了眼睛，九爷对天照轻声说：“你去吧！”

九爷的手轻搭在我的腕上，神情越来越凝重，手指头变得冰凉。我勉力笑道：“我已经不觉得疼了，只是有些累和困。我的身体一直很好，你不用担心，我睡一觉就能养好身体。”

接产的老妪脸色惨白：“血止不住，止不住。”说到后来她不敢看九爷的眼睛，只低着头极其缓慢地摇了下头。九爷的身子一颤，低声急急地吩咐着老妪该做什么，又命人立即煎药。

一盆子又一盆子干净的水端进来，又一盆子一盆子鲜红地端出去。我恍恍惚惚地想着，那么多血真的是从我身上流出的吗？

那种从骨子里透出的疲惫，流淌在四肢百骸间，整个人懒洋洋地温暖，只想呼呼大睡。九爷却不许我睡去，在我耳边不停地说着话，强迫我盯着他的眼睛，不许闭眼："玉儿，还记得我们什么时候认识的吗？"

怎么可能忘记？漠漠黄沙，碧碧泉水，仿若天山明月般的白衣少年。

"还记得那套衣裙吗？那是楼兰的一个好朋友所赠，他说是送给我的妻子，还笑说备好嫁衣，自然有女子出现。你出现了，一身褴褛的衣裙，却难掩灵气，满身的桀骜不驯，眼睛深处有忧伤，面上却只有灿烂到极点的笑，我第一次听见女孩子那样肆无忌惮地放声大笑，仿佛整个天地都由她纵横。我当时只觉得你穿上那套衣裙一定会很美丽……可是，我居然没有见过你穿它的样子……"

我的眼中有了湿意，一滴一滴，落在了他的掌心。

我很努力地想听他说话，可他的面貌却在慢慢模糊，我的眼睛前蒙上一团白雾，什么都在淡去："九爷，我是不是要死了？"

九爷紧紧拽着我的手："不会的，不会的……"他不知道是在说服自己还是说服我。

我躺在他怀里，没有恐惧，十分平静，一些不能出口的话终于敢说出："九爷，对不起，我欠你的，今生只能欠着了。我一直都希望你能过得快乐，我曾经费尽心机做了很多事情，只是为了能让你眉头舒展，不要任何人伤害你，可最终伤你最深的人居然是我。不要难过，你难过时我也会难过，你心痛时我也会心痛。"

他的脸轻挨着我的脸，脸上有湿意，是谁落泪了？

"玉儿，对不起的人是我。如果我没有猜错，你和李妍之间的恩怨恐怕也是因我而起，如果不是我，你根本不会和李妍走得那么近，也不会帮她入宫。你已经做到最好，是我一直自以为是地把你关在门外。如果我肯与你坦诚相对，就不会有今日的一切苦楚。"

小风端着药匆匆进来，九爷立即给我喂药。每一次吞咽都似乎要用尽我全身的力气，九爷一面替我擦汗，一面道："我知道你坚持得很辛苦，可你一定要坚持，不能放弃，否则会有很多人伤心。"

……在木棉树空地上坐上一阵，把巴雅尔的心思猜又猜……北面的高粱头登过了，把巴雅尔的背影从侧面望过了。东面的高粱头登过了，把巴雅尔的背影从后面望过了……种下榆树苗子就会长高，女子大了媒人就会上门。西面的高粱头登过了，巴雅尔把我出嫁的背影望过了……东面的高粱头登过了，巴雅尔把我出嫁的背影从后面望过了……

九爷温和低沉的歌声响在耳边。伴着歌声，他将一枚枚银针插在我的各个穴位上。

“玉儿，我现在才知道我只要你活着。不管你心里有谁，和谁在一起，我只要你活着，只要知道你能快乐地活着，那我也会快乐，你不是不要我伤心吗？只要你活着，我就不伤心。”

眼睛慢慢合上，九爷的声音依旧一遍又一遍：“你一定要活着，一定要活着，一定要活着……”

这么坚持固执、誓和老天抗衡的声音，即使我的意识已经涣散，可它们却一字一字刻在了心上，和很多年前的另一个声音重叠在一起：“一定要活着，答应阿爹，你一定要活着！”

·——·——·——·——·

长长的一条黑暗隧道，只有前方有隐约的光芒，我追逐着光芒向前飘着，看见有狼群在奔跑，其中一只是喂养过我的狼，我忙上前追逐，狼群突然消失，变成了於单，他笑着向我招手，我也呼喊着向他奔去，忽地阿爹出现在於单身后，我高兴地大叫着“阿爹”，如同幼时一样，向他飞扑过去，他却没有如以往一样，张开双臂等着抱我入怀，反倒很生气很生气的样子，似乎根本不想见我。

我站在原地，迟疑地想着，却什么都想不起来。回头处一片漆黑，前方却有温暖的光芒和阿爹、於单。我忍不住地又向前走着，阿爹一脸凄伤，默默无语地看着我，他的神情触动了什么，脑子里闪过一个模糊的面容，又一个模糊的面容，他们也会如此凄伤？

一定要活着，一定要活着……

虽然根本不明白是什么意思，脚步却迟疑地停住。克制着对黑暗的恐惧，向后走了一步，阿爹露了一丝笑，我的身体疼起来。

一定要活着，一定要活着……

向后每走一步，远离了光亮一点儿，身体就越发地疼痛。

原来，往前的每一步是幸福，往后的每一步都是钻心的疼痛，可阿爹在笑，脑海中的两个面容似乎也是欣慰，那么再大的疼痛，我都可以忍耐。虽然根本不明白我为什么宁可自己粉身碎骨，也不要他们伤心，一步又一步，缓慢但艰难地向后退去……

“玉儿！”异口同声的惊喜。入眼处，两张不同的脸，却是同样地憔悴，同样地疲惫。

两人同时想伸手扶我，快触碰到我的脸颊时，又同时停住，顿在了半空。霍去病侧眼看向九爷，九爷眼中因我苏醒的喜悦退去，满是苦涩，脸上却是一个暖暖的笑，手拳成拳头，上面的青筋隐隐跳动，一寸寸地缩回了手，骤然转身推着轮椅向外行去：“我去命厨房准备一些吃的。”

霍去病一言不发地侧躺到榻上，小心翼翼地环抱着我，他的双手紧紧扣拢着，胳膊却不敢用力触碰到我。这是一个宣布保护和占有的姿势，可貌似坚强下却藏着不确定和担心。

我努力把头向他靠去，却动作迟缓，他忙帮我把头挪到了他肩膀上，唇边蓦然有了笑意，胳膊也真真切切地搂在了我身上。半晌后，他低语道：“玉儿，我们以后不要孩子了。”

一提到孩子就心痛，我强笑道：“以前还有人说要生一个蹴鞠队出来呢！不是上阵不离父子兵吗？”

他用下巴蹭着我的额头：“都没有你重要。我现在都有些恨这个孩子，我守在你榻边时，一直想着如果因为生他，你有了什么事情，我根本不想见他。”

我迟疑了会儿，问道：“你见过孩子了吗？”

他沉默了一瞬，声音暗沉了许多：“没有，我回来时，他已经被接进宫中了。陛下赐名嬗，据说由皇后娘娘亲自抚养，一切待遇和太子同等，比一般的皇子还矜贵。因为早产了两个月，身体很虚弱，一堆太医围着他转，把宫里闹得很是不消停。当时你性命垂危，我只匆匆进宫拜见了陛下，粗略汇报了一下战役过程就赶着过来陪你。”

看着他血丝密布的眼睛，我心中满是暖意和心疼：“又是好几日没有休息了吧？先去睡一觉！”

他摇摇头："我就在这里守着你，哪儿都不去。"

我闻着他身上久违的味道，心中说不出地安定："那就在这里睡，我好想你。"

我从没有主动对他说过直白的情话，大概因为是第一次，把他惊得立即撑起身子，瞪着我问："你说什么？"

我抿着唇，笑着不回答他，他定定地瞅着我道："把你刚才的话再说一遍。"

我慢悠悠地说："好话不说二遍。"他显了失望之色，躺回枕上，我在他耳边道，"我很想你，很想你，以后再也不要一个人在长安了。"

他刚开始一脸欣喜，听到后来却满是心疼，眉宇中藏了无奈，手指轻抚过我的唇："对不起。"

他应该已经知道自他离开长安后发生的一切事情，不知道他心中怎么判断事情的纠葛。这声"对不起"只怕也包含了他对卫皇后的疑心，以及孩子被带入宫廷抚养的人质命运。

我心中不安，犹豫着要不要现在就告诉他孩子的真相，他忽地说："匈奴已被彻底赶出漠南，再无余力对汉朝进行军事侵袭，以后最多也就是不痛不痒的小打小闹了。"

我心中一动："陛下怎么赏赐你？"

"还不就是那些权力富贵的赏赐？"也许因为儿子，他的语气平淡中带出了几丝厌倦，眉梢眼角常有的神采飞扬荡然无存。

他打匈奴只是为了从小的一个梦想，开始时应该也为随之而来的高官厚禄、长安城内盛极一时的尊荣而高兴过，但伴随着越来越高的官位、越来越大的权力，他的世界不再仅仅是打匈奴，而是渐渐陷入长安城的钩心斗角中。甚至，随着皇子们的长大，从此后，有可能战场越来越淡，权力争斗的繁杂无聊将越来越重。

他一直不屑在这些事情上浪费精力，用他以前对我说过的话"非不懂，乃不屑"，可现在却终究是避不开，身不由己地被卷入。

"玉儿，晚上我们就回家，好吗？"一场持续几个月的战役，他在大漠草原中转战了几万里，星夜赶回长安后，又因为我不能休息，此时说着话，已经闭上了眼睛，睡意浓浓。

我忙放下一切心思，柔声说："好，晚上我们就……回家。"

他原本的倦意一扫而去，眉宇舒展，带着笑意睡去。

我的头往他怀里缩了缩，听着他平静绵长的呼吸。其实我现在已经在家了！有你的地方就是家，你的怀抱就是家！

·——·——·——·——·

说的是晚上，霍去病却一觉睡到了第二天。

我们从石府告辞回霍府，只有天照出面相送，九爷一句去厨房点菜后再未出现，我们也都装作忘记了这件事情。

天照交了一个长长的药单给霍去病，说一个月内可以让太医看我，但不要用他们开的方子，一切要严格按照上面所说调理，一个月后可以用信得过的医师开的方子。天照说话时，刻意在“信得过”三个字上顿了一下，霍去病眼中一暗，接过药单后，居然破天荒地对天照抱拳作了一揖，天照也没有避让，淡淡笑着说：“我会转达给九爷。”

去病不放心让别人抬我，非要自己抱我上马车，我在皱眉瞪眼鼓腮说不行通通无效后，只能由着他摆布。

经过石府的湖面时，沿着湖岸的鸳鸯藤已经快要开谢，没有白色，只有金灿灿的黄，虽不多，但点缀在一片绿色中越发显眼。霍去病眼光扫了一圈后，没有表情地抱着我穿行在郁郁葱葱的鸳鸯藤间。我头埋在他颈间什么都不敢看。

回到去病的宅邸，马车还未停稳，一个十四五岁的少年已经快步跑着迎出来，一路大叫着“大哥”，声音中满是欣悦。看到去病正抱着我要下车，他忙帮着打起帘子。

去病看向他时，眼中罕见地温和：“玉儿，这是霍光，我的弟弟，我这次回来时去拜见了父亲，光弟想来长安，我就带了他来。”

去病的“弟弟”两字咬得极其重，沉沉得好似直接从心里透出来。霍光面上带了得意和骄傲，眉目间藏着几丝紧张，向我行了一礼，脆声声地叫道：“嫂嫂，你身子好一些了吗？”

虽然我和去病的关系人尽皆知，可从没有人敢口头直接承认，他一声“嫂嫂”唤得我一时不知该如何回应，去病却极是开心地笑了，一面走一面和霍光说：“你嫂子不好意思了。她现在精神不好，等她养好病，你们肯定能说到一起去。你这几天都做了什么？”

霍光一边笑着一边细细说着他在长安城的所见所闻，满脸激动兴奋。刚从偏僻地方到了整个帝国的都城——长安，即使大人也会惊讶震撼，何况一个少年呢？更何况他一进长安，就是以天之骄子霍去病的弟弟的身份去俯瞰整个长安？

去病一路只是静静倾听，唇角却一直抿着笑。我看到他的笑意，不禁也笑了。去病的表兄弟虽多，可没有真正亲近的，霍光对他的亲昵，大概是他心里暗自渴望过很久的东西。

我再看向霍光时，眼中不禁也带了呵护。霍光很是敏感聪慧，虽然我一字未说，他却已明白我从心中认了他做弟弟，眉目间立即释然，虽再未刻意地叫我嫂子来拉近关系，可语气的随和更显出了心上的亲近。

等我身体基本康复时，已经从夏末到了冬初。

这成为我有生以来病得最久的一次，以我的身体和九爷的医术都是九死一生，换成其他女子只怕早见了冥王。

夜深人静时想起，手心会突然冒冷汗，觉得自己真是大胆，如果一切出了差错，去病知道真相后会原谅九爷吗？可当时为了孩子，竟然全都没有去想这些，只一门心思想着我的孩子绝对不可以被带入那个没有阳光的宫廷，也绝对不可以成为钳制去病的棋子。

第十九章

信任

霍去病口中轻描淡写的“权力富贵”的赏赐却让满朝文武和全天下震惊。只这一次战役，刘彻又赏了五千八百户食邑给他。

这还是其次，关键是和霍去病一起出兵的将领都得到了封赏：

右北平太守路博德隶属于骠骑将军，跟随骠骑将军到达梼余山，赏一千六百户，封为符离侯。

北地都尉邢山随骠骑将军捕获匈奴小王，赏一千二百户，封为义阳侯。

投降汉朝的匈奴降将复陆支、伊即靬皆随骠骑将军攻匈奴有功，赏复陆支一千三百户，封为壮侯；赏伊即靬一千八百户，封为众利侯。

一直跟随霍去病的从骠侯赵破奴、昌武侯赵安稽，各增封三百户。

校尉李敢夺取了匈奴的军旗战鼓，封为关内侯，赐食邑二百户。

校尉徐自为被授予大庶长的爵位。

除了这些封侯封爵的，骠骑将军属下的小吏士卒当官和受赏的人更是多。

满朝武将中被封侯的一共也没有几个，可出自霍去病旗下的就快要占了一小半，除了李敢对霍去病感情复杂，其他人却是经过这么多次战场上的出生入死，和霍去病袍泽情深，特别是匈奴的降将，对霍去病既心念知遇之恩，又感佩其豪情，对霍去病几乎可以说言听计从，这种豪气干云的男儿生死间结下的感情非一般人能理解，也非朝堂上那帮文人能理解。

大司马一职从秦朝到汉朝，都只有一人担当，可刘彻为了真正把卫青的权力分化，特意又设了一个司马，下令大将军和骠骑将军都任大司马，而且定下法令，让骠骑将军的官阶和俸禄同大将军相等。至此，霍去病在军中的势力已经盖过卫青在军中多年的经营，原本平凡的“骠骑”二字也因为霍去病成了尊贵和勇猛的代名词。

其实，刘彻这个姨父比卫子夫这个姨母更了解霍去病，刘彻虽然因为所处的位置，不可能真正相信任何人，可他却在一定程度上明白霍去病是一个属于战场的人，而不是一个属于朝堂政治的人。霍去病永远不会为了权力富贵去蝇营狗苟。他可以为了追击匈奴几日几夜不睡，但在朝堂上交际应酬时，他却连说话的力气都提不起，宁愿独自一人沉默寡言地待着，也不屑说那些废话试探周旋。大概这点也是霍去病和卫青最大的不同，卫青会为了家族的权力和安危隐忍不发，甚至向李夫人献金示好，圆滑地处理好周围的利害关系，可这些事情霍去病却绝不会做，所以和深沉的卫青相比，刘彻当然更愿意相信霍去病。

但实际上，去病对朝堂上的那些手段一清二楚，只是自己不屑为之。不过也正因为他的一清二楚，他自有他的一套行事准则，即使最圆滑的人遇见去病，很多花招都根本用不上。李敢就是一个例子，他的千百心计在去病的直来直去前竟然全落了空，反倒往往自讨狼狈。

因为刘彻对卫青明显地打压，对霍去病明显地偏袒，卫青大将军的门前日渐冷落，霍去病的门前日渐热闹。

几个卫青的门客试探地跑到霍去病处献殷勤，却意外地得到霍去病的赏赐，引得追随在卫青左右的人心思浮动，有人明、有人暗地投向霍去病。门客任安进言卫青应该惩治背叛他的人，卫青淡笑道：“去留随意，何必强求？”

霍去病敞开大门欢迎的态度和卫青去留随意的态度导致了卫青的门客陆续离去，最后竟只剩下了任安。

不知道卫青心里究竟怎么想霍去病，也不知道他是否明白霍去病的一番苦心和无奈，不过，他面上待霍去病倒是一如往常，但卫青的大儿子卫伉却对霍去病十分不满，听闻还为此和卫青起过争执。卫伉和霍去病偶尔碰见时，只要没有家族中有权威的长辈在场，卫伉常常装作没有看见霍去病，不行礼，不问好，霍去病的回应也极其简单，你没有看见我，我自然也没有看见你，两个表兄弟开始像陌路人。

·——·——·——·——·

皇后娘娘听闻我的身体已好，顾念到我作为母亲的思儿之心，特意以宫宴为由，召我入宫去看儿子。

我虽已生下了去病的孩子，可仍然身份未明。皇后本欲给我另置座位，可去病却毫不顾忌在场众人，紧紧拽着我的手，淡淡道：“玉儿和我坐一起。”

云姨尴尬地想说什么，卫皇后却是一笑，柔声吩咐：“在去病的案旁再加一个位置。”

我心里原本琢磨着还是应该顾及一下面子上的事情，可感受着他掌中的温度，突然觉得什么面子不面子，这些都不重要，重要的是我们彼此握住的手。既然去病不放心我的安危，只有坐在一起才会安心，我干吗要为了这些人去委屈去病的心意？

霍去病牵着我的手，穿行在众人的目光中，我坦然地迎上众人的各色视线。因为这个牵着我的手的男子，你们怎么样的表情都不能损及我心中的幸福，也不会让我低头避让。

霍去病带我坐好后，眼中微有诧异地看向我，一贯在宫中谨小慎微的我这次居然一言不发地陪着他我行我素。我向他偷偷做了个鬼脸，他摇头一笑，眼中的诧异全化作了宠溺。

乳母抱着孩子出来，缓缓走向我们。

霍去病面上虽然淡定自若，可我却感到他的手微微颤了下。我心中也是滋味古怪，没有渴望思念，只是愧疚，甚至有逃开的冲动，眼睛一直不敢去看孩子。

李妍起先望着我和霍去病时，眼中一直含着冷意，此时却嘴角轻抿，笑看着我们。

我心中蓦地一惊，明中暗中多少双眼睛盯着我？既然当日为了自己的孩子自私地选择了这条路，那这个时候就不是我表现愧疚的时刻。

我强迫自己去看乳母怀中的婴儿。说来奇怪，看到他不谙世事的乌黑双眼时，我心里骤起酸楚，自然而然地就要去抱孩子，诸般情绪混杂在一起，我的双手簌簌而抖，乳母看到我的样子，迟疑着不敢把孩子递给我，小孩子乌溜溜的大眼睛盯着我，居然

“嘻”的一声，笑出来。

望着他的笑颜，我再忍不住，夹杂着思念、愧疚、难过和心痛，眼中隐隐有了一层泪意，我的宝宝，你现在是不是也会这般笑了？

霍去病抱过孩子，握惯缰绳弓箭的手满是笨拙的小心翼翼，孩子哇哇大哭起来，乳母赶忙接过孩子哄着，卫皇后体谅地看了一眼我们，对乳母吩咐：“先抱嬗儿下去。”又对我们道，“等你们心情平静些，再让你们单独去看看嬗儿。陛下对嬗儿比对据儿都疼，所幸据儿也极宠弟弟，否则本宫还真怕据儿会嫉妒陛下的偏爱呢！”

一席话说得满庭笑声，众人艳羡不已，有人夸着太子仁厚，有人立即向卫少儿恭贺，卫少儿露了几分得意，矜持地笑着。我和霍去病却都沉默地坐着。

李妍嘴角弯弯，露出了一个满意的笑。

皇后见我和去病如此，命宫人带我们去探望孩子。

乳母向我们行礼，压着声音说：“刚刚睡着了。”

霍嬗嘴里吸吮着自己的大拇指，时不时“咂吧”一声，睡得十分香甜。霍去病席地坐下，一面手中缓缓摇着摇篮，一面静静凝视着孩子。不管一切多尊贵，都抹杀不了他的孩子是人质的事实。

去病低声说：“这屋子里放再多的黄金玉器对他而言都没有任何意义，他想要的只是母亲的怀抱。”

我看到去病如此，心中难受得像堵了块大石，再难按捺，正想着告诉他实情，扫眼察视四周时，却瞥到李妍在窗外望着我们，看我看到她，她眉毛一扬，含着笑向我摇摇头，姗姗离去。

我看去病仍只盯着孩子出神，轻轻追了出去。

李妍好似预料到我会去找她，正在僻静处等候。我还未开口，她就笑问：“滋味如何？”

我实在想不出来在这种情形下，我该什么样子才是正常，所以只能面无表情地看着她。

“金玉，从此后，霍嬗在宫中一日，你就不能真正去笑。你要日日为他担心。这孩子和他父亲一样，极投陛下的缘，如今是陛下的心头宝，可没人敢对他怎么样，只是小孩子都容易出状况，今天摔一跤，明天掉到池塘里，胳膊腿的出了事情都有可能。到时候，陛下即使再气，也顶多是杀了照顾不周的宫人。”

如果不是她，也许我就能嫁给去病；如果不是她，刘彻不见得真会把孩子带进宫抚养；如果不是她，我不必出此下策，冒着失去所爱的人的危险，去鬼门关外走一圈；九爷在那几天受的煎熬和痛楚，也全是因为她，还有现在去病的自责难过……

她笑得太过得意，太过忘形，这一刻她不像那个行事步步为营的李妍，她只是一个被宫廷扭曲，对命运满心怨恨，迁怒到我的女人。如果我过得痛苦，那她对不曾得到过平凡女子幸福的不甘就会淡很多。

我心头对她一直的积怨骤然爆发，一个闪身已经立在她面前，手掐在了她的脖子上。

五指用力，李妍的脸色转白，咳嗽起来，她却依旧笑着：“我忘了你一身武功呢！可这里不是草原大漠，任由你纵横！你敢吗？后果你承担得起吗？”

原来不只是她疯了，我也快要被逼疯了。

我深深吸气又吸气，缓缓松开手，笑着向她行礼：“还望娘娘原谅民女一时冲动。”

我伸手替她整理衣裙，声音压得低低的：“李娘娘，我和去病都不是什么心慈手软的人，如果嬗儿掉一根头发，我要楼兰一千个人死，如果嬗儿摔到哪里，我要楼兰一万个人死，如果有别的什么损伤，我一定要整个楼兰……陪葬！”

李妍震惊地看着我，刚要说话，我替她理了理耳边的碎发，轻抚了下她的脸颊柔声说：“你不用担心，我不会泄露你的身份，我永远不会泄露你的身份，我顶多就是毁灭楼兰。去病手握重兵，只要打仗时，迷一下路，设法经过楼兰，寻个名目杀上几千楼兰人，陛下根本不会往心里去。咦！不知道楼兰总共人口是多少？甚至我可以索性设计让楼兰做一些违逆陛下的事情，激陛下大怒，一举由大汉灭了楼兰。”

李妍双眼大睁：“你不可能做到。”

出声辩驳反倒显得心中不确信，我一字不说，只是笑意盈盈地退后几步，看着她。李妍看到我的表情，立即对自己的话不确信起来。

看到她的表情，我知道我的威吓已经管用，俯身向她行礼后，转身离去。嬗儿，这是我这个母亲愧疚中能为你做的一点儿事情了。

李妍在身后蓦地笑起来，一字一字道：“金玉，你好……”

我没有回头，我和她之间再没有什么话可说。

·——·——·——·——·

从宫里出来后，去病就坐到了沙盘前，一坐就是一整晚。我以为他在排兵布阵，借助一场脑中的厮杀来排遣心中的郁悒，所以也不去打扰他，给他一个独自的空间去化解一些东西。

临睡前走到近前一看，却只见沙盘中几个力透沙间的“嬗”字。他看我望着沙盘出神，抬头一笑，眼中光芒闪动，拉了我入怀：“玉儿，不管陛下怎么想，我都一定会把孩子带回你身边。”

我一惊，急急道：“现在朝中局势微妙，牵一发而动全身，皇后娘娘和卫大将军都绝不会同意你此时违逆陛下。”

李广之死激化了朝中以李氏为代表的世家和卫氏外戚之间的矛盾。司马迁等文官纷纷站在了李氏一边，对卫氏的外戚集团大加排斥。再加上民间对李广将军风评一向极高，因李广的惨死都对卫青有了微词。宫中的李妍和其他妃嫔又怎么可能放过这个机会？自然选择先联手扳倒最难撼动的卫氏后再说其他。朝中所有倒太子的势力不管现在是否对立或者将来是否会成为敌人，现在却都为了一个目的渐渐会聚到一起。

李广的从弟李蔡，现在位居丞相，乃百官之首，当年是凭借军功封侯，在军中也有威信。自李广自尽后，他一直表现得极其冷静，极力约束着李家子弟，可越是这种冷静越让人害怕。

一场大风暴前，越是平静，最后的破坏力越是大。

如今的卫子夫早非当年宠冠后宫的女子，卫青也非那个深受皇帝信任、被大力提拔的男儿。卫子夫虽然贵为皇后，可在宫中，谁都知道李妍才是皇帝心头的宝，卫青虽然是大将军，可朝中百官都已看出来皇帝靠着霍去病在打压分解他的势力。

现在，这个在朝堂内独来独往、不结党不拉派，却荣宠至极、大权在握的霍去病成了卫氏和其他势力之间的风暴眼。卫氏琢磨着他的态度，其他人也琢磨着他的态度。

如果他不能置身事外，那么一个不慎，只怕是两边的势力都想绞碎他。来自别的势力的伤害阴谋并不可怕，反倒如果卫氏集团为了摆脱刘彻借助霍去病对卫青的弹压而来的暗算伤害，他怎么承受？霍去病藏在沉默寡言和冷淡无波下的热，卫氏集团懂得几分？或者他们沉浸在钩心斗角中的心，根本不可能明白，夏虫语冰而已。

霍去病听到我的话，一时不明白我怎么那么关心卫氏的想法了，十分诧异不解，待明白了我的担心，他的眼中闪过沉重的哀恸，继而变得平静无波，最后透出暖意，嘴边含着笑，用力抱住了我：“傻玉儿，不用为我担心，我要保护你和孩子一辈子的，怎么可能那么轻易被人算计了去？”

帘子外一声轻到几乎没有的响动，霍去病大概因为心思全在我身上，或者他相信陈叔，相信这是他的家，警惕性没有战场上那么高，居然没有听到。

好一会儿后，轻舞方托着盘子从帘外进来，脸上带着羞红，不敢看相拥而坐的我们，深埋着头恭敬地把水果摆在案上后，立即躬身退出。

霍去病压根没有看她，我却笑着瞟了几眼她的脚，好一个轻舞，原来不仅仅是舞姿轻盈。这府里各处还有多少这样的人？

我的双手环抱住去病的脖子，吻在他唇上。自他回来，我们虽然相伴多月，但因为我的身体，他一直克制着自己的欲望，此时被我主动撩拨，一下情难自禁，一面热烈地回吻着我，一面立即抱起我向室内行去。

刚到榻上，两人的身体立即缠绕在一起，我本来存了做戏给别人看的心，只想着到了室内两人可以贴身细谈，可此时他也点燃了我，我也是气喘吁吁，意乱神迷。

他忽地放慢了动作，一手半撑着自己的身子，细细打量了会儿我，在我额头吻了一下，一面顺着脸颊吻下去，一面喃喃自语：“我一直在想你……”

我心中一丝清明，双手缠上他的身子，两人又贴在了一起。他大概原本不想只顾自己痛快，想放慢速度，多给我一些愉悦，可被我这么一弄，此时再难忍耐，叫了一声“玉儿”，就要分开我的腿……

“去病，嬗儿不是我们的儿子。”我嘴贴在他耳边，蚊蝇般的声音。

他全身骤僵，眼睛瞪着我，我眼眶中一下全是泪水，忙抱着他：“对不起，我没有办法接受让儿子入宫，所以求九爷寻了一个体质很弱的孤儿和我们的儿子调包，我没有想骗你的，可我顾虑到你经常入宫，当时所有人都盯着你看，怕会被看出端倪，其实我几次都想说的，可总是因为……”

我看着他渐渐铁青的脸色，声音越来越小，所有解释的话都吞进了肚子，这件事情总是我错，何必再狡辩？

眼泪一直在眼眶中打转，我用力睁着双眼不肯让它们落下。去病的胸膛剧烈地起伏着，我在想他会不会一生气就立即转身离去，手怯生生地松开了他的身子，却又不甘心地紧紧拽着他已褪到腰间的衣袍。

他盯了我好一会儿，一字一字道：“我是很生气，可不是气你骗我。不管你怎么骗我，我都相信你肯定是为了我们好。一时的权宜之计，我如何会不懂、不理解？可我气你拿自己的生命去冒险。你说，你的早产是不是有意为之？如果不预先准备充足和借助早产这个突生的变故，怎么可能避开宫里人的耳目？”

我本来已经准备好承受他的谴责，可没想到他的生气并不是为了我的欺骗，他对我是全无保留地相信。原本绝不打算坠落的眼泪全涌了出来，我猛地紧紧搂着他，哭着说：“以后再不会了，以后再不会了……”

他用拳猛捶了一下榻，怒气虽大，声音却很低：“这个孟九，他对你怎么言听计从？居然允许你冒这么大的风险？孩子在孟九那里？他可健康？”

我呜咽道：“嗯，已经送出长安，安置在最安全的地方。虽然早产了两个月，但不同于宫里体弱多病的嬗儿，身体很好也很精神。”

他匆匆替我抹泪：“别哭了，我虽然气你，可更是自责，我在你阿爹墓前许诺要好好照顾你，不让你受一丝委屈，可自你跟我回到长安，却一直委屈着你。这事因我而起，我却不在你身边，让你一人去面对一切。”

他一面说着，我的眼泪只是越来越多，“好玉儿，别哭了，我不生气了，可玉儿，以后不管发生什么事情，都不能再用性命去冒险，若真有什么事情，你让我……”他的声音蓦地顿在嗓子里，眼中全是心酸，好一会儿后，才缓缓说道，“你不仅仅是我心爱的玉儿，也许你也是世间我唯一的亲人，唯一不管发生什么都信赖我、站在我这边的玉儿，你懂吗？”

我拼命点头：“我不会再干这样的事情，我……”我的手指在他的眉眼间轻抚，“我虽在昏迷中，可那几日你守着生死未卜的我，心里的痛苦、煎熬、自责、伤心，我全明白，我以后一定会照顾好自己，不会让你再经历这样的痛楚。”

他眼中暖意融融，猛地捧着我的脸，响亮地亲了一下我的唇，又索性沿着唇角一路吻到眼睛，把未干的泪痕都吻去，两人之间的火苗又蹿起来，越烧越旺，本就不多的清醒早被烧得一干二净，我嘴里喃喃道：“去病，你也不可以让我经历那样的痛楚。”

他嘴里含含糊糊应了一声，腰往前一送，两人的身体已结合在一起……

·——·——·——·——·

元狩五年的春天一点儿都不像春天，立春已久，却仍旧寒气迫人，草木也未见动静。

一片萧瑟的长安城保持了将近半年的平静骤然被打破，大汉朝的丞相李蔡因为侵占陵墓用地和神道用地而被告发。

刘彻一直信奉鬼神，很重神道，宫中的术士都极受恩宠，就是皇子公主见了他们都很客气，可自己的丞相却敢侵占神道用地，刘彻大怒，立即将李蔡下狱，等候审理。

李广将军一生清廉，仗义疏财，扶危济困，虽享俸禄二千石四十余年，身死后，却家无余财。他的灵柩入长安城时，满城百姓皆感念其德痛哭。

如今，李广去世不过半载，他的堂弟，李氏家族的掌舵人竟然就被人举证揭发为了敛财而私自盗地。虽然案子还未审理，可这样的丑闻在有心人的引导下传遍了长安内外。

一般的百姓哪里懂得朝堂上的风云变幻？民心可欺！很快李氏家族的声望就遭到重创。

李敢为了救叔叔，在朝堂内四处游走，甚至曾来霍府求见去病，去病却没有见他。

当年陈皇后被废、卫子夫称后的一个重要事件，就是因为从陈阿娇的宫中搜出了卫子夫等受宠女子的木偶小人，传闻阿娇日日扎小人诅咒这些女子。

此时看到宫中术士为神鸣冤，实际却帮了卫氏一个大忙，我心中对当年那些木偶小人开始疑惑，也对如今的那一亩被侵占的神道用地疑惑。一亩地对于李蔡而言，比芝麻还小的地方，只要文件上稍做手脚，李蔡一个不慎就有可能忽略过去。

其实，这很符合兵法之道，卫氏外戚吸引了李氏的全部注意力，却在背后暗有一支没有任何人想到的奇兵，突袭而至，让敌人措手不及间兵败，只是仍未置敌人于死地，所以最后胜负还难料。

案子正在审理，结果还未出来，李蔡竟然在狱中畏罪自尽。

曾经的轻车将军、安乐侯、大汉朝的丞相，竟然为了一亩被侵占的神道用地而自尽在狱中！

自尽？我冷笑着想，如果当年我和维姬在狱中毒发身亡，是否也会是一个畏罪自尽的名目？

短短半年时间，李氏家族官阶最高的两兄弟李广、李蔡都自尽，旧丧未完，新丧又添。一门两将军不是死于匈奴的刀枪下，却都是死于自尽。

霍去病冷眼旁观着整个事件的发展，他如常地射箭练武，如常地打猎游玩，甚至还会请了人来府中蹴鞠，蹴鞠场上的气氛依旧热烈，可去病眼底深处的厌倦却越来越重。

公孙贺携卫君孺来看霍去病，说是顺道而来，这个道却顺得真是不早不晚。在丞相位置空缺，朝中各方势力都盯着这个位置的情况下。

卫君孺一看到我，立即上前笑挽住我的手，笑问我身体状况、日常起居，语气含着嗔怪对去病道："你穿得少是正常，可你看看玉儿穿的，天仍冷着，我这大氅都未脱，你怎么也不提醒玉儿多穿几件衣服？"一转头又笑对我道，"去病要敢欺负你，你来找我们，我们就是你的娘家人。"

去病面上虽冷淡，心里却一直很重亲情，他虽然姓霍，其实却在卫氏亲戚中长大。我不被卫氏接纳，一直是他心中暗藏的一个遗憾，此时看到卫家的长姐如此待我，他脸上虽没有变化，依旧淡淡和公孙贺说着话，眼中却带着欣悦，甚至享受着家族亲戚间的热闹。

我心中暗叹一声，原本只是任由卫君孺握住的手，此时反握住了她："有姨母帮我，去病自不敢再欺负我。我这几日正在绣花，可总是绣不好，正好姨母来，烦劳姨母指点一二。"

公孙贺闻言，抬眼从我脸上掠过，大概感于我的知情识趣，眼中难得地带了两分赞赏。

卫君孺笑着瞅向去病："外面有的是巧夺天工的绣娘，大汉朝的大司马还要玉儿亲自动手？这是为去病绣东西吗？那我可要去看看。"

去病的眼光从我脸上扫过，虽在克制，可仍旧带出了笑意，透着隐隐的得意。

卫君孺和公孙贺看到去病的表情，迅速地交换了一个眼神。我笑挽着卫君孺的胳膊，两人一面笑谈，一面出屋去看我的绣活儿，留公孙贺对去病说想说的话。

晚间，我已经有些迷糊时，去病忽地轻轻叫了声“玉儿”，半晌却再无下文。

我笑着在他肩头轻咬了下：“怎么还没睡着？你想怎么做都成。我虽然不想你卷进皇族夺嫡中，这是一盘以生死为赌注的棋局，但既然是你想做的事情，不管怎么样我都没有意见。”

他一言未说，只是又把我往怀里抱了下，紧紧地搂着我。

不过一会儿，他的手却不老实起来，我在他耳边细语央求：“你心事去了，就来惹我！我正困呢！你让我好好睡觉……唔！”

他笑着吻住了我，把我的话全堵在了唇舌间。

不知道是他看的那方面的书多，还是他出入宫廷“见多识广”，反正去病的调情手段一流。半晌后，我已被他撩拨得再无反对的声音，全身滚烫酥软，不自禁地已如藤蔓缠树一般，纠缠在他的身上……

第二十章

死计

为了李蔡畏罪自尽后空出的丞相位，各方势力都拼尽全力，一系列令人眼花缭乱的保荐推举纷纷扰扰地开始。

霍去病在整个事件中，保持着他一贯不理会朝堂内人事变迁的冷漠态度，自顾练兵、游玩、打猎、蹴鞠。只是蹴鞠场中太子刘据的身影频频出现，霍去病还带着刘据出去游玩打猎，表兄弟二人不顾宫廷规矩，不带随从，私自进入深山，一去就是三日，满载猎物，兴尽而回。

因为突然失去太子踪迹三日，一贯温和的卫皇后都气怒，太子刘据在宫前长跪请罪。他没有为自己求情，而是把责任全揽在自己身上，一意为去病开脱，卫皇后气道："你们两兄弟都要受罚！"反倒刘彻摇头苦笑着说："罢了，罢了！去病那胆大妄为的脾气，你又不是不知道。第一次打仗，就敢带着八百人往匈奴腹地冲杀，他没有领着据儿跑去匈奴逛一趟就算不错了。"

霍去病不遵照规矩，随性而为，对他而言，的确并不稀罕，稀罕的是他和刘据的亲厚。

秋天到时，刘彻决定丞相位置由太子少傅庄青翟接掌。自李广自尽后，朝堂内针对卫氏的斗争，以卫氏的大胜暂告一段落。

我和太子基本没有说过话，对他的印象停留在朝堂中的传闻和私语中，知道他和刘彻性格不像，更像卫青和卫子夫的性格，虽然贵为太子，却对人一直谦恭有礼，体恤民间疾苦，很得深受兵祸之苦的百姓和提倡仁政的文人的爱戴。

这次太子的表现却让我心中颇惊。霍去病的用意，他心中肯定明白，事前不拒绝，顺水推舟地跟着霍去病私自离开长安，根据他以往循规蹈矩的品性，谁都知道肯定是霍去病的恣意妄为，可他口口声声地只为霍去病辩驳求情，满口全是自己的错，让出事后满不在乎、依旧沉默冷淡的霍去病越发显得错处更大，他却被人交口称赞。

“去病，太子年纪不大，心思却好深沉。”

去病淡然一笑：“他那个位置，心思深沉不是坏事。你不要太责怪他，他若没几分心思，我们倒真该发愁了。”

话是如此说，可去病眼中还是闪过几丝失望和难过。我心中也满是心疼和难受，你尽心尽力地帮他们，他们却总是不能完全相信你。一面要你为他们出力，一面却又个个想弹压打击你在朝廷内的势力和声望。

我想引开他的不快，朝他吐吐舌头，噘着嘴道：“既然你心甘情愿地做冤大头，我才不会多事呢！不过……”我凑到他身旁，挽起他的胳膊，“你也要带我出去打猎，听说陛下打算带文武官员去甘泉宫打猎，你带……”

他立即道：“不行！”

我摇着他的胳膊，一脸哀求。他一面走着，一面一眼都不看我地说：“我要去军营了，等我回来再说。”

我才不理会他的缓兵之计，仍旧蹭在他身边，摇个不停，他哄道：“玉儿，回头我有空时，带你去山里好好玩几日，何必跟他们一起去？说的是打猎，其实都是做些官场上的文章，你又不能玩尽兴。”

我哼哼道：“有空？你这段日子哪里来的空？要么是忙所谓的正事，要么是忙所谓的闲事，什么射箭、蹴鞠、打猎，看着在玩，却哪一件不是别有用心？累心耗力，我见你一面的时间都不多，还能指望你特意带我出去玩？带我去吧！带我去吧……”

一路行去，路上的婢女仆人见我们姿态狎昵，都纷纷低着头回避，霍去病叹道：“你现在脸皮也是越来越厚了！”

我一直盯着他看，并未留意四周，被他一提醒，有些不好意思，嘴里却不甘示弱：“还不是拜霍大将军所赐！反正更亲密的动作他们都见过，我还怕什么？带我去吧！带我去吧……”又开始念咒。

他终于禁不住侧头看向我，本来还眼神坚定，一见我的表情，长叹一声，无奈地摇摇头："好了！别一脸委屈哀怨了，我带你去。"

我霎时笑颜如花，他本还是苦笑，看我笑了，他也真的开心地笑着，伸手在我脸颊上轻捏了下："难怪孟九对你百依百顺，无法拒绝你……"

我不知道自己的笑容是否一直如花，可他脸上的笑意却是一滞，明白大意下失口，不该拿我和九爷的事情来开玩笑，立即把未出口的话都吞了回去。

他若无其事地笑道："就送到这里吧！"

我看已到府门口，遂点点头。

目送他的身影消失后，脸终于垮了下来。亏欠九爷良多，他唯一想要的回报，我这一生是给不了他了，所能做的就是如他所要求一般，尽力快乐地活着，幸福地活着，那么他也会有些许欣慰。只是……

我抬头仰望着碧蓝的天，那白云的上端真住着神吗？那我求你，真心实意地求你，求你让九爷忘记我，只要他能快乐，我愿意独自背负着过往的甜蜜和痛苦，我愿意被他彻底忘记！

·——·——·——·——·

直到坐上出长安城、去甘泉宫的马车，霍去病对我非要跟着他去狩猎依旧不太理解。

他知道我不喜欢和一堆皇亲国戚待在一起，可这次狩猎偏偏是皇亲国戚云集。太子刘据、三个皇子、卫大将军、公孙贺、公孙敖、李敢、李广利、赵破奴……一堆的新旧显贵、朝廷重臣。既然从皇帝皇子到将军王侯全在，那自然也免不了重兵护卫。

看似狩猎，实际却很有可能成为一场风云变幻、党派相争、不知道狩谁又猎谁的盛宴。我不想独自待在长安城焦急担心地等候，我只想伴在他身边，也许帮不上什么忙，但至少不管发生什么事情，我们都在一起。

刘彻看到我时，手点了点霍去病摇头而笑。霍去病看到刘彻身后的李妍也笑了起来："臣这次又和陛下不约而同了。"

刘彻笑道："不约而同的好，有你挡在前面，省得那帮家伙啰里啰唆地劝诫朕，搞得朕像沉迷美色就要误国的昏君一样，殊不知无情未必真英雄，豪情时气吞山河，柔情处缱绻缠绵，人生一世，活得畅快淋漓尽兴方是真豪杰。”

霍去病赞了声“好”，随手拿了悬挂在马侧的酒囊向刘彻一敬，就自顾饮了一大口，刘彻也拿起酒囊，大笑着喝了一口。

他们两人之间此时倒更像惺惺相惜的江湖英雄，而非皇帝与臣子。

也难怪刘彻偏爱霍去病，他们两个在骨子里有很多东西很相似，都是豪情满胸，都是胆大任情，也都有些不顾礼法，这些让刘彻欣赏霍去病；可另一面他们两个又绝不相似，一个对权力热衷，一个对权力淡漠，这一点让刘彻更是倚重霍去病。

李妍的精神并不好，人倚在马车中，颇为慵懒的样子。这段日子她应该过得很不好，再加上她的身体本就怯弱，内忧外患，免不了小病不断。看来刘彻是特意带她出宫游玩，修养一下身心。

刘彻对李妍的确恩宠冠绝后宫，出来行猎游玩，宁可不方便，也只带着风吹吹就倒的李妍。

甘泉宫因位于甘泉山上得名。山中林木郁郁，怪石嶙峋，飞泉流泻，景色美不胜收。

去病自小跟着皇帝和卫大将军出入，对山中一切极为熟悉，入山路上，他和我轻声笑谈，指着每一处景点说着来龙去脉。

后来，他索性带着我从大队中溜走，两人马也放弃，沿着山径，手牵着手攀缘而上。

不知道其他人几时到的甘泉宫，我和去病一路戏耍，天色黑透时才进入甘泉宫。

两人依旧不肯走大路，专拣僻静小路行走。层叠起伏的山石小道间，隐隐看到两个人影。我和去病的眼力都比一般人好，虽只就着月色，却都已半看半猜出对方。

我看到的一瞬虽然惊讶，反应却还平静，但去病显然十分震惊，立即顿住了脚步，不能相信地凝望着。

无法知道这是一场真正的偶遇还是一场制造的“偶遇”，只见李敢屈膝低头向李妍行礼，李妍伸手示意他起身，李敢在起身的刹那居然拽住了李妍的指尖。

李妍大概也没有想到李敢有此意外之举，一脸惊讶，身子轻轻一颤，双眼中蓦地隐隐有泪。

一向聪明机变的李妍此时却化作了石块，没有抽手，只呆呆望着李敢，李敢抬头看向李妍，两人的视线相对时，他好似霎时清醒，立即放开了手，匆匆退后几步。

虽然只是短短一瞬，短得我都怀疑自己眼花，虽然只是三根手指的指尖，只怕李敢连李妍的手温都未曾感受到，可那隐忍间的爆发，爆发时的极力克制，更是令人心惊。

也许李妍原本有话想提醒李敢，可她现在却只是一言不发，匆匆地从李敢身侧逃开，她的速度太快，我和霍去病还未来得及找地方躲藏，已被她看见。

她立即定在当地，脸色惨白地望着我们，李敢也发现了我们，下意识地几个箭步，闪身挡在李妍身前，仿佛我们是洪水猛兽，就要伤害到李妍，可他又立即明白过来，现在的状况比遇见洪水猛兽更可怕，也不是他能挡的。

李敢的双眼内有冷光，手紧握成拳头。霍去病眼中的震惊散去，把我往身边拉了下，护住我，带着丝冷笑道："李三哥打算杀人灭口吗？"

李妍几声轻笑，从李敢身后走出，短短一会儿，她已面色如常："我们的死活自然全不在骠骑将军眼中，不过你的宝贝玉儿能否逃脱可不见得。"

李敢和霍去病都不明白她这番话的意思，我哼了一声："我不知道你们的反应怎么这么古怪，我和去病刚过来就看到娘娘匆匆跑过来，我们还未行礼，李大人又冲了过来。"

李妍笑道："本宫散步已久，已经累了，就先回去了。"

她说完就姗姗离去，我望着她的背影道："我本就没打算用这个做文章，否则不会等到今日，不是因为怕，而是因为怜悯。"

李妍脚步未变地消失在夜色中，可原本挺得笔直的背脊却刹那有些弯，似乎不堪重负。

李敢冷冷地看了眼霍去病和我，一言不发地转身离去。

霍去病嘴角微翘，似笑非笑地望着我，我举了举手，做了个投降的姿势，赔着笑说："我立即从头道来。"

说是从头道来，我却只告诉了他李敢无意捡了条帕子，我把帕子烧了，没想到李敢依旧凭借帕子认出了李夫人，以及当日李敢为何想射杀我的事情。

故事讲完，我们已经回到住处。

对事情前后，我对李夫人态度变化的漏洞他一字未问，人斜斜倚在榻上，面无表情，沉默地看着我卸妆。我几次开口，想转到别的事情上去，他却都没有接话，我也沉默了下来，屋子中异样的安静压得人有些喘不过气来。

我从镜子中望着他，心里越来越难受，咬了咬唇，刚想说话，他忽地起身，走到我身后，盘膝坐下，拿了梳子替我一下下梳着头。

“去病，我……”

“不用解释了，当日你为孟九那么做没有错，你的性格本就如此，我喜欢的也就是这样的你。只能庆幸地说，我比孟九有福，以后拥有这些的人是我。”他把我拥到怀里，轻声说道。

正为他言语间的款款深情感动，看到镜子中他嘴角的笑意、眼中的促狭，蓦地反应过来，一下挣开他，回身气打他：“你故意的！你故意装生气，装介意，你故意吓唬我！你个小气鬼！”

他哈哈大笑起来，姿态轻松地与我过了几招，一手握住我的手，一手揽住我的腰，两人滚倒在地毯上：“你当年可让我吃了不少苦头，我现在吓唬吓唬你也不为过。”

他的大笑声，我的娇嗔声，盈盈一室。

·——·——·——·——·

连着两日，我像一只小尾巴一样黏在霍去病身后，反正骑马打猎我样样不比这些男人差，甚至真要比，我才会是捕获猎物最多的人。不过现在不是我显示自己狩猎天分的时候，我只是做到让其余男子不觉得我跟在霍去病的身边是个负累就好。

不过，我有一个极不好的习惯，我总是忘记用弓箭。一看见猎物，选择的本能攻击方式居然是近身扑击，去病为此差点儿笑弯腰，每次都要提醒我：“玉儿，你有背后的弓箭可以借用，不要老是像只狼一样张牙舞爪地扑上前去。”看我侧头瞪他，他又忙笑补道，“你张牙舞爪的样子很可爱，其实我是很喜欢看的。”

哼！看他笑得嘴歪歪的样子，信他？才有鬼！

隔着山头，听到远处传来呼叫声：“一大群鹿！”我闻声立即鼓掌叫道：“鹿肉！”

霍去病纵身向前奔去，笑叹道：“好个直奔主题，看为夫的手段，今天晚上让你吃个够。”

真的是一大群鹿，密密麻麻，恐怕有几千只，奔腾在山谷间，头上锋利的角在阳光下闪烁着寒光。

我困惑地望着这群野鹿，鹿群并没有大规模迁徙的习性，此地怎么会有这么多野鹿合群而行？

一侧头，发现公孙敖站在霍去病身侧，不知道他和霍去病说了什么，去病的脸色透着青，显是十分气怒。我向他们行去，公孙敖向我笑着点头，打了个招呼，指着鹿群对霍去病道："大将军一意把此事隐藏，就是不想多生事端，连我都是昨日无意听到大将军的近侍聊天才知道。将军心中知道，留神戒备就好，现在还是好好玩乐。"

我问道："怎么了？"

霍去病举弓对着山谷中的鹿群："李敢打了舅父。"伴着话音，羽箭快速飞出，隔着这么远，霍去病射出的箭正中鹿的脖颈。

"啊？他……"我不知道该说李敢什么，他竟然如此冲动冒失，敢打卫青。

卫青在去病心中的地位十分特殊。去病自小没有父亲，当时的卫青也还未有自己的孩子，去病第一次上马是卫青抱上去的，第一次挽弓也是卫青把着他的手教他的，去病听到的第一个故事就是舅父征战匈奴的故事，去病的人生梦想也是在童年对舅父的景仰中立下。虽然现在表面上看着去病和卫青在军中各自为政，可卫青在他心中的地位却是无人可替代。李敢如此对卫青，比打骂去病更麻烦。

"你不是想吃鹿肉吗？再不快点儿，鹿就要跑光了。"霍去病领先向山谷飞跃而下，公孙敖陪着他急速掠向鹿群。

我看他极力克制着怒气，不想多谈这件事情，遂也放开此事，随在他和公孙敖身后奔向山谷。

对山谷熟悉的侍卫彼此呼叫着指点主人路径和哪个方位已被人占领，随在我身后的侍卫刘大山不小心在石头上扭了下，虽然伤得不严重，可奔跑的速度却明显慢下来，他请我先走，我顾及此处虽还未近鹿群，可万一野鹿奔过来，却会十分凶险，不敢丢下他："不要紧，我们慢一点儿过去，不影响猎鹿。"抬头寻霍去病的身影，想让他等我一下，却不知何时他和公孙敖已消失在山石树丛间。

人未近山谷，忽听到底下的惊呼声，混在鹿蹄声间，隐约不可辨。我心中不安，只想着霍去病，再顾不上他人，匆匆对身侧的侍卫道："你留在这里，不要下来，我先走一步。"

话未说完，人已急速而去。在山石间飞掠而过时，忽见一个穿得与我一模一样的女子在树林间一闪而逝，我心内十分诧异，一时却顾不上多想，只急急向前。

山谷越往此处越窄，两侧的山崖陡直如削，群鹿奔腾的声音宛如雷鸣，响彻深谷。霍去病竟然孤身一人立在群鹿间，他脚边不远处，李敢胸口插着一箭，躺在几头死鹿身后，不知是死是活。

霍去病一手三箭，箭箭快狠准，奔近他的鹿纷纷在他身前毙命，可后面的鹿依旧源源不绝，只只不要命地向前冲，头上的鹿角锋利如刃，随时有可能插入霍去病身上。他把离他脚边近的死鹿顺脚踢起，垒在他和李敢身子两侧，作为暂时的屏障。

山谷外的侍卫狂呼大叫着，赵破奴他们几次想冲进鹿群，可都被鹿群逼退，只能在外面射箭。

刘彻在侍卫保护下出现，看到霍去病的状况，对一众侍卫怒叫道："还不去救人？"

侍卫急急回禀道："鹿太多，全都野性毕露，这里的地形又极其不利，两边是悬崖，只中间一条窄道，我们很难冲进去，只怕要调动军队。"

刘彻立即惊醒，随手解下身上的玉佩，递给公孙贺："传朕旨意，调守护甘泉宫的军队进来救人。"

被众多侍卫护在中间的李妍凝望着鹿群间的霍去病和李敢，脸色煞白，身子摇摇欲坠。

刘彻紧握着拳头在地上走来走去，焦急地等着军队来，一面怒问道："究竟怎么回事？李敢怎么了？"

所有的侍卫都面面相觑，一个胆大的恭敬回道："臣等不知道发生什么事情，当时骠骑将军和关内侯身边都没有侍卫随行。"

与我们焦虑的神色相反，立在众人之后的卫伉看向霍去病时，眼中似带着隐隐的笑意。

卫青的门客都纷纷背叛他而去，唯一留下的任安自然极得卫氏诸人的重视，现在贵为太子少傅。他独自一个人立在角落处，阴沉着脸盯着远处，时不时与卫伉交换一个眼神。

在远处打猎的卫青此时才赶到，看到场中景象，听到侍卫的回话，一向沉稳如山的他脸色猛变，视线从公孙敖、任安、卫伉脸上扫过，公孙敖、任安都不安地避开了他的视线，低下了头，卫伉却是愤愤不平地回视着父亲。

我立在树端，居高临下地看着一切。

去病箭筒中的箭越来越少，如果箭没有了，去病该如何面对千百只愤怒的鹿蹄和锋利的鹿角？身子不自禁地颤着，一颗心慌乱害怕得就要跳出胸膛。

一定要镇静，一定要镇静！金玉，如果你要去病活，就一定要镇静。连着说了几遍后，我跳下树，向赵破奴跑去。

去病身上的羽箭只剩最后三支，众人齐齐屏息静气地看着他，他瞟了眼地上的李敢，手发三箭的同时，身子急速向李敢跃去，拿了李敢身上的箭筒的刹那，又一个干净利落的翻转落回原地，搭箭挽弓，又是三箭，眨眼间三鹿已倒，可有一头鹿已冲到他身前，距离过近，箭力难射。

那头鹿锋利的角刺向他的腰，远处的鹿又在冲来。他右手四指夹着三箭，抬起右脚搭弓。左手抽刀，刀锋准确地落在身前的鹿脖的同时，三支箭也快速飞出，穿透了三只鹿的脖子。

电光石火间，霍去病的一连串动作兔起鹘落。生死一瞬，却依旧透着洒脱不羁，英挺不凡，包括刘彻、卫青在内的所有人都忍不住大叫了一声“好”。

出自霍去病旗下的几个将军侯爷甚至挥舞着刀，如在军中，有节奏地呼喊着“骠骑将军！骠骑将军……”

我把赵破奴拽到一边：“赵侯爷，麻烦你立即去追公孙贺，等他传完圣旨，再设法和他一道回来。不用你做任何事情，只需要用你的眼睛看着他的一举一动。”我没有时间客气和解释，只简洁地说着要求。

赵破奴面色先一怔，接着一变，继而落地有声地道：“末将一定做到！”他用的是军队中接到军令的口气，无形中用生命保证完成我的要求，我感激地点了下头，他立即转身离去。

我从几个侍卫手中抢过箭筒，全部绑在身上，拣地势孤绝处向上攀去，待觉得高度角度都合适时，身子吊在一棵探出崖壁的松树上，闭目了一瞬，长长的狼啸从喉间发出。

伴着狼吟，我松开手，身子仿若流星，急速地坠向山谷。鹿群听到狼啸，队势突乱，急急地尽力避开我所处的方位。鹿的数量太多，谷中的地势又十分狭窄，彼此冲撞在一起，虽然慢了来势，却没有地方可逃。

我抛出金珠绢带，钩在树上缓一下坠势，又立即松开，重复三次后，已接近地面。最后一次松开，落下的同时，几近不可能地在鹿角间寻找着落脚点。

众人全都屏息静气地盯着我，此时我人在半空，无处着力，脚下又都是奔腾着的鹿，坠落的速度越来越快，似乎等待着我的唯一结果就是死亡。

金珠先我而去，三击三中鹿头，三只倒下的死鹿替我微微挡了下奔腾的鹿群，我趁机落在了死鹿的鹿角后，金珠抡圆，周密地护着全身，同时以狼啸逼慢一部分鹿。

霍去病一声大叫："金玉！"他这可不是什么见到我欢喜的叫声，而是暴怒震惊的斥责声。

我向他一笑，一面随着鹿群艰难地接近他，一面吼道："看顾好自己，我若发现你现在因为分神而受伤，一定一年不和你说一句话。"

两人之间的距离，往日以我们彼此的身手不过几个起落，今日却走得万分艰难，每一步都在成百上千只奔腾的鹿蹄、锋利的鹿角间求生，当我越过他用鹿尸堆成的屏障，落在他身侧时，我和他的眼中都有泪意。

不管下一刻发生什么，不管今天能否脱困得生，至少我们在一起了。

我到的那一刹那，他正好射出最后一支箭。我立即把背上的箭筒扔给他，霍去病接箭筒，挽箭，一连串动作快若闪电。望着轰然倒下的鹿，我刚才一直的冷静突然散去，心急急跳着，幸亏到得及时，如果再晚一些，不敢去想会发生什么。

我的箭术不如他，所以不浪费箭，把带来的箭筒全都放在了他的脚边。把死鹿拖着垒好"堡垒"，又赶紧去检查他是否伤着。

他一面搭箭，一面轻声骂了句："你个蠢女人！"

躺在地上不动的李敢，咳嗽了两声，断断续续地说："这样……的……蠢……是你的……福。"

我看霍去病身上虽有不少血迹，自己却没有受伤，遂转身去看李敢，箭中得很深，因为穿着黑衣，远处看不出来，此时才发现大半个身子已经被鲜血浸透。

我把金创药全部倒到他伤口上，他扯了扯唇角，艰难地一笑："这可是霍去病的箭法，不必……费劲了，他虽没有想要一箭毙命，可也没有留情。早点儿救还说不定能活下去，现在……不行了。"

我急急想止住他的血："你一定要活下去，李妍正在外面，她一副快要晕倒的样子，你若真死了，她只怕真要再大病一场。"

李敢面上的表情变幻不定，这一生的哀愁、痛苦、欣悦都在刹那间流转过。

"去病，你……为什么？"此时此地，我不好说他糊涂，可他此事真做得糊涂，他要李敢死，这没什么，可他不该用这么蠢的方法。李敢是大汉朝的堂堂王侯，家族世代效力汉朝，他如此射杀李敢，按照汉朝律法也是死罪。

霍去病一声不吭地盯着前方的鹿群，"嗖嗖"几声，几头鹿又应声倒地。

李敢低低地道："你不必生气，我们都被人设计了。我这几日心中不快，所以命侍从都走开，只身一人专拣偏僻处打猎，到此处时一个女子突然出现，莫名其妙地就和我打在一起，招招狠辣，逼得我也不得不下杀手，看到你今日的装扮，我才明白……"他咳嗽起来，话语中断。

我一面替他顺气，一面道："我明白了。我刚才隐约看到一个女子打扮得和我一模一样，鹿群奔跑的混乱本就让人心烦意乱，血气涌动，杀意萌生，何况去病事先已被公孙敖激起怒气，他在远处只看到身影，再加上你以前就想杀我，那日晚上我们撞破你和李妍时，你又动了杀念，所以去病急怒之下就射了你。"

李敢呵呵笑起来，嘴角的血向外渗着："公孙敖和你说我打了卫大将军？"

霍去病沉默地没有回答他，李敢自顾说道："当日听闻父亲自尽，我一时伤心过头，就去找卫大将军，想问个清楚明白，他为何不肯让父亲带兵正面迎敌，父亲又不是第一次迷路，为什么偏偏这次就会自尽？他的侍从拦着不让见，嘴里还不干不净地说着话，全都是些辱骂父亲的言辞，我一怒之下就大打出手，恰好卫大将军出来，他想喝止我，我气怒下顺手推了他，但立即就被侍卫拉开了。卫大将军问我为何打人，我能怎么说？难道要把他们辱骂父亲的言辞重复一遍？何况当时正气急攻心，觉得都是一帮小人败类，懒得多说，没想到恶人先告状，那两个侍从一番言语，就变成了我主动生事。"

我哼了一声，冷声道："这已经是半年前的事情了，公孙敖早不说，晚不说，偏偏今日就说了出来。"

李敢猛地剧烈咳嗽起来，嘴里的血不停涌出，他拽着我的手："金玉姑娘，求你……求你……"

一个生命正在我眼前消失，看到他眼中的不舍和痛苦，我突然觉得过往的一切恩怨都没什么可计较的，犹豫了下道：“我不可能没有底线，但我答应你一定尽力忍耐李妍，也会劝去病不要伤及她的性命。”

李敢大喘了几下，眼中满是感激，面色虽然惨白得可怕，但神情却很平静。看到他的平静，我本来的几分犹豫散去，一点儿都不后悔做出这个承诺。

他合上了双眼，嘴角带着一丝笑意，右手的食指缓缓移动，手簌簌颤抖着，却仍然挣扎着想做完一件事情，抖了一会儿，手终于停了下来，一动再不动。嘴边的那丝笑，凝固在殷红的血色中，透着说不尽的凄凉悲伤。

我轻轻抬起他的手，一个用鲜血画出的藤蔓，浸透在袖边上，虽然没有写完，可因为我对这个太熟悉，明白那是一个藤缠蔓纠的“李”字。

我不是一个多愁善感的人，可看到这个“李”字，想起初见他时，大碗喝酒，大块吃肉，豪气冲天的场景，心里也酸楚起来，本想立即用刀把袖片划碎，一转念，把袖片细心割下，藏入怀中。

远处赵破奴、复陆支、伊即靬率领着全副武装的军士隔开鹿群，向我们冲来的鹿数量锐减，我们的箭也恰好用完，霍去病随手扔了弓，用刀砍开冲撞过来的鹿。

“他死了。”我走到霍去病身侧，挥舞金珠打死了几头欲从侧面冲过来的鹿，“李敢的话已经死无对证，不过还有很多蛛丝马迹可查。鹿群很有问题，我虽然不知道他们用什么法子让这些鹿会聚到此处，但给我点儿时间，我一定可以查清楚。”

霍去病伸手来握我的手，眼睛看着逐渐接近的赵破奴他们：“我要你把李敢刚才说的话全部忘记。”

他的手冰冷，我的手也变得冰冷。

我的眼中涌出泪水，紧咬着唇把眼泪逼回去：“好！”

赵破奴奔到我们身前，单膝向霍去病跪下，脸却是朝着我：“末将幸不辱命！”

赵破奴看到血泊中的李敢，脸色瞬间大变，复陆支、伊即靬性格粗豪，没什么避讳地问：“关内侯死了吗？”

霍去病淡淡吩咐：“把李敢的尸身带上。”说完不再理会众人，当先而行。

赵破奴向我磕头：“如果末将再快点儿，也许关内侯可以活着。”

我摇了下头，沉默地远远随在霍去病身后。

刘彻见到霍去病的一瞬先是大喜，却立即敛去。

复陆支把李敢的尸身搁在地上，李妍一声未吭地昏厥过去，随行的宫人太医立即护送她回甘泉宫。

刘彻的视线在李敢尸身上扫了一圈，冰冷地盯向霍去病，一面挥了下手。原本守在周围的侍卫和官阶低的人都迅速退远。有侍卫想请我离开，我身子没有动地静静看着他，一向沉默少言的卫青突然道："让她留下吧！"侍卫犹豫了下，迅速离去。不一会儿场中只剩卫青、公孙敖、公孙贺等位高权重的人。

刘彻冷冷地说："你给朕个理由。射杀朝廷重臣，死罪！"

霍去病上前几步，跪在刘彻面前，却一句话都不说。

刘彻的面色渐渐发青，公孙敖匆匆跪下，哭泣道："臣死罪！关内侯当日殴打卫大将军，卫大将军顾念到关内侯因为父亲新丧，悲痛欲绝下行为失当，所以并未追究，可臣今日一时失口竟然把此事一五一十全部告诉了骠骑将军。"

刘彻气得一脚踢在公孙敖身上："去病的脾气你就一点儿不知吗？"

公孙敖在地上打了个滚，又立即翻身跪好，顾不上身上的伤，只磕头不止，口中频频道："臣死罪，臣死罪……"

不大会儿工夫，公孙敖已是血流满面。卫青眼中情绪复杂，最终还是不忍占了上风。当年公孙敖对他的救命之恩，他真的是感念一生。卫青跪在刘彻面前，磕头道："一个是臣的外甥，一个是臣的下属，李敢之死，臣也应该负责，求陛下将臣一并惩治。"

刘彻没有理会卫青，只怒指着霍去病骂："看你带兵和行事比年少时沉稳不少，还以为你有了妻子儿子知道收敛了，今日却又做出这种事情，你给朕老实说，李敢究竟还做了什么？"

霍去病的身子挺得笔直，背脊紧绷，可他的心却在寒冰中，他用表面的强悍掩藏着内心的伤痛，他从小视作亲人的卫氏家族还是对他出手了。

刘彻肯定也感觉到事情有疑，在言语中替他找着借口和理由，希望把责任推给李敢，可霍去病怎么可能往一个已经死亡、不会替自己辩解的人身上泼污水来为自己开脱？他更不可能说出实情，让卫青陷入困境。刘彻一直寻找着机会打压卫青，但卫青行事从无差错，此事一出，即使卫青完全不知情，刘彻都不会放弃这个良机，将公孙敖的错算到卫青头上，何况以卫青重情义的性子，也绝不会舍弃公孙敖。

刘彻等了霍去病半晌，霍去病却依旧一句话不说。刘彻怒道：“你是认为朕不会杀你吗？”他蓦地指着我道，“金玉，你过来！”

我上前静静跪在霍去病身侧，霍去病一直纹丝不动的身子轻轻颤了下，却依旧低垂目光看着地面，一言不发。

刘彻道：“今日见了金玉举动，朕虽然不喜金玉，但也不得不赞一声，这个女子担得起你为她所做的一切，你打算让她做寡妇吗？”刘彻冷着声缓缓问，“或者让金玉陪你一起死？”

霍去病垂放在身子两侧的手紧紧握成拳，青筋直跳，手指过处，地上的碎石被无意拢入掌中，他的指缝间鲜红的血丝丝缕缕渗出。

我去握霍去病的手，用力把他握成拳的手指掰开，把他掌中的石砾扫去，擦干净左手后，自顾道：“另一只手。”他愣了下，把另一只手递给我，我把碎石轻轻扫干净后，拿帕子把血拭去，淡淡道，“好了。”说完握住他的手，他虽没有推开我，却仿若木头，没有半点儿反应。我固执地握着不放，眼睛痴痴地盯着他。好一会儿后，他终于侧头看向我，我向他一笑，他的眼中光华流转，歉疚温暖都在其间，原本的伤痛冰冷退去几分，缓缓反握住了我的手。

我们两人旁若无人，众人也都表情呆住。刘彻忽地连连冷笑起来：“金玉，朕若问你是否想死，恐怕是多此一举了。”

我恭敬地磕了个头，心中对刘彻满是感激，不管他是因为惜才，还是感觉到事情有疑点，但他一直在给霍去病机会，甚至想用我的生命做威胁去撬开霍去病的嘴。

“陛下，民女随骠骑将军一起。”

刘彻沉默地在原地走来走去，一面是大汉律法和后世千载的名声，一面是霍去病的性命，就是一贯被人称赞为睿智的大汉朝皇帝也头疼万分。良久后，他面色带着疲惫，问道：“听闻今日还有侍卫不小心被鹿撞死？”

一旁的侍卫首领立即回道：“是，共有八个侍卫被鹿撞死，张景、刘大山……”

刘大山？我从公孙敖、任安面上扫过，漫不经心地想，他们做得倒也还算周密。

刘彻听完后，点了下头，抬头望着天，近乎自言自语地说：“李敢身陷鹿群，不慎被鹿撞倒后身亡，厚葬！”

众人愣愣，赵破奴他们率先跪下：“陛下万岁！”在场的大部分人也纷纷反应过来，跟着高呼“陛下万岁”，也有愤怒不满、恨盯着霍去病的人，但在刘彻冷厉的视线下，都低下了头，随着他人跪下。

自霍去病要我忘记李敢所说的话起，我一直很平静地等着一个宣判，此时却心情激荡，第一次真心实意地给刘彻磕头，真心实意地呼道：“陛下万岁！”

刘彻望了一眼弯身磕头的霍去病，眼中仍满是怒意，甩袖就走：“哼！万岁？真希望朕万岁，就给朕少惹点儿事情出来。”

第二十一章

偶遇

一场为了游乐的狩猎却在惨淡中收场。关内侯、郎中令李敢遭鹿撞身死，李夫人因为惊吓过度病倒在榻。刘彻再无游兴，率领文武官员从甘泉宫匆匆返回长安。

霍去病变得异常沉默，常常能一整日一句话都不说。

血缘亲情，对我是极奢侈的一件东西，他自小拥有，可在权力和皇位前却不堪一击。我不知道该如何去开解他，只能安静地随在他的身侧，当他转身或抬眸时能看到我，知道自己并不是孤身一人。

元狩六年的春天，无声无息地降临长安。待惊觉时，已经桃红柳绿，春意烂漫。

我和霍去病并肩在桃林中漫步，他随手掐了一朵桃花插在我的鬓间，嘴贴在我耳朵边问："你想去看儿子吗？"

我怔了下，不敢相信地问："不是宫里的？"

他轻轻"嗯"了一声。

因为此事一旦被泄露，不仅仅关系到我们的生死，还会拖累九爷他们，所以我和霍去病一直很有默契地绝口不提。可是怎么可能不想呢？只是不敢去想。我回身搂住去病的腰，脸伏在他的胸膛上："想。"

他笑着拧了下我的鼻子："呀！呀！看看！一点儿眉目都还没有的事情，你就不惜在大庭广众下主动投怀送抱，放心吧！不用你色相勾引，我也一定尽力。"

我又羞又恼，一掌推开他，转身就走，他在身后大笑起来。我面上佯怒，心里却透着喜，他又慢慢变回本来的霍去病了。

晚上用过晚饭后，去病叫了霍光去书房，两人在房内谈了许久。出来后，霍光的眼中多了几分刚毅，好似一会儿的工夫就长大了几岁。

“你劝光弟离开长安，回家吗？”

“没有！每个男儿都有一条自己认定的路，都有自己想成就的梦想，他的人生他自己做主。我只是和他讲清楚了如今长安的形势，告诉他也许以后我不但保护不了他，反而他会因为我而生出很多麻烦和危机。”

想着刚才霍光的神色，已经明白霍光的决定：“光弟仍旧决定要留在长安城？”

去病笑着点点头，神情中含着几分赞许。

三月间，桃花开得最烂漫时，朝堂内的争斗比最火红的桃花还热闹激烈。

李敢的葬礼，霍去病没有出现，反倒卫青、公孙敖等人前去致哀。

平阳公主出面替李敢的两个女儿说亲事，刘彻也许对李敢有歉疚，也许出于想进一步分化卫青和霍去病的目的，同意替太子刘据定了亲，将李敢的两个年纪还小的女儿定为太子的妃子。

虽然李氏家族有能力的壮年男丁尽去，只剩了一门寡妇弱女幼儿，一派大厦将倾的惨淡景象。但从秦朝时，李家就频出大将，在朝中和民间的人心仍在。李敢的侄子李陵，年纪虽不大，可已经表露出很高的军事天赋，也甚得刘彻欣赏，刘彻说过好几次待他稍大一些就要封他做天子侍中。霍去病十八岁时受封天子侍中，李陵也隐隐有成为一代大将的可能。

卫氏此举不但博取了朝堂和民间的赞誉，把支持、同情李氏的人心暗暗拉向了太子，而且立即把霍去病射杀李敢的事情和卫氏划分得一清二楚。

虽然刘彻下了封口令，可李敢被霍去病射杀的消息仍旧不胫而走，朝廷内同情李氏家族遭遇的人越来越多，以前众人一心排斥卫青为首的外戚卫氏，此时有了对比，才个个觉得行事谦恭有礼的卫青还不错，对卫氏冒着不惜得罪霍去病的风险，维护李家老幼的做法更是赞赏，矛头开始隐隐指向了霍去病。

虽然有刘彻的重压，但是依然挡不住各种弹劾奏章，甚至发生了众官哭求皇帝不可罔顾国家律法，纵容杀人犯。刘彻无奈下，决定贬霍去病去酒泉守城，远离长安，避避风头。

刘彻当时审问霍去病时，只有少数人在场，事后也封锁了消息。为什么当时只有少数人知道的事情，最后变成了朝堂内人尽皆知的事情？为什么有那么多人突然胆子大到敢一再弹劾霍去病？

霍去病对朝廷内的风浪涌动视若不见，继续我行我素，他似乎还在暗自鼓励着弹劾他的人，原本他可以设法阻止这场波澜，可他只是淡淡地看着这场朝堂内倒霍的风波愈演愈烈。

霍去病在准备去酒泉前，第一次大违他一贯的行事风格，主动参与到朝廷政治中，而且一出手就惊人，他请求皇帝册封以刘髆为首的三位皇子为藩王。

大司马臣去病，昧死再拜上疏皇帝陛下：陛下过听，使臣去病待罪行间。宜专边塞之思虑，暴骸中野无以报，乃敢唯他议以干用事者，诚见陛下忧劳天下，哀怜百姓以自忘，亏膳贬乐，损郎员。皇子赖天，能胜衣趋拜，至今无号位师傅官。陛下恭让不恤，群臣私望，不敢越职而言。臣窃不胜犬马心，昧死原陛下诏有司，因盛夏吉时定皇子位。唯陛下幸察。臣去病昧死再拜以闻皇帝陛下。

去病把写好的请求册封三位皇子的奏章递给我，我细读了一遍，又递回给他："很好呢！十分待罪、十分谦恭的样子，不过真要谦恭，就不该写这样的奏章了，不知道陛下会怎么想！"

去病一笑，收起了奏章，并未多言。

皇子一旦被册封为藩王，就要离开长安前往封地。名义上好似有了自己的属地，其实却是彻底杜绝了他们在长安城和太子一争长短的心。

霍去病釜底抽薪的举动，一石激起千层浪，满朝上下争议不休，保太派和倒太派的斗争白热化，就是以往认为可以暂时置身事外的臣子此时也不得不考虑好何去何从。

刘彻对霍去病的请求没有给予任何回应，朝堂内僵持不下。

几日后，丞相庄青翟、御史大夫张汤、太常赵充、大行令李息、太子少傅任安，联名上奏章，冒死进言支持大司马霍去病。

刘彻仍旧没有回应。

之后庄青翟、张汤、公孙贺等朝内重臣再冒死请命，一连四次，说的是冒死，却一次比一次人数多，隐隐然有百官逼求的架势，反对的声浪渐被压制，到最后近乎无声。

刘彻仍然没有给予回应。

请立藩王的事情是由霍去病开的头，可之后他却再没有任何举动，只是淡淡看着朝堂内的风云。到了此时，看着事情已经朝成功的方向发展，他眉宇间反带上了忧色："陛下现在春秋正盛，这样子做，即使陛下答应了，也会让陛下越发忌惮卫氏外戚和太子的势力。舅父怎么会让这样的事情一而再地发生？唉！大概他现在也压制不住这么多急功近利的人了。"

我道："卫氏是陛下一手扶植起来的势力，以陛下的才略，如今都控制不住，卫大将军控制不住卫氏也很正常。皇后、平阳公主、长公主、太子、将军、王侯……多少人的利益和欲望在里面？势力渐大，内部只怕也纷争不少，看看当年的吕氏、窦氏、王氏，卫大将军能压制到今日的局面已经很不容易。"

去病苦笑起来："是啊！每个人都有自己的私心和欲望，我不就是一个例子？明知道陛下对日益增大的太子势力有了提防，不想让太子势力发展太快，更想用其他皇子来牵制太子，可我还是给陛下出了这个难题。"

朝堂内、外的人都在等着一个结果，此事已经是开了弓的箭，如果刘彻不同意，那未来朝堂内的变动是可怕的。

我猜想长安城内，此时的皇亲贵胄家没有几个人能睡安稳，歌舞坊和娼妓坊生意的反常兴旺就是一个明证。

这种关头，李夫人突然要召见我。

事出意外，我琢磨着她究竟什么意思。霍去病把诏书扔到一旁，淡淡道："没什么好想的，托病拒绝。"

我想了会儿道："听说她一直病着，我想去见她一面。何况听听她说什么，也算了解敌方动向。"

霍去病肯定觉得我多此一举，但不愿驳了我的意思，笑道："随你，正好我也想去拜见一下皇后娘娘，那就一同进宫吧！”

·——·——·——·——·

刚进昭阳宫，人还未到，就闻到浓重的药味。

纱帘内，李妍低声吩咐侍女：“命金玉进来。”侍女眼中颇有诧异，掀起帘子放我入内。

李妍面色惨白，脸颊却异样地艳红。我虽不懂医术，可也觉得她病得不轻。她笑着指了指榻侧：“你坐近点儿，我说话不费力。”

她的笑容不同于往日，倒有些像我们初认识时，平静亲切，没有太多的距离和提防。

我依言坐到她身旁，她笑着看了会儿我：“你看着还是那么美丽健康，仍然在盛放，而我已经要凋零了。”

“不要说这些丧气话，宫里有的是良医，你放宽心思，一定能养好身体。”

她浅浅笑着：“我自己的身体，我心里比谁都明白，我的日子不多了。步步为营，争来争去，失比得多，金玉，你还恨我吗？”

往日一幕幕从脑海中滑过：那个轻纱覆面、眼波流转的少女；那个容颜倾国、愁思满腹的少女；那个教我吹笛、灯下嬉笑的少女……

我摇摇头：“我不想恨。这几年我发现一个道理，仇恨这种东西在毁灭对方前，往往先毁灭的是自己。我愿意遗忘，愿意把生命中快乐的事情记住，愿意把不愉快都抛在身后，继续向前走，人这一生，不过短短数十年，即使赶着走，都只怕会有很多好看的、好玩的没有时间见、没有时间玩，有恨的力气，不如用来珍惜已经拥有的幸福。”

李妍侧头咳嗽，我忙拿帕子给她，等她把帕子扔到一旁时，上面已满是血迹。我心中黯然，她却毫不在意地一笑：“小玉，你是运气好，所以可以如此说。人生中有些仇恨是不能遗忘的。我举一个极端的例子，如果有人伤到了霍去病，你能原谅吗？你能遗忘吗？你会善罢甘休吗？只怕是拼了自己的性命也要去报仇。”

她未等我回答，就摆摆手：“事情到此，我们之间没什么可争的。今日请你来，只想求你一件事情和问你一件事情。”

“请讲，在我的能力范围内，我会尽力。”

“小玉，我已心死，什么都不在乎了。可我放不下因为我的私念而被带入纷争中的亲人，我倒不担心髆儿，只要我求陛下答应霍去病提出的册封藩王的请求，让髆儿远离长安，自然就躲开了一切，可哥哥们却躲不开，特别是二哥，他对权力的欲望越来越大。”

“我懂你的意思，可李妍，你应该明白此事取决于李广利，如果他行事不知收敛，迟早还是会出事。至于去病，你不用担心，我想……我想一旦陛下准了册封藩王的请求，这大概是去病为太子和卫氏做的最后一件事情。”

去病自小到大的优越生活和十八岁就得到皇帝的重用都和卫氏分不开关系，只要他心中认定的恩怨已清，从此后卫氏是卫氏，他是他。

李妍显然不明白我话中的意思，困惑地说：“最后一件？”她看我没有解释的意思，遂笑了一下，没再多问，“我会对二哥再极力约束和警告一番，至于他能否遵照，我也没有办法了，陛下念着我，应会对他比对他人多一些宽容。人事我已尽，剩下的只能听天由命了。”

李妍静静看着熏炉上的渺渺青烟，半晌都没有说话，我也没有吭声，默默等着她要问的事情。

“李……李敢他临去前说什么了吗？”

这就是李妍临去前未了心愿中的两桩之一，李敢泉下有知也可以瞑目了。我暗叹一声，从怀中掏出那截血袖，递给李妍。

李妍怔怔看着袖子，眼中慢慢浮起雾气，眼泪一颗又一颗，宛若断线珍珠般滴落在袖上。

她蓦地咬破食指，用自己的鲜血把那个未写完的藤蔓“李”字一点点续写完。一个血色已经发暗，一个依旧鲜红，明暗对比，互不交融，却又互相映衬，仿若他们此生的有缘无分，纠纠缠缠。

她捧着袖子又看了一会儿，递回给我：“此生再麻烦你最后一件事情，帮我把它在李敢坟前烧掉。”

我点点头。

她笑握住我的手，我回握住她。她朝我一笑，明媚如花，好似我们多年前初见，她摘下面纱时，那个令日月黯淡的笑容：“小玉，你回去吧！我会求陛下把嬗儿还给你们，但霍将军如今的位置……陛下不见得会准，只望你不要怨恨我。如果真有一日，大汉兵临楼兰城下，还求你念在我们初相识时的情分上，求霍将军眷顾几分无辜百姓，约束手下士兵，不要将兵戈加于他们。”

我替她理了理鬓边的乱发，扶着她躺回枕上：“你的病都是因心而起，不要再操心了。不会有那一日的，如果真有那么一日，我定会尽力。”

她闭上了眼睛，声音细小，好似自言自语：“我好累，好累，就要可以休息了，娘亲见到我，应该不会责备我吧？我已经尽力了，不知道她有没有见到父亲。我想听孔雀河畔的牧歌，价值万金的琼浆佳酿怎么比得上孔雀河的一掬清水好喝？其实我喜欢的不过是夜晚围着篝火唱歌跳舞，白日与所爱之人驱赶着牛群羊群寻找草场，我宁愿生了一堆孩子后腰身粗壮，宁愿双手因为搓羊绒而粗糙干裂，也不愿做倾国倾城的夫人……”

我轻轻起身，向外行去。

侍女都被屏退，此时宏大幽暗的宫殿内只有李妍躺在纱帘间，她这一生一直都是孤独的。

我以前一直很想问她，是否后悔过选择进宫，可到今日，恩怨全消，只希望她能平静地离去。对她而言，她真的尽人事了。西域的儿女若都如她，刘彻想要征服西域，只怕即使胜利，也会让汉朝耗尽国库，死伤惨重。胜，百姓苦，败，百姓苦，胜败之间，家破人亡、妻离子散的永远只是无辜百姓。

我通知守在外面的侍女进去，正要离开，李妍的贴身侍女却拦住了我：“金姑娘，麻烦你劝一下娘娘，让她见见陛下。”

我一脸诧异不解，她解释道：“娘娘自病重后，就不肯再见陛下，陛下每次来，她顶多隔着纱帘和陛下说几句话，陛下如今是一肚子气，几次想硬闯进去，可又担心娘娘的身体再禁不得气。”

我默默思量了会儿，回头望着身后的宫殿。李妍，你是用这种方式把自己更深地刻在刘彻心中吗？拥有天下的帝王有什么是得不到的？可他即将失去你，在你最美时，在他渴望着再见你一面时。

我向侍女欠身行了一礼：“恕我无能为力。”说完匆匆离去。

马车内，去病看我一直沉默，也不打扰我，由着我默默发呆。

半晌后，我没头没脑地说：“陛下就要答应册封藩王的事情了。”

霍去病的眉毛微挑：“李夫人会这么轻易放弃？”又立即反应过来，“难道宫中的流言是真的，她的身体真不行了？”

“嗯，她本来身体就弱，现在已是心力交瘁，她为了儿子的安全，会在临去前求陛下答应册封皇子为藩王，朝内支持太子一方的臣子现在频频请命，李妍如果再以遗愿相求，陛下肯定会答应了。”

霍去病没有高兴，反倒长叹一声，伸手拉我入怀，我紧紧抱住了他，忽然想起刚才没有回答李妍的那个问题，我想李妍根本不要我回答，是因为她明确知道我真正的答案，手上不禁又加了把力气：“去病！”

“嗯？”

“你要永远和我在一起！”

霍去病的胳膊上也加了把力气，一字千钧重：“好！”

桃花谢，随风舞，一地落红，千点愁绪，倾国倾城的一代佳人也如落花，芳魂散风中。

在李妍弥留的最后一日，皇帝终于答应册封皇子，李妍含笑而终。

李妍，留下了关于她的美貌的无数传说，留下了刘彻的无限思念，留下了一个贫贱女子成为皇帝最宠爱的女人的传奇故事，可是她背后的辛酸挣扎都了无痕迹地被湮没在尘世间。而我，这个唯一知道她秘密的人，会让一切永远尘封在心底最深处。

·——·——·——·——·

霍去病带我离开长安，踏上了去酒泉的路途。

临去前，他请求带嬗儿同行，皇帝以嬗儿身体不好，酒泉偏远，宫中有良医，方便照顾为由拒绝了他的请求。

霍去病没有多谈其他事情，赵破奴却告诉我卫伉不知道存了什么心思，向皇帝请求随行，皇帝不知道出于什么考虑，在明知道卫伉和去病不和的情况下，准了卫伉的请求。

我顾不上想这些不快的事情，只惦记着我终于要离开长安，快要见到儿子，见到一出生就离我而去的儿子。兴奋过后又有隐隐的神伤，见到儿子的同时也意味着要再见九爷，将近一年未见，他现在可好？

说是守城，可自霍去病和卫青大破匈奴，匈奴远遁漠北，已不可能来骚扰酒泉城，根本没什么可守的。所以一路之上，霍去病走得很随意，遇见我喜欢的景致，常常索性停下，让我玩够再走。其实我心里很急迫，可越是急迫反而越要压住，唯恐露出异样，引得他人疑心。

卫伉继承了卫青治军严谨的作风，却没有卫青的谦和忍让，他身上更多的是豪门贵胄的傲慢。他对霍去病带兵如此随意十分不满，每次霍去病说多停一两日再走时，他都表示反对，霍去病对他的话全部当作耳旁风，一点儿不理会。卫伉的面色越来越难看，知道任何反对意见都是无效，不再自找没趣，索性闭上了嘴巴。只是背人处，他盯着霍去病的眼神越发阴沉狠厉。

走走停停玩玩，终于到了酒泉，霍去病安置妥当后，又带着我开始四处游玩。

沙漠草原上昼夜温差大，白天虽然热得要把人烤焦，太阳一落山，却立即凉快起来。我和去病常常骑着快马在沙漠草原中游荡一整夜，有时候，我想我们就这样待在酒泉，远离了长安，也很好，可知道那是不可能的，卫氏势力随着太子年纪渐长，日渐增大，去病是唯一能牵制卫青在军中势力的人，刘彻不会轻易放弃去病，而刘彻的不放弃，却会让去病身陷险地，太子的势力越大，他的危险越大。

没有战事，将军自然十分清闲。霍去病溜出了酒泉，带着我故地重游，隔着老远就看到了鸣沙山。恰是十五，天边一轮圆月，挂在山顶，清辉洒满大漠。我心中一下振奋起来，仰天大叫了一声，立即跳下了马，一面笑着，一面全速跑向泉边。在长安城，我永远不可能如此，这一刻，我真正感觉到，我离开长安了。

霍去病看我不同于路途上的高兴，而是从心里自然而然爆发出的喜悦，他也大声笑起来。

两人在泉边欣赏着圆月、银沙、碧水。

“玉儿，知道我这一生最后悔什么事吗？”

我脱去鞋子，将脚浸进泉水中，凝神想了会儿：“错过了正面和伊稚斜交锋，由卫青大将军打败了匈奴单于的主力。”

他也脱了鞋袜，把脚泡到泉中："战争的胜利不是靠一个人的勇猛，而是众多人的勇猛和协同配合，舅父迎战单于，我迎战左贤王，谁打败单于不重要，重要的是配合得到了胜利。"

"李敢的死？"

他摇摇头："大丈夫为人，立身天下，庶几无愧？做了就是做了，虽有遗憾，但没什么可后悔的。"

我撩着水玩，笑道："都不是，不猜了。"

他沉默了一瞬，望着水面道："我最后悔的事情就是当年你在月牙泉边离去时，我明知道你会来长安，却没有告诉你我的身份。"

我正在低头玩水，听到他的话，脸上的笑容一僵，手仍旧拨弄着水，心却没有了起先的欢快。其实在这泉边，我真正第一个认识、第一个告别的人并不是他。

两人说话的声音突然消失，我手中的水声成了大漠中唯一的声音，夜色被凸显得令人尴尬的寂静。

霍去病用脚来挠我的脚心，我怕痒，忙着躲，他却脚法灵活，我怎么躲都没有躲开，几次交锋后，尴尬在不知不觉中被驱走。我笑道："你再欺负我，我可要反击了。"话说着，已经掬起一捧水，泼到他脸上。

他用手点点我，嘴角一勾，笑得一脸邪气，脚上用力，猛地一打水，"哗啦"一声，我和他都全身湿透。

我嚷道："全身都湿了，怎么回去？会沾满沙子的。"

他笑着跳进了泉水中："既然湿都湿了，索性就不回去了，我们就在这里过夜，待明日太阳出来，把衣服晒干后再回去。"他一面脱下外袍，顺手扔到岸边，一面还对我挤了下眼睛。

我气结，指着他："你早有预谋。"

他嬉笑着来拉我："这么好的地方，不好好利用下，岂不可惜？"

我板着脸，不肯顺他的意跳入水中，他却毫不在乎地满面笑意，一手拉着我，一手去挠我的脚板心，我躲了一会儿，躲不开，实在禁不住他闹，无可奈何地顺着他的力道跳下了水。

他拖着我向泉中央游去，我忽地对他做了个噤声的手势，他纳闷地停下，侧耳细听。

的确是笛音，从很远处飘来，声音渐渐变大，似乎吹笛的人正在急速向月牙泉行来。不一会儿，霍去病也听到了声音，他气恼地嘀咕道："西域也出疯子，还是深夜不好好在家中睡觉，却在大漠中瞎逛吹笛的疯子。"

我笑道："大汉和匈奴犯了案的人，或者不愿意受律法束缚的狂傲之人，往往都云集到西域，此处国家多，势力彼此牵扯，是个鱼龙混杂的地方，有几个疯子很正常。"

我游向岸边，霍去病心不甘、情不愿地随在我身后。

笛音一变，从欢喜变成了哀伤，仿若一个沉浸在往日喜悦记忆中的人忽然发现原来一切都已过去，蓦然从喜到哀，一点儿过渡都无。

我心里惊叹此人吹笛技艺之高，也被他笛音中的伤心触动，不禁极目向笛音传来的方向看去。

一轮皓月当空而照，一匹雪白的骆驼正奔跑在漠漠银沙上，蹄落不生尘，迅疾可比千里马，竟像和汗血宝马齐名的天山雪驼。

一个身穿月白衣袍的人骑在骆驼上，横笛而奏，乌黑的头发张扬在风中，宽大的衣袍随风猎猎而舞。如此张扬的姿态，在此人身上却依旧透着文雅温和。

皎洁的月色流转在他的周身，却驱不走萦绕在他身上的孤寂伤心。他的笛音把整个大漠都带入了哀伤中。

霍去病笑赞："玉儿，他根本没有驱策骆驼，而是任由骆驼乱跑，和老子那家伙骑青驴的态度倒很像，走到哪里是哪里，不过老子只是在关内转悠，他却好气魄，把沙漠当自己家院子一样随意而行。"

随着身影越来越近，我本就疑心渐起，此时心中一震，再不敢多看，匆匆扭头，急欲上岸。

不一会儿，霍去病也认出来人，原本唇边的笑意消失，沉默地随在我身后游向岸边。

骆驼停在月牙泉边，九爷握着笛子默默看着泉水和沙山，一脸寂寥，一身清冷。圆月映照下，只有他和泉水中的倒影彼此相伴。

他抬头看向沙山，似乎想起什么，忽地一笑，可笑过之后，却是更深的失落。

我隐在沙山的阴影中，身子一半犹浸在水中，再走两步就是岸边，却一动不敢动。霍去病也静静地立在我身侧，寂静中只听到怦怦的急乱心跳，不知道是他的，还是我的。

骆驼喷了喷鼻子，从地上叼起一件衣袍，冲着我们藏匿的方向叫起来，九爷的手中迅速出现一个小弩弓，对着我们，含笑道："不知是何方君子高人？"

我仍然不想面对，霍去病却再难忍耐，笑着走了出去："孟兄，我们夫妇二人本就是寻你而来，不想却夜半相逢。"

我也只能随在去病身后，默默走出。

九爷看到霍去病半裸的上身，脸色发白，一时怔怔，忘记移开弩弓。在我身上匆匆一瞥，立即转开视线，低头从挂在骆驼上的袋子里抽了件袍子递给霍去病。

霍去病刚说了声"不用"，又立即反应过来，袍子不是给他的。他扭头看向躲在他身后的我。我的衣服因为泡过水，此时全贴在身上。

霍去病几分无奈地接过衣袍："多谢。"转身给我披在身上。

九爷缓缓收起弩弓，唇边带出一丝苦笑："上一次，我也是用这把弓，在这个地方指着你。"

霍去病侧头看向我，我拢着身上的衣袍，低头看着地面一声不吭。

三人之间怪异地安静，我急欲打破我们之间的沉默，匆匆道："九爷，我们是来看……孩子的。"孩子已经一岁多，我们却连名字都没有起。

九爷眼中带了暖意，笑道："未经你们许可，我就给他起了个小名，单字'逸'，我们都叫他逸儿。"

霍去病道："逸，既可解为隐伏遁迹，也可解为卓越超拔，这个名字很好，大名也做得，以后他就叫霍逸了。"

大恩难言谢，霍去病虽一直没有说过谢，可他特意用九爷起的名字给儿子做名，不管是我们，还是儿子，都要终生不忘，对九爷的感谢之心却尽表。

九爷看向我，好似对霍去病的意见根本没有听到，只是问我的意思，我道："我很喜欢这个名字。"

他淡淡一笑，未再对名字多言："我已命人把逸儿从天山接来，你们要去见他吗？"

霍去病和我相视一眼，都心神激动，他沉吟了一瞬："来回一趟，要明日太阳落山前才能赶回，时间耽搁太久，我怕有意外。玉儿，你再忍耐一下，如果别的事情耽搁就耽搁了，可此事我不想出一点儿差错。”

近在咫尺，却不得相见，我强笑着点了下头：“我明白，一年都忍了，这几日难道还不能忍？”

霍去病和九爷交换了一个眼神，定声道：“玉儿，我向你保证，你马上就可以和逸儿团圆。”

九爷淡淡笑着，眼中的落寞却渐重，视线从我脸上一掠而过，驱策骆驼转身离去：“那我等你的消息。”

霍去病扬声问：“我们到哈密后如何寻你？”

天山雪驼迅疾如风，转瞬间九爷的身影已去远，声音遥遥传来：“玉儿一进城自会找到我。”

霍去病瞟了我一眼，却没有多问。这两人一见面，就若高手过招，伤人于无形，我小心翼翼地左躲右闪，却还是一不小心就被剑气波及。

其实，我压根不明白为什么九爷说我一进城就能找到他，所以也无从向霍去病解释，只得苦笑着思索，想尽快转开话题，却真的让我找到刚才没有留心到的话语：“咦？你怎么知道九爷落脚哈密？”

霍去病一怔，眼睛看着别处道：“附近最大的城池就是哈密，所以我就猜他在哈密了。”

“格尔木不也挺大的吗？”

“玉儿，你见了逸儿，最想干什么？”霍去病不答反问，用一个我幻想了无数次的话题把我的心神引开，我心中虽有疑惑，但觉得他不说自有他不说的理由，不愿再深问，顺着他的意思，回答着他的问题。

第二十二章

逍遥

霍去病打起仗来义无反顾，对见逸儿的事情却左思右想，唯恐有任何疏漏。每次我一问，他就细细分析各种潜在的危险。我觉得他太过谨慎，以至于有些杞人忧天，但考虑到他想见儿子的急迫心情不见得会比我少，遂克制着自己不再去问，静静等着他觉得准备好的一天。

等来等去，等到的却是卫伉出了意外。

根据探子汇报，阿克塞附近有匈奴残余势力出没，霍去病却不愿多管。一则，他认为这些匈奴残军已经不能算作匈奴军队，他们都是战争中临阵逃脱、违反了军纪的人，因为怕受惩罚不敢回匈奴，只能沦为盗匪，以抢劫为生，而捉盗匪是当地官府的责任，是西域诸国自己的内政。二则，他不屑去捉几个强盗。

可卫伉却显然不同意他的想法，为此还和霍去病起了争执，军中的下属左右为难，一个是卫青大将军的儿子，和太子亲密，还是霍去病的表弟；一个是骠骑大将军，如今圣眷正如日中天，两人虽然在争吵，可毕竟是血缘之亲，指不准一转身又和好了，连赵破奴都不愿意介入表兄弟之争，所以个个唯唯诺诺，能避多远就避多远。

霍去病对卫伉忍让多时，实在不耐烦，冷声道：“现在我是领兵的将军，还轮不到你指手画脚，等有朝一日你有那个本事领兵时，我自然听从你的命令。”

一句话把卫伉所有未出口的话都堵了回去，卫伉恨恨地盯着霍去病，嘴里低低地嘟囔：“毕竟不是姓卫，与我们根本不是一条心，父亲养大了一条狼。”

霍去病冷冷地盯着卫伉，一言不发。我暗叹一声，如果不是霍去病的身上流着卫氏的血，十个卫伉也早被他杀了。

卫伉与霍去病对视了一会儿，忽地一笑，优雅地向霍去病行了一礼："骠骑大将军，末将先行告退。"转身掀帘而去。

他和霍去病针锋相对时，我没觉得什么，可他刚才的一笑却让我背脊一阵寒意，总觉得心里怪怪的，可又说不出来哪里怪。

本以为事情就此算完结了，却没想到卫伉竟然胆大到私自带兵去夜袭阿克塞，待霍去病知道时，已经是第二日清晨。霍去病气怒："等他回来立即让他滚回长安。"

我和赵破奴相对苦笑："还要他有命回来，阿克塞附近历经几千年的日晒风吹，地貌十分特殊，沙柱崖壁交错迂回，自成迷宫，到了夜晚更是飞沙走石，如同厉鬼号哭，被当地人叫作乌尔苏魔鬼城，如果盗匪聪明地把他们诱进迷宫，躲在暗处射冷箭，不费吹灰之力，只怕就是全军覆没。"

霍去病骂归骂，人却还是要救。我想随去，可他执意不让我去："我在几万匈奴人中都来去自如，你还担心几百个强盗能伤着我？我和赵破奴同去，营地中没有信得过的人，你帮我守着军营。"

他态度坚决，说得也有道理，我只能答应："不管有没有救到人，一定要赶在天黑前退出乌尔苏魔鬼城。"

他笑着点点头，策马要走，忽地一回身，凝视了会儿我，俯下身子，在严阵以待的几百兵士眼前，亲了下我的额头："很快就要见到逸儿了。"

"什么？"我顾不上害羞，满心疑惑地问。

他的马已如羽箭一样疾驰而出，滚滚烟尘中，几百兵士消失在天尽头。

从清晨等到正午，从正午等到傍晚，我心里越来越不安。在屋子中走了几个圈后，猛地冲出了屋子，刚翻身上马，就听到远处的马蹄声。

我心下一松，暗嘲自己多虑，这里不是长安，只要不是夹杂着亲情的权术阴谋，没有什么能羁绊住霍去病的步伐。

我匆匆迎上前："卫伉安全吗？"

赵破奴脸色惨白，没有回答我的问题。我也已经看到神情有些萎靡和惶恐的卫伉，还有脸色阴沉的任安。可任安的阴沉不同于往日，竟像那天霍去病射杀李敢后，他看向霍去病的神情，阴沉下透着隐隐得意。

我不自禁地退后了两步，声音颤着问："去病在哪里？"

赵破奴低下头，沉默地让开路，众人也随着他的举动让开道路，两个兵士抬着担架小步跑着上前，霍去病毫无声息地躺在担架上，脸容苍白，一动不动。

我腿一软就要跪倒在地，赵破奴忙伸手扶我，一旁的军医探了霍去病的脉，匆匆道："将军还活着。"

我扶着赵破奴的胳膊，深吸了几口气，强迫自己站直身子："怎么回事？有多危险？"

赵破奴递给我用布包着的两支箭："将军为了救卫伉，冒险进入了乌尔苏魔鬼城，因为对方熟悉地形，我们很难找到他们的藏身地，里面地形狭窄，我们不能集体作战，只能分头迎敌，混战中，将军身中两箭，不是要害，但……但箭上有毒。"

我一时激怒悲愤，手下力量过大，两只箭被生生扭断，我随手丢了箭，转念间又用布包好。低头捡箭时，看到任安和卫伉脸上的一丝喜色一闪而过，刹那又露了失望。

我对赵破奴道："麻烦将军让他们都散了吧！"不一会儿，所有人都沉默地散去。

卫伉期期艾艾地问："可需要帮忙？我们要立即回长安吗？也许那里有更好的大夫能解毒。"

我盯着他的眼睛，从齿缝里一字一字挤出来："我只想你立即消失在我眼前，否则我怕我一时忍不住会先废了你。"

卫伉立即勃然大怒，冲过来就想动手，赵破奴刚想拽着我躲开，任安已经拦住了卫伉，强拖着他离开。赵破奴刚才一直很克制，此时盯着他们的背影，眼内也是熊熊怒火。

"和盗匪的战争中，卫伉和任安是否拖了后腿？"

赵破奴垂下头，低声道："当时地形复杂，末将没有看清楚，不敢乱说。"

军医查验着霍去病身上的伤口。我蹲下身子，双手合拢，握住了霍去病的手，他的手握成拳头，触手冰凉，我一面轻搓着他的手，一面缓缓掰开他的手掌，忽看见他的手掌当中有个鲜血写的"逸"字。已经十分模糊，乍一看倒更像拼斗中无意的划痕，但因为我对这个字极其敏感，立即想到了别处。

“拿些水来，将军手上有血。”我一面把霍去病手上的血迹擦去，一面皱眉沉思。

军医长叹了一口气，跪在我面前：“姑娘设法尽快回长安吧！两支箭是两种不同的毒，小人无能，竟然一种都无法辨别。”

“你能保证到长安前不会毒发吗？将军还禁得起几日几夜的长途颠簸吗？”我忍着泪问。

军医的头越垂越低，我的心也随着他的头渐渐坠落。手中握着的冰冷的手，成为唯一支持我还能继续面对一切的力量，我一定要坚强，我还要把他的冰冷驱除：“你先下去吧！”

我默默思量了一会儿：“赵将军。”

“末将在！”

“命最可靠的人立即回长安带最好的太医过来。封锁整个酒泉城，不许任何人进出，绝对不许消息泄露，你知道不败的战神霍骠骑对匈奴和西域各国意味着什么吗？”我从霍去病怀中掏出兵符，递给他，“如果有人想私自出入，斩！”

赵破奴思量了一瞬，半屈膝跪下，接过兵符，却犹豫着没有立即说话，我道：“如果卫伉和任安要闹事，你斩了任安，卫伉也就闹不起来了，杀鸡儆猴的道理你应该懂，我要想杀卫伉，也不会选择这个时机。”

赵破奴神情一松，眼中却带了困惑，忙道：“末将明白。”

“以骠骑大将军的名义征召西域各国以及民间的名医，就说……就说……一个随侍在他身侧的女子误食毒果中毒，但暗中隐秘地泄露是霍嬗的母亲。”

“是！”

“西域各国的大夫到后，只许进不许出。把军中的大夫分成两拨，轮班日夜守候在屋外，随叫随到。目前就这些事情了。”

赵破奴起身要走，我却一屈膝跪倒在他的面前，他大惊下，急急要扶，碰到我的胳膊时，脸涨得通红，手簌簌地有些抖。

“赵将军，两次相帮，大恩不能言谢，金玉只能铭记在心。”

他蓦地站起，急急向外跑去：“你不用如此，我一定会尽全力的。”

人都走了，屋内只剩下我和霍去病。我面上的坚强刹那崩溃，抓起霍去病的手凑到嘴边咬了下，却终究舍不得狠咬：“去病，如果这是你和九爷设置的圈套，我一定一年不和你说话……你竟然如此吓我……”话没有说完，眼泪已滚了出来，“不，只要你平安，我什么都不计较……我不生气，只要你平安……”

眼泪一颗颗滴落在他的掌心，汇聚成一弯泪潭，映着自己煞白的面孔，满眼的煎熬和痛楚。

大汉朝现在的威仪的确对西域各国震慑十足。

十年前汉朝商人过西域时，还常常被欺负，甚至大汉国的使者张骞都被拘禁，可如今霍去病的一句话，就让西域各国纷纷派出宫内最好的太医，并且急急从民间召集名医。

以九爷在西域的势力，应该消息一传出就能收到。但到得最早的却不是九爷，我心中对他们两人是合谋的怀疑越发重，只有他明知道消息是假的情况下，才会不着急露面，让整个布局无懈可击。

第二日中午，一个一脸皱纹、胡子老长的老头佝偻着腰，拄着拐杖，一瘸一拐地出现在我面前，身后还随着两个捧药箱子的学徒，都穿着从头罩到脚的宽大黑袍，连胖瘦也不可辨。

领他们进来的侍卫道：“这是依耐国派来的太医。”

我和老头的视线一触，忙匆匆转开，对侍卫吩咐：“你下去，老规矩，太医看病期间不许任何人接近屋子。”

看侍卫转身出去后，我又到帘子旁确定了一下他们是否把守严密，转回身一句话不说地走到霍去病榻前坐下，九爷只是一声轻叹，没有解释什么，默默地跟在我身后。

“你们究竟想怎么样？那群强盗是你的人假扮的？”

九爷探着霍去病的脉，脸色忽地大变，一瞬间额头竟有汗珠沁出。

九爷把脉的时间越长，神情越震惊，到后来手都在微微发颤：“玉儿，怎么回事？霍去病怎么会中了两种毒？”

我见到他后，原本已经放下的心立即再次提到半空，煎熬了一日一夜，此时心情大起大落，眼前有些发黑：“难道不是你的人射的箭？不是你们商量好的毒？”

九爷急急拆开包裹好的伤口：“左肩膀上的这一箭是我配的毒，但右臂上的这箭却是另有他人。”

“我现在不管是谁射的，只求你赶快替他把毒解了。”我满心焦急中嚷道。

九爷细细查看着伤口，我突然想起我还收着断箭，忙拿出来给他。九爷将其中一支箭凑到鼻端闻着，跟随而来的仆人忙捧出各种器具，供他试毒，半晌后他仍旧在研究从箭上刮落的木屑，时间越长，我心中越怕，满腔希冀地问道："你的医术不是很好吗？你肯定能解这个毒吧？"

一旁的仆人极其不满地瞪了我一眼，做了个噤声的手势，嘴里嘀咕了一句我听不懂的话，我立即反应过来，我太心急了："对不起，我不该……"

九爷摇摇头："玉儿，你不用对我说这些话。箭上的毒叫七日瘟。叫它七日瘟，是因为此药从下毒到最后身死需要七日。死后的症状很像感染瘟疫而亡。此药由七种毒药配制而成，解药恰恰也是这七种毒药。但炼制过程中七种药物以不同的顺序投放，解药则必须以相反的顺序炼制。"

九爷的语气沉重，我心中透着冰寒，声音干涩地问："你能确定顺序吗？"

九爷的眼中是伤痛和自责："我现在不能，世间的毒药一般都只要判断出成分就可以根据症状尝试着解毒，可七日瘟却因为不仅和成分相关，还和前后顺序相关，而且不同的顺序，症状却基本相同，让人很难推断出解药。七日瘟因为太过阴毒，基本不给中毒的人活路，有违天道，所以配方几经销毁，我都以为此药已经消失，没想到却又再现。"

"可以尝试吗？如果顺序配错的解药饮用下，会怎么样？"

九爷沉默了一瞬："会催发毒药的发作，存活的时间会减少。"

我双手捧着脸，满心哀恸和恨意，为什么？为什么会这样？

"你们原来的计划是什么？"

九爷一面替霍去病解他下的毒，一面道："霍去病让我帮他脱离宫廷，他前后考虑后的唯一方法就是以死遁世，否则首先陛下不会放他，陛下对他爱才到不惜违背大汉律法，宁可自己的千秋名声被后世指责也要包庇他射杀李敢的事情，怎么可能轻易让他辞官？再则，朝堂内有心要他死的人绝不会因为他辞官就放弃，还有他和卫氏之间，只要他在一日，就脱不去干系。事先不告诉你的原因是霍去病觉得你肯定不会同意他以身试毒，即使他觉得万无一失。"

九爷指着其中一个随来的仆人："他叫塍引，是依耐国的死囚，我许了他的家人重金，他答应任由我处置。"九爷说了句我听不懂的话，塍引立即把罩着全身的黑袍脱去，"玉儿，你看他的身形。"

"和去病有七八分像，如果再穿上衣服，不看脸面和皮肤，可以以假乱真。"

“我下的毒在临死前全身皮肤会变黑，面目五官开始溃烂，七日瘟也有这个效果。”

“所以你们就设计了这个计策，从去病请求到酒泉来，就一步步诱导卫伉，利用卫伉的性格完美地推动计谋发展，同时他又是最有力的见证人。”我说到此处，想着近几日发生的一幕幕，脑中电光一闪，一切变得分明，“可是你们聪明反被聪明误，兔子急了还会蹬鹰，何况出身尊贵的卫伉？人家无意间利用了你们的计划，策划了一场完美的暗杀。”

我立即起身向外行去：“我去找卫伉拿解药。”

“玉儿！”九爷喝住了我，“他不会给你。他若承认就是以下犯上，肯定是死罪。陛下对卫氏正苦于找不到机会打击，这么一个千载难逢，既能加深霍去病和卫青的矛盾，又能打击卫氏的机会，他绝不会放过，一定赐死卫伉。既然横竖都是死，卫伉绝对不会承认。何况这药是西域秘药，一般根本就不会有解药。”

“我不信逼迫不出来任何消息。”

“玉儿，这是军营，虽然霍去病是大将军，可卫伉是卫青的长子，这军中有一半人本就支持他，另外一半人虽然心向霍去病，可如果你在没有任何证据的情况下想用酷刑逼迫，定会激起兵变。到时僵持不下，解药拿不到，还会耽误时间，我们只有六日了。”

我惧怕、哀恸、愤怒诸般情绪混杂，猛地转身朝他叫道：“你这也不行，那也不行，那怎么办？怎么办……”说着眼泪没有忍住，已是汩汩而落。

他痛楚地问：“霍去病在你心中很重要，比……比任何人都重要，对吗？”

我扭转了身子擦泪，没有回答他的问题。

九爷在身后道：“玉儿，别哭，我一定把霍去病还给你，给我五天时间配制解药，如果五天后，我还没有拿出解药，你怎么做我都帮你。”他的语声平缓淡漠，没有夹杂一丝感情起伏，竟像临刑前，已经心死的囚犯。

我的嘴唇动了下，想要说话，却一个字说不出来。他低着头，拄着拐杖向外行去：“通知赵破奴将军，准许我出入军营，再给我一个清静的地方，配制解药的过程需要绝对安静和心静，你不要来打扰我，我有了结果自会找你。”

他因为扮作老头，所以刻意佝偻着腰，可此时我却觉得那弯着的腰不是假扮，而是真的因为不堪重负。

我心中一痛，刚想叫“九爷”，身后的霍去病微弱地哼了一声，我顾不上和九爷说话，忙转身扑过去，霍去病眉头锁着，似有很多痛苦，我替他轻揉着眉头。待回头时，九爷不知何时早已离去。

·——·——·——·——·

生命中从没有过如此痛苦的五天，每当看到太阳坠落时，我都觉得心中最宝贵的东西被一点点带走。等第七日太阳落去时，我是否也会随着太阳坠入永恒的黑暗？

每一天看着太阳升起时，我却又觉得人生总会有希望，一遍遍对自己说，去病说过会保护我和孩子一辈子，九爷答应要救活去病，他们都不会食言！

几次走到九爷的屋外，却不敢进去，有一次听到里面发出痛苦的呻吟，我刚想冲进去，可随九爷而来的萨萨儿已经拦在了我面前，一句话不说，只眼神阴沉地示意我离开。

我大叫着问：“九爷，怎么了？”

好一会儿后，屋内才传来九爷疲惫的声音：“我正在用膝引试毒，不能分神，有消息时，我会派人叫你。”

我只能转身离去。

到第五日晚间，萨萨儿来通知我把霍去病移到九爷住处，却不许我进入，我在屋外叫道：“九爷，九爷，为什么不让我进去？解毒的过程会很痛苦吗？不管场面怎么样，我一定要陪在去病身边。”

屋内沉默了一会儿，九爷的声音传来：“你进来吧！”

萨萨儿让开道路，我急急向屋子跑去。一掀帘子，屋子内居然一团漆黑，正在纳闷，鼻端闻到一股异香，身子立即软软地向地上栽去。

我永远不会想到九爷会设计我，昏迷前感觉有双手扶住了我：“九爷，为……为什……”

不知道昏迷了多久，半清醒时心里反反复复都是“为什么？”我一时还不明白自己在问什么，忽地想起一切，大叫一声：“为什么？”猛地坐了起来。

屋子内守着我的萨萨儿被我吓得叫了一声，憎恶地瞪着我，我四处一看，只见一个面目陌生的人躺在我身边，两人被并排放在榻上，手也是彼此相叠。

我唬得一跳，又立即认出是去病，轻轻握住他的手，他掌上的黑气尽褪，呼吸平稳，显然毒已经解了。

我大喜下，都不知道该干什么，只能呆呆望着去病。

“玉儿？”去病缓缓睁开眼睛，迷惑了一瞬，立即反应过来，“孟九救的我？”

我扑到他怀里，眼泪一下涌了出来，他赶着替我抹泪：“计划出了意外，对不起，吓坏你了吧？”

我只是落泪，一句话都说不出来。

萨萨儿在一旁拼命咳嗽，我这才想起屋内还有别人，忙直起身子：“九爷呢？”

萨萨儿虽然听不懂我说什么，却猜到我的意思，板着脸递给霍去病一方叠好的白绢，又指了指躺在角落的塍引，塍引打扮得和霍去病生病时一模一样，脸上的肌肤已经变得乌黑，隐隐有臭味传来。

霍去病：

计划虽有波折意外，却还算顺利。其余一切就看玉儿如何演一场戏了，为她舍下孩子不回长安找一个理由。

逸儿交由谨言和慎行暂时照顾，贤伉俪处理完一切事宜后，再去接他吧！

余愿已尽，君意已了。黄沙漠漠，各寻逍遥。白云悠悠，物过人老。今日一别，相见无期。

孟西漠

霍去病看完后，一言不发地又递给我。

九爷居然不辞而别？

相见无期？

他把我和霍去病并排放在榻上，让我们手相握，这就是他最后的祝福吗？

恍惚中，只觉唇齿口鼻间都是他的气息，却知道那只是悲伤中的幻觉。

这一次，他真正离开了，彻底放弃地离开了！再不会出现在我的生命中！

金玉，你应该高兴的，只有今日的放手，他才有可能伸手去抓住也许明天，也许明天的明天，也许明天的明天的明天出现……的幸福。

金玉，你应该高兴的……

·——·——·——·——·

长安来的太医不仅束手无策，而且一开始死活不相信这是毒，居然说是感染症状类似瘟疫的怪病。

我大怒着轰走了西域各国被扣押在军营内的太医，依耐国的萨萨儿和塍引也穿着从头盖到尾的黑袍离去。

而我守着面目已开始腐烂的霍去病，人呆呆傻傻。

军营内气氛肃杀，人人脸上都带着悲哀，而随着医师们的离去，霍去病将死的消息也迅速传遍西域大地，整个西域都在沸腾，等消息传到匈奴、传回长安时，天下又会怎么样？

我哀伤地说："赵将军，我们起程回长安吧！去病应该也想再看看长安，那是他从小生长的地方。"

没有人反对，就是卫伉也全力配合，全速向长安城的方向赶去。

天的尽头，一轮火红的落日正在缓缓西坠，太阳还没有完全落下时，霍去病永远睡了过去，再不会醒来。

一代不败的战神，在将匈奴彻底驱除出漠南后，在生命最灿烂的年华，二十四岁时消逝。可因他而得名的威武、酒泉、张掖等城市将永远记载着他的功勋，千载之后，河西大地依旧处处有他的足迹。

雪山融水曲折而来，仿若银河九天落，奔腾在千里大地上，发出如万马怒嘶的声音。

上千军士全都跪在地上，就是任安和卫伉脸上也露了哀悯，任安神色复杂地长叹了一声："天之骄子，一代奇才！失之，国之哀！"面朝霍去病的尸身跪了下来，沉重地磕了三个头，待抬头时，额头已经流血。

赵破奴看我抱着霍去病，整个人好像化作了石雕，一动不动地坐了一整夜，他一直默默地守在旁边，也没有任何人敢上前惊扰我。

东边的天色慢慢露了一线白。赵破奴犹豫了半晌后，上前小声叫着："金姑娘，将军他已经走了，现在天气还热，我们应该尽快赶回长安，你……你不要……"

我抬头间，眼眶中满是泪水。一颗，一颗，毫无缘由地坠落，竟然越落越急。

他走了，是，他走了！从此相见无期。

袖中，霍去病怕我哭不出来，为我准备的用来偷偷擦眼睛的生姜片根本没有用到，我强压在心中的泪水在此刻奔涌而出。

我放下霍去病，朝河边走去，其他人都没有反应过来，仍跪在地上。赵破奴蓦地反应过来，急急想拉我。我回身，匕首抵在胸前，一面急速后退，一面摇头，示意他不要接近我。

赵破奴一脸哀恸，急急叫道："金姑娘，你千万不要做傻事。"

"回长安后，帮我给陛下磕三个头，就说'孩子既然有陛下代为抚育，金玉就不在人世间多受十几年的相思苦了'。"

话说着，我已把匕首用力插进了心口，随着鲜血的滴落，我的身子翻向河中，转瞬间就被湍急的河水吞没。只闻岸上，一声巨大的吼叫"金……玉……"隐隐回荡在天地间。

霍去病抱着浑身湿淋淋的我几步跃上马车，他拿了帕子替我擦头发："眼睛这么红肿，看来哭得够伤心，此次拜他们所赐，一切不可能更完美，卫伉他们肯定不会疑心，差不多就行，你又何必如此卖力地演戏？"

我缓缓抚过精美的匕首，当年於单费心赠送的礼物，冥冥中重回我手，似乎只是为了成全我的幸福。於单，谢谢你！

"去病，我们去哪里？"

"先去哈密接儿子，然后天高任鸟飞，海阔凭鱼跃，怎么尽兴怎么活。不过在这之前，我们先去找狼兄，他的年纪也大了，与其等着过两年其他狼挑战他，不如现在主动放弃狼王的身份。然后我们一块儿去祁连山，我此生唯一没有兑现的诺言许在那里，我要在祁连山下，在你阿爹的墓前，请狼兄夫妇做见证，行大婚之礼，兑现当年对一个人的承诺，虽然迟了很多年，但……”

我笑着拍开他来搂我的手，撇撇嘴道：“自说自话！你怎么不问问人家乐意不乐意？既是求婚这样的大事，却没一点儿正经。”

他忙弯身作揖行礼，肃容问：“玉儿，你愿意嫁给我吗？”

我扭过头抿嘴而笑，不回答他。愿得一心人，白头不相离。因为身边的这个人，我知道自己是幸运的。

他等了半晌后，正着急间，我轻点了下头，他握住我的手，绽了笑容，如朝阳一般灿烂。

马车外，一望无际的大地，广阔无垠的天空，一轮红日正在冉冉升起。

番外 伤只影

七日瘟的不同顺序的配方，表面症状却都类似，彼此间的差别很是细微。

差别虽然很细微，但如果有足够的时间，找人试毒，根据霍去病的症状，仔细观察后，他肯定能找出解药。

七种成分，不同的顺序就有五千零四十种配方，还有分量的不同再衍变出的不同配方，总共超过万种。即使有足够多的人愿意同时试药，可不同人的体质对毒药的反应不同，还要医师熟悉试药人的体质，然后根据体质差异作合理推断。即使能找到上万人试药，也至少需要上百名医术高超的医师去诊断。

现在却只有五天的时间，五天的时间想靠试药去配出解药，完全没有可能。

孟西漠想着苦笑起来，如果可能，七日瘟也不会被认为是有损天道的毒药而被西域各国严厉禁止。

他的心中滑过玉儿的盈盈泪眼，淡淡微笑着，拿定了主意。就这样吧！这是唯一的方法了。

用自己的身体去试毒，只有自己最直接的感受，才能最快地感受出症状间的细微差别，然后根据自己切身的感受，尽可能逐渐推断出可能的配方。至于能不能找出解药，就只能一半靠人事，一半听天命了。

萨萨儿和塍引跪在孟西漠身前不停磕头："释难天，如果要试毒，求您用我们二人，万万不可自己尝试七日瘟。"

孟西漠转过了身子，语气平淡："我意已决，塍引准备熬药器具，萨萨儿你在外面守着，不许任何人进来，尤其是……你白天见过的那个女子。”

五天时间，他究竟服用了多少种毒药？一天十二个时辰，五天六十个时辰，他竟然在六十个时辰内服用了六百种毒药，平均每个时辰，他就要服用十种毒药。

为了尽可能争取时间，在塍引身上也试了毒，却因为观察症状所耗时间长很多，五天只试了六十种毒。

也许是霍去病命不该绝，也许是他的诚心打动了天，第六百六十一种配方就是霍去病中的毒，试出解药的那一刻，他笑了，铁汉塍引却眼中有了湿意。

是药就带三分毒，何况是毒药？毒药加解药，释难天究竟吃进了多少的毒？这五天内身体的痛楚，塍引只不过尝试了六十种，已经觉得五脏都被绞过几遍，竟比当年在死牢里受过的酷刑更可怕。可释难天，这个看着身子柔弱的男子是怎么承受下来的？他的身体里藏着怎么样的一个灵魂？

服下解药后，孟西漠从榻上坐起，拿了拐杖，一面起身，一面吩咐萨萨儿去请金玉。话还未出口，他却摔倒在地上，塍引赶着来扶他，他低声道：“我自己起来。”

塍引还在迟疑，闻声进来的萨萨儿却熟知释难天的脾气，立即拉着塍引退开几步。

孟西漠试了好几次，都没有站起来，两条腿完全不听使唤。他撩起袍子看向自己的腿，一条本来健康的腿此时膝盖以下已经全黑，而另一条原本经脉萎缩，不能正常行走的腿，反倒因为气血无法正常通行，黑色要少一些。

孟西漠轻轻按着腿上的穴位，一面检查着，一面脸上的血色全部褪去。

萨萨儿自小跟着释难天学医，看到他的腿，又看到他轮换了几种手法检查腿，心中明白，释难天的腿在毒药影响下，经脉已经全部坏死，那条完全健康的腿也会慢慢萎缩干枯。

虽然释难天医术高超，下毒后就解毒，分寸拿捏极好，可短短五天内尝试的毒药太多，解药也太多，体内点滴沉淀下的毒素，都被一次次的毒药挤压到腿部。那可是上千种毒药的混杂，此时只怕扁鹊再生也救不回释难天的腿了。他想说些什么劝解一下释难天，可刚张口，泪已经冲出眼眶。

孟西漠原本脸若死灰，听到萨萨儿的哭声，反倒淡淡笑了，指了指一张胡椅，示意萨萨儿把胡椅挪过来："五天时间，老天给了我运气让我试出了毒，这大概就是老天索要的报酬，很公平。去请玉儿把霍将军带过来吧！把她拦在外面，不要让她进来。"

萨萨儿一脸激愤，那个女人究竟是什么人？释难天为她做了多少，又牺牲了多少，到了此时还不忍心让她知道。但是心中的天的吩咐，他不敢半点儿违背，只能压下一切悲伤和愤怒去请那个女人。

孟西漠听到玉儿在屋外叫嚷着要进来，他知道拦不住她，只能决定放她进来，可解毒时，她只要看到自己的狼狈样子，势必会问他的腿怎么了。

他命塍引熄灭了灯，玉儿进来的一瞬，他弹了迷药。

·——·——·——·——·

夜已过半，霍去病身上的毒完全清除。精疲力竭的孟西漠默默凝视着并肩睡在榻上的霍去病和玉儿。

有风从屋外吹进，吹熄了蜡烛。屋内倒不觉得昏暗，皎洁的月色倾泻而入，恰恰映照在玉儿脸上，越发显得肤色如玉。

距离这么近，近得自己一伸手就可以碰到她。

可距离又这么远，远得她永远不知道他和她曾经有多近，远得今生再无可能。

初次相识时，那个衣衫褴褛、放声大笑的少女。

长安城再次相逢时，那个心思细腻、谈笑间照顾他于无形的女子。

她屋上赏月，他院内吹笛。

星夜探访，却在他窗外静站不前的女子。

为了他去学吹笛，一片芳心全放在一曲《越人歌》中的女子。

从秋到春，从春到冬，她种着鸳鸯藤，也种着她的心，种着对他的情。

当日笛子上的点点血迹，她的心痛，他以为只是人生的一个片断，却不料成了他一生的心痛……

原来一切都清晰得仿佛昨日发生，她搁下笛子，转身而出的一步步依旧踏痛着他的心……

鸳鸯藤前，为什么会残忍地把袖子从她手中一点点拽出？孟西漠，你当年怎么可以对她如此残忍？对自己如此残忍？为什么不可以放纵自己一回？

……

如果第一次听到曲子时，他说了“好听”。

如果她凝视他时，他没有避开她的视线。

如果她握住他的袖子时，他没有拽出。

如果她飞跃上墙头时，他能开口解释。

如果在他病中，她抱着他时，每一句的许诺都是真的……

如果……如果……人生偏偏没有如果。

不知道痴看了多久，屋子内渐渐昏暗时，他才惊醒。

月亮已经要坠落，这是黎明前最后的黑暗。

新的一天要开始了，可他却要永远退出她的生命。

霍去病和她是般配的。

他能陪着她纵横四海，能驰骋万里，能爬最高的山，蹚最急的河……

而自己……

孟西漠低头看着自己的腿，从此后，这一生都只能依赖轮椅了。

一方绢帕，却是万千心思。

他提起笔又放下，放下又提起，最终还是没有能写下“玉儿”二字。

他无法和她诀别，只能用“霍去病”开头。

玉儿一进哈密就能看到金色为沙漠、碧色为泉水的月牙泉形状的医馆招牌，和当年她戴过的耳环一模一样，她会立即明白到哪里去接逸儿。

当日在月牙泉边月下偶遇时，他因为霍去病在他面前故意重重说出“夫妇”二字而有几分气，也想看看霍去病看到玉儿对这个招牌的反应时的表情，此时却后悔用了这个招牌，现在他宁可玉儿永远不要想起他。

当“相见无期”四个字写下时，他面上奇异地带着笑，可笑下的那颗心却刹那间灰飞烟灭。

玉儿，这是我能做的最后一件事情了。以你的性格，如果知道我双腿因为替霍去病解毒而彻底废掉，恐怕再不能安心和霍去病去过你们的畅快生活，可我要看的是飞翔着的你，而不要看因为愧疚而被羁绊住的你。

清晨的阳光斜斜打进了屋子，榻上的二人被一片绚烂至极的华光环绕。

孟西漠微笑着想，他们的世界是属于阳光的。

他握起了玉儿的手，迟疑了一瞬，缓缓低下了头。

唇，深深地落在她的唇上。

玉儿，原谅我做了小人，原谅我对自己的放纵……

她的唇和想象的一样，甜蜜、芬芳、温暖，可这个过程却是永远都没有想象到的……竟是一种痛到骨髓的苦……这唇齿间的缠绵，口舌间的旖旎，是以绝望为烙印……

良久后。

他抬起了头，把她的手放在了霍去病的手中，决然转身，推着轮椅向外行去。相见无期！

在木棉树空地上坐上一阵，
把巴雅尔的心思猜又猜。
在柳树荫底下坐上一阵，
把巴雅尔的心思想又想。
西面的高粱头登过了，
把巴雅尔的背影望过了。
北面的高粱头登过了，
把巴雅尔的背影从侧面望过了。
东面的高粱头登过了，
把巴雅尔的背影从后面望过了。
……

榻上的人儿还未苏醒，这一次她没有看到他的背影，而他也再未回头。

一人一驼缓步而行。

天山雪驼虽然可以奔驰如电，但从此后，因为他的腿，要委屈了这匹神俊的骆驼。

不过现在，他宁愿它慢点儿，再慢点儿，可即使再慢，雪驼依旧会带着他一步步远离她。

碧空万里，绿草接天，阳光明媚。白色的羊群、黑色的骏马，如散落的珍珠一般点缀在绿绒地毯上。矫健的牧人正纵马驰骋，美丽的姑娘哼唱着牧歌，歌声欢快愉悦：“……云朵追着月亮，巴雅尔伴着伊珠，草原上的一万只夜莺也唱不完他们的欢乐！”

他不禁停下了骆驼，怔怔听着。

这一生，快乐曾经离他很近，但终究错过了。

心如刀绞，一阵剧痛下，他俯在驼背上咳嗽起来，半晌都抬不起身来，嘴里一股腥甜，未及反应，骆驼雪一般白的毛皮上已落了几点黑红，原本该是鲜红的血，却透着郁郁黑气。他淡然地看了一眼，随手挥袖，替骆驼擦拭干净。

草原上的风夹杂着花草香吹过他的身子，胜雪白衣飘浮间，只有地上的一个孤零零黑影变换相伴。

日出时的壮美色彩已经散去，此时聚散无常的天边流云恢复了白色，他心中忽有所悟，轻拍了下骆驼，催其快走。取出腰间的笛子，伴着牧女的歌声吹起了曲子。雨后霓虹，云海日出，春日繁花，人世间的美景大都难以拥有，不过驻足时，经历过美丽就已经足够了。

笛音清灵，和着牧女的歌声直冲云霄。孟西漠眉眼间的痛楚仍在，面上却是带着一个浅浅的笑。

纵是情深，奈何缘浅，但……不悔……相思。

后记

写这个故事的初衷是因为我的第一部小说《步步惊心》。我写那个故事，到最后，感觉犹如一只笼子中的困兽，左冲右突想要冲出笼子，却找不到任何出口。人物的命运已经被宫廷的大环境、被人物的性格局限，我给了故事脉络导向的结局，心中却很是压抑。然后在这种极度压抑的状况下，考虑写一个基调明快、张扬向上的故事，当我选择时代的大背景时，目光投向了汉唐。是呀！这两个朝代，我们是神采飞扬的，我们是自信的，我们是海纳百川的。然后，《大漠谣》的故事诞生了。

刘彻时代的汉朝是积极扩张的，疆域在他手中一再扩大。我在想一个民族用了这个朝代的名字来称呼自己，可想而知这个朝代对整个民族的影响。而这一切和刘彻、卫青、霍去病这些人密不可分。不管刘彻做过的诸多事情，但是在他手中，霍去病说出了："犯我大汉天威者，虽远千里亦必诛之。"这句话千载而下，依然让闻者动容。

想要感受那个时代，那句话的力量，那就需要简单了解一下当时匈奴帝国的强盛。匈奴统治结构分为中央王庭、东部的左贤王和西部的右贤王，控制着从里海到长城的广大地域，包括今蒙古、俄罗斯的西伯利亚、中亚北部、中国东北等。如果没有文景之治的休养生息，如果没有汉武帝的雄心激昂，如果没有卫青、霍去病这些天才将星，汉民族会走向何处？

因为历史没有如果，所以我无法具体想象。但是当匈奴大败给汉朝后，他们向北远走欧洲。我们可以看一下之后的匈奴人对欧洲文明的冲击：一、他们将当时最强盛的帝国阿兰帝国灭亡，国王被杀。二、他们征服了日耳曼人所建立的东哥德王国，其辽阔的疆土东起至顿河，与阿兰人接壤；西至德聂特河，与西哥特人为邻；南起黑海；北至德聂斯特河的支流，普利派特河沼地。三、匈奴人征服北方的日耳曼部落后，又夺取了匈牙利平原。由此，从黑海到多瑙河以北的大片土地，尽入匈奴人之手，导致了罗马帝国的灭亡。四、匈奴人对拜占庭和色雷斯各省的进攻，除东罗马首都君士坦丁堡城外，东罗马全军覆没，不得已与匈奴签了城下之盟。

这一切让我们从侧面感受到了汉族的强盛和激昂。

写《大漠谣》时，我一面感受着一个民族的崛起，为此激动振奋，一面会禁不住遥想着那些周边弱小民族的痛苦和他们在面临民族灭绝危机时的奋力抗争。所以，笔下有了李妍这种螳臂当车、明知不可为而为之的人物，也有了孟西漠这样游走在中间的人物。墨子和庄子代表的两种理念，成为孟西漠内心深处的矛盾。其实，入世和出世这种矛盾一直是中国文人永恒的心理挣扎。入世又分为消极和积极，出世也是如此，这也是后来为什么结合了儒家思想的佛教思想会受到中国文人的喜爱，因为禅意给了他们精神退避的家园，是看似消极的积极。孟西漠最后的选择就是看似消极的积极。

李妍和金玉的人物塑造受一部电影《滑动门》的影响。那里面探讨着人生的无数可能，在一列地铁前，你赶上了，人生会是怎么样？赶不上，又会怎么样？李妍和金玉就是如此，我给了她们相似的遭遇，让她们有类似的命运，但是两个人选择不同，人生路口的际遇不同，最后的人生截然不同。

霍去病和孟西漠，一个代表着整个民族飞扬激昂的进攻姿态，一个展示了时代巨轮下对个体关注的守护心态；一个代表着当时痛打匈奴的激扬民族精神，一个反映了在战争下呵护弱小的仁爱之心。汉族反击匈奴固然让人热血沸腾，但是战争造成的殃及无辜也让人无奈。那些史册永远不会记录下名字的普通士兵李诚，那些因为战争流落异乡卖身的歌舞女，那些远嫁匈奴的汉家女儿，他们的遭遇绝对不可以因为更高角度的利益，而被认为理所当然，个体生命只有一次！

对于孟西漠和李妍，他们的出身就决定了他们身份的尴尬。不管在任何空间和时间，不能和时代主流思想一致的人，都会注定内心的痛苦与孤独。

不过，由于第一人称所限，由于故事的定位，情节处理中，很多的矛盾其实淡化了，选择了字面的点到为止。

迄今为止写了六个故事，这个故事，大概是写过的故事里面，最让我心情愉快和幸福的故事，和写《步步惊心》是截然不同的感觉。

写它的时候，我自己会常常写着写着就傻笑，也会在走路的时候，望到蓝天就笑了。

还会看到美丽热烈的花就想，人生就该这样呀！

轰轰烈烈地开一回，一回就够，甚至一次就够！只要开过，只要燃烧过，只要热烈过，一年、一月，甚至一天。

很开心，很幸福的感觉。

这个故事开始的时候，他们都很年轻，十七八九岁的年纪，到结束时，他们仍然很年轻，最大的也不过二十五六岁。所以这个故事本就该是年轻的，放纵的。

到后来渐渐沉重，是不是因为年轻时的激昂，年轻时的狂傲，年轻时的飞扬，总是会遇到社会的挤压？连那么骄傲、那么热烈的小霍都不能逃脱？不能逃脱社会，不能逃脱那些“老人”已经计划好的游戏规则？

我们在微微的痛苦中艰难地蜕掉年轻的尖锐，我们用渐渐磨平的温和稳重、礼貌谨慎、谦虚虚伪和冷漠融入了一个个方格的社会，如果一不小心越界，小心！会刺痛你的！不遵守游戏规则的人，是要付出代价的！

可是小霍呢？我想象不出来。所以他只能死亡！

可是因为他是小霍，因为小玉，因为小九，总是会有幸福的感觉，我不想太难受，所以我没有理会历史的记载，任性自私地满足了自己的希望，毕竟这是一个故事，它不是历史。

我自己十分喜欢这个故事，大概是因为写作过程中的快乐。这里面有一些永远属于年轻的东西，属于明媚的东西。

也因为他们三个人带给我的快乐。

十分感谢阅读这个故事的你们！谢谢你们和我分享了一段年轻、飞扬、蓬勃！

桐华

图书在版编目（CIP）数据

大漠谣 . 下 / 桐华著 . -- 南京 : 江苏凤凰文艺出
版社 , 2020.6
ISBN 978-7-5594-4181-2

Ⅰ . ①大… Ⅱ . ①桐… Ⅲ . ①长篇小说－中国－当代
Ⅳ . ① I247.5

中国版本图书馆 CIP 数据核字 (2019) 第 241226 号

大漠谣 . 下

桐华 著

责任编辑 李龙姣 张倩
特约编辑 陈阿孟
装帧设计 @_ 叁囍
出版发行 江苏凤凰文艺出版社
南京市中央路 165 号，邮编：210009
网 址 http://www.jswenyi.com
印 刷 三河市冀华印务有限公司
开 本 700mm×980mm 1/16
印 张 19.25
字 数 340 千
版 次 2020 年 6 月第 1 版 2020 年 6 月第 1 次印刷
书 号 ISBN 978-7-5594-4181-2
定 价 45.00 元